KB271050

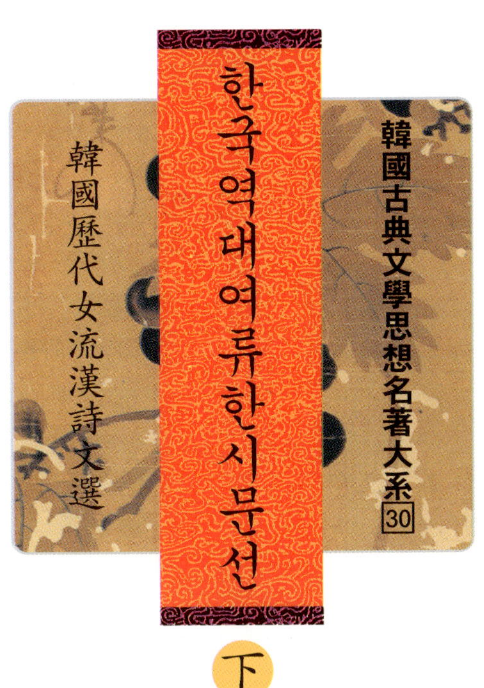

韓國古典文學思想名著大系 30

韓國歷代女流漢詩文選

한국역대여류한시문선

下

金智勇 譯著

明文堂

김삼의당의 《삼의당고》 판본

▲부용당 김운초

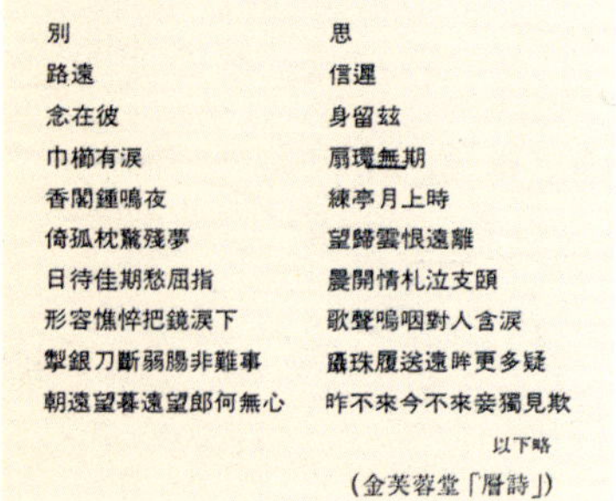

別	思
路遠	信遲
念在彼	身留玆
巾櫛有淚	扇環無期
香閣鍾鳴夜	練亭月上時
倚孤枕驚殘夢	望歸雲恨遠離
日待佳期愁屈指	晨開情札泣支頤
形容憔悴把鏡淚下	歌聲嗚咽對人含淚
製銀刀斷弱腸非難事	擣珠履送遠眸更多疑
朝遠望暮遠望郎何無心	昨不來今不來妾獨見欺

以下略
(金芙蓉堂「層詩」)

▲김부용당(金芙蓉堂)의 층시

▲김삼의당의 시 : 〈독서유감〉,
독서하는 여인(연옹 윤덕희그림)

▲김운초의 시 : 〈등강선루〉, 강선루(평남 성천군)

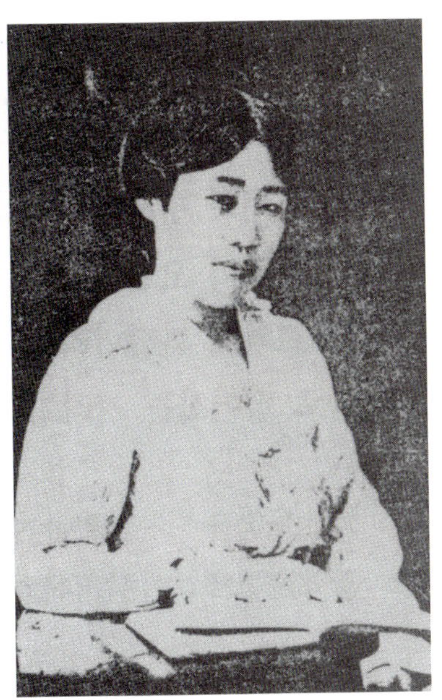

▲소파 오효원

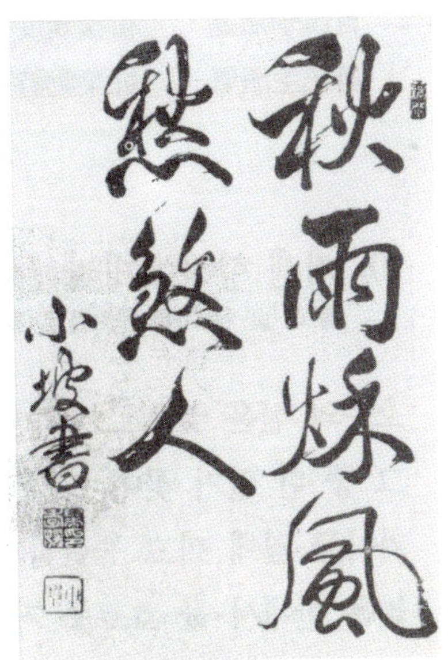

▲소파 오효원의 글씨

▲남정일헌의 시 : 〈맥추〉, 타작풍경
(긍재 김득신 그림)

▲제가의 시 : 〈추천〉, 그네(혜원 신윤복 그림)

▲김금원의 시 : 〈용산선유〉, 한강풍경
(긍재 김득신 그림)

▲ 김금원의 시 : 〈통군정개시거화〉, 통군정
  (평북 의주 소재)

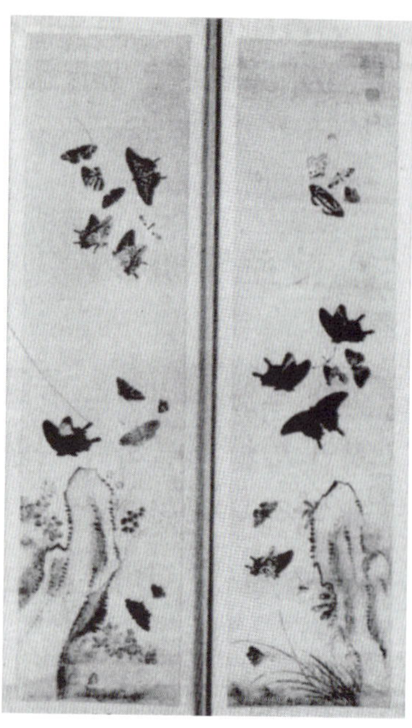

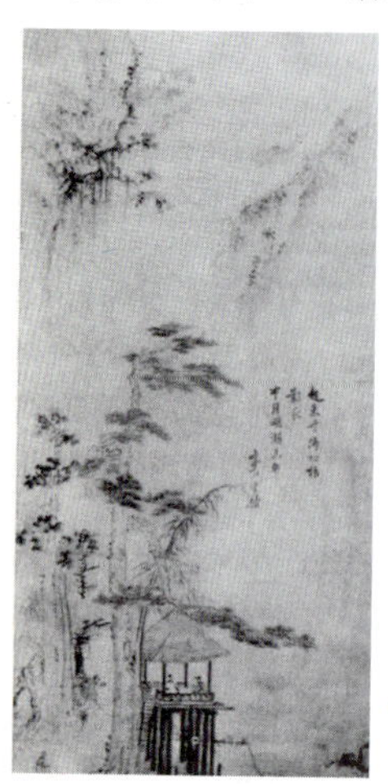

◀ 강지재당의 시 : 〈금릉잡시〉,
  누각산수(성재 최북 그림)

▲ 김청한당의 시 : 〈춘우신접〉,
  나비(일호 남계우 그림)

▼ 김운초의 시 : 〈가무구경(觀樂)〉,
  검무(혜원 신윤복 그림)

▼ 최송설당의 시 : 〈죽〉,
  대(竹)(탄은 이정 그림)

책머리에

1. 이 '여류한시문선'은 「역대여류한시문선」(1975간)의 증보(增補)판이며 애초 '한국명저대전집'의 일환으로 대양서적에서 발행할 때 그 기획은 명문당이 먼저였는데 대양서적이 이를 발행하고 몇년 뒤에 폐사되었고 그후 세월이 지나서 명저전집 판권을 되찾은 명문당 김동구 사장은 결손을 무릅쓰고라도 한국의 문화유산을 출판하여 후세에 남겨놓겠다는 큰 뜻이기에 이에 동조하여 구고를 다시 고치고 닦아서 두 책으로 엮어서 펴내는 것이다.

2. 그동안 필자는 「역대여류한시문선」이후 「한국의 여류한시」(여강출판사 1991)와 「운초의 시와 문학세계」 김미란 교수 공저(삼정회 1996)와 그리고 「한국여류한시의 세계」 김미란 교수 공저(여강 2002) 등을 출간한 바 있는데 또 이 「한국역대여류한시문선」 발간계획에 응낙한 것은 지금까지는 여류한시를 위주로 번역 발간하였고, '여류산문'은 30년 이후에는 없었으므로 여류의 문장에도 관심을 돌리고 싶었으니 실제로 여성의 한문 문장중에서 명문(名文)과 명론(名論)은 있었으니 허난설헌의 '광한전 백옥루 상량문'은 중국학계나 일본인들이 더 명문이라 감탄 평판하였으며, 임윤지당의 논(論)과 설(說)의 문장은 공자나 유학자들의 공리적(功利的)인 윤리관이나 처세관의 가식(假飾)을 적나라하게 벗겨놓은 명문장으로 남성들이 미처 착상못한 의식세계였다.

3. 30년전 여류한시문 번역판을 놓고 증보작업을 하다보면 그야말로 격세(隔世)의 놀라움을 느끼는 것이 많다.
첫째로 우리 국민들의 언어문화가 비약적으로 변해졌다는 사실이니 컴퓨

터나 TV방송 등에 의해서 어떤 면의 언어는 바뀌고 어떤 말들은 망가져 본디말의 흔적도 찾아볼 수 없게 되었다는 언어사실이다.

과학화에 따른 생활양상의 변화로 언어가 바뀌는 것은 발전이라 하겠으니 그 언어도 수용하여야 하겠으나 망가져 가는 말은 얼른 바로 잡지 않으면 안된다. 그래서 이 번역에서는 민족적 전통성을 해치는 말은 일체 용납하지 않았다.

또 하나 놀라운 사실은 역대여류한시문 작가가 더 많이 찾아져서 이 책에는 115여명의 작자에 1천여여수의 작품을 수록하였고 그중 시문집을 가진 여류 작가만도 25인이나 된다는 사실이었다.

4. 이 번역본에 있어서는 번역문을 왼쪽에 먼저 보이고 바로 붙여서 오른쪽에 한시문 원문을 보였다. 이처럼 한시문 원문을 접근시켜놓은 것은 읽는 즉시 원문을 보는 이점과 무엇보다 한문공부에 도움이 되게 한 것이나 그런데도 한문학 전공의 혹자는 한시문 원문을 먼저 보이지 않는다고 탓한다. 필자는 우리나라 작가의 창작품인 한시문 번역에서 원문을 먼저 적어놓고 번역시문을 보이는 것은 잘못된 생각이라고 심념하고 있다. 그것은 한문자는 어디까지나 표현의 수단으로서 차자(借字)이기 때문이다. 생각해보자!

하늘에 달이 밝고, 창밖에 배꽃이 필 때 소쩍새는 새도록 우는 밤 외로운 심상을 화가는 그림으로, 음악인은 악곡으로 표현하고 시인은 의사전달의 부호로써 형상화 하는데 이때 선행되는 상황은 심상(心象)이요, 문자는 표현의 수단일 뿐이다. 그래서 우리나라의 한문문학은 차자문학(借字文學)이라고도 말하고 한편 번역은 반창작(半創作)이라고 말하는 것이다.

5. 이 책의 번역문은 3,3조(調) 또는 3,4조 또는 4,4조 혹은 3,5조가 기본 율조가 되도록 하면서 한 절이 4구씩으로 구성되어서 언뜻 시조 형식 비슷하게도 느껴질 것이다. 김소월의 민요시나 시조의 기본형이 3,4조나 4,4

조가 된 것은 우리 민족의 전통적 가락과 분리치 못한다. 우리 언어의 기본 음조는 3,4 혹은 4,4 음조이며 이는 일본이나(5,7) 중국(4,8)과 다르다.

한시는 운률(韻律)이 생명이다. 그래서 율(律)과 운(韻)이 없으면 시가 아니다. 만일 5언시나 7언시를 요지음의 산문시처럼 번역한다면 음악도 없고, 율동도 물론 없다.

시조의 율조와 번역한 한시의 율조는 불가분리의 관계가 있다. 그래서 각 구를 3,4, 4,4, 3,4, 4,4조 한절의 기본형이 되도록 번역하지 않을 수 없었다.

6. 이 「한국역대여류한시문선」에서 작가의 분류와 그 순서는 제1편에 지명도가 높거나 시문집을 가지고 있는 여류시, 문가를 연대순(가급적)으로 짜넣고(23명분), 제2편에 그밖의 작가들을 신분별로 (1) 여왕과 왕비와 옹주의 시 (2) 부인들의 창화(唱和) (3) 소실(小室)들의 한영(閑詠) (4) 이름난 기녀들의 고음(苦吟) (5) 유별난 여성의 시조(詩藻)로 짜서 번역하고 또한 가급적으로 연대순으로 배열하였다. 개중에는 시문집을 발견하였으나 작품의 문학성이나 작가적 검징이 아직 미흡하여 제2편에다 짜 넣은 작가도 있다.

7. 작품의 선정과 배열은 작가의 시사적(詩史的)인 중요성을 고려하면서 문학적 형상성이 높아 인구에 화자되는 작품을 많이 선정하면서 되도록 시문집의 순서대로 짰다. 각 작가의 시문집의 작품순은 대개가 창작한 연대순이었다.

8. 각 작가에 대한 약전은 서설의 7. '중요작가와 그 작품집' 항목(P.41)에서 자세히 소개하였고, 제2편에서는 다시 지은이를 각주로 간략히 표시하였다.

2004년 갑신 삼복에   김지용 기

한국역대여류한시문선 목차(下)

김삼의당(金三宜堂)의 문(文)

14. 황정정당(黃情靜堂)의 시(詩)

17. 김금원(金錦園)의 시(詩)

18. 박죽서(朴竹西)의 시(詩)

19. 남정일헌(南貞一軒)의 시(詩)

20. 강지재당(姜只在堂)의 시(詩)

21. 김청한당(金淸閑堂)의 시(詩)

22. 오소파 효원(吳小坡 孝媛)의 시(詩)

23. 최송설당(崔松雪堂)의 시(詩)

제2편 그밖의 여성작가 시·문

(1) 여왕과 왕비와 옹주의 시

(2) 부인들의 창화(唱和)

13. 김삼의당(金三宜堂)의 시(詩)·문(文)

1. 성년식①을 노래함　　　　　　　笄 年 吟
　　　　　　　　3수　　　　　　　　三首

(1)

열 세 살 아가씨 얼굴은 꽃과 같고	十三顔如花
열 다섯 살 아가씨 말은 실처럼 부드럽다.	十五語如絲
내칙은 보모 따라 배웠고	內則從姆聽
화장하는 법 어미에게 배웠노라.	新粧學母爲
머리 묶어 겨우 쪽머리 이루고	東髮纔成髻
깍듯이 공경할 줄 알았네	擧案能齊眉
매실을 따니 남은 열매 세 개②로 시집갈 나이	標梅已三實
매실을 따 바구니에 담으니 때가 촉박했네③.	傾筐又墍之

(2)

깊은 규방(閨房) 속에서 자라나	生長深閨裏

1) 성년식 ; 원문의 계년(笄年)이며 계례(笄禮) 올리는 나이를 말함. 내칙(內則)
　에 여자는 12,3세에 계례 치루고 남자는 15,6세에 관례(冠禮)를 올린다 함.
　지금의 성년식
2) 열매 세 개 ; 원문의 표매이삼실(標梅已三實)로 시집갈 적기를 말함. 「시경」
　‘국풍’ 편 ‘표유매(標有梅)’에 ‘표유매기실삼혜’(標有梅其實三兮)라 했다.
3) 때가 촉박했다 ; 원문의 경광우기(傾筐又墍之)로 시집갈 시기가 다급해 짐
　을 말함. 「시경」‘국풍’에 ‘표유매경광기지’(標有梅傾筐墍之)라 했다.

천성을 지킨 아리따운 아가씨.　　　　窈窕守天性
일찍이 내칙편(內則篇)④을 읽었고　　　曾讀內則篇
가문의 일을 늘 익혀 알았네.　　　　慣知家門政

어버이에게 효도를 다하고　　　　　　於親當盡孝
남편에게는 공경할 일을 으뜸으로 하며.　於夫必主敬
잘하는 일도 못하는 일도 없게⑤ 하면서　無儀亦無非
순종함을 바른 일로 삼을 뿐이네.　　　惟順以爲正

(3)

일찍부터 성인의 글을 읽어서　　　　　早讀聖人書
성인의 예의를 알고 있어야 하지만　　　能知聖人禮
삼천 가지 예의(禮儀) 가운데　　　　　禮儀三千中
남녀 유별이 가장 자세하였다.　　　　最詳男女別

남자는 안의 일을 밖에 말하지 말고　　男不言乎內
여자는 바깥 일을 말하지 않는 법.　　　女不言乎外
안과 밖의 분별이 이미 있으니　　　　內外旣有別
성인의 훈계 따라야 마땅하리라.　　　當遵聖人戒

---

4) 내칙편(內則篇) ;「예기」(禮記)의 편명. 여성에 대한 규범서.
5) 잘하는 일도 못하는 일도 ; 원문의 '무의역무비'(無儀亦無非)는「시경」의
　 '소아'(小雅)편 '사간'(斯干)에 "잘못이나 그른 짓 아니하니 오직 술과 음식
　 얘기하며 부모님 걱정 끼치는 일 않겠네"(無非無儀唯酒食是議無父母詒罹)
　 라 했다.

2. 글을 읽고 느낌이 있어서　　　　讀書有感
9수　　　　　　　　　　　　九首

(1)

겨울에는 「서경」⑥ 읽고 여름에는 「시경」⑦ 읊어	冬讀其書夏詠詩
서재에서 하는 공부 철따라 다르구나.	鷄窓事業各隨時
「논어」(論語)를 가져다 심법(心法)을 볼진대	聊將魯論看心法
덕을 닦는 기본은 학이편(學而篇)⑧에 있구나.	入德之基在學而

(2)

풍화(風化)는 시경의 주남편(周南篇)이 가장 좋고	風化周南已蔚然
「시경」(詩經)⑨ 한 부는 지금까지 전하는데.	葩經一部卽今傳
호항 거리에 노랫소리 많지만	試看湖巷歌謠起
어느 누가 채집하여 관현(管絃)에 얹으랴.	人孰采之被管絃

(3)

시란 성정(性情)에서 나오는 것이니	出於性情方爲詩
시를 보면 진실로 그 사람을 알 수 있네.	見詩固可其人知
마음에 있는 것이 밖으로 나타나니	存諸中者形諸外
비록 속이려 하나 속이지 못한다네.	雖欲欺人焉得欺

6) 「서경」(書經) ; 원문의 기서(其書)는 「서경」과 역사서 종류를 읽는다는 뜻.
7) 「시경」(詩經) ; 원문의 영시(詠詩)는 「시경」과 한시 등을 읊는다는 뜻.
8) '학이편'(學而篇) ; 「논어」 첫째편의 이름
9) 「시경」(詩經) ; 원문의 「파경」(葩經)은 시경의 다른 이름

(4)

맑은 새벽 일어나 「시경」 소남편(召南篇) 읽으면	淸晨坐讀召南詩
"매실 따는 귀절⑩"은 남녀 애정 뜻이니.	壁梅懷春若相思
여기서 시 감상법 알 수 있으므로	於此始知觀詩法
가사 말만 가지고 그뜻을 해칠세라.	其意不可害以辭

(5)

정위(鄭衛)의 노래⑪를 「시경」에 실은 뜻은	鄭衛晉何載在詩
인심을 징계함은 이것이 으뜸이라.	人心懲創莫如斯
세상 사람들은 공자의 뜻 알지 못하고	世人不識宣尼意
음탕한 정만 흉내내어 그 음악 따르네.	惹出淫情反效爲

(6)

얼굴을 다스림은 음탕한 맘 경계한 뜻	治容誨淫有戒辭
아녀자의 마음을 잘도 알아본 것이다.	兒女心性盖善推
맑은 새벽 일어나 세수 빗질 그만이지.	淸晨早起盥梳足
거울 잡고 개미눈썹 그려서 무엇하나.	肯把銅鏡畵蛾眉

10) 매실 따는 귀절 ; 「시경」 '국풍' 의 '표유매' (標有梅)장인데 남녀가 적기에
　　결혼하는 시기를 은유한 시이다. "매실을 따서 대바구니에 주워 담았네,
　　날 맞을 임자는 만났을 때를 놓치지 말아요"(標有梅傾筐壁之, 求我庶士迫
　　其謂之)라 했다. (전출)
11) 정위의 노래[鄭衛之晉] ; 정나라와 위나라의 노래. 음탕하고 문란한 음악
　　으로 논어에서 말했다.

(7)

불효한 사람을 어찌 사람이라 하겠으며	人如不孝豈云人
불충한 신하는 신하 또한 아니로다.	臣若非忠罔是臣
효도하고 충성스런 사람 드무니	能孝能忠吾罕見
세간에는 모두들 제 몸을 해치네.	世間都自賊其身

(8)

어진 이를 모르니 어찌하려나	人莫知賢可奈何
알면서도 등용 못해 또한 어쩌나	知而不擧亦將那
자기 몸만 위하는 저기 저사람	彼雖自愛其身者
어떻게 나라에 충성을 다하겠나.	焉得盡忠報國耶

(9)

사람들이 하는 말 실컷 들었지	人有恒言傳滿耳
밝은 구슬 본래부터 진흙 속에 안 묻힌다고.	明珠本不沒泥裏
세상에는 화씨(和氏)[12]처럼 아는 이 없어	世無和氏無知者
스스로 그 빛 가리고 누굴 다시 기다리나.	自晦精光更誰俟

12) 화씨(和氏) ; 초나라 사람으로 보석을 잘 알며 임금께 바친 변화(卞和)를
말함.

3. 무제　　　　　　　　　　無 題

5수　　　　　　　　　　五首

(1)

효도는 내 어버이에게서 시작하고	孝始於吾親
공경은 내 형에게서 먼저 실행하라.	悌先乎我兄
진실로 이 두 가지를 채울 수 있으면	苟能充二者
천하에 다른것 더 채울것 없으리.	天下莫能盈

(2)

인(仁)·의(義)·예(禮)·지(智)·신(信)이	仁義禮智信
사람에게 갖춰지지 않아서는 안되지만.	無不具乎人
다섯 가지 중에도 신(信)이 가장 귀한것이니	五者信爲貴
그것으로 날마다 내 몸을 살피어라.	日以省吾身

(3)

어려서는 배우기를 좋아하고	幼而能好學
커서는 그것을 실천해 가야 하네.	壯而能行之
속이 차면 반드시 밖으로 나타나는 것	積中必形外
남이 몰라 주는것 걱정할 게 무어랴.	何患人不知

(4)

저 미인(美人)은 어찌한 일이 있길래	彼美人何事
그 심중에 있어야할 것 못채웠구나	其中未必有
제 몸 닦는데는 유익하지 못하니	無益於吾己
벗으로 사귈 수도 할 수 없구나.	不可取而友

(5)

사람들과 가벼이 절교를 마라	愼勿輕絶人
사람이란 한 가지 잘못 있는 법이라네.	人或一事誤
나와 이 격언(格言) 듣지 아니하면	不聽吾格言
나중에 바야흐로 후회하게 되리라.	然後方可阻

4. 시집가는 언니를 전송함 　　送兄于歸
3장 　　　　三章

(1)

저 동원(東園)을 바라보니	瞻彼東園
복숭아꽃 아름답구나.	有挑夭夭
우리 언니 시집가는데	我兄其歸
여섯 말고삐⑬ 정연하다.	六轡是調
저 성 남쪽에	于彼城南
까마득히 멀어져 가네.	去路迢迢
같이 가지 못하니	未作同歸
타는 듯한 내 마음.	我心如焦

---

13) 여섯 말고삐[六轡] ; 사두마차에 말고삐 여섯줄을 매고 달리는 귀공자 또
　　는 임금의 마차. 일설에 6두마차라고도 함.

(2)

저 강물 바라보니　　　　　　瞻彼泉源
신혼 수레 건너가네.　　　　　征車涉津
우리 언니 시집가면　　　　　我兄其歸
집안 살림 잘할 테지.　　　　宜其家人

저 훌륭한 가문에서　　　　　于彼賢門
새색씨 맞이하네.　　　　　　爰迎其新
같이 가지 못하니　　　　　　志不同行
슬프다 나 여자의 몸이여.　　嗟我女身

(3)

저 먼 길 바라보니　　　　　　瞻彼長程
흰 구름이 뭉게뭉게　　　　　白雲初起
멀리 착한 선비 따라　　　　　我兄其歸
우리 언니 시집가네.　　　　　遠從吉士

저 이별의 정자위에　　　　　于彼離亭
저녁 노을 십리인데　　　　　夕陽十里
뜨는 먼지 바라보니　　　　　悵望行塵
타는 듯한 내 마음.　　　　　我心如燬

5. 같은 마을에 하씨(河氏)가 있으니 집은 가난하나 대대로 문학(文學)으로 이름났다. 아들 여섯을 두었으니 그 셋째가 '욱'(澳)이다. 풍채가 준수하고 재주가 민첩하므로 부모들이 갈 적마다 보고 기특하게 여겨 중매자를 보내어 결혼할 것을 약속하여 드디어 예를 올렸다. 첫날밤에 낭군님이 연달아 절귀 2수를 읊기에 내가 화답했다.

同里有河氏 家雖貧而世以文學鳴

有子六人 其第三曰澳 風彩俊偉 才藝通敏 父母每往見奇之 遣媒灼結婚姻 遂行卺禮 禮成之夜 夫子連吟二絕

妾連和之

열 여덟 살 새신랑 열 여덟의 새각시	十八仙郎十八仙
동방화촉 밝히니 좋은 인연 맺었오.	同房花燭好因緣
나기도 같은 연월, 살기도 같은 마을	生同年月居同閈
이 밤에 만나는 것 어찌 우연이겠오.	此夜相逢豈偶然
짝지을 적에 생민(生民)이 시작되니	配匹之際生民始
군자됨도 이 일에서 실마리되는 법.	君子所以造端此
공경하고 순종함이 부인의 도리이니	必敬必順惟婦道
종신토록 낭군님 뜻 어기지 않으리다.	終身不可違夫子

낭군의 시를 뒤에 붙임⑭　　　　附夫子詩

서로 만나는 것 모두 광한(廣寒)⑮의 신선인데　相逢俱是廣寒仙
오늘밤은 옛 인연 이음이 분명하구나.　　　今夜分明續舊緣
짝은 원래 하늘이 정한 바인데　　　　　　配合元來天所定
세간의 중매자는 공연히 분주했네.　　　世間媒妁摠紛然

부부의 도는 인륜의 시초이니　　　　　　夫婦之道人倫始
만복의 근원이 여기에 있는 것.　　　　所以萬福原於此
도요시(桃夭詩)⑯ 한 편을 볼 것 같으면　試看桃夭詩一篇
집안의 복된 삶이 당신께 달렸도다.　　宜室宜家在之子

14) 여기에 부자시(夫子詩)를 붙여 둔다. 먼저 읊은 부자시의 운(韻)자는 연
　　(緣), 연(然), 차(此), 자(子)인데 작자 삼의당도 즉석에서 그대로 운자를 맞
　　춰서 읊었다.
　　김삼의당의 시에는 부자시를 붙인 '부부자시'(附夫子詩)가 아주 많지만 부
　　자시는 두 편만 보기로 붙였다.
15) 광한(廣寒) ; 달 속에 있다는 궁전.
16) 도요시(桃夭詩) ;「시경」(詩經) 주남(周南)편의 장명(章名). 젊은 아가씨의
　　결혼을 축복하는 시.

6. 낭군이 내가 거처하는 집을 삼의당(三宜堂)이라 하였는
데 글씨와 그림이 벽에 가득하니 오직 옛날 열녀·정
부(貞婦)·효자·충신뿐이요, 꽃과 나무가 섬돌에 둘
러 있으니 오직 모란·작약·소나무·대·난초·국
화뿐이다. 낭군이 시를 읊어 그 언덕을 이름지으므로
내가 화답했다.

夫子扁我所居曰三宜堂　書畫滿壁　惟古之烈女貞婦孝
子忠臣　花卉繞砌　惟牧丹芍藥　松竹蘭菊　夫子賦詩題
其塢　妾和之

세상에 군신이 아닌 것이 없으니	世間莫不有君臣
초목도 그러한데 하물며 사람임에랴.	草木猶然況是人
효도하고 우애한 우리 가문 자제들	孝悌吾門諸子弟
충성의리 한 마음 집안 가득 봄철이네.	一心忠義滿家春

낭군의 시를 붙임[17]	**附夫子詩**
모란꽃[花王]·정승꽃[花相][18] 은 군신을 상징하고	花王花相象君臣
대와 소나무는 절개 있는 상징이네.	青士蒼髥又節人
그대의 평생동안 효제 충신 그 뜻으로	之子平生忠孝意
삼의당 밖은 뜰 가득히 봄빛일세.	三宜堂外滿庭春

17) 이 화답시는 부자시(夫子詩)의 운(韻)자는 신(臣)·인(人)·제(弟)·춘(春)
　　자를 맞춰 읊었다.
18) 모란꽃·정승꽃 ; 옛날 황왕계(花王戒)에 모란을 화왕(花王)이라고 했다.

7. 낭군의 시에 화답함 　　　　和夫子詩

그대 몸까지 십이대(代) 째	逮子之躬十二世
문효공(文孝公)⑲의 집안에 충효로운 자손이네.	文孝家中忠孝孫
지금 와서 영락함을 걱정해서 무엇 하리	何患乎今零替久
적선한 선조에는 자손 이미 귀현했다네.	積善先祖已高門

담락당(湛樂堂)⑳ 가운데 다섯 아들 즐기니	湛樂堂中樂五男
한강 남쪽 둘도 없는 훌륭한 일.	無雙盛事漢之南
당체화(棠棣花)㉑ 깊은 곳 살피어보니	須看棠棣花深處
그로부터 서경풍화(西京風化)㉒ 뻗치었다네.	自是西京風化覃

8. 낭군을 모시고 시로 주고받다 　　　陪夫子唱酬

주(周)나라 문물이 우리 동방에 다시 빛나	姬家文物煥吾東
작역(柞棫)㉓ · 연어(鳶魚)㉔ 왕의 덕화 높구나.	柞棫鳶魚聖化隆

19) 문효공(文孝公) ; 삼의당 남편 하욱(河昱)의 가문 시조.

20) 담락당(湛樂堂) ; 작자의 남편인 하욱의 당호(堂號)

21) 당체화(棠棣花) ; 산앵도꽃. 형제의 화목함을 비유하여 말함. 「시경」 '소
아' (小雅)편에 '당체' (棠棣)항이 있다.

22) 서경풍화(西京風化) ; 서경은 중국 주(周)의 서울. 호경(鎬京)이라고도 함.
주나라를 말함. 풍화는 교화(敎化).

23) 작역(柞棫) ; 작역은 감찰나무. 「시경」 대아(大雅) 면(緜)장에 「가시 돋힌
나무들을 뽑아 버리고[柞棫拔矣…]」라고 하였다. 주(周)의 문왕(文王)이 천
명을 받게 된 유래를 노래한 것.

24) 연어(鳶魚) ; 연은 솔개, 어는 물고기. 대아(大雅) 한록(旱麓)장에 「솔개는
날아서 하늘을 가고, 고기는 다투어 연못에 뛰네[鳶飛戾天魚躍于淵]」라고
하였다. 이 장은 군왕의 덕을 축복한 노래임.

| 담락당(湛樂堂) 가운데서 즐기는 곳에 | 湛樂堂中娛樂處 |
| 주공(周公) 의당체(棠棣)또한 화목한 가풍이네. | 周公棠棣又和風 |

9. 낭군이 산에 들어가서 글을 읽다가   夫子入山讀書以
시를 지어 보내왔기에 내가 화답함   詩寄之妾和之

옛사람 독서할땐. 아내 편지 물에 던져	古人好讀澗投書
이 뜻은 그대 전송할 때 이미 말하였다오.	此意嘗陳送子初
베틀 위에 짜는 베 필(匹) 아직 안됐으니	機上吾絲未成匹
그대는 악양자(樂羊子)[25]처럼 하지 마소서.	願君無復樂羊如

---

25) 악양자(樂羊子) ; 후한(後漢) 때의 하남(河南) 사람. 양자가 멀리 스승을 찾아 공부하다가 1년 만에 돌아오니 아내가 칼을 가지고 베틀로 달려가며 말하기를 「낭군님이 학문 을 쌓다가 중도에서 돌아온다면 이 베를 자르는 것과 무엇이 다르리까.」하여 양자가 다시 돌아가서 학업을 마쳤다는 고사.

10. 낭군이 산에 산 지 수년 동안 부지런히 학업에 열중하
다가 아버지의 명을 받아 서울에 들어가게 되었으므
로 내가 시를 지어 드렸다.

夫子居山數年勤其業 受父訓將入于京 妾以詩贈之

5수 　　　　　　　　　五首

(1)

어버이 분부가 아니었다면	不是榮親意
그대와의 작별이 어찌 있었으랴.	豈吾與子分
이별의 술잔은 호상(湖上)의 달밑	離樽湖上月
돌아오는 길은 서울의 구름 밑이네.	歸路洛陽雲

드높이 나는 바다 위 큰 붕새 날개	高擧溟鵬翼
잘 달리는 건 기마(驥馬)의 무리.	好隨驥馬群
남아란 뜻에 죽어야 하는 것이니	男兒當死志
하필이면 여자를 그리워하랴.	何必戀紅裙

(2)

나는 비록 못난 여자이지만	吾雖庸婦子
그대야 어찌 소장부(小丈夫) 되리.	君豈小丈夫
비단 저고리 버린 것은 종군(終軍)[26]의 큰뜻	棄襦終軍志
책궤지고 스승찾는 진량(陣良)[27]의 무리였네.	負笈陳良徒

26) 종군(終軍) ; 한(漢)의 제남(濟南) 사람. 큰 뜻을 품고 관문을 통과할 적에
비단 저고리[襦]를 버리고 간 일이 있어 기유생(棄襦生)이라는 별명이 붙
음. 종군기유(終軍棄襦)란 말이 있다.
27) 진량(陣良) ; 전국(戰國) 때 초(楚)나라 사람. 북방 사람으로 주공(周公)과
공자(孔子)의 학문을 좋아 하였음.

꽃피고 버들 피는 삼춘(三春) 가절에 　三春花柳節
노래 부르며 천리길 떠나 가셨으니. 　千里歌吹途
늙으신 부모님 아직 당에 계실 때 　鶴髮在堂上
급제하여 금의로 빨리 돌아오소서. 　衣錦早歸乎

(3)

문 앞에 심은 버들 가지가 채찍감인데 　門前種楊柳柳可鞭
이별하며 가는 손이 모조리 꺾고 가네. 　行人長折去
그까짓 버들가지야 아깝지 않지만은 　不惜楊柳枝
이별의 괴로움이 평생토록 밉답니다. 　生憎別離苦

버드나무 밑에서 흰 말은 가자 울고 　其下嘶白馬
낭군님은 어디로 향하시려나. 　郎欲向何處
장안(長安)은 구름 밖 머나 먼 곳 　長安隔雲外
발돋우고 잠깐동안 바라본다오. 　相送乍延佇

(4)

말은 쓸쓸히 두어 번 울어대고 　鳴馬蕭蕭數聲
돌아가는 길은 아득히 천리인데. 　歸路迢迢千里
장정(長亭)·단정(短亭)²⁸ 이별역 모두 지나서 　行過長亭短亭
청산 녹수 몇 번이나 거쳐갔나요. 　幾度靑山綠水

이닭 저닭 닭은 악악 울고 　有鷄有鷄鷄喔喔
한 홰소리 두 홰에 동이 트는데. 　一聲二聲天欲曙

---

28) 장정·단정(長亭·短亭) ; 장정은 십리마다 있는 숙역(宿驛). 단정은 오리
마다 있는 숙역. 즉 송별의 장소.

이말 저말 말은 가자 울면서
장정·단정 모두 지나 어디로 가나.

有馬有馬馬蕭蕭
長亭短亭向何處

(5)

오늘밤은 완산(完山)[29] 성 밖에서 묵고
내일은 황화정(皇華亭)[30] 밑으로 가겠지.
가고가는 장안길 천리길이지만
돌아오는 길만을 손꼽아 기다리오.

今夜完山城外宿
明日皇華亭下去
去去長安一千里
屈指歸程悵延佇

11. 낭군이 서울에 있을 적에 편지 끝에 시를 지어 붙였기에 화답함

夫子在京 有書
尾附以詩 姜和之

대장부가 그 어찌 여자의 일 배우랴
요·순(堯舜)의 임금처럼 다스릴 때에
애정어린 편지가 상사글자 뿐이니
안방의 부녀자가 할 말입니다.

大丈夫何學女兒
致君堯舜此其時
情書一面相思字
惟在閨中婦子宜

12. 과거시험 뒤에 혼자 읊다

科後自吟

문 앞에 백마 한 필 와 있기에
으레히 서울가서 과거 봤겠지.

門前歸白馬
應踏洛陽雲

29) 완산(完山) ; 전주의 옛 이름.
30) 황화정(皇華亭) ; 서울 임금이 행차 하는 곳. 번화가라는 뜻.

| 아이 불러 소식을 알아 보기를 | 呼兒問消息 |
| 그 누가 과거급제 올랐느냐고! | 誰遇堯舜君 |

13. 낭군님이 서울에서 해 넘도록 돌아오지 않으므로 내가 시를 지어 회포를 펴다

夫子自京經年未歸余題詩以伸情私

4수   四首

(1)

괴로워라! 괴로워라! 사모하기 괴로워라!	相思苦 相思苦
닭은 세 번 울고 밤은 이미 오경[五鼓]이네	鷄三唱 夜五鼓
말똥말똥 잠못 이뤄 원앙침만 대하니.	脉脉無眠 對鴛鴦
쏟아지네! 쏟아지네! 눈물이 쏟아지네!	淚如雨 淚如雨

(2)

어려워라! 어려워라! 그대 기다리기 어려워라!	待君難 待君難
얼마나 기다리면 그대 돌아오려나.	待君幾時還
까마득한 한길을 바라다 보니	迢迢望大道十里
장정(長亭)·단정(短亭) 사이엔 사람그림자.	人影長亭短亭間

저녁해는 다 졌는데	夕陽盡
그대는 오지 않네	君不來
임 기다리기 어렵네	待君難
돌아와요 돌아와요	歸來乎 歸來乎

그대는 장안에 있고	君子在長安
집안엔 부모님 수심 겨워 백발.	堂上愁鶴髮
규방에선 곱던 얼굴 시들고	閨中凋玉顏
홀로서서 창 열고 임 기다리네.	獨立東窓下
시름없이 북두성 바라 보려니	悵望北斗間
하늘 밖엔 땅이 응당 없을 터인데.	天外應無地
구름 사이에 산이 또 무슨 말인가	雲際又何山
그리면서 서로가 보지 못하네.	相思不相見
나더러 눈물에 잠기게 하고	令人涕淚潛
돌아와요	歸來乎
돌아와요	歸來乎
서울가신 우리님 너무 오래네.	久矣洛陽客
창 밖에는 꽃지어 붉기만 하고	窓外落花紅
문 앞에는 꽃다운 풀 푸르러 졌네.	門前芳草綠
제비들은 또다시 무슨 뜻으로	乳鷰復何意
쌍쌍이 내 방으로 날아드는가.	雙雙入羅幕
철따라 만물들이 변해가는데	節物隨時變
하늘 멀리 임 소식은 아득하여라.	天涯音信隔
며칠이고 상사야 할 수 있지만	相思能幾日
꽃다운 이내 나이 아깝습니다.	怊悵年華惜
돌아와요	歸來乎
돌아와요	歸來乎
꽃과 나무 동산에 가득	花木滿田園

임 떠날 때 하던말 기억하지요.　　　却憶送君日

은근히 한 마디 하던 말씀이　　　慇懃曾一言
한 번 가서 공부를 이루게되면.　　　一去成志業
빨리와서 어머님을 받들겠다던　　　早歸奉春萱
금의환향(錦衣還鄉) 소식은 전혀 없구나.　　　晝錦無消息

오늘도 황혼빛은 또 지는데　　　今日又黃昏
그리는 그대는 오시지 않네.　　　思君君不來
쓸쓸하게 중문(重門)은 닫아 걸고서　　　寂寂掩重門
사창(紗窓) 아래 나홀로 걷고 있지요.　　　獨步紗窓下

동산에는 밝은 달이 솟아 오르고　　　東山明月出
휘영청 밝은 달빛 낮과 같아서.　　　月色明如晝
그리는 사람 마음 더욱 끊는데　　　懷人尤正切
저 멀리 임 계신 창가를 생각하오.　　　遙憶旅窓前

달이여!　　　亦此月
달이여!　　　亦此月
이 마음이여!　　　亦此思
이 내 마음 그 누가 알리오.　　　此思有誰知

(3)

간밤에 서풍이 불어치더니　　　昨夜西風起
우물가의 오동잎이 떨어졌구나.　　　井上梧桐落
임 기다리는 여인은 독수공방에서　　　佳人在洞房
천리 밖의 그대를 그리고 있다네.　　　千里長相憶

그대 기다리는 맘 알고나 있는지　　　待君君知否
부모님 빛내리라 언약하였네.　　　　　榮親早有約
그대는 이 마음을 어여삐 여겨　　　　願君憐此心
서울에 오래도록 머물지 마오.　　　　無久留京洛

　(4)

그대를 천리 밖으로 떠나 보내던　　　送君千里去
아! 내 옛날 그 뜻이 무엇이리요.　　　嗟我昔何意
늙은 부모님 집에서 기다리는 맘　　　鶴髮臨高堂
어른을 빛나게 하자는 공부였네.　　　榮親是素志

그대 생각에 밤잠 못 이루며　　　　思君夜不寐
아! 내 지금 무슨 신세던가.　　　　嗟我今何事
쓸쓸한 깊은 규방 속에서　　　　　寂寂深閨裏
인정이란 그 본래 이런거드냐　　　人情固如是

14. 유극성(俞克成)[31]의 금문(金門)을
　　　뵈올 적의 체(體)를 본받아서　　效俞克成謁金門體
　　　　　　　　　　2수　　　　　　　　　　二首

　(1)

봄은 쓸쓸히　　　　　　　　　　春寂寂
창 밖에 꽃은 피었다 지고.　　　窓外花開花落

31) 유극성(俞克成) ; 누군지 미상.

제비는 사쁜히 향기차며 방에드네   鷰蹴輕香入羅幕
해가 높이 솟으니 남은 꿈을 깨네.   日高殘夢覺

멀리 서로 바라보며 시름겨워 말이 없고   遙相望愁脉脉無語
난간 머리에 혼자 기대어.   獨倚欄曲
반쯤 가린 화장에 비단 소매가 적적해   半掩紅粧羅袖薄
하늘가 임에게는 좋은 소식 막혔네.   天涯芳信隔

 (2)

새벽에 나른히 일어나니 꿈자리 아득하고   淸晨慵起夢魂迷
눈썹은 흩어져 고르지 못하구나.   蛾眉擺不齊
수양버들은 힘없이 창 밑을 휘젓고   垂楊無力拂窓低
봄은 한가로워 새소리 들릴 뿐.   春閒聞鳥啼

앞뒤 시내는 멀리 보이고   極目前溪後溪
까마득히 꽃다운 풀은 울긋불긋 고와라.   迢迢芳草萋紫
말은 진흙 밟고 어느 집에 가는가   驪行踏泥誰家
젊은 아이는 술병을 들었구나.   年少玉壺携

15. 왕원택(王元澤)³²⁾의 제비가 대들보에서
　　　지저귐을 읊은 체를 본받아서 　效王元澤鷰語樑體

담 모퉁이 아침 햇빛 창 비춰 붉고   墻角朝輝映窓紅
사람은 꽃 병풍 속에 있구나   人在畵屛中

---

32) 왕원택(王元澤) ; 미상.

두어 폭 비단이불에   數幅羅衾
한 쌍의 원앙침이네   一雙鴛枕
늦잠자서 몽롱한데   晚睡朦朧

꾀꼬리 날아가며 강남(江南) 꿈을 깨우고   流鶯喚起江南夢
말없이 발[簾] 옆으로 돌아오니   無語傍簾櫳
작은 동산에 봄은 늦은데   小園春晚
살구 꽃에는 이슬 비 내리고   杏花踈雨
버들가지에 실바람이 불고있네.   柳條輕風

16. 구종길(瞿宗吉)[33]의 '서호경치' 체를 본받아서   效瞿宗吉西湖景體

4수   四首

(1)

동창의 경치!   東窓景
아침 햇살은 발 위에서 붉구나.   朝日上簾紅
복사꽃은 잎마다 간밤 비에 젖었고.   桃花點點含宿雨
제비는 짝지어 저녁 바람에 지저귀네.   鷰子雙雙語晚風
절간방서 일찍 일어나 나른하구나.   屏間早起慵

(2)

남창(南窓)의 경치!   南窓景

33) 구종길(瞿宗吉) ; 미상.

단오해는 처마 위에서 길구나   午日當簷長
수양버들은 바람 없어도 녹음은 흔들리고   楊柳無風綠陰轉
꾀꼬리는 펄펄 날아 앞 담을 지나가네   黃鳥飛飛度前墻
부채로 얼굴 부치니 시원하구나.   團扇吹面凉

(3)

서창(西窓)의 경치!   西窓景
저녁 햇살은 정자에 비끼었네   夕日倒軒斜
풀밭 저멀리 나그네 가고.   芳草茫茫有行客
숲에서는 떼지어 까마귀 돌아 오는데   平林漠漠見歸鴉
그리나니 하늘 멀리 임 생각뿐.   相思天一涯

(4)

북창(北窓)의 경치!   北窓景
밤 달은 문에 비쳐 밝아라   夜月入戶明
뜰은 깊고 깊고 인적은 적적한데.   庭院深深人寂寂
어디서 두세 가락 피리 소리 들리니   何處笙歌兩三聲
홀로 앉아 새벽까지 새우네.   獨坐度五更

17. 꽃을 보며   對 花

얼굴이 붉은데 꽃 또한 붉어서   顏紅花亦紅
마주 대하니 둘 다 붉구나.   相對兩相紅
일색(一色)에 다시 일색이라   一色復一色
붉은 얼굴이 붉은 꽃보다 붉구나.   顏紅勝花紅

18. 봄을 괴로워하는 노래 · 春 惱 曲

4수 · 四首

(1)

공작 병풍 깊숙이 늦잠을 자고나니
밤이 되면 봄 꿈은 부시(罘罳)[34]뿐이네.
햇살은 발을 뚫고 새어 들어 눈부시고
나무에 가린 새소리 기이하게 들리네.

孔雀屛深睡故遲
夜來春夢摠罘罳
穿簾暖日光凌亂
隔樹幽禽語怪奇

내게도 머리 기름 없는 것 아니지만
누굴 위해 거울보며 눈썹을 그릴건가.
늘어진 버들은 그리는 한 알지 못하여
긴 가지가 문 앞을 향해 뻗누나.

非我無脂塗玉鬖
爲誰對鏡畵蛾眉
垂楊不識相思恨
猶向門前又長枝

(2)

봄빛은 우리 집에 어김없이 찾아오고
한창 푸른 버들가지 땅에 휘느러지네.
발 사이 쌍제비는 오고 가는데
동산 담 위 아래엔 복사꽃 두세 잎

春光有信到吾家
楊柳靑靑拂地斜
簾箔中間雙鸞子
園籬上下數桃花

만상이 들어나니 강산은 경치 좋고
낭군님 금의환향 어이 이리 더딘가.
혼자서 중문(重門) 닫고 쓸쓸한 속에
그리는 그 한 꿈은 하늘가 머네.

物華已見江山好
晝錦何遲鄕里夸
獨閉重門深寂寂
想思一夢又天涯

---

34) 부시(罘罳) ; 궁중 문 밖의 담장. 또는 대나무 칸막이 담장. 작자 남편이
   가 있는 한양땅.

(3)

머리 겨우 매만지고 창가에 기대서니	懶整雲鬟倚碧窓
쓸쓸한 집안에는 개짖는 소리 뿐.	寥寥深院吠閒尨
복사꽃잎 떨어져서 문안으로 날아 들고	落來門巷桃花片
제비들은 쌍쌍이 누각에서 날고 있네.	飛去樓臺鸎子雙

방초는 연기속에 먼 들에서 가물가물	芳草和煙迷遠野
석양에 뿌리는 비 앞 시내를 지나가네.	夕陽斜雨度前江
임에게 그리는 사연 부치고 싶어	天涯欲寄相思字
세연상(洗硯床)[35] 머리에서 옥항(玉缸)[36]	洗硯床頭寫玉缸
연적에 물을 붓네	

(4)

창 밖엔 해가 길어 소년 시절 같기에	日長窓外少年如
머리 살짝 매만지고 홀로 나가 걸어보니	乍整雲鬟獨步徐
꾀꼬리 날아간 뒤 버드나무 고요하고	柳靜黃鸎飛去後
제비가 차고 가서 꽃잎이 흔들리네.	花粉玄鳥蹴來初

사내종은 행옥(杏屋)에서 술을 사 오고	僮從杏屋新醪貰
계집종은 채소밭에서 잡초를 뽑네.	婢入蔬園雜草除
멀리 떠난 낭군 생각에 먹과 벼루 잡으니	却憶遊人携硯黑
두 줄기 눈물이 옷깃을 적시누나.	兩行玉淚濕襟裾

---

35) 세연상(洗硯床) ; 책상을 미화한 명칭. 세연은 벼루를 씻는다는 뜻.
36) 옥항(玉缸) ; 옥돌로 만든 항아리. 즉 연적을 뜻함.

<table>
<tr><td>

19. 오동에 비

오동나무 잎사귀!
잎사귀마다 부채만큼 큰데.
한밤에 비가 와서
빗방울은 연꽃에 구슬 구르는 듯하네.

방울방울 떨어지고 또 떨어져
마치 경루(更漏)[37] 알리는 것 같구나.
빗 소리 또 한 소리
소리마다 울리며 방에 들어오누나.
아름다운 사람있어 잠못 아루고
그리워서 눈물이 비오듯 하네.

</td><td>

梧 桐 雨

梧桐葉
葉葉大如扇
半夜雨
雨鈴却似荷珠轉

滴滴復滴滴
依如報更漏
一聲復一聲
聲聲鳴入戶
佳人夢不成
相思淚如雨

</td></tr>
<tr><td>

20. 옷을 다듬으며

얇고 가벼운 옷 추위 못이기고
일년 중에 오늘밤은 달도 둥그네.
낭군은 옷이 오길 기다릴 테지
힘들인 다듬이질 밤은 깊구나.

</td><td>

擣 衣 詞

薄薄輕衫不勝寒
一年今夜月團團
阿郎應待寄衣到
强對淸砧坐夜闌

</td></tr>
</table>

37) 경루(更漏) ; 시간을 알리는 물시계.

21. 옷을 말르며　　　　　　　裁衣詞

낭군 옷 마르려고 가위 잡고는　　　　欲剪郎衣把剪刀
병풍 사이[38] 남은 촛불 자주 돋우네.　屏間殘燭手頻挑
낮 같은 동창에 꽃 그림자로　　　　　東窓如畫花生影
담머리에 달 높이 뜬 줄 알았네.　　　忽覺墻頭月上高

봉황 촛불 심지 타서 붉은 꽃 반짝이고　鳳蠟啼珠一點紅
밤 깊어 남은 불꽃 그림자 동동 거린다.　剔開殘焰影憧憧
바늘 잡고 수 놓으니 원앙이 한쌍이네　　拈針繡了鴛鴦侶
물시계는 딩동댕 밤중이란다.　　　　　銀淚丁東夜已中

22. 옷을 보내며　　　　　　　寄衣曲

색색이 또 색색　　　　　　　　　色色復色色
푸른 비단은 쪽빛보다 푸르구나.　綠綺綠於藍
한 폭 다시 한 폭　　　　　　　　一幅復一幅
바지 짓고 또 적삼 만드네.　　　製裳又製衫
멀리 어느 곳에 부치려하나　　　何處遙相寄
입을 낭군이 서울 성밖[39]에 계시네　君子在終南

---

38) 병풍사이 ; 원문의 병간(屏間)인데 병간의 원뜻은 절간 법당 앞의 좁은 방을 말하나 작자는 그의 시에서 규수방 병풍사이를 의미하고 있다.

39) 서울 성밖 ; 원문의 종남(終南). 종남은 종남산이며, 과거 준비하는 사람들이 있는 곳.

23. 열 두 달 명절시

十二月詞

<정월 대보름>

正月上元

농가에서 이 날은 가을 추수 복비는 날

田家此日祝西成

동네 당 집에서는 북소리 둥둥 울리고.

村社鼕鼕土鼓鳴

즐거운 밤 성남의 밝은 달 아래에

良夜城南明月下

집집마다 어른·아이 답교[40]하려 가누나.

家家年少踏橋行

<이월 상사일>

二月上巳

동풍에 버들 숲은 푸른 기운 내 끼인듯

東風楊柳綠如烟

곡수유상[41] 좋은 잔치 소년들은 모여 들고.

曲水流觴付少年

성밖에선 꾸민 여인 요염함을 다투며

城外紅粧多觀艶

욕란[42]때가 가까왔다 앞내에서 알리네.

浴蘭消息又前川

<삼월 삼진>

三月三日

붉은 비단 치마에 푸른 저고리로

紅錦之裳綠綺衣

성남의 어느 곳에 답청[43]하고 돌아오나.

城南何處踏青歸

40) 답교(踏橋) ; 옛날 풍속에 정월 대보름날 달 아래서 다리를 밟는 습속이 있
다. 장수를 비는 뜻으로 많이 건너면 오래 산다고 함.

41) 곡수유상(曲水流觴) ; 또는 곡수연(曲水宴)이라고도 하고 곡수(曲水)에 술
잔을 띄우고 시짓는 놀이. 흔히 삼월삼진에 행함. 궁중 후원에 임금님이
굽이굽이 흐르는 물 위에서 잔을 띄우면 문무백관이 하류에 앉아서 잔 오
기 전에 시 한 수씩 짓는 놀이.

42) 욕란(浴蘭) ; 난을 띄워 목욕함. 오월오일 을 말함.

43) 답청(踏青) ; 삼월 삼진에 새로 돋은 푸른 풀을 밟으며 노는 풍속. 정월에
도 행하고 삼월은 곡수연과 함께 함. 청명·한식에 교외 풀을 밟는 것도
답청이라 함.

다정할손 강남에서 돌아온 제비들　　　　多情最是江南鳥
문밖에서 쌍쌍이 저들끼리 날며 노네.　　簾外雙雙也自飛

〈사월 초파일〉　　　　　　　　　　　　四月八日
이날밤 성중의 삼만 가호엔　　　　　　　此夜城中三萬家
집집마다 등불 밝혀 성대한 잔치.　　　　家家燈火盛繁華
구름같이 계집애들 성밖에 쏟아지고　　　如雲兒女傾城出
거리에는 등불수레⁴⁴ 다투어 멈춰 있다.　街上爭停油壁車

〈오월 단오〉　　　　　　　　　　　　　五月端午
누런 매화 보슬비에 연기 속 젖어 있고　黃梅細雨濕輕烟
주렴 밖에 우는 새⁴⁵는 낮잠을 깨우누나.　簾外幽禽喚晝眠
동녘 마을 소녀들은 무리지어 요란하게　撩亂東隣多女伴
녹음 속에 모여들어 그네뛰기 한창일세.　綠楊陰裏送秋千

〈유월 유두〉　　　　　　　　　　　　　六月流頭
술 취해 노래하는 버릇없는 뉘집 앤가　歌酒誰家惡少年
삼삼오오 패를 지어 수풀샘을 찾아가네.　三三五五向林泉
성남 들에 흐르는 물 맑아서 안개 같고　城南野水淸如烟
소녀들은 유두⁴⁶하니 고요하고 또 고와라.　兒女流頭靜且妍

44) 등불수레 ; 원문에 유벽거(油壁車)는 귀인들이 타는 수레이니 내부 벽에
　　기름칠로 장식함.

45) 우는 새 ; 본문에는 「유금(幽禽)」이라 했으니 유금은 깊은 산속에 사는 새.
　　또는 숲속 깊이 사는 새

46) 유두(流頭) ; 유월육일은 풍속에 유두일. 맑은 시내에 머리감고 일년 좋은
　　신수를 빈다.

〈칠월 칠석〉　　　　　　　　　七月七夕

금정우물 오동나무 한 잎 져서 가을인데　　金井梧桐一葉秋
수정발 바깥에선 푸른 시내 흐르누나.　　水晶簾外碧波流
하늘에선 오늘밤에 견우직녀 만나는데　　天上相逢今夜半
옥창에 어쩐 일로 이 몸 홀로 서러운가.　　玉牕何事獨深愁

〈팔월 한가위〉　　　　　　　　八月秋夕

서편 밭에 도롱 삿갓 허수아비 씌워 있고　　西疇蓑笠已成仙
집집마다 새 술 빚어 풍년을 반기누나.　　新釀家家賀得年
규방 속이 적막함을 그누가 알리오　　誰識紗牕寂寥處
우는 벌레 가을 달은 모두 다 설움이네.　　蟲聲月色摠愁邊

〈구월 구일〉　　　　　　　　　九月九日

늦은 가을 울타리 밑 국화는 누런데　　秋晩東籬菊有黃
국화꽃 따고따도 광주리에 차지 않네.　　薄言探探不盈筐
누굴 위해 저 잔속에 술 가득 따르랴　　爲誰酌彼盃中物
좋은 계절 보내면서 임아 이 맘 상케 마라.　　好送佳辰莫我傷

〈시월 보름〉　　　　　　　　　十月望日

앞 마을엔 추수하고 벌써 타작 마당일세　　秋事前村已滌場
동편 집의 영감님은 빨리도 양을 잡네.　　東家速舅殺羔羊
낭군은 오지 않고 중문은 닫혔으니　　郎君不到重門掩
귀뜨라미 무슨 맘에 내자리에 와서 우나.　　蟋蟀何心入我床

〈십일월 동짓날〉　　　　　　　　　十一月冬至
하관(蕸管)⁴⁷통 기상 보니 해는 정남 이르렀다　　蕸管灰飛日至南
매화 필 그 소식을 처마끝에 물어 보네.　　梅花消息問前簷
궁중 층계 어느 곳에 임은 과거 급제하여　　龍墀何處躋冠冕
성수 무강 서로 불러 만세삼창 불렀는가.　　聖壽爭呼萬歲三

〈섣달 납일〉　　　　　　　　　十二月臘日
규방창에 섣달 되니 해 저문다 떠들썩　　歲色紗牕已暮云
일년 가절 분분하게 어느 새 지나 가고.　　一年佳節度紛紛
침상 가득 풍설인데 어느 잠이 오리오　　滿床風雪寒無寢
낭군 옷을 지으면서 그믐밤을 새우리라.　　裁繡郎衣到夜分

24. 목동의 피리 소리　　　　牧　笛

(1)

목동의 피리는 마을마다 울리고　　牧笛村村去
나무꾼의 노래는 골짝마다 들려오네　　樵歌谷谷來
석양에 흥겨움이 한량 없으니　　夕陽無限興
창 밖에 나가서 잠시 걷는다.　　窓外暫徘徊

47) 하관(蕸管) ; 하회(蕸灰)를 넣어 둔 악기통인데 하회는 갈대 속을 태워서
　　악기통 즉 율관(律管)에 넣어 두고 기후를 점쳐 본다 함. 동지때 악기를 황
　　종관(黃鍾管)에 넣으면 하회가 비동(飛動)한다고 함 동지달을 하월(蕸月)
　　이라고도 한다.

(2)

피리 소리 동풍 타고 어디서 불고 있나	東風何處笛
한 곡조 구성지게 석양 속에 들려온다.	一曲夕陽中
봄철이라 향기로운 풀숲은 깊었는데	春日多芳草
앞 냇가엔 목동들이 풀베며 피리 부네.	前溪有牧童

(3)

산머리에 하루 해는 지려하는데	山頭日欲沒
안개서린 숲들은 아득히 변함없다.	烟樹遠依依
어디서 피리 소리 한 곡조 들려오니	一聲何處笛
지금쯤 목동들이 돌아옴을 알겠노라.	知有牧童歸

25. 여름날의 서정   夏 日

긴긴 여름날 창 밖에는 훈풍이 부는데	日長窓外有薰風
석류꽃은 어찌하여 낱낱이 붉었는가.	安石榴花個個紅
문앞에다 돌조각을 던지지 말라	莫向門前投瓦石
녹음 속엔 꾀꼬리가 앉아 있단다.	黃鳥只在綠陰中

26. 가을밤 밝은 달   秋 夜 月

(1)

담머리에 휘영청 솟은 밝은 달	明月出墻頭
둥근 소반인가 거울이런가.	如盤又如鏡

문 앞에 걸린 발을 내리지 말아라   且莫下重簾
창살에 비친 달을 가리울까 두렵구나.   恐遮窓間影

(2)

하나로 두 곳을 비추는 저 달   一月兩地照
두 사람은 천리 먼 곳 헤어져 있네.   二人千里隔
저 달의 밝은 빛을 따라를 가서   願隨此月影
밤마다 임의 옆에 밝혀 보리라.   夜夜照君側

(3)

한밤중에 뚜렷이 빛나는 저 달   中霄一片月
맑은 빛은 푸른 창에 흘러 드는데.   影入碧窓流
집을 떠나 외로운 임 서울 계시니   長安有孤客
고향 그리는 누각엘랑 비추지 말아다오.   休照望鄕樓

27. 가을밤 빗소리 들으며   秋夜雨

멀리 떠난 뒤 임소식 끊긴 밤   天涯芳信隔
문닫고 쓸쓸히 방안에 앉았으니   寂寂掩深戶
긴긴 밤 오동잎은 서러워 울고   永夜鳴梧葉
처마 끝에 낙수 소리 들려오누나.   簷端有疎雨

처마 끝에 낙수 소리 찰락 거리며   簷端疎雨響
기나긴 밤 창너머서 슬피 우누나.   永夜隔窓鳴
금병풍 외짝베개 이몸 외롭고   一枕金屛裏

차디찬 등잔 아래 잠 못 이루네.　　寒燈夢不成

28. 서창에 달은 밝고　　西　窓

인적 없어 쓸쓸한 빈 뜰 위에서　　寂寂空庭上
낙엽이 우수수 소슬한 소리 들으며.　　蕭蕭聞葉下
그리운 이 심사 서러워 풀길 없고　　詩思何處多
서창에는 밤 들어 달빛만이 밝았구나.　　明月西窓夜

29. 맑은 밤에 물을 길으며　　淸夜汲水

맑은 밤에 맑은 물을 긷고 있는데　　淸夜汲淸水
우물에 달이 비춰 샘처럼 솟네.　　明月湧金井
말없이 난간에 기대섰자니　　無語立欄干
바람에 흔들리는 오동잎 그림자.　　風動梧桐影

30. 성중을 지나면서 읊노라　　過城中吟

성중에는 즐비하게 집이 삼만호　　城中三萬戶
봄이 드니 더 한층 번화하구나.　　春物盛繁華
대낮에 집집마다 제비가 날고　　白日家家燕
동풍엔 나무마다 꽃송이 폈네.　　東風樹樹花

31. 꽃을 꺾어 머리에 꽂다　　　折 花

조용히 문을 나와 뜰을 걷는데	從容步窓外
창 밖에 해는 길어 지루한 날에.	窓外日遲遲
꽃송이를 꺾어서 머리에 꽂으니	折花揷玉鬢
지나가던 벌과 나비 기웃거리네.	蜂蝶過相窺

32. 봄 경치　　　春 景

8수　　　八首

(1)

못잊어 그리는 맘 잠들 길 없고	思君夜不寐
임 없으니 누굴 위해 아침 거울 보리오.	爲誰對朝鏡
동산엔 복숭아꽃 오야꽃 피는데	小園桃李發
또 한 해 좋은 경치 그냥 보내네.	又送一年景

(2)

깊은 서원 봄은 늦어 저물려고 하는데	深院春將晚
한가하니 잠에 취해 정신이 희미하다.	人閑睡意曚
고운 창에 비춰드는 꽃그늘 속에	綺窓花影裏
새들의 노랫소리 베갯머리에 들려오네.	一枕鳥聲中

(3)

자고 나니 해는 떠서 구슬상자 뿌린 듯	睡起褰珠箔
처마에는 제비가 비스듬이 앉았구나.	當簷鷰子斜

동산의 어느 곳에 꽃들은 피었는가	東園花幾許
봄은 한창 늙은 복숭나무에 와 있구나.	春在老挑楂

(4)

어디로 봄은 왔다 돌고 갔는가	何處春歸盡
동원에는 밤새도록 바람 불었네.	東園一夜風
비단옷 떨쳐 입고 창 밖에 나가서	羅衣窓外出
한가로이 줍노라네 떨어진 꽃잎을.	閑拾落來紅

(5)

문 밖에 흐느적 서너 그루 버드나무	門外三楊柳
가지 위엔 봄바람이 감돌아 불고.	枝上春風多
아랫가지 늘어져 술잔을 휘젓네	下枝拂樽酒
그 누가 이별 노래 슬피 부르나.	何人動別歌

(6)

고운 노래 어디에서 들려오는가	好音來何處
줄줄이 이어지고 그리워 사무치네.	綿綿又蠻蠻
창을 여니 봄바람 넘노는 저곳	東風玉窓外
꽃가지 사이에는 꾀꼬리 한 쌍.	黃鳥在花間

(7)

꾀꼬리 한 곡조 노래하는 그 속에	黃鳥一聲裏
봄날은 무르익고 모든 집이 한가롭다.	春日萬家閑
아름다운 여인은 비단장막 걷어 열고	佳人捲羅幃
향기로운 풀들은 앞산에 가득찼네.	芳草滿前山

(8)

문 밖에 길이 나서 숲속으로 길게 뻗고	門外道路長
길가의 버드나무 드리워 푸르구나.	路傍楊柳綠
백마는 가자고 쓸쓸이 우는 소리	白馬鳴蕭蕭
뉘 집에서 이 봄에 임을 또 여의나.	誰家又送客

33. 봄날 규수의 하소연　　　春閨詞

18수 중 8수　　　十八首 中 八首

(1)

봄 흥에 겨워서 창가에서 시를 쓰니	春興紗窓幾首詩
편편이 임그리는 하소연이 담겨있네.	篇篇只自道相思
문앞에다 버드나무 심지를 말아라	莫將楊柳種門外
사람에게 이별 있어 버들 아래 애끊는다.	生憎人間有別離

(2)

임 떠난 창가에는 날이 저물고	人靜紗窓日色昏
뜰 위에 꽃 쌓이고 중문이 닫혔구나.	落花滿地掩重門
하룻밤의 그리는 정 그 괴롬 알려거든	欲知一夜相思苦
비단이불 들쳐 놓고 눈물 자국 보면 알리.	試把羅衾檢淚痕

(3)

운모창 앞뜰에는 풀빛이 우거지고	雲母窓前草色萋
그리는 마음에 꿈자리도 산란하다.	相思一夜夢魂迷
아침에 일어나서 거울과 맞 앉으니	朝來坐對靑銅鏡
수심 속에 눈썹은 흔들려 고르잖네.	愁裏蛾眉擺不齊

(4)

배꽃은 정을 담고 반갑게 피었는데　　　　梨花多意向人開
우리 임 안왔는데 봄은 다시 돌아왔네.　　郎未來時春又來
처마 끝에 무수한 제비떼들만　　　　　　惟有簷前無數燕
쌍쌍이 짝을 지어 저녁에 돌아오네　　　　雙雙飛帶夕陽回

(5)

들에는 푸른 방초 하늘가에 이어졌고　　　野外連天芳草綠
마을가엔 한 그루 살구꽃이 떨어지네.　　村邊一樹杏花落
청명 한식 어느새 다 지나가고　　　　　寒食淸明已過了
이 내 심사 서글프게 화려한 봄 보내네.　令人怊悵年華惜

(6)

버들줄기 한줄한줄 새로 피어 높아 가니　柳條一一漸看高
동산에 화려턴 봄 어느새 적막하다.　　春事東園已寂寥
곱던 얼굴 세월 가니 야위어 이 꼴인데　顏貌不應衰至此
마음 고생 날로 더해 임 생각뿐이구나.　心魂多是爲君勞

(7)

버들 그늘 깊어지니 낮에도 문을 닫고　楊柳陰中晝掩門
봄 동산이 저문다고 온갖 꽃 만발했네.　東園春晚百花繁
쌍쌍이 제비들은 낮게 떠서 오락가락　雙雙燕子低飛處
나 홀로 수심겨워 애간장 끊어진다.　獨有愁人暗斷魂

(8)

매화는 씨를 맺고 죽순 세벌 돋았으니　梅花結子竹生孫
봄도 가고 임도 가서 창자는 끊어진다.　春意惱人暗斷魂

주렴 밖에 꾀꼬리 내마음 아는 모양　　　　簾外鶯聲知有意
수심겨운 이 마음에 차마 듣기 어렵구나.　　還從愁裏不堪聞

以下 省略

34. 가을 규방의 설움　　　　　秋 閨 詞

11수 중 5수　　　　十一首 中 五首

(1)

홀로 사는 규방에 밤은 깊었고　　　　　獨步紗窓夜已深
흘러내린 비녀로 등잔심지 돋우네　　　　斜將釵股滴燈心
하늘가에 이별하곤 소식이 없어　　　　　天涯一別無消息
거문고 부여안고 그리는 정 노래하네.　　欲奏相思抱尺琴

(2)

수탄[48]을 피웠으나 한 줄기 연기 가늘고　　獸炭噓成一縷煙
가을밤 괴로워 길기가 한 해 같네　　　　秋宵苦永正如年
오동잎에 비내리는 소슬한 소리　　　　　梧桐葉上數聲雨
외로이 병풍 앞에 잠은 어찌 오지 않나.　　獨坐屛間眠不眠

(3)

깊은 밤은 아득하여 오경시 가까웠고　　　夜色迢迢近五更
가을달만 뜰 위에 가득히 내렸는데.　　　滿庭秋月正分明
이불을 의지하고 억지로 꿈꾸려니　　　　凭衾强做相思夢

---

48) 수탄(獸炭) ; 숯자루로 짐승 모양을 만들어 난방용 혹은 술을 데울 때 화로
　　에 쓰는 연료.

임한테로 가다가 놀라서 잠만 깨네.　　纔到郎邊却自驚

(4)

깊은 밤 밝은 달은 서쪽 성을 비추고　　五更明月滿西城
성 위에선 그 누가 피리불며 가는가.　　城上何人弄笛行
가엾다 규수 방의 외로운 등불　　可憐孤燭深閨夜
수심겨워 잠들 길이 전혀 없구나.　　正是愁人夢不成

(5)

병풍은 공작새 이불은 비취그림　　孔雀屛風翡翠衾
외로운 창 쓸쓸히 깊어 가는 밤.　　一窓夜色正沈沈
저하늘 밝은 달은 우리의 마음　　相思惟有靑天月
헤어져 그리는 두마음 비추소서.　　應照人間兩地心

　　　　　　以下 省略

35. 낭군을 받들어 동원 달빛 좋고
꽃은 만발하므로 낭군 시에 화답함

奉夫子夜至東園
月色正好花影滿地
夫子吟詩一絕妾次之

하늘 가득 밝은 달 꽃밭에도 꽃 가득　　滿天明月滿園花
꽃 그림자 달 그림자 서로 더해 졌구나.　　花影相添月影加
달과 같고 꽃 같은 두사람 마주 앉으니　　如月如花人對坐
세상 영욕 그 누가 이에 더하리.　　世間榮辱屬誰家

36. 서울에 게신 낭군에게　　　　寄在京夫子

여자라 마음 약해 상심하기 쉬우니　　　女兒柔質易傷心
그리울 젠 시 읊어 마음 풀지만　　　　所以相思每發吟
대장부 큰 뜻은 밖에 있으니　　　　　大丈夫當身在外
머리 돌려 규방 생각 아예 마세요.　　回頭莫念洞房深

37. 성동을 지나면서 읊음　　　　過城東吟

용성 동쪽 길가에는 버들가지 드리웠고　　龍城東畔楊柳垂
천만가지 꺾어서 이별의 피리 부네.　　　千絲萬絲管別離
해마다 이별 때는 가지 꺾여 아주 가고　　年年歲歲長折去
해마다 봄이 되면 새 가지 돋아난다.　　歲歲年年又添枝

38. 낭군이 또 독서하러 입산할 때
####　　마침 칠석이라 시 한 수 보내왔기에 화답함

　　　　　　　　　　　　　夫子又入山讀書
　　　　　　　　　　　　　值七夕寄
　　　　　　　　　　　　　詩妾和之

추풍 부니 기러기는 남으로 나는 이치　　秋風送雁雁南飛
낭군이 떠난 뜻을 나홀로 안다오.　　　之子之心我獨知
하늘에선 한 해 한 번 만난다지만　　　天上一年一相見
어쩐 일로 인간에선 매양 상봉 하리오.　何如人世每逢時

39. 봄 아침

해뜬 동창에는 그림자 어른거리고
청명절(淸明節) 되었다고 제비 오누나.
짝지어 그네 약속 들 밖으로 가자 하고
아가씨들 떠들석 목욕하고 돌아오네.

春 朝

東牕朝日影徘徊
消息淸明鷰子來
約伴秋千花外去
女郎撩亂浴蘭回

40. 가을밤

수정발[簾] 밖에는 금물결 넘실대고
날 개인 못에서는 연꽃이 터져핀다.
병풍 사이 홀로 앉아 잠못 이루고
침상가득 가을 벌레 밤을 새우네.

秋 夜

水晶簾外漾金波
雨歇池塘有破荷
獨坐屏間寒不寐
滿床蟲語夜深多

41. 겨울밤

물시계 딩동댕 밤 길어 괴롭고
따뜻한 화롯불에 남은 향 타네.
창문에 새벽빛이 밝아 오는데
닭은 아직 울지 않고 달빛만 돋네.

冬 宵

銀漏丁東夜苦長
玉爐火煖燒殘香
依依曙色生牕戶
鷄則非鳴月出光

42. 가마타고 요계를 지나가며 　　轎過蓼溪吟
　　　　　　　3수 　　　　　　三首

(1)

삼월에는 철 비가 자주 내려서　　　　三月多時雨
앞 내엔 물이 처음 흐르는구나.　　　　前溪水始生
언덕의 꽃들은 나비 불러들이고　　　　岸花能引蝶
물가 버들은 꾀꼬리 깃들 만하네.　　　渚柳可藏鶯

난초 들고⁴⁹ 고운 얼굴 단장을 하고　　秉蘭陳粧艶
술잔을 띄어 놓고 시회⁵⁰를 연다네.　　流觴晉禊成
행락하는 저곳을 보고 있자니　　　　　遙看行樂處
어느 누가 밭가는 농부 위로해 주랴.　誰慰野人耕

(2)

꽃은 비단처럼 곱고 버들은 푸르른데　花似綺羅柳似烟
한줄기 시냇물 풍경은 가이 없구나.　　一川光景正無邊
잔 띄우고 활쏘기는 젊은이 놀이라　　流觴射革皆春樂
도성밖 철부지 소년들 가르치는 일　　分付城東惡少年

---

49) 난초 들고 ; 원문의 병간(秉蘭)을 말하며 봄날에 남녀가 들에 나가 서로 사
　　랑함을 말함. 「시경」 정풍(鄭風)의 '진유'(溱洧)장
50) 술잔을 띄우고 시회 ; 원문의 유상진계성(流觴晉禊成)을 말하며, 진나라
　　때에 행해졌던 곡수유상(曲水流觴)의 시회를 말함.

(3)

바람 자고 따사로운 이월 하늘에 日暖風恬二月時
푸른 버들 푸른 풀은 강가에 가득. 綠楊靑草滿江湄
성 동쪽엔 수레가 거리 메우고 城東車馬塡街出
곳곳에다 봄놀이 휘장을 치네. 幾處芳遊設錦帷

43. 냇가의 여자　　　　　川上女

예쁜 오리 얕은 여울에 목욕하고 灘淺香鳧浴
흰 말은 모래사장에서 뛰는구나. 沙平白馬驕
푸르른 적삼 입은 냇가 여자들 綠衣川上女
마주보고 짝지어 웃고 맞네요. 兩兩笑相邀

44. 원앙새　　　　　鴛鴦

원앙새 냇물 따라 헤엄 쳐 가니 鴛鴦逐流去
물결은 채색 날개 따라 이누나. 波浪起彩翔
훨훨 날다 다시 돌아 오는데 翩翩却飛回
사람들은 물 가운데 서서 보누나. 人在水中央

45. 미인을 만남

지난해 냇가에서 헤어졌는데
올해 또 그 자리서 만나게 됐네.
만나면 이별 차마 못하겠는데
지는 해 서산 마루 내려가누나.

逢 美 人

去年溪上送
今年溪上逢
相逢不忍別
落日下西峯

46. 절강 춘원곡을 짓다

5수

作浙江春怨曲

五首

(1)

열 세 살 난 예쁜 소녀
강물 한복판을 거슬러 오르다가
연(蓮) 캐는 아가씨와 만나
어디에 사느냐고 서로 물었네.

佳姬年十三
遡廻水中央
相逢採蓮女
共問居住鄕

우리 집은 절강의 서쪽인데
그대의 집은 어느 쪽인가
지난 해 탕자(蕩子)⁵¹를 이별했으니
가을이 오면 난장(蘭檣)⁵²을 잡으리.

我家浙江西
君家若那傍
去年別蕩子
秋來着蘭檣

---

51) 탕자(蕩子) ; 술과 여자를 좋아하는 건달. 한량꾼.
52) 난장(蘭檣) ; 목란(木蘭)으로 만든 돛대. 소동파(蘇東坡)의 「적벽부(赤壁
   賦)」에 「桂櫂兮 蘭檣 擊空明兮 潮流光」이란 구절이 나온다.

(2)

첩은 본래 절강 계집으로	妾本浙江女
절강에서 배타기가 익숙하지요.	慣乘浙江船
노를 저어 장포(長浦)에 들어가 보니	搖櫓入長浦
활짝 핀 연꽃이 참으로 예뻤다네.	蓮花正堪憐

연을 캐면서 임을 그리다가	采蓮相思苦
사람을 만나면 진천(秦川)[53] 소식 묻지요.	逢人問秦川
그 임은 진천으로 가버렸으니	遊子秦川去
임 생각에 잠들기 어려웠었네.	花心難獨眠

(3)

푸른 강물 거울처럼 맑아서	綠水明如鏡
단장한 얼굴 물에 비추었네.	新粧淡映洲
연을 캐다 보니 날이 벌써 저물어	采蓮今已暮
배를 돌려 중류로 저어갔었네.	回棹逐中流

중류엔 닿아도 머물곳은 없었고	中流無處所
비단 소매 자락으론 가을이 겨워서	羅袖不勝秋
날 저물자 하늬바람 급하여	日暮西風急
다시 강둑을 향하여 저어서 갔네.	更向大堤遊

(4)

남포의 달밤에 연을 캐노라니	采蓮南浦月
꽃이 만발한 곳에서 노래소리 들려왔네.	歌起花深處

---

53) 진천(秦川) ; 지명. 당시(唐詩)에 이별의 장소로 많이 쓰였다.

아름다운 봄빛이 오히려 한스러워　　　　自恨春光好
중류에 흐르면서 갈피를 못 잡았네.　　　中流不定去

(5)

노를 저어 언덕으로 향하자니　　　　　　欲向大堤去
배 앞에 바람이 너무 세차었네.　　　　　前溪風正急
연을 캐자니 마음 산란하고　　　　　　　采蓮心緒亂
뱃길을 돌리자니 원앙이 우네.　　　　　背向鴛鴦泣

47. 길가 뽕따는 아가씨를 보고 읊다　　見陌上採桑女吟

성 남쪽 길가에서 뽕따는 아가씨[54]　　採桑城南陌
부드럽고 흰 그 손길 고와라.　　　　　纖纖映素手
소년은 그만 눈동자 휘둥굴해서　　　　少年飜驚目
쳐다보며 오랜 동안 서 있다네.　　　　相看住故久

48. 성남을 지나가다가 읊음　　　　過城南吟
　　　　　　　　　　4수　　　　　　　　　　　四首

(1)

푸른 버들 우거진 숲속이 뉘 집인가　　綠楊陰裏是誰家

----

54) 길가에서 뽕따는 아가씨 ; 맥상상(陌上桑)이라는 중국 악곡의 일종이 있는
　　데 전국시대 조왕(趙王)이 신하 왕인(王仁)의 처 소라부(素羅敷)가 길가에
　　서 뽕따는 자태를 보고 연정을 품었다는 고사가 있다.

문 밖엔 그네 매고 우물 위엔 꽃일세.　　門外秋千井上花
계집종들 화장하여 줄줄이 늘어 섰고　　侍婢凝粧爭簇立
쌍쌍이 부축되어 유거(油車)에서 나오시네　雙雙扶出壁油車

(2)

저 물 옆 대나무 창문집이 뉘집인가　　竹窓臨水是誰家
버들가지 바람 불어 술집 깃발 나부낀다.　風拂靑帘柳外斜
조금 후에 젊은 여인 문밖으로 나오는데　少婦俄從門巷出
귀밑머리 가득히 복사꽃 꽂았구나　　鬢邊滿揷小桃花

(3)

그림 누각 날 듯이 꽃속에 솟았는데　　畵樓飛出百花中
높다란 난간 굽이굽이 붉어 있네.　　百尺珠欄曲曲紅
맑은 바람 불어오는 달밝은 밤에　　最是淸風明月夜
노래가락 구성지게 맑은 하늘 우리네　依依歌吹落晴空

(4)

문 앞에 수양버들 만가지 늘어지고　　門前楊柳萬絲垂
누각 위에 있는 사람 아무도 몰라보네.　樓上有人人不知
문득 보니 비단옷이 난간에 기댔구나　忽見羅衣倚欄立
주렴을 높이 걷고 누구를 기다리나.　珠簾高捲更須誰

49. 그림 다리　　畵　橋

안개서린 나무 숲에 황혼이 드니　　烟樹欲黃昏
그림 단장 다리가 보일듯 말듯.　　不省畵橋路

은은히 비파소리 들려서 오니　　　　暗聞琵琶聲
꽃 깊은 그곳에 사람이 있구나.　　　人在花深處

50. 그림 누각　　　　　　　　　畵 閣

날아갈 듯 높은 누각에　　　　　　畵閣高若飛
줄줄이 주렴 드리우고.　　　　　　重重下簾箔
미인이 앉아 쟁(箏)을 타는데　　　美人坐彈箏
봄바람은 화류(花柳)의 저녁일세.　春風花柳夕

51. 큰 길　　　　　　　　　　　大 道

2수　　　　　　　　　　　二首

봄바람 부는 큰 길 위를　　　　　　春風大道上
백마가 홍진(紅塵)을 밟고 달리네.　白馬踏紅塵
복사꽃 오얏꽃 시새워 피니　　　　桃李花爭發
집집마다 봄빛이 풍성하네.　　　　家家富貴春

한식날 동풍에 비가 내리고　　　　寒食東風雨
큰길에 꽃 떨어져 향기 묻혔네　　　香泥大道中
준마가 함부로 밟지 않음은　　　　紫騮驕不踏
아마도 떨어진 꽃 아껴서이리.　　　應惜落來紅

52. 치장한 집

3수

粧 樓

三首

(1)

단장한 홍루(紅樓)[55] 한길에 내밀었으니
그림 처마가 담 밖에 솟아있네.
멀리 어느곳을 바라보느라
해저문때 발을 걷어올렸나.

粧樓臨大道
畵宇出墻紅
何處遙相望
捲簾夕照中

(2)

누각이 수양버들 밖으로 솟아 있어
단장한 문이 서로 비쳐 영롱하네
석양이 난간 굽이를 비추는데
비단옷으로 추위를 이기지 못하네.

樓出垂楊外
繡戸相玲瓏
夕陽明欄曲
羅衣不勝寒

(3)

석회를 빻아서 가루를 만들어
새하얗게 담장벽에 칠을 하였네.
동쪽을 바라보며 들창을 열고
서쪽을 바라보며 주렴을 걷네.

石灰擣成粉
白白塗墻壁
向東開牕戸
向西捲珠箔

천천히 꽃그림자 떠오르더니
곱고 고운 달빛이 비치어드네.
깊숙한 곳에는 미인이 있는데
나이는 열 여섯 얼굴은 구슬이네

遲遲上花影
纖纖照月色
美人在深處
二八顔如玉

55) 홍루(紅樓) ; 원제의 장루(粧樓)와 함께 장식한 부인의 거처지만 여기서는
   기생집.

53. 광한루를 지나면서 강선사를 지음

過廣寒樓作降仙詞

백란미선(白鸞尾扇)[56] 손에 들고 흰 갖옷 입고　　白鸞尾扇白羊裘
서늘한 밤공기 타고 십주(十洲)에 내려와　　夜御冷冷降十洲
웃으며 누각에 올라 피리를 부니　　笑上高樓橫吹笛
하늘 가득히 달은 밝아 가을노래 퍼지네.　　滿天明月一聲秋

54. 용성(龍城)[57]은 옛 대방국인데, 산천이 아름답고 인물이 화려하므로 중국의 명승지를 모방하여 팔승람을 짓는다

龍城 古帶方國也 山川形勝 人物華麗 倣中華名勝地
作八勝覽

8수　　　　　　　　　　　　　八首

양주(揚州)의 귤 던져주는 노래　　楊州投橘詞

양주(揚州)의 아가씨 나이는 열네 살　　楊州女兒年十四
파처럼 부드러운 손가락으로 비파를 배우네.　　纖指如葱學琵琶
깁적삼[羅衫]은 꾀꼬리 날개를 샘하고　　羅衫妬鶯翅
구름같이 쪽진 머리엔 살구꽃 꽂고서　　雲鬟插杏花
저녁 노을에 가냘프게 난간에 기대 섰네.　　落日嬌倚欄頭

---

56) 백란미선(白鸞尾扇) ; 흰 난새 꼬리로 만든 부채. 선녀가 쓰는 부채.
57) 용성(龍城) ; 남원(南原)의 옛 이름. 여기 8수의 노래는 전라북도 남원 일
　　대의 명승고적을 중국의 명승에 빙자해서 읊었다고 했다.

양주목사(楊州牧使)[58] 잠시 수레 멈추니	楊州牧使暫停車
눈웃음치고 귤 던지며 제각기 자랑하네.	一笑投橘爭相誇
풍류 즐기는 양주목사 보소	楊州牧使好風流
밤엔 성 남쪽 복사꽃핀 색가에서 잔다나.	夜宿城南桃李家

소주(蘇州)[59]의 갑부집 노래   蘇州甲第詞

소주(蘇州)엔 좋은 집들 즐비한데	蘇州甲第高參差
쌍쌍이 나는 제비는 뉘집으로 가는가.	雙雙鷰子是誰家
찬란한 문짝은 비단과 자개로 단장했고	繡戶粧錦貝
무늬진 들창엔 푸른 깁 엉키었으며	紋牕凝碧紗
굽어진 난간은 꽃그림자에 묻혔네.	曲欄干花影裏

겹겹이 드리운 발 안에는 미인이 앉아 있고	重重簾箔鎖美娃
문 밖엔 유벽거(油壁車)[60] 기다리네.	門外暫停油壁車
소주의 귀한 손님 찾을 길 없어	蘇州貴客不可求
거리를 서성대며 공후 소리만 듣고 있네.	徘徊街上聽箜篌

---

58) 양주목사(楊州牧使) ; 우리 나라의 평양감사처럼 가장 풍류있는 관직으로
　　중국에서는 양주목사를 들고 있다. 양주(楊州)는 중국 강소성(江蘇省)에
　　있는 도시로 번화하기로 유명하다. 여기서는 전북 양천소(楊川所)를 말하
　　는듯 하다.

59) 소주(蘇州) ; 중국 강소성(江蘇省)에 있는 번화 도시. 기생이 많아서 소주
　　기생은 머리 맵시 좋고 항주 기생은 다리가 좋다(蘇州頭抗州脚)이란 말이
　　있다.

60) 유벽거(油壁車) ; 부인들이 타는 수레. 수레의 내부 벽에 기름을 칠하여 장
　　식하였다. 전출

항주(杭州)[61]의 꽃밟이 노래　　　杭州踏花詞

항주(杭州)성 밖에 봄빛이 따스하니　　　杭州城外春光好
성 안엔 꽃이 피어 화려하구나.　　　杭州城中盛繁華
천 척(尺) 높은 누각엔 그림 휘장이요　　　繡幕千尺樓
십리 넓은 집엔 풍쟁(風箏)소리 울리고　　　風箏十里家

동쪽 호숫가엔 꽃과 버들 이어졌네.　　　花柳畫橋東畔
항주의 아가씨들 시새워 사치하고　　　杭州女兒競豪奢
삼삼오오 짝을 지어 꽃잎을 밟고 가네.　　　三三五五行踏花
항주의 소년들 아가씨 만나려고　　　杭州少年喜相逢
금채찍 다투어 울금봉(鬱金縫)[62] 후려치네.　　　金鞭爭扡鬱金縫

낙양(洛陽)[63]의 소년 노래　　　洛陽少年行

백마에 푸른 고삐 낙양 소년들　　　青絲白馬少年子
낙양에서 자란 것을 긍지로 삼네.　　　自矜生長洛城中
그들의 말한마디 천금보다 무겁고　　　然諾重千金
교만과 사치는 오공(五公)을 능가하여　　　驕奢凌五公
복사꽃 오얏꽃 핀 골목길을 달리네.　　　走入桃李蹊傍

얼싸 좋다 기생집 아가씨 만나　　　倡家小婦喜相逢

61) 항주(杭州) ; 중국 절강성(浙江省)에 있는

62) 울금봉(鬱金縫) ; 울금초(鬱金草)로 물들인 옷. 울금이라는 향초(香草)로
　　만든 화려한 옷. 여기서는 그러한 말 채찍.

63) 낙양(洛陽) ; 중국 하남성(河南省)에 있는 당(唐)나라 이전의 고대 서울. 문
　　물이 발전한 수도의 대명사

하룻밤에 십만 냥 뿌린다 하네.	一夕傾盡十萬銅
듣자 하니 성남엔 봄이 하마 늦는다고	聞道城南春欲暮
채찍 휘두르며 장락궁(長樂宮)[64]으로 내닫네.	揮鞭直出長樂宮

양양(襄陽)[65] 소년들 노래　　襄陽少兒歌

양양(襄陽)의 어린이들 말할 줄 알면	襄陽少兒能解言
양양의 거리에서 동제(銅鞮)[66]를 노래하지.	襄陽街上歌銅鞮
살구꽃 핀 마을에서 서로 만나서	相邀杏花村
향기롭게 무성한 풀언덕에 섞어 앉아서	雜坐芳草堤
해가 서산으로 기울어 진다네.	落日欲沒山西

머리카락 흩어진 한무리 색동 옷 부여잡고	一群髧髮班衣携
성남의 지저귀는 새들을 쫓아 가서.	打起城南嬌鳥啼
손벽치며 다니다가 술집 아래 넘어지니	拍拍絕倒旗亭下
양양 태수님 술에 취해 곤드레 되었구나.	襄陽太守醉似泥

대제(大堤)[67] 술집의 노래　　大堤沽酒曲

대제(大堤)의 아가씨들 밤으로 술을 팔면	大堤女兒夜沽酒
아름다운 맵시로 사내들을 홀리네.	眉目嬋妍飜驚郞

---

64) 장락궁(長樂宮) ; 옛 한(漢)나라의 호화로운 궁전.
65) 양양(襄陽) ; 중국 호북성(湖北省)에 있는 현(縣) 이름. 술이 유명한 명소
66) 동제(銅鞮) ; 악곡의 이름. 양양백동제(襄陽白銅鞮)라는 노래가 있음. 즉
　　양양의 노래[襄陽樂]이 유명하다.
67) 대제(大堤) ; 말뜻은 물가 큰 제방이나 여기서는 대제곡(大堤曲)을 말하며
　　이는 양양악에서 나왔다 함. 대제에는 무역선이 많아서 상인이 많다.

태어나 자라기는 양양의 서쪽인데   生長襄陽西

지금 사는 곳은 대제의 옆이라오   居住大堤傍

대문은 한수(漢水)의 동쪽 강둑이라네.   門臨漢水東畔

만나고 헤어지니 파주(巴州)의 상인들   相逢相別巴州商

파주 상인은 아가씨를 아낀다네   巴州商旅惜紅粧

잠시 금비녀 매만지고 웃음 지으면   乍整金釵當壚笑

파주의 상인들 간장이 녹는다오.   巴州商旅暗斷腸

절강(浙江)[68]의 연따는 노래   浙江採蓮曲

구월의 절강 파도 안개끼고 즐펀하면   浙江九月烟波濶

오희(吳姬) · 월녀(越女)들 노저어 오지.   吳姬越女搖蘭檣

쌍쌍이 장포(長浦)로 내려오면은   兩兩下長浦

연꽃들은 고운 얼굴 비추어주네   蓮花映新粧

연꽃을 따면서 연꽃 속으로 들어간다네.   摘蓮花入花底

허리에 찬 진주구슬 살랑살랑 흔들리고   腰間微動眞珠璫

어여쁜 노래 소리 물속에서 화답한다.   纖歌互答水中央

비단치마 자락에 연뿌리 걸려   羅衣却牽蓮花藕

깜짝 놀란 원앙새 물결 치며 달아나네.   鴛鴦驚起舞作浪

68) 절강(浙江) ; 항주만(杭州灣)으로 흘러드는 강 이름. 곡강(曲江)이라고도 함

구당(瞿塘)[69] 장사꾼 노래　　　　瞿塘賈客樂

삼월의 구당에 봄 물이 넘실대니	瞿塘三月春水盛
장삿배 오가며 강어귀로 내려온다.	商船去來下江口
이문을 좇으니 물결도 즐거워	逐利樂風波
초주(椒酒)[70]를 태우며 수신에게 제사한다.	祭神燒椒酒
지난해엔 보물을 만촉(蠻蜀)[71]에 팔았으니	去年販寶蠻蜀

금년엔 금가지고 오초(吳楚)[72] 시장 보러가자	今年裊金吳楚市
밤마다 등불켜고 이문을 따지는데	蟹燈夜夜談其利
강마을 아가씨들 둥근 떡 쪄 가지고	江村兒女煮餅圓
날마다 뱃머리에 돈 찾아 웃음 짓네.	日向船頭笑覓錢

55. 당인의 시에 따라 정부사[73]를 지음

　　　　　　　　　　依唐人詩作征婦詞

첩은 본래 장안의 여자인데	妾本長安女
군인에게 시집가서 정인 아내 되었네.	嫁作征人婦
정인이 군(軍)을 따라간 곳은	征人從軍去
해마다 자주 황하(黃河) 수자리라네.	頻年黃河戍

---

69) 구당(瞿塘) ; 중국 사천성(四川省)에 있는 협(峽)의 이름.

70) 초주(椒酒) ; 술 이름. 산초와 약재를 섞어서 빚은 술.

71) 만촉(蠻蜀) ; 남만과 서촉의 오랑캐 나라.

72) 오초(吳楚) ; 중국 고대의 오나라와 초나라.

73) 정부사(征婦詞) ; 수자리 병사 아내의 노래. 군인 아내의 노래.

가을이 오자 소식을 듣자하니　　　　秋來聞消息
근자에는 오주(烏珠)[74]에서 싸운다네.　　轉戰烏珠部
밤마다 창과 방패로 베개 삼고　　　夜夜枕干戈
시시로 조두(刁斗)[75] 소리에 놀라겠지.　　時時驚刁斗

천자(天子)께선 신무(神武)를 숭상하시니　　天子尙神武
수자리 괴로움 말안해도 알리라.　　征戍敢言久
깊은 속 규방(閨房)에 홀로 앉아서　　獨坐深閨裏
상사에 못 이겨 머리 모두 희누나.　　相思空白首

56. 선우(嬋于)[76]의 밤사냥 노래　　　單于夜獵曲

북방의 선우에서 밤 사냥을 나갔는데　　單于夜出獵
눈보라는 몰아쳐 삭막(朔漠)[77]에 가득하네.　風雲滿朔漠
바람처럼 달리는 밤색 준마의 모습　　紫騮驕颯踏
마음대로 덮쳐잡는 푸른 보래매.　　蒼鷹任攫擊

토끼는 산기슭을 도망치다 죽고　　兎窟山前死
독수리는 화살 따라 떨어지는구나.　鵰應弦際落

74) 오주(烏珠) ; 땅 이름. 만주 길림(吉林)에 있는 오주하(烏州河)
75) 조두(刁斗) ; 군용품이며 동으로 만든 냄비 종류. 취사도구로도 쓰이고 또
　　두드려서 위급을 알리는 경비용으로 쓰는 무기.
76) 선우(嬋于) ; 한나라 때 흉노(匈奴)의 왕 또는 내 몽고에 두었던 선우도호
　　부(嬋于都護府)
77) 삭막(朔漠) ; 북쪽에 있는 황야 또는 사막.

쓸쓸한 한(漢)나라 진 터에는   蕭蕭漢家營
말없이 서 있는 정객(征客)[78]의 모습   無語征戍客

57. 떨어진 매화의 노래[79]   落 梅 曲

푸른눈 호아(胡兒)가 밤사냥서 돌아오니   碧眼胡兒夜獵還
오경의 밝은 달이 천산(天山)[80]에 가득하네   五更明月滿天山
외로이 수루(戍樓)에서 멋지게 피리불 때   獨倚戍樓橫吹笛
옥문관(玉門關)[81]에선 매화가 다 떨어졌네.   梅花落盡玉門關

58. 버들가지를 꺾는 노래[82]   折 柳 曲

2수   二首

하란산(賀蘭山)[83] 아래 달은 기울어지는데   賀蘭山下月欲低

78) 정객(征客) ; 수자리 사는 사람, 군인.
79) 낙매노래(落梅曲) ; 낙매는 매실이 떨어진다는 뜻이나 또 피리곡조 이름을
　　 말한다.
80) 천산(天山) ; 일명 설산(雪山) 신강성(新疆省)에 있는 중국 서쪽의 산.
81) 옥문관(玉門關) ; 서역으로 통하는 중국 돈황(敦煌) 서쪽의 관문.
82) 버들가지 꺾는 노래[折柳曲] ; 젓대 곡조(橫吹笛曲)이름. 또 이별의 한으로
　　 버들가지를 꺾는다는 뜻.
83) 하란산(賀蘭山) ; 중국 서쪽 영하성(寧夏省)에 있는 산. 수목(樹木)이 청백
　　 (靑白)하다고 했음.

눈 파란 호아(胡兒)[84]는 피리를 비껴들었네.　胡兒短笛橫在手
한곡조 안 끝나도 그 소리 처량해　一曲未了聲更凄
삭풍(朔風)이 몰아쳐서 변성 버들 꺾었네.　朔風吹折邊城柳

구월달 천산(天山)의 새벽에　九月天山曉
한많은 호아가 버들을 꺾네.　胡兒怨折柳
시름짓는 수자리 병사는 잠 못 이루어　征人愁下眠
고향 생각 사무쳐 백발이 되었네.　思鄕盡白首

59. 가지에 꽃 가득　　花滿枝

대방성(帶方城)[85] 위에는 달이 눈썹 같은데　帶方城上月如眉
대방성 밑에는 꽃이 만발하였네.　帶方城下花滿枝
꽃은 곱게 피었다가 쉽게 시들어 밉지만　生憎花開芳易歇
달은 기약대로 찾아오니 부럽네.　每羨月來長有期

60. 능한각을 지나면서 읊음　　過凌寒閣吟

대방성(帶方城) 안에는 능한각 있고　帶方城中凌寒閣
눈 속에 매화는 땅 가득 떨어졌네.　雪中梅花滿地落
송사가 없으니 관청문은 열지않고　官門不開訟庭閒
능한각 안에는 오직 삼척 거문고 뿐.　閣中惟有琴三尺

---

84) 호아(胡兒) ; 한(漢)나라 때 북방아이를 낮추어 한 말. 북방 소년들은 양을
　　기르고 수비대에서 일했음.
85) 대방성(帶方城) ; 전라도 남원성(南原城)의 옛 이름.

61. 능한각 강선사   凌寒閣降仙詞

계수나무 그늘에는 이슬이 반짝이니	桂樹陰陰桂露霏
월궁에 모여드는 신선들 같네.	月宮爭集紫霞衣
옥피리 맑은 소리 구름을 헤쳐 오니	一聲玉笛來雲外
아마도 신선이 학을 타고 오는게지.	知有靑童跨鶴歸

62. 낭군이 오래도록 외지에서 공부하다가 뜻을 이루지 못하고 돌아올 때 내가 위로하여 말하기를 「부귀는 하늘에 있으니 과거급제는 한 번 뛰어서 오를 수 없으며, 궁달은 때가 있으니 뜻을 두었다 하여 한번에 이루어지지 않으므로 뜻만 있으면 마침내 이루게 되나니 다시 열심히 재기를 도모하시오」하고 서울에 문장가가 많다는 말을 듣고 시를 지어 읊음

夫子久遊 不得意 及歸 余慰之日 富貴在天 雲宵不可 一蹴而上 窮達有時 志業不可 一行而決 只是有志者 事意成 更加勤業 以圖再擧 憑聞京華 文章之盛 卽吟 一律

들자니 서울의 번화한 집안에는	聞道京華屋
선비들도 많다 하던데	方今學士多
문장은 금수로 장식하고	文詞粧錦繡
풍화는 청아[86]가 무성한듯 하다지요.	風化蔚菁莪

86) 청아(菁莪) ; 선비를 지칭함인데 「시경」에 「菁菁者莪」라는 귀절이 나옴. 또는 인재를 교육하는 일.

재주는 구양수(歐陽修)와 소동파(蘇東坡)를 견주고　才敵歐蘇否
시문은 이태백(李太白)과 두자미(杜子美)와 같다지요.　詩如李杜何
오로봉®을 빌어다가 필봉(筆鋒)을 삼고　聊將五老筆
한강(漢江) 물결을 당기어 벼루물로 글 지으시오.　掀挽漢江波

63. 입산하는 낭군에게　　　　　　　　寄入山夫子

교산(蛟山)® 속에 들어가서 문을 닫고서　閉戶蛟山裏
독서하며 밤은 깊어 사오경　讀書四五更
악양자(樂羊子)® 공부는 이미 독실하였고　羊君工已篤
두목(杜牧)®의 공부도 끝내 이루네.　杜子業終成

일찍이 선대의 유업을 이었건만　早冀勝先緒
양명(揚名)은 왜 이렇게 늦어질까.　何遲立厥名
명년에도 새 봄이 돌아오면은　明年春色至
또다시 과거보러 낙약성을 향하겠지.　又向洛陽城

87) 오로(五老) ; 중국의 산 이름.
88) 교산(蛟山) ; 남원 근처에 있는 산. 허균(許筠)도 이곳에 살아서 호를 교산
　　이라 했음
89) 악양자(樂羊子) 중; 국 후한 때 하남 사람 양자가 스승 찾아 공부하다가 도
　　중에 돌아오니 아내가 칼을 들고 짜던 베를 자르려고 하는 말이 '그대가
　　공부하다 중도에 돌아오니 짜던 베를 자르는 것과 무엇이 다르랴' 함으로
　　다시 공부하여 큰 학문을 이룬 일이 있었던 고사.
90) 두목(杜牧) ; 중국 만당(晚唐)때 시인. 자가 목지(牧之). 서화에도 능한 호
　　방한 시인. 우리나라에서는 멋쟁이 시인의 표본으로 알려져 옴.

64. 서울로 가는 낭군에게 드림　　贈上京夫子
9수　　九首

(1)

스믈 일곱의 아내와 남편　　廿七佳人廿七郎
몇 번이나 이별 장면 가지었던가.　　幾年長事別離場
이 봄에도 장안길을 향해야 되니　　今春又向長安去
두 뺨에 두 줄기 눈물 금할 길 없네.　　雙鬢猶添淚兩行

(2)

지사(志士)가 한창 나이 집을 어찌 돌보랴　　志士當年不顧家
가난한 집안에는 뜻높은 인재 많아　　席門多有建高牙
이별에 즈음하여 옛일을 읊으니　　臨分誦道前人事
금의환향 언제하여 고향 마을 빛내오리.　　晝錦何時鄕里夸

(3)

늙은 말은 밤새도록 먹이를 먹었는데　　老馬終宵齗豆其
떠날 사람 행장은 왜 이렇게 더디던고.　　行人將發故遲遲
치마걷고 여종은 부엌에 들어와서　　搴裳小婢來廚下
기장 밥은 첫 새벽에 지었다 하네.　　爲報黃粱已曉炊

(4)

원앙금 침대에는 새벽 닭이 일찍우니　　鴛鴦枕畔鷄聲早
낭군은 천리 갈길 행장을 차리시고　　遠客行裝千里道
늙은 종은 문 밖에 말을 끌고 나가서　　老僕開門步征馬
부싯돌로 불 붙여 담배만 태우네.　　石鐺獻火燃南草

(5)

봄철 준비 집집에 복사꽃은 피었는데	春事家家桃始華
상쾌한 이른 새벽 주렴을 걷어 놓고	淸晨早起捲窓紗
천리의 장안길을 떠나 보내고 나서	千里長安相送去
솟아 오른 아침 햇살에 짙은 안개 사라지네.	溪山朝日散餘霞

(6)

대나무 사립문 밖에 떠난 사람 멀어지니	白竹扉前遠送客
동풍에 말굽소리 아침 구름 밟으리.	東風征馬踏朝雲
이별에 이르러 정표가 없을소냐	臨行不可無相贈
난초 언덕에 나가서 향초나 드릴까.	遵彼蘭畦拾晚芬

(7)

돌아갈 길 아득한데 돋아나는 방초야	歸路迢迢草吐芽
동풍에 저하늘가로 낭군을 보냈네.	東風送客一天涯
이별에 소매 잡고 깊이깊이 하는 당부	摻子之手執歸袂
규방 속의 이슬 같은 아내는 생각마오.	莫念閨中朝露花

(8)

성동 문 밖에서 비는 처음 개이고	城東門外雨初晴
방초 언덕머리에 백마는 울고 섰네.	芳草堤頭白馬鳴
십년 동안 부질없이 이별도 부끄럽소	愧我十年長是別
아! 천리길이 누구를 위함인가.	嗟君千里爲誰行

세상에 뛰어난 기남자를 보건대	須看世上奇男事
인간에 연약한 아내 생각 하던가요.	肯作人間匹婦情

뜻 높던 종군[91]의 종건절에 배운다면   有志終軍終建節
청사에 길이 빛날 꽃다운 이름이리.   史編所以載芳名

(9)

늘어진 버들가지 땅을 스쳐 가벼운데   楊柳千絲拂地輕
비단같은 꾀꼬리 아름다운 노래 불러.   錦蠻黃鳥兩三聲
금년에도 이별인가 작년과 같이   今年又作昔年別
언제 다시 돌아올지 오늘 이 길이.   何日將回此日行

내가 지금 하는 말은 뼈저린 부탁이오   吾所贈言皆血悃
그대 만약 게으르면 어찌 인정이라 하리오.   子如怠業豈人情
옛날의 격언 말씀 잘 아실테죠   古之格語能知否
뜻이 있으면 모든 일 이룬다고.   有志者皆事意成

91) 종군(終軍) ; 종건절(終建節)이라 하며 종군기수(終軍棄繻)란 말이 있는데
　　종군(終軍)은 중국 한나라 때 젊은 명사로서 남쪽 월(越)왕을 잡아오겠다고
　　국경을 넘을 때 신표로 주는 국경 경비원의 비단에 쓴 문서(반을 갈라서
　　나눠 가졌다가 맞춰보는 신표)를 대장가부공이 없으면 돌아오지 않는데 이
　　게 뭐 필요하냐고 던졌던 고사.

65. 낭군이 서울로 떠날 때 술을 권하였는데 옛사람의 권주가를 본받아서 노래로써 권하다

夫子作京行 臨發 勸之以酒 效故人勸酒歌 歌之以侑

3수   三首

(1)

임에게 술 권하니	勸君酒
그대는 사양 마오.	勸君君莫辭
유령(劉伶)과 이백(李白)도 모두다 무덤가니	劉伶李白皆墳土
한잔 한잔 뉘 있어 권하리오.	一盃一盃勸者誰

(2)

임에게 술 권하니	勸君酒
그대는 또 드시오.	勸君君且飮
인생 행락이 얼마나 되겠는가	人生行樂能幾時
내가 그대 위해 장검(長劍) 춤을 추리라.	我欲爲君舞長劍

(3)

임에게 술 권하니	勸君酒
그대는 취하시오,	勸君君盡醉
독수공방 상머리에 돈인들 원치않소.	不願空守床頭錢
그대가 벌주든듯 오래오래 같이 드소.	但願長對眼前鱓

66. 낭군을 모시고 낙화를 보며 읊음　　奉夫子見落花吟

꽃이 떨어져 뜰에 가득하니	落花滿庭上
동자야 가엾다 쓸지를 말아.	童子且莫掃
조각조각 늦은 봄에 흩어졌구나	片片散餘春
낱낱이 흩날려 방초를 수놓았네.	箇箇點芳草
제비는 발로 차서 집 처마에 붙고	蹴去付堂燕
산새도 꽃잎 물고 날아 오르네.	含飛有山鳥
보아서 싫지 않아 아끼는 마음	愛惜不厭看
날 새기가 무섭게 창문을 여네.	紗牕捲簾早

67. 초당에서 낭군을 모시고 읊음　　草堂奉夫子吟

고운 안개 비단 같고 버들은 안개끼듯	彩霞成綺柳如煙
인간 세상 아니고 별천지 같네.	非是人間別有天
십년 동안 서울로 분주히 뛰던 임이	洛下十年奔走客
오늘은 초당에 신선같이 앉았네.	草堂今日坐如仙

68. 남편이 산 양지쪽에 수 경(頃)의 밭을 사놓고 농업에 힘쓰므로 첩이 수 편의 농사 노래를 지어 부르다

夫子於山陽 買田數頃 勤力稼穡
妾作農謳數篇 以歌之

8수   八首

(1)

아침에 해뜨니   日初上

너른 들에 푸른벼 가득히 한결같네.   平郊綠秧色一樣
도롱이 메고 잡초 매고 돌아오네   荷簑歸來理荒穢
아름다운 곡식싹 잘도 자라네.   嘉穀漸看長

그대 싹은 한자가 못되었지만   君苗不盈尺
우리 싹은 퍼져서 손바닥같네.   我苗平如掌
싹들의 힘이 서로 달라서가 아니고   非苗不齊力
힘써서 가꿈에 따라서 다르다네.   不齊莫流蕩

(2)

해떠서 한 낮되니   日已午

등줄기가 따가와 땀 방울이 흐르네.   日煮我背汗滴土
잡초를 뽑고 나니 긴이랑 마치었네   細討莨莠竟長畝
며느리 시어미가 참 음식 차려오니   少姑大姑饗麥黎
국도 달고 밥 맛 좋아서   甘羹滑流匙矮粒
배불러 나오는 고복의 노래   任撑肚鼓腹行
근고의 보람이 이 아니냐.   且歌飽食在勤苦

(3)

| 해가 지려하니 | 日欲斜 |

농부들은 돌아가 잠간 다리펴러는데　　　　農夫可還家暫伸脚
사방에서 꼬끼요 닭이 울어대네　　　　　　四隣喔喔鷄聲多
닭소리 들으면 또 도롱이 지고　　　　　　聽鷄聲又荷簑
일년 삼백 육십일 도롱이 지니　　　　　　荷簑一年三百六十日
쉬는 때가 그 몇날이나 되던가　　　　　　休息時能幾何日
해뜨면 나가 갈고 해지면 쉼이 생애라네.　出作日入息足生涯

(4)

대나무 울타리에 새벽 닭이 울면은　　　　竹籬東畔早鷄鳴
집에 있던 농부들 밭갈이 나가네.　　　　在家農夫出畝耕
며느리는 물길어다 보리밥 짓고　　　　　小姑汲水炊麥飯
시어머니는 솥을 씻어 아욱국 끓인다네.　大姑洗鼎葵作羹

(5)

대울타리 남쪽 언덕에 낮닭이 울면은　　　竹籬南畝午鷄鳴
아래밭에 있던 농부 윗 밭에 올랐네.　　下畝農夫上畝耕
짧은 치마 여종 불러 이르는 말이　　　　喚出短裳廚下婢
밥광주리 이고 올 땐 저 길로 오라 하네.　戴筐遵彼草間程

(6)

대울타리 서쪽 언덕에 저녁닭이 울면은　　竹籬西畔夕鷄鳴
앞 이랑에 밭갈던 농부 뒷 이랑을 넘어섰네.　前畝農夫後畝耕
점심 그릇 돌아가고 나뭇꾼이 지나가니　　饁婢俄歸樵僕至
집집마다 부엌에는 저녁 연기 일어나네.　中廚又見夕煙生

(7)

자욱히 연기는 이곳 저곳 일어나고	漠漠煙生處
박꽃은 집집마다 지붕에 만발했네	匏花滿屋開
모두들 논또랑물 서로 다퉈 끌어대니	野渠爭灌注
논에는 모내기가 절반이 되었을까.	田稻半分栽

백로는 짝지어 어디로 날아가나	白鷺雙飛去
송아지 설렁설렁 집 찾아 내려오고.	黃牛獨下來
해는 기울어 이미 황혼이니	斜暉已夕矣
도롱이 삿갓 들고 집으로 돌아가세.	簑笠可歸哉

(8)

황혼에 산 밖을 나려오니	落日下山外
농부들은 호미를 씻을때네	農夫可洗鋤
달은 졌다가 또 다시 뜨고	月落復還出
씻은 호미는 다시 또 잡는구나.	洗鋤還把鋤

69. 봄날에　　　　　春日卽事

5수　　　　　五首

(1)

봄빛이 반은 갔네 초당 모퉁이	韶華將半草堂隅
활짝 핀 앵두 나무는 몇 그루인가.	花發櫻桃問幾株
고요한 정원안에 낮인데 한가롭고	寥落園中晝無事
울타리를 돌면서 병아리나 헤어 보네.	時巡籬落課鷄雛

(2)

꾀꼬리 우는 버들 숲에 여름 해는 길고	鶯啼綠樹晝如年
장막 속에 탑처럼 하는 일 없이 앉아 있네.	簾幕中間坐塔然
느지막이 찾은 곳은 벌들이 떠드는 곳	日晩忽尋蜂鬧處
장다리꽃 만발한 울타리 앞이라네	蔓菁花滿短籬前

(3)

아침엔 아이들 가르치고 저녁엔 채소에 물주며	朝灌朝童暮灌蔬
돌아와선 언제나 성현서적 읽는다오.	歸來好讀聖賢書
야인은 오지 않아 중문을 닫아놓고	野人不到重門掩
아름다운 산새 소리 가랑비 뒤에 들리네.	山鳥一聲細雨餘

(4)

복사꽃 만발하여 온 천지가 화려하여	桃花灼灼滿地開
베틀 머리 짜고 있는 붉은 비단 같구나.	怡似機頭紅錦裁
동풍아 멋대로 불어 꽃지게 하지 말아	莫遣東風任吹去
산새를 가르쳐서 물고 오게 하고 싶다.	故敎山鳥好含來

(5)

매화는 열매 맺어 천백알이 달렸는데	梅花結子子千百
철없는 동자들아 팔매질을 말아야지.	莫敎兒孫投瓦石
남풍 불어 익을 때를 잠시만 기다려서	姑待南風黃熟時
원님에게 조리하여 태각(台閣)에 드려야지.	爲調鼎鼐獻台閣

70. 여름날에　　　　　　　　　夏日卽事

3수　　　　　　　　三首

(1)

개인 아침 잠 깨니 해는 이미 높았는데　　晴窓睡起日將晚
꾀꼬린 무슨 심사로 후원에서 울고있나.　　黃鳥何心啼後苑
문밖에선 그네 뛴다 소식 들으니　　　　　門外鞦韆有消息
금년 한해도 반쯤은 지났는가.　　　　　一年年事又過半

(2)

비 잠간 뿌리더니 바람도 가벼워　　　　雨乍霏霏風乍輕
초당의 긴 여름 몹시도 맑구나.　　　　草堂長夏不勝淸
퍼지는 노래가락 어디서 온 것일까　　　一聲歌曲來何處
우거진 녹음 속에 새소리인 줄이야.　　芳樹陰中好鳥鳴

(3)

살구씨는 푸른데 매화는 무르익어　　　杏子靑靑梅子黃
한 해의 좋은 시절 또다시 단오라네.　　一年佳節又端陽
녹음진 어느 곳이 놀기가 좋을까　　　　綠陰何處芳遊好
마을 앞 그네매어 아가씨들 타게 하네.　村巷鞦韆付女娘

71. 시골에 살면서 村居卽事

8수 八首

(1)

나란히 선 초가집이 마을을 이뤘는데　比簷茅屋自成村
뽕밭 삼밭 가랑비에 한낮에도 문은 닫고.　細雨桑麻晝掩門
마을 앞 흐른 물에 복사꽃 떠가니　洞口桃花流水去
이몸이 무릉도원에 있는가 싶구나.　却疑身在武陵園

(2)

늙은 나무 큰바위가 누워 있는 마을에서　老樹磈礧偃臥村
한몸 맡겨 살고픈 맘 반쯤은 있네만은.　一身生意半心存
머리 흰 늙은이가 농사일을 모르나니　白頭故老不知種
세상 풍상 시달려서 뿌리만 견고하네.　閱盡風霜但固根

(3)

마을 앞에 오래 된 아름드리 느티나무　老榆連抱立村邊
동그란 어린 잎들 엽전을 포개놓은듯.　嫩葉團團疊小錢
나무위에 푸른 그네 백자로 늘어지고　上有靑絲垂百尺
아가씨들 떠들썩 선녀처럼 그네뛰네.　女娘撩亂學飛仙

(4)

우리 집은 동쪽 냇가 언덕에 있고　小溪東畔是吾家
집에는 두 그루 설투화(雪鬪花)[92]가 핀다오.　家有雙株雪鬪花

---

92) 설투화(雪鬪花) ; 불두화(佛頭花). 일명 설토화(雪吐花), 절간 뜰에 많음.

꽃 아래 백여 길의 맑은 샘 있어 　　　　　花下深泉澄百尺
새벽에 달빛 안고 물도 길어온다네. 　　　　清晨起汲月婆裟

(5)

아득한 들판에 푸른 안개 이는데 　　　　　平郊漠漠起蒼烟
백로는 훨훨 날아 들 논에 내리네. 　　　　白鷺飛飛下野田
여자는 삿갓 남자는 도롱이로 들길 바쁘고 　女笠南蓑爭去路
석양에 스친 비는 앞 내를 지나네. 　　　　夕陽斜雨度前川

(6)

목동의 피리소리 냇가를 지나는데 　　　　　數聲牧笛過溪南
멀리 퍼진 방초는 쪽빛보다 진하구나. 　　　芳草連天碧勝藍
저 멀리 아득한 안개 낀 나무 밖에 　　　　漠漠平郊烟樹外
백로 서너마리 석양에 날아가네. 　　　　夕陽飛去鷺三三

(7)

너른 들에 해가지니 숲 그늘 짙고 　　　　　平郊日落樹生陰
산밑 마을에선 다듬이 소리 퍼지네. 　　　山下孤村動夕砧
한 가락 나무꾼 노래 어디서 들려오나 　　一曲樵歌何處起
흰 구름 깊은 곳에 나무지고 돌아오네 　　負薪歸路白雲深

(8)

흰대 쌍사립문 해저무니 잠그고 　　　　　白竹雙扉日暮扃
자욱한 연기 속에 삽살개 짖네. 　　　　蒼烟深處盧令令
요즈음 농촌은 일손 바쁜 길쌈에 　　　　田家近日麻工急
별처럼 반짝이는 마을의 등불들 　　　　次第隣燈杏若星

72. 농가　　　　　　　　　　　　　農　歌

산빛은 비온 뒤에 아름답고	山光經雨好
시냇물 소리 바람타고 요란하다.	溪響得風多
문밖은 온통 밭둑에 둘렸고	門外環阡陌
때때로 농군의 노래 들려오네.	時時聽野歌

73. 상서 권업(權㦿)[93]은 국구와 서로 친한 터이므로 매양 서신으로 경례하였다. 전해진 편지축[簡軸]을 보며 짓다.

故尙書權公㦿　卽王舅考之所相重也　每以書信相問
敬禮深摯　簡軸尙傳　披覽題詩

인간의 사교가 깊고 얕음이 있는데	交道人間有淺深
그 누가 백아의 거문곡조 야양곡(峩洋曲)[94]을 알아 주랴.	峩洋誰識伯牙琴
정성어린 편지 한 장씩 오가는 사이	聊將情翰長相贈
천리라도 머지 않아 한마음 통하겠지.	千里惟通一箇心

---

93) 권업(權㦿) ; 조선시대 무신(1669-1738)
94) 아양곡(峩洋曲) ; 곡조 이름. 백아(伯牙)가 거문고를 타는데 종자기(鍾子
　　期)만이 그 곡조를 알았으므로 후세에 친한 친구라면 이 두 사람을 으레히
　　말한다.

74. 6월 25일은 시아버님 회갑이다. 도백인 원인손[95]이
　　기이한 병에다 술을 담아서 보내왔는데 이는 참으로
　　원방의 기괴한 물건이다. 이것을 집으로 보내는데 마
　　침 주둥이와 발이 상하였기에 송진으로 붙여서 보내
　　면서 한 수의 시를 읊는다.

　　六月二十五日 即尊舅之晬辰也 道伯元公仁孫以寄壺
　　盛酒饋之 乃遠方奇怪之物也 因以傳家適傷唇足 以
　　松脂塗傳之 遂吟一絶

이역의 물건인데 그렇듯 기이할 줄이야　　　　物從異域始知奇
푸른 구리바탕에 사기로써 수놓았네.　　　　　質以靑銅飾以磁
이는 어진분이 보내신 은혜라고　　　　　　　此是賢公遺惠物
발과 입술 상할까 봐 아이들 타이르네.　　　　恐傷唇足戒諸兒

95) 원인손(元仁孫) ; 조선시대 문신(1721-1774)

75. 임술년 겨울 남원에 이사온 학사 심상규[96]가 대를 심
    고 난 뒤 지은 '종죽시'를 부군께서 들려 주시므로
    첩이 거기에 차운하다.

壬戌冬 學士沈公象奎 僦居南原 有種竹韻 夫子傳誦
之 妾次之

2수   二首

(1)

울긋불긋 여름꽃은 애욕이 섞인 얼치기	紅紅白白愛渾癡
너만의 푸르름은 너만이 알지.	獨自靑靑獨自知
둥근 달 밝아올 때 그 줄기 더욱 좋고	月正明時竿始好
세찬 바람 부는 곳에 마디 더욱 기이하지.	風方勁處節尤奇

사람들 너로 인해 속되지 않게 되고	令人無此終爲俗
나 또한 너를 보면 배고픔을 모르네.	使我看之不覺飢
시원한 너의 그늘 땅 가득히 퍼지면	最是淸陰濃滿地
시 읊고 술 마시며 바둑 또한 좋으리.	也宜詩酒也宜碁

(2)

묻노라 인간의 대장부들아!	借問人間大丈夫
굳센 줄기 눈 속에서 고고한 줄 아는가.	孰知勁幹雪中孤
추워져야 비로서 그 존재를 알리니	歲寒然後方知有
공이 사랑해 주기 전엔 알아 줄 이 없었으리.	公愛之前識者無

96) 심상규(沈象奎) ; 조선시대 문신(1766-1838). 우의정·좌의정·영의정에
   이르렀다.

잠간 보자고 심었노라 말하지 마오	莫爲姑看薄言種
깊이 싸고 보살펴야 말라죽지 않으니	若非深壅卽將枯
슬픈 것은 공이 왕을 뵙는 날에	所嗟鑾珮朝天日
옮겨다 옥탑 곁에 심어 주지 못함이네.	何不移栽玉榻隅

76. 갑자년 3월 26일에 별안간 시아버님 상을 당했다. 살림이 가난한 탓으로 상례를 치룰 길 없어 빚을 내서 치루긴 하였으나 기한이 넘도록 갚지 못하였다. 낭군이 빚 갚을 돈을 마련하려고 나가셨으므로 이 시를 지어 보내드린다

甲子三月二十六日 奄遭尊舅之喪 家貧無由 盡初終之節 貸人錢以畢喪葬之禮 過期未報 夫子欲辯債資 出外 送之以詩

장례 빚이 산처럼 쌓인 줄 누가 알리오	誰知喪債積如丘
울면서 동남쪽 영남땅으로 갔었네.	泣向東南嶺海陬
백자루 돈으로도 은혜 갚기 어려운데	百橐元難傾産報
한푼의 돈인들 어찌 내 몸 위해 구할건가.	寸金豈欲爲身求

| 정성이 감천되어 길에서 선녀 만나 | 誠應路上逢天女 |
| 단양(丹陽)⁹⁷의 맥주(麥舟)⁹⁸처럼 도움 있으리. | 義必丹陽有麥舟 |

---

97) 단양(丹陽) ; 중국의 지명. 하북성(河北省) 단수(丹水) 남쪽.

98) 맥주(麥舟) ; 배로 보리를 실어 나르는 것으로 남의 장례에 부조하는 것을 「맥주」라 한다. 송나라 범중엄(范仲淹)의 아들 요부(堯夫)가 고소(姑蘇)에 가서 보리 오백 곡을 실어 배로 단양(丹陽)에 옮겼는데 이때 마침 석만경(石曼卿)이 상을 당했으나 가난하여 장례를 치루지 못하고 있음을 보고 그 보리를 장례의 부조로 주었다는 고사에서 연유함.

내가 당신께 보내드릴 한 말씀은   我以一言行且贈
아! 지극한 효도 세상에 짝 없다는 말 뿐.   嗟哉至孝世無儔
(부군께서 가야산을 지나다가 인삼 수십 뿌리를 얻었다. 그것을
대구 약방에다 팔아서 그 돈으로 장례 빚을 갚았다.)
(夫子行過伽倻山 得人蔘數十根 往賣大邱藥肆歸報其債)

77. 을축 봄에 심상규께서 가선대부에 올라 전라감사로
　　부임하셨다. 그때 환약을 보내 주셨는데, 부군께서
　　시를 지으셨으므로 첩이 이에 차운했다.

　　乙丑春 松安沈公象圭 以嘉善 按察湖南 送丸藥 夫子
　　有詩 妾次之

금단(金丹)[99]의 환약으로 백성을 구제터니   金丹裹送壽民餘
의국(醫國)의 비방이 초막까지 미치었네.   醫國神方及草廬
만약 이 환약으로써 능히 중생 건진다면   若以此丸能濟衆
천하의 유행병이 모조리 없어지리.   八邦瘟疫盡將除

99) 금단(金丹) ; 도사가 금으로 조제한다는 불노장수의 환약.

78. 수문장 방우정(方禹鼎)이 와서 절도사를 보좌하고 있
  었는데, 마침 그가 부군께 흰 부채를 선사하였다. 그
  부채 위에 쓴 부군의 시에 차운하다.

  守門將方公禹鼎 來佐幕府 送素團扇 夫子題其面 妾
  次之

달처럼 거울처럼 둥글고 맑은 것이	圓如明月復如鏡
청풍을 불어내니 얼굴이 서늘하네.	喚起淸風吹面凉
처음엔 소상강 반죽⑩인가 애절터니	始憐瀟湘江上竹
물들이니 창오산⑩ 흰구름 빛이 되었네.	染得蒼梧白雲光

79. 부군께서 수문장 방공에게 흰 무명베를 답례하매 첩
  이 대신 쓰다.

  夫子以白布謝方守門將妾替寫之

오두마로 장군을 보좌하여

장군 행차 보좌하여 남으로 다섯 말 달렸거늘	佐旆南隨五馬騑
영화로운 오늘에 어찌 옷이 없겠소만.	華堂此日豈無衣

100) 상강 상죽(瀟湘江上竹) ; 중국 소상강에서 나는 아롱진 무늬가 있는 대인
   반죽(斑竹). 옛 순(舜)임금이 죽자 그의 두 부인 아황(娥媓)·여영(女英)
   이 소상강에서 슬피 울어 피눈물 을 뿌렸기 때문에 그 자리에서 얼룩진
   대나무가 났다는 전설.
101) 창오산(蒼梧山) ; 중국의 산 이름. 순임금이 이 창오산에서 죽었다 함.

한미한 아낙네가 베틀로 짠 것이니	聊將寒女機中織
장안에 가거든 다듬으면 빛나리라.	歸擣長安一片輝

80. 둘째 딸을 시집보내고 　　　　嫁 二 女

딸아이가 시집가던 날은	之子于歸日
도요(桃夭)[102] 때가 아직 안되었었지.	未及桃夭節
마부가 새 가마 메자	僕夫駕新轎
펄펄펄 눈이 날렸었네.	飄飄飛雨雪

몸종이 앞에서 길 인도하자	侍婢行前導
막내딸은 이별의 눈물 흘렸었네.	季妹泣相別
이때 내가 준 한 마디 말은	臨門贈一語
부디 잘 모시고 살림 잘 해라.	宜家又宜室

81. 꽃이 그려진 부채에 쓰다 　　　題花團扇

푸르고 흰 저것이 뉘집에서 나왔나	靑靑白白出誰家
폭 가득한 가지마다 꽃송일세.	滿幅芳枝枝枝花
하룻밤 동풍이 불어 주는 날	一夜東風吹不已
가지마다 오롱조롱 열매 달려 휘어지리.	將看結子滿枝斜

---

102) 도요(桃夭) ;「시경」 '주남'(周南)의 편명인데 혼인의 적절한 시기를 말
　　함.

82. 맑은 청주　　　　　　　　　　　清 清 酒

맑디 맑아 참대같이 맑은 술　　　　　清清酒淸如竹
아이야 나를 위해 가득 부어라　　　　童子爲我須深酌
초당에 반가운 손님 계신다.　　　　　草堂有佳客

83. 흐린 탁주　　　　　　　　　　　濁 濁 酒

흐리고 젖빛처럼 흐린 술　　　　　　　濁濁酒濁如乳
아이야 잔 씻고 다시 부어라　　　　　奴子洗盞更引滿
서족 밭에는 농부가 있단다.　　　　　西疇有農夫

84. 담락당 다섯 형제분의 효행을 삼가 적는다.

16수

謹述湛樂堂五昆季孝行

十六首

선조를 공경히 제사하다 [敬祀先祖]

　언제나 선조의 제삿날이 되면 하루 전에 목욕재계(沐浴齋戒)하고 채
소 과일·포(脯)·식해(食醢) 따위는 어느 것이나 다 몸소 건사하고, 자
손의 차서와 제사 모시는 절차는 모두 다 앞서 이끌어, 살아 계신 듯이
모시는 정성을 다하셨다.

　每當先祖之忌　前一日　沐浴齋戒　蔬果之類　脯醢之物　莫不躬
執　子姓之序　進獻之節　無不先導　以致如在之誠

제사 의식 아신 것은 어린시절부터니	敬陳俎豆自兒嬉
제사때면 지키셨네 대례[103]의 의식대로	享祀能遵戴禮儀
성복으로 새벽부터 몸소 건사하시니	盛服淸晨先執事
온 집안이 가득찼네 성의와 공경으로	滿庭誠意肅恭時

아이들을 깨우치다 [警諭群弟]

언제나 날이 밝으면 윗 어른 아침 문안을 마치고 당신 방으로 돌아와서 아우들을 불러 앞에 늘어 앉히고 말씀하셨다. "나와 아우들은 어떻게 부모의 은혜를 갚을 것인가. 내가 부모님께 들었는데 공자는 말씀 하시기를 '인격을 세우고 도리를 행하여 후세에 이름을 드날려서 부모를 명예롭게 하는 것이 효도의 마지막 일이다.'고 하셨다. 나는 이제 불초하여 부모님을 모시러 돌아왔으니 힘껏 농사지어 부모님에게 이바지하는 것은 내가 할 일이거니와, 글 읽기를 부지런히 힘써 부모님을 명예롭게 하는 것은 아우들의 할 일이니, 애써 하라, 잊지말게."

每鷄鳴 畢晨省之禮 退歸私第 招諸 列坐于前日 惟吾若弟何以答父母之恩耶 嘗聞諸父母 仲尼日 立身行道揚名於後世以顯父母孝之終也 我今不肖 已歸于養竭力耕田 以供父母是吾之職 勤力讀書以顯父母 是汝輩季之責 汝等勉哉念哉

부모님께 이바지는 내가 맡을 터이오	養親有道我歸田
집안 명예 있는 것은 아우네를 믿겠네	紹繼家聲賴弟賢

---

103) 대례(戴禮) ; 중국 한(漢)나라의 대덕(戴德)·대성(戴聖)이 찬집한 예절에 관한 책. 대덕의 것을 대대례(大戴禮), 대성의 것을 소대례(小戴禮)라 한다.

서재에서 공부하기 게을리들 말지니　　　勤業鷄窓須莫懶
부모님네 백발되어 이미 늙어 계시네　　　高堂鶴髮已臨年

서쪽 밭에 곡식 익다 [西疇登稼]

　세상에서들 말하기를 청백(淸白)하면 집안이 가난하다고 한다. 일찍이 한탄하시며 "어려서는 어버이가 양육하되 자라서는 어버이를 봉양하는 것이 곧 자식으로서 되갚아 공양하는 도리이니, 만약 한 가정을 계획하되 부모의 공양을 생각하지 않는다면, 마침내 다행히 입신양명(立身揚名) 하더라도 녹(祿)이 공양에 미치지 않을 것이니 뉘우쳐 한탄한들 무슨 소용이 있으랴." 하시고 곧 벼슬길에 오를 공부를 그만두고 농사를 부지런히 힘쓰셨다. 오직 산 양지 쪽에 밭 하나가 있었는데 마침 정무년(丁戊年)의 큰 가뭄에 밭의 싹이 시드는 것을 몹시 걱정하여 하늘에 빌어 "윗밭에 차기장을, 아랫 밭에 메기장을 많이 심었는데, 이 불효 자식으로 하여금 부모를 잘 공양하게 하소서." 하시니, 하늘이 비를 흠뻑 내려 싹이 불끈 일어나서, 드디어 크게 수확하였다.

　世傳淸素家業零替　嘗喟然歎曰　幼而養於親　長而養其親　是人子反哺之道也　若爲門戶之計　而不顧父母之養　則畢竟雖幸而立揚　祿不逮養悔恨何及　卽廢公車業勤力稼穡　惟有山南田一頃　適值丁戊之大旱憫其槁　仰祝于天曰　上田多稼下田多黍　使此不孝能養父母　天乃沛雨苗仍勃興　遂得大有

도롱이로 날마다 밭을 가시며　　　身着簑衣日耕田
정성으로 언제나 비를 비시니　　　每將誠意祝旻天

왕숭[104]만이 우박을 그치게 했나	王崇止雹奚專美
마른 곡식 단비 맞아 풍년 들었네	能使枯禾大得年

돌림병을 물리치다 [辟除瘟疫]

임기년(壬己年)에 돌림병이 성하매 '간사한 것이 바른 것을 범하지 못하느니라.[邪不犯正]'이란 넉 자를 써서 부모님의 침실 벽에 붙였더니 서씨(徐氏) 성을 가진 이웃사람이 꿈에 졸개 귀신이 서쪽에서 와서 바로 이 댁에 들렀다가 벽 위의 네 글자를 보고는 물러가 동쪽 집으로 가는 것을 보았는데 이튿날 들으니 동쪽 집 사람이 죽었다고 하나, 부모님은 끝내 앓지 않으셨으므로 사람들이 효성의 감응(感應)이라 하였다.

壬己之年 瘟疫大熾 嘗以邪不犯正四字 書于父母之寢壁 隣人有徐姓者 夢有一鬼卒 自西而來 直向于室 見壁上四字而退 卽向于東家 翌日聞之 則東家人已死 堂上竟畢無恙 人謂之誠孝之感

돌림병 크게 돌아서	瘟疫輪回大染人
서쪽 동쪽 모두 아우성	西隣叫痛又東隣
능히 귀신을 물리치시니	能令鬼卒難爲崇
어버이께서는 무사 하셨네	一枕高堂自穩身
(여기까지는 이락당 맏시아주버니	（上二樂堂長柴叔灝之行）
호(灝)의 행실이다)	

---

104) 왕숭(王崇) ; 중국 후위(後魏)사람. 형제가 모두 효자로 이름남. 몸소 농사지어 양친을 공양하고 부모 상(喪)에 복을 벗고도 묘소 곁에서 계속 살았다.

동쪽 횃대에 닭을 기르다 [東架養鷄]

집에 계시면 어버이에게 맛난 것으로 늘 이바지하시되 조금도 소홀히 하지 않으셨다. 늘 봄·여름에 암탉을 길러 매우 많은 병아리를 까서 울타리 근처에 놓아 길렀는데 여우·삵괭이 따위나 솔개·올빼미 따위가 감히 해치지 않았으며, 병아리가 먹을 만큼 크면 날마다 한 마리씩 잡아서 자미(滋味)로 이바지하셨다.

居家 以養親爲事 甘旨之供 未嘗少廢 每於春夏 乳其雌鷄 得雛甚多 放養於籬落之間 狐狸之屬 鴟鵂之類 不敢爲害也 雛旣可炙 日殺一翎 以供滋味

가난한들 부모님께 맛난 음식 못 올리랴	北堂滋味愧淸貧
닭 길러 새벽 때를 울게 함이 아닐세	養得群鷄不爲晨
모용(茅容)⑯의 참된 공양 그 뜻을 누가 알리	誰識茅容誠養意
때마다 부엌에서 닭 삶아 바치시네	中廚烹炙逐時新

눈바람 속에 낚시하다 [風雪釣魚]

가난하므로 늘 맛난 음식을 갖추지 못함을 괴로워하셨다. 한겨울에 기후가 매우 추운 때이었는데, 도롱이를 걸치고 낚싯대를 들고 앞 내에

105) 모용(茅容) ; 중국 후한(後漢)사람. 비가 내려 나무 밑에서 비를 피하는데, 다른 사람은 자세를 흐트리되 모용만이 바로 서 있는 것을 곽태(郭泰)라는 사람이 보고 모용의 집에 함께 가기를 청하였는데, 모용이 자기 집에 가서는 닭을 잡으니 곽태가 자기를 대접할 줄 알았으나 모용이 그 어머니에게 올리고 자신은 곽태와 함께 채소로 밥을 먹었다.

가서 눈을 무릅쓰고 낚시질을 하셨다.

家貧 每憫甘旨之乏 時值隆冬 天氣甚寒 遂肩一簣 手一竿往
于前川 冒雪而釣

긴 낚대 손에 들고 물가 찾으니	手把長竿下石磯
온 하늘 눈바람에 도롱이 하나	滿天風雪一簑衣
자고로 천생 효성 말하려 하면	若論自古天生孝
동생(董生)과 왕상[106]의 그 일 그뿐이랴	董樂王誠豈獨稀

숲에서 새를 사냥하다 [山林弋鳥]

해마다 가을 겨울에 새들이 살찔 때가 되면 날마다 어둑어둑한 저물
녘에 서쪽 숲과 동쪽 교외에서 새 사냥을 하되 눈바람에도 그만두지 않
으셨다.

每當秋冬 鳥雀肥澤 日乘薄暮 弋於西林東郊之間 雖風雪不廢

어려운 살림이라 고기 반찬 공양 못해	白屋方難日用牲
때때로 진미 올리니 정성 지극하구나	隨時滋味極天誠
숲에는 비바람 들에는 눈 오는데	西林風雨東郊雪
새 잡아 돌아오니 날은 벌써 어둡네	弋鳥歸來樹色暝

106) 동생(董生)과 왕상(王祥) ; 동생은 중국 한나라 때 동중서(董仲舒)의 효를 말하
며 왕상(王祥)은 중국 진(晉)나라 사람으로 어머니가 생선을 먹고 싶어하므로
추운 날씨에 왕상이 얼음을 깨고 물고기를 구하니 두 마리의 잉어를 얻었는데,
사람들이 효성의 감응이라고 하였다. 원문에는 동중서의 공양낙[董樂]과 왕상
의 정성[王誠)으로 되어 있다.

부엌에서 맛을 내다 [中廚調味]

일찍이 말씀하시기를 "사람의 아들 된 자로서 먼저 부모의 식성을 알아야 한다." 하시고, 음식을 올리고서는 수저가 가는 곳을 잘 보아두고, 부엌에 들어가서 몸소 음식을 맛보셨다.

嘗曰 凡爲人子者 當先知父母之食性 進膳審視下箸處 入廚躬調以適其味

날마다 부엌에서 몸소 음식 감독하니　　　　日入中廚執飪烹
상에 오른 나물 음식 고기보다 맛나네　　　　登盤菽水勝三牲
음식은 솜씨 따라 훌륭한 맛내느니　　　　　若將鼎鼐調元味
이처럼 간 맞추어 좋은 요리 만드네　　　　　用此鹽梅作大羹
(여기까지는 독락당 둘째 시아주버니　　　(上獨樂堂仲柴叔濬之行)
준(濬)의 행실이다.)

오경에 글 읽다 [五更讀書]

부모님이 이르셨었다. "중니(仲尼)가 말하지 않으셨더냐. 인격을 세우고 도리를 행하여 후세에 이름을 드날려서 부모를 명예롭게 하는 것이 효도의 마지막 일이라고, 너는 부지런히 공부해서 효도를 다하여라." 교훈을 받들어 부지런히 밤마다 어둡자 물러가서 옛사람의 글을 읽어서 어버이를 영화롭게 할 생각이셨다.

父母嘗謂曰 仲尼不云乎 立身行道揚名於後世 以顯父母 孝之終也 汝其勤業 以終其孝 奉訓孜孜 每夜乘昏 退讀古人書 以爲榮親之計

날 저물면 물러가서 옛글 읽기 힘쓰니 　　　　　　昏退庭闈讀古書
창문에 등불이 밤새도록 켜져 있네 　　　　　　一牕燈火五更初
조상들을 명예롭게 효도하려 애쓰니 　　　　　　顯親光祖方爲孝
어젯날 어버이의 교훈받든 탓일세 　　　　　　昨日高堂奉訓餘

내칙을 가르치다 [敎訓內則]

부모 모시는 여가에 늘 내칙[107]으로 부녀자를 가르치시니, 온 집안이
순후(醇厚)하여 어버이를 사랑하고 어른을 공경하는 도리와 제사지내는
예도를 모르는 사람이 없다.

　　事親之暇 常以內則敎婦女 一門油然 莫不知愛親敬長之道 祭
祀助奠之禮

어버이 잘 섬기고 집안 살림 가르치니 　　　　　　善事其親又善推
온 가정에 수범하여 아름답게 화했네 　　　　　　一門懿範化蘭芝
날마다 여인들을 내칙으로 가르치니 　　　　　　日將內則傳閨裏
온순한 이 집안에 여사[108] 들여 무엇하리 　　　　　　婉娩何須聽女師

107) 내칙(內則); 「예기(禮記)」의 편명 중 한가지. 여성의 규범과 가정생활의 예법
　　이 실려 있다.
108) 여사(女師); 예전에는 여사를 두어서 여자의 덕(德)·말하는 법·몸가짐 등 여
　　훈(女訓)·공부 등을 가르쳤다.

한 달에 세 번씩 근친하다 [月三省候]

　증조할아버님, 할머님의 묘소가 진안현(鎭安縣)에 계신데, 자손이 먼 곳에 살기 때문에 그 고장의 세력있는 자들이 묘소 근처에 암매장(暗埋葬)들을 하므로 부모님께서 말씀하시기를 "내가 불초하여 부모를 멀리 버려 두어 남들이 침노하게 하였으니 지하에 계신 분들에게 죄를 지었다. 너는 내 셋째 아들이니 곁에 가서 모시어라." 하시매, 드디어 묘소 곁에 집을 마련하여 살고 있으므로 부모님을 문안하는 예를 아침 저녁으로 받들지 못하는 것이 한이 되어, 문안 드리는 정성으로 한 달에 세 번 근친가는 것을 어기지 않으셨다.

　曾祖父母之墓 在鎭安縣 以子孫之遠居 土豪村强 暗葬近地父母曰 我已不肖 遠棄墳墓 使人侵凌得罪地下 汝吾第三也 往而侍側 遂近宅于墓傍 以居焉 定省之禮 恨未奉於晨昏 而問候之誠 月不違於三覲

부모 명을 받아서 선영(先塋) 모시니	向承親命侍先塋
아침 저녁 문안 못해 한스러워서	自恨晨昏久曠誠
부모님의 기후가 안녕하신지	氣候高堂無恙否
어제 왔다 오늘 가되 괴롭지 않네	昨來今往不勞行

백리 길에 쌀을 지다 [百里負米]

　농사지어 수확하면 농장에 장소를 마련해서 동서로 나누어 부모님께 공양할 것을 따로 저장해 두었다가 양식이 떨어질 만할 때마다 날짜를 헤아려서 얼마간의 곡식을 가지고 스스로 자루를 메고 날마다 백리길을 가는 일을 계속하셨다.

農旣告成 築場于圃 分其東西 別藏養親之資 每乘甁罍之竭
量其月日 齎其多少 自負囊橐 日行百里 繼而不絶

쭉정이는 제쳐놓고 여문 곡식 골라서	襄齋廢糲橐齋精
머나먼 길 마다 않고 몸소 지고 가시네	不遠長程自負行
자로[109] 살던 그때 나서 효성 이러했던들	子路當時能若是
한이로다 그 이름을 함께 못 남겼으니	千秋恨未並流名
(여기까지는 담락당(湛樂堂) 내 낭군	(上湛樂堂夫子湜之行)
욱(湜)의 행실이다)	

초저녁에 잠자리 보살피다 [初昏定寢]

날이 저물면 부모님 침실에 불을 켜고 잠자리를 물어서 깔고 누우시
기를 청하며 밤새 알맞게 따뜻이 해드리고, 사시로 시원하고 따뜻한 정
도를 맞추어 드려 편히 주무시도록 하되 부모님의 뜻을 받드셨다.

日之方昏 上堂燃燭 奉席請何趾 布衾請臥所 一夜盡其溫淸之
宜 四時隨其輕暖之便 以爲安寢之節 承先父母之志

내칙 따라 예절을 잘 지켜 내니	禮節能遵內則篇
그 한평생 효성은 천성이셨다	一生誠孝盖由天
따뜻하게 시원케 부모 모시니	北堂溫淸隨時盡
여름에는 대자리 겨울엔 털옷 갖추네	夏簟冬裘任體便

109) 자로(子路) ; 공자의 제자. 이름은 중유(仲由). 용맹이 있고 신의를 중하게 여
       겼다.

새벽 문안드리다 [淸晨問候]

늘 새벽닭 울기 전에 일어나서 세수하고 의복 입고 앉아서 날 밝기를 기다려, 먼저 아버님 계신 곳에 가서 부드러운 목소리로 문밖에서 안부를 물어, 모시고 잔 사람이 편안하시다고 대답하면 기뻐하며 물러나와 또 어머님께 가서 그렇게 하셨다.

每起先於鷄鳴 盥漱衣服坐 以對晨 先適父所 怡聲門外問其安否 侍寢者出日 安則欣然而退 又至母所 亦如之

그 몸은 부모 위해 편한 적이 없었네	肢體爲親未穩舒
새벽에 세수하고 밝기를 기다리네	五更盥漱聽鷄初
새도록 꿈꾸느니 부모 안부뿐일세	夜來寢夢能安否
날 밝아 나가서 문안 말씀 여쭙네	趨進應對問起居
(여기까지는 우락당(友樂堂) 작은 시아주버니 식(湜)의 행실이다)	(上友樂堂仲柴叔湜之行)

부모 계신 곳 청소 [上堂灑掃]

부모님이 기침하시면 이부자리를 개고 궤석(几席)을 갖추어 앉으실 곳을 차려 놓고 때때로 먼지 없이 청소하셨다.

父母寢興縣衾篋枕 擧几正席 以定坐處 隨時灑掃 去其塵穢

새벽부터 잠시도 한가한 틈 없이	早起鷄窓不暫閒
일마다 부모님을 기쁘게 하네	居家事事悅親顔
때때로 비를 들고 무소거처 오르셔서	時將鳳尾升堂上

궤석간의 티끌을 청소하시네	灑掃輕塵几席間

뜰에서 공손하다 [趨庭應對]

어버이를 곁에서 모실 때에는 늘 목소리와 낯빛을 조심하여 뜰에서 뵈올 때는 온순한 낯빛을 하고, 응대할 적에는 부드러운 목소리를 내며 부르시면 대답할 사이 없이 달려가고, 일을 시키시면 피로해도 마다하는 일없이, 모든 일에 잘 순종하셨다.

侍於親側 每以聲色爲難 趨庭有溫潤之色 應對出和怡之聲 及其命呼 唯而不諾 使之執役 勞而不辭 一語一默 無不承順

모시면 목소리와 낯빛을 조심하였네	侍側方知聲色難
뜰에서 뵈올 때는 낯빛을 부드러이 가지며	每趨庭上有和顔
나아가나 물러가나 뜻 어기지 않고	周旋進退無違志
부모님 말씀 들어 모든 일을 따랐네	承順高堂語默間
(여기까지는 화락당(和樂堂) 막내	(上和樂堂季柴叔鳳之行)
시아주버니 봉(鳳)의 행실이다)	

85. 무 제 　　　　　　無 題

조석으로 부엌에 들어가 보면	朝夕入廚下
맛난 음식 밑거리가 모자라니	廚下乏甘旨
머리 잘라 팔았음은 손님 위함 아니요	剪髮非爲賓
부모님의 공양에 쓰려 함이네	堂上有父母

86. 학문을 권하는 노래　　勸學吟

책 있으니 글읽기를 좋아하여라	有書須好讀
배우지 아니하면 사람 노릇 못하네	不學不爲人
등불 밑에 십년 동안 공부한 이는	十載燈前客
앞으로 조정에서 벼슬하리라	王庭利用賓

87. 술　회　　述　懷

대장부 수치를 누가 아는고	大丈夫誰有
한낱 아녀자가 홀로 알더라	一兒女獨羞
되놈 왜놈 원수의 오랑캐는	西胡與東倭
하늘을 함께 하고 살지 못하리	不共戴天讎

88. 오래된 벼루　　古　硯

오래된 벼루에 묵은 때가 끼었기에	古硯籠塵色
아이들을 불러서 맑은 물에 씻어 내어	呼兒洗石泉
내손으로 새 먹을 가노라니	以手磨新墨
파르스름 가는 연기 피어오르네	蒼蒼起細烟

89. 시골에 살며

村居卽事

3수

三首

(1)

서봉촌(棲鳳村)[110]에 나고 자라
내동산(來東山)[111] 밑에 사네
초가 몇 칸 깨끗이 마련하여
책상에 앉아 시서(詩書) 읽기를 즐기네

棲鳳村中生長
來東山下寓居
蕭灑數間茅屋
好讀一床詩書

(2)

들 밖엔 끝없는 방초(芳草)요
마을 앞 살구꽃은 아직 안졌네
청명한 길가에 나그네 오가고
물가에 춘주(春酒)는 뉘집에서 걸를까

野外無邊芳草
村前未落杏花
淸明路上行客
春酒水畔誰家

(3)

봄바람 부는 삼월 삼진날
방초는 10리 5리에 뻗어있네
버드나무에 꾀꼬리 소리 좋은데
아름다운 차림은 뉘집 딸들인고

春風三月三日
芳草十里五里
好音柳上黃鳥
綺羅誰家女子

110) 서봉촌(棲鳳村) ; 남원(南原)의 지명인데 작자의 고향. 지금은 남원시 동충
　　동.
111) 내동산(來東山) ; 전북 진안(鎭安)의 산. 작자 부부가 여기서 농사 지으며
　　살았다.

90. 시골길 걸으며　　　　　　村行卽事
3수　　　　　　三首

(1)

고목(古木)에선 단풍잎 떨어지고　　古木黃葉脫
외로운 마을에 오막살이 드문드문　　孤村白屋疎
산닭이 두 세 번 울고 있을 뿐　　山鷄兩三唱
적막한 저 집에는 누가 사는가　　寥落是誰居

(2)

묵은 길 이끼가 미끄러우니　　古逕蒼苔滑
비켜서 딴 길로 돌아오네　　斜從別路歸
쓸쓸히 개 짖는 소리 들리는데　　寥寥聞犬吠
꽃나무 밑에 싸리문 하나 보이네　　花下有柴扉

(3)

마을 가에 움츠린 바위 하나　　村邊有矮石
밤에 보면 범인가 헷갈리네　　夜看每疑虎
어찌하면 이 장군⑫을 데려다가　　安得李將軍
몰우전(沒羽箭)을 뽑아서 겨누어 볼까　　抽矢射沒羽

112) 이 장군(李將軍) ; 여기서는 중국 한나라 사람 이광(李廣). 문제(文帝) 때
　　에 흉노(匈奴)를 쳐서 공을 세운 장수.

91. 초당에서 느낀일　　　　　草堂卽事

10수　　　　　　　　　　　十首

(1)

조용한 초가집 두세칸 방　　　　　蕭然茅屋兩三間
그 뒤에 푸른 산이 보기에 좋아　　其上靑山不厭看
게다가 꾀꼬리 종일 노래하니　　　又有黃鳥啼盡日
창 가득한 풍경에 주인도 한가롭네　滿窓風景主人閒

(2)

녹음방초 가운데 초가집 쓸쓸한데　　芳草陰中草屋寒
사립문 한 짝은 낮에도 잠겨 있네　　柴扉一雙晝相關
들 사람은 오지 않고 이웃 아씨 돌아가곤　野人不到隣娥去
제비만 쌍을 지어 가고 다시 돌아오네　鷰子雙雙去又還

(3)

초당에 기별 있어　　　　　　草堂有消息
천리 밖의 옛님 온다네　　　　千里故人來
앞 마을에 살구꽃 지니　　　　前村杏花落
술도 으레 괴었겠지　　　　　有酒應釀醅

창 너머로 아이 불러　　　　　隔窓呼僮僕
두어 닢 엽전 주어 보내　　　　送錢兩三枚
독에다 맑은 물 긷고　　　　　瓦盆沒淸水
세수물과 술잔 갖추라네　　　　洗手具盞盤

(4)

초당에 소식 있어	草堂有消息
오늘 밤 옛님 잔다네	今夜故人宿
울타리 밑에 황계 키우니	籬下黃鷄長
기장 쪼아 먹어서 살이 쪘구나	啄黍肥其肉

주인 돌아와 부엌에서 잡으니	宰歸小廚下
저물녘에 푸른 연기 일어나네	蒼烟日之夕
게다가 햇벼 익으니	況復新稻熟
알알이 정성껏 찧네	粒粒皆精鑿

(5)

초당에 소식 있어	草堂有消息
천리 밖으로 옛님 돌아간다네	千里故人歸
얼룩 말에 이미 타니	駁馬已言駕
새날이 환하게 밝았네	杲杲出新暉
주인은 두 손 모아 인사하고	主人揖長袖
사립문 밖에 전송하니	相送出柴扉
저 멀리 쌍 무덤 서편에	漠漠雙塚西
한길 가득히 가는 모습 희미하네	縣路指熹微

(6)

아이가 손님 온다 알리네	兒童警客至
뜰에 가득한 낙화를 급히 쓸며	忙掃滿庭花
어디쯤 오시는가 물으니	何處來藜杖
앞마을 주막에 있다 하네	前村有酒家

(7)

문 밖에 아이 불러	門外呼童子
손님 어디 계시냐 물으니	有客來何處
왼손에 지팡이 끌고	左手携藜杖
또 다시 이웃집에 갔다 하네	還向隣家去

(8)

오신 손님 묵지 못하고	客來留不得
저문 날에 떠나시네	倏忽乘昏發
가시는 길 헤매지야 않겠지	歸路不愁迷
앞 마을 산 위에 달 떠 있으니	前村有山月

(9)

창문 열고 아이놈 불러	開牕呼僮僕
문밖에 나가 보라 하니	出視柴門前
관가의 심부름꾼 글월 들고서	官僮指尺簡
낙화(落花) 곁에 서 있다 하네	來立落花邊

(10)

어디에서 소식 왔나 물으니	何處來消息
은근한 한 폭 편지글이구나	慇懃一幅書
그대가 좋음을 비로서 알았네	始知之子好
옥노리개[113] 풀어 준 것 아깝지 않네	不惜解瓊琚

---

113) 옥노리개 ; 원문의 경거(瓊琚)로 아름다운 패옥. 즉 값비싼 선물.

92. 초당의 눈 경치　　　　　　　草堂雪景

손바닥만한 눈송이 하늘에서 내리니　　雪花如掌下玄穹
조각조각 날리네 서쪽 동쪽나리네　　片片西飛片片東
시내며 산이며 온 숲에 들어가서　　寄入溪山千樹裏
나비 날듯 수풀 속을 몰래 엿보네　　依如粉蝶暗窺叢

93. 완산의 남천교를 지나며　　　　過完山南川橋

호남에서 제일 가는 임금의 고향　　第一湖南豐沛邑
수양버들 그늘에 무지개다리 걸렸네　　垂楊影裏駕虹橋
풍류 아는 귀한 인재 서로 다퉈 나오니　　風流貴客爭相出
청풍 명월 뜨는 밤이 가장 좋다네　　最好淸風明月宵

94. 완산 한벽당의 운을 따서　　　次完山寒碧堂韻

산이 차고 물 푸른 곳이　　山寒水碧處
백 척의 모남주(牡南州)로다　　百尺牡南州
난간 잡고 서니 시내와 산이 좋고　　捲檻溪山勝
창 너머에는 꽃과 대나무 그윽하네　　隔窓花竹幽

바람은 한 여름에 시원하고　　風宜消半夏
달은 초가을에 더욱 좋으니　　月況好新秋
어찌 청류벽(淸流壁)이 이만하랴　　何似淸流壁
누각하나 우뚝 하늘에 떠 있네　　巋然浮一樓

1. 서문(序文)과 기문(記文)

(1) 서문(序文)

95. 낭군을 독서하러 산당으로 보내며

送夫子讀書山堂序

무릇 학자는 모름지기 고요하고, 고요하고서야 마음이 가라앉고 마음이 가라앉고서야 공부에 전념하므로 고향 마을의 글방도 전념할 곳이 못되며, 들 밖에서도 전공할 곳이 아니다.

그러므로 옛사람이 장소를 선택하여 글을 읽는 사람이 있으니, 백부(白傅)①가 향화사(香火社)에서, 청련(靑蓮)②이 광려(匡盧)에서 한 것이 바로 이것입니다.

夫學者 須要靜 靜而後心潛 心潛而後工專 故鄕塾村釁 非潛心之地也 野外城南 非專工之處也 是以古人有擇所 而讀所而讀書者 白傅之於香社 靑蓮之於匡

---

1) 백부(白傅) ; 중국 당(唐)나라의 시인. 자(字)는 낙천(樂天). 태자소부(太子小傅)를 지냈으므로 이렇게 부른다. 밑에 향화사(香火社)라고 한 것은 향산(香山)의 승려(僧侶) 여만(如滿)과 결사(結社)한 곳임.
2) 청련(靑蓮) ; 당나라의 시인 이백(李白)의 별호. 창명현(彰明縣) 청련향(靑蓮鄕)에서 났으므로 청련거사(靑蓮居士)라 하였다. 밑에 광려(匡盧)라 한 것은 은자(隱者) 광속선생(匡俗先生)이 살던 곳이어서 여산(盧山)의 별명이 된 곳.

이제 덕밀암(德密庵)이 교산(蛟山) 두 봉우리 사이에 있어서 고장이 맑고 조용하며 놀이하는 사람이 올라가지 않는 곳입니다.

그렇다면 전념할 곳으로 이보다 고요한 데가 없으며, 전공할 곳으로 이보다 편안한 데가 없습니다.

낭군에게 바라옵건대 책상자를 지고 가서 백부·청련의 뜻을 성취하신다면 낭군의 재주로 여러 해가 걸리지 않아서 꼭 크게 이룩하실 것을 바랄 수 있으니

오직 낭군께서는 힘쓰소서.

廬是也

今德密庵 在蛟山兩峯之間 境界淸閒 蓮榻淨寥 遊人之所不上也 然則 潛心之處 莫靜乎此 專工之地 莫安於斯

伏願 君子負笈而往 效白傅靑蓮之志 則以君子之才 不多年期必大成 惟君子勉之哉

96. 낭군의 상경을 배웅하며 쓰다　　送夫子入京序

이 몸이 어려서는 부모를 좇고 자라서는 낭군을 좇았으니, 삼종(三從)의 의리를 갖추었으며 백년의 인연을 이루었거니와 다만 부끄럽게도 덕이 없이 가정(家政)을 맡으니, 하루 이틀의 근심이 아닐 수 없으며 생전 사후의 수치가 될까 염려되어 감히 삼가고 두려워하지 않을 수 없습니다.

(이 대목은 자손을 많이 생산하지 못했다는 뜻이니 김삼의당은 1남 3녀를 낳았으나 두 딸을 잃

鄙室幼而從父母 長而從君子 三從之義備矣 百年之緣成矣 只愧無德 以忝家政 非一日二日之憂 恐爲生前身後之恥 敢不敬畏

以女子無知之心 尙乃如此 況有德君子哉 君子旣有顯親之心

고 1남 1녀만 길렀다)

　여자의 지각 없는 마음에도 이러한데 하물며 덕 있는 군자임에랴.

　낭군이 어버이를 명예롭게 할 마음을 가졌고 마침내 영화롭게 죽을 뜻을 품었으니 선(善)하기는 선한 일이나, 사람의 마음은 처음에는 부지런하되 마지막에는 게으르기 쉬우니 낭군에게 염려된다고 생각하면 지금 하씨(河氏) 중에 벼슬하는 사람이 드물고 학교에 들어간 사람이 적은 것은 집안이 번창하지 못해서인가요. 내려오는 사업이 다 쇠침해져서인가요.

　호남 영남에서는 하씨가 있음을 모두들 알지만 하씨 집안의 명성은 들리지 않으니, 그 후손된 사람으로서 누가 강개하여 눈물을 흘리지 않으리까. 더구나 부모님이 백발 노인이신데 아직도 기쁜 경사가 없으시니, 자식된 마음이 더욱 어떠하랴. 이 몸이 부엌일을 맡아서 좋지 않은 음식이나마 부모님을 공양하고 있으니, 낭군께서는 밖에서 빨리 입신하여 어버이를 명예롭게 하기를 꾀하소서.

　낭군은 나이 지금 20으로 몸이 굳세시니 분발하고 뜻을 격려할 때인데 하필 따뜻이 먹고 편히 지내겠습니까. 그렇다면 좀스러운 사나이입니다.

　우리 금실 좋음을 생각하면 아녀자로서 어찌 이별의 슬픈 마음이 없겠습니까마는 계획하여 바

終懷死榮之志 善則善
矣 而人情敏於始動
易於終怠 竊爲君子
伏慮萬萬 當今之時
河氏之在朝者 希入庠
者 少是宗支不蕃歟
緒業盡墜歟

　湖嶺之間 皆知河氏
之有在 而不聞河氏之
家聲 爲其裔者 孰不
慷慨 而流涕乎 矧瞻
堂上鶴髮臨年 尙無怡
顔之慶 爲子之情尤如
何哉 妾主中饋 當奉
菽水之供 願君子在外
亟立厥身 以圖顯親

　君子年今二十 體段
强盛 正發憤勵志之秋
也 何必溫飽逸居 若
是少丈夫然哉

　顧我琴瑟靜好惟玆
兒女豈無別離之懷 但
若跂望之心 故送君千
里 徒切于巾 愼無以
宴新之私迷心 而立揚

라는 것이 있는 마음 때문에 낭군을 천리 밖으로
보내오니 신혼의 사사로운 정에 끌려서 마음을
어지럽히지 마시고 부모님 생전에 입신양명 하소
서.

　전에 집안에 유전되어 내려오는 상자를 열어
묵은 편지를 펴보니, 모두가 서울의 귀한 아들의
필적인데, 수십여 통이나 되며 그 연월을 살펴보
니 50년 전의 것입니다.

　「주역」에 같은 소리는 서로 응하고 같은 기(氣)
는 서로 찾는다고 하였으니, 남을 사귀는데 성기
(聲氣)가 서로 화합하지 않으면, 그 우정이 얇고
그 우의가 얕을 것이니, 낭군께서 가시거든 전에
친분이 있던 집안에서 성기를 구하소서.

　예전에 증조부님과 조부님께서 서울 가까이 사
시어 사이좋게 지내시던 분은 모두 당대의 명사
이었는데 남으로 낙향한 뒤로는 소식이 서로 끊
기고 기가 서로 통하지 않으며, 멀리 떨어져 사
니 비록 누가 누구의 자손인지 알지는 못하나 성
기가 있는 곳에 냄새와 맛이 절로 합합니다.

　또 이 몸이 듣기로는 맹자께서 말씀하시되 「멀
리서 온 신하는 그 주인을 정하는 것을 보면, 군
자와 소인이 저마다 그 같은 부류를 따르므로 그
주인이 정하는 것을 보고 알수 있다」고 하였으
니, 이제 낭군께서는 군자의 유가 되시렵니까,
소인의 유가 되시렵니까.

於父母生前焉

　嘗啓遺篋　披覽盡簡
皆京洛縉紳之手蹟　而
計數十餘家　考其年月
則在五十年前也

　易曰　同聲相應　同
氣相求　人之交也　苟
不聲氣相合　其情也薄
其誼也淺　子其往以求
聲氣　於先好之門也

　粤昔曾考王考　居近
京城　所相友善　皆當
世名士也　落南以後
聲不相聞　氣不相通
地遠年深　雖不知誰爲
某氏子孫　而聲氣所在
臭味自合

　且吾聞諸　鄒夫子曰
觀遠臣以其所主　君子
小人各從其類　故觀其
所主　其人可知　今子
欲爲君子類耶　欲爲小
人類耶

　富貴不驕　是君子類
也　威武自恃　是小人

부귀하되 교만하지 않으면 곧 군자의 유이며, 위무(威武)를 스스로 믿으면 곧 소인의 유인데, 낭군께서는 이 둘에서 하나를 선택하소서.

예전에 새로 시집간 사람이 그 신랑과 작별할 적에 분단장을 씻었다고 하는데, 이는 아녀자의 애정에 얽매인 사사로운 정이며, 이 몸은 분단장을 씻고 낭군을 대하여 아내를 생각하지 말라는 뜻을 보입니다. 또 작별할 때에는 고도(古道)를 말해 준다 하였는데, 세상 사람들은 흔히 사사로운 정을 말하니, 남포가(南浦歌)·패교시(霸橋詩) 따위가 바로 그런 것입니다.

인정은 이런 것이 이상할 것이 없으나, 정말 대장부로서 의(義)가 정(情)보다 나은 사람이라면 어찌 아녀자의 이런 감상적인 말을 좋아하겠습니까. 그러므로 이 몸이 낭군이 가시는 길에 한 마디 드립니다. 아내 생각을 마시고 가소서.

類也 君請擇於斯二者

昔有新嫁者 將別其郎 對洗紅粧 此則不過兒女子 纏綣之私情也 我則對君洗粧 以示不念閨中之意也 又曰 臨別贈言古之道也 而世之贈言者 多出於情私 南浦歌霸橋詩是也

人情無怪如此 而苟有大丈夫 以義勝情者 豈肯做兒女子 此等傷情之語哉 余故於子之行也 贈之以一言 奚多乎哉 莫念閨中去.

(2) 제문(祭文)

97. 죽은 세째 딸을 곡하는 제문　　哭第三女文

생(生)이든 죽음[死]이든 사람이 다 한번은 겪는 것이다. 수명이나 천명은 사람이 반드시 제 마음대로 하지 못하는 바이다.

무릇 어찌하여 살게 되면 기쁨이요, 어찌하여 죽음으로써 돌아가면 슬픔이 되는 것인가. 또 살아서 근심만 끼치는 것은 죽는 것만 못하고 장수는 하여도 착하지 못하면 일찍 죽는 것만 못하다.

네가 갑인년(甲寅年) 5월에 태어났다가 을묘년(乙卯年) 3월에 죽었으니 이 세상에서 살았던 날이 며칠이나 되었으며 네가 내 사랑을 받았음이 또한 몇 달이었더냐? 나는 너의 죽음을 애석해 하지 않고 오히려 다행으로 생각하고 슬퍼하지 않고 있다.

그것은 만일 네가 성장하여 스승의 가르침을 받아 태도를 부드럽고 의젓하게 가지며 삼[麻]과 뽕[桑]을 다루고 고치실[繭絲]을 다듬으며 베를 짜서 옷을 만들고 수놓는 일이며 여자가 할 일을 모두 배웠다가 하루 아침에 내 곁을 하직하고 죽는다면 나의 슬픔은 어떠하였을 것이며, 또 결혼하기 직전 비녀를 꽂을 임시에 첫닭이 울면 세수하고 머리를 빗어 내려 단장하고 옷끈에 패물(佩物)을 차

生也死也　人之所
一度也　壽也夭也　人
之所不必也

夫何以生而寄爲
喜也　死而歸爲悼也
且生而貽憂　不如其
死也　壽而不淑不如
其夭也

汝生於甲寅之仲
夏　死於乙卯之暮春
汝之寄於世　能幾日
而汝之爲余愛亦幾
月矣　余以汝死　謂幸
也　非悼也

若其免懷　姆敎婉
娩　聽從執麻枲　治絲
繭織經組紃　學女事
一朝辭余而夭　則余
之哀倘如何　且如及
笄　鷄初鳴咸盥漱　櫛
縱拂髦衿纓　佩容臭

고 용취(容臭)③를 갖추고 문안을 다니다가 하루 아침에 나를 버리고 죽었다면 나의 아프고 슬픈 마음은 더욱 어떠하였으리.

그런데 너는 거기까지 이르지 않고 홀연히 일찍 갔으니 그런 까닭에 내가 너의 죽음을 오히려 다행이라고 이르는 것이며 슬퍼하지 않는다. 또 지금 사람은 그 삶에 있어 부모를 잘 봉양하여 받들지 못하고 또 부모의 수명을 옮기지 못하니 불효가 매우 큰데 어찌 너의 죽음이나 수명이 그와 같이 불효라 할 수 있으랴.

들어가서는 불효하고 나와서는 공경하지 못하며 말은 충(忠)과 신(信)을 갖추지 못하고 행실은 공손치 못한데 어찌 너의 일찍 죽은 경우와 같으랴. 그러므로 나는 사람의 생(生)과 사(死)의 문제로 근심하고 기뻐하지 않는다.

昧爽 而朝一夕 棄我 而死 則余之慟 尤如 何哉

汝不至乎此 而倏 然早逝 余故以汝之 死謂幸也 非悼也 且 今之人 其生也 不能 克父母養 不能終父 母壽 不孝莫大 豈如 汝之死也 其壽也

入則不孝 出則不 悌 言不忠信 行不篤 敬 不肖莫甚 豈如汝 之夭也 余故不以人 生 死爲憂喜也.

---

3) 용취(容臭) ; 향료를 넣은 주머니. 화장대.

(3) 기문(記文)

98. 예성의 야화를 기록함 　　禮成夜記話

낭군이 말하기를

「종신토록 남편이 하는 일을 가히 어기지 못할 것인즉 남편이 비록 허물이 있더라도 또한 가히 좇을 것인가」

내가 말하기를

「대명(大明)의 사씨(謝氏) 정옥(貞玉)이가 말하지 않았습니까? 『부부의 도는 저 오륜을 겸한 것으로서 아버지를 일깨우는 아들이 있고 임금을 일깨우는 신하가 있고 형제는 바른 것으로써 서로 권장하고 붕우는 서로 허물을 타일러 주며 충고한다면 어찌 부부에 이르러서는만 예외일 수 있을 것인가』라고, 그렇다면 제가 낭군의 하는 일을 어기지 않는다는 것은 어찌 남편의 허물을 좇는다는 것을 두고 한 말이겠습니까.

낭군이 내가 고시(古詩)에 대해 약간 섭렵하고 있는 것을 헤아리고 묻기를

고인(古人)의 시 중에 어느 시귀가 제일 좋던가?」

내가 말하기를 「배공(裵公)의 석상(席上)에서 백낙천(白樂天)을 압도할 만한 것은 양여사(楊汝士)의 시였지요. 또 영관루(伶官樓)위에 올라가 노래하는 예쁜 기생이라 한 것은 왕지환(王之煥)의 글

夫子曰 終身不可
違夫子則 夫雖有過
亦可從之歟

余曰 大明謝氏
貞玉不云乎 夫婦之
道 兼該五倫 父有
爭子 君有爭臣 兄
弟相勉以正朋友相
責以善則 至於夫婦
何獨不然 然則吾所
謂不可違夫子者 豈
謂其從夫之過歟

夫子揆妾略涉古
詩 問曰 古人詩中
何句最佳

余曰 裵公席上壓
倒樂天者 楊汝士之
詩也 伶官樓上登
歌妙妓者 王之煥之
詞也 而皆吾不取也
但杜牧之詩 所謂

이었지요. 그러나 나는 다 취하지 않고 다만 두목지(杜牧之)의 시 속에 이른바 『평생에 오색의 실로 순(舜)임금의 의상(衣裳)을 깁는 것이 소원일세』라 한 것을 평소에 좋아해서 외우는 시입니다.」

낭군이 말하기를

「부인은 어찌 그것을 좋아하오. 이 시의 뜻은 남자에 있어서는 가하나 부인에 있어서는 가하지 않을 것이오」

내가 말하기를 「임금을 섬기고 나라를 사랑함이 어찌 남자만의 일이리까. 국가로 말하면 부인이 불충해서 나라를 망치지 않은 자가 거의 드물게 있으니 예를 들면 달기(姐己)④와 매희(妹喜)⑤는 불충해서 하(夏)나라와 은(殷)나라가 그 나라를 멸망시켰고 서시(西施)와 양귀비(楊貴妃)는 나라에 불충함으로 해서 당(唐)나라와 오(吳)나라가 기울었으며 주(周)나라가 발흥한 것은 관저(關雎)의 착한 태사(太姒)⑥에 기초를 두고 있고 제(齊)나라가 창성함은 현숙한 왕비의 내조에 근거를 두고 있는 것입니다. 그러니 부인의 충성의 힘 또한 크지 않습니까. 이것으로 한 나라의 부인들의 불충은 그 나라의 좀이요, 한 가정의 주부의 불충은 일가(一

平生五色線 願補舜衣裳者 是吾雅誦也

夫子曰 夫人奚取焉 此詩之意 在男子則可矣 於婦人則不可也

余曰 忠君愛國 奚獨男子事也 以國家言之 婦人不忠而國有不亡者幾希 姐己與妹喜 不忠而夏殷亡其國 西施與楊妃 不忠而唐吳傾其國 周之興 基於關雎之聖 姒齊之昌 本乎鷄鳴之賢妃 則婦人之忠 不亦大乎 是知國婦之不忠 一國之蠹也 家婦之不忠 一家之蠹也 而況夫婦 人倫之始

---

4) 달기(姐己) ; 은(殷)나라 주왕(紂王)의 애비. 주왕처럼 포악한 일을 하였고 음탕여 은나라를 망쳤다.

5) 매희(妹喜) ; 하(夏)나라 걸왕(桀王)의 애비로서 하나라를 망쳤다.

6) 태사(太姒) ; 주(周)나라 문왕(文王)의 비. 규범적인 여성, 부덕의 모범.

家)의 좀임을 알 수 있는데 하물며 부부는 인륜의 시작이고 일국의 임금과 신하의 관계인 것입니다. 부부가 서로 사랑하지 않으면 가도(家道)가 이루지 못해서 집은 반드시 망하게 될 것입니다. 서전에 말하기를 『군자의 도(道)는 부부에서 발단된다』함은 이것을 말함입니다.

낭군께서 말하기를 "사람의 도(道)는 효에 앞서는 것이 없었는데 부인은 어찌 효친(孝親)의 길로써 항상 스스로 음송(吟誦)하다시피 하지 않고 충군(忠君)의 도에만 급급하는가" 하셨는데 내가 말하기를 부자는 천륜(天倫)으로써 섬기는 길은 사람이 쉽게 아는 일이지만 군신간은 의(義)로 합한 것인 까닭에 섬기는 길이 사람이 능히 할 수 있는 어려운 것입니다. 그러므로 그 쉽게 아는 것에도 힘쓰지 않는 것은 아니지만 오직 하기 어려운 점에 더욱 마땅히 힘쓰는 것입니다. 또 임금을 섬기면서 효친을 나타내는 것보다 더 큰 것은 없을 것입니다.

옛적에 공자(孔子)는 증자(曾子)에게 이르기를 『입신양명(立身揚名)하여 부모를 나타내는 것은 효의 끝이다』라 하셨으니 증자가 묻기를 『그러면 효친의 도와 충군과는 어느 것이 먼저입니까?』하자 낭군께서 말하기를 『옛적에 왕응지(王凝之)의 아내 사씨(謝氏)가 길보(吉甫)로써 지은 송시(頌詩)에 목여청풍(穆如淸風) 즉 화목하기가 맑은 바

而一家之君臣也 夫婦不相忠愛則 家道不成而家必亡 傳所謂君子之道 造端乎夫婦者此也

夫子曰 人之道莫先乎孝也 夫人 何不以孝親之方 常自吟誦 而以忠君之道 爲汲汲耶

余曰 父子天倫也 事之之道 人所易知也 君臣義合也 事之之道 人所難能也 故其於易知處 非不加勉 而惟其難能處 尤當着力也 且事君而顯親孝 莫大焉

昔孔夫子謂曾子曰 立身揚名以顯父母孝之終也 然則孝親之道 孰先於忠君也

夫子曰 昔王凝之妻謝氏 以吉甫作頌

람과 같다」고 모시(毛詩)의 물음에 답하였고, 허윤 (許允)의 아내 간씨(侃氏)는 호색(好色)과 불호덕 (不好德)으로써 사덕(四德)⑦의 물음에 대답하였다.

지금 내 부인이 시를 취하는 법은 무릇 사씨(謝 氏)의 대답과는 다르다 할 것이고 충효의 말은 간 씨(侃氏)가 풍자한 것보다 낫다면서 두 개의 절귀 시를 지었는데

『세간엔 몇 사람의 남아(男兒)더냐.

충효로운 한 부녀자일세.

우리 나라가 4백년을 내려오는 동안에

교화(敎化)는 여기에서 볼 수 있네.

자식을 낳거든 마땅히 가법(家法)에 의해서 가르칠 것이며

모름지기 고시(古詩)를 취하여 볼것어다.

평생을 통해서 충효하는 뜻이

도리어 여자만 못할까 부끄러워하노라」

고 했다.

穆如淸風 答毛詩之 問 許允之妻侃氏 以好色 不好德 答 四德之間

今吾夫人取詩之 法 可謂異於謝氏之 對而忠孝之言 可謂 愈於侃氏之諷也 遂 題二絶曰

世間幾男兒

忠孝一婦子

吾東四百年

風化觀於此

之子宜家法

須看取古詩

平生忠孝意

愧不及蛾眉.

---

7) 사덕(四德) ; 여자의 네 가지 덕. 언(言=辭令) 덕(德=貞順) 공(功=針線) 용(容=淨潔)

99. 시집 오던 날 이야기　　　于歸日記話

남편을 따라서 문을 들어가 시어머니와 시아버님을 뵈옵는 예를 마쳤다.

가도(家道)가 매우 순하고 상하가 모여서 화목함을 살펴보고 마음속 깊이 공경하고 감동되었다.

가만히 엿보건대 낭군이 본래 누항(陋巷)에 살게 된것은 성세(聖世)에 마땅한 바 아닌 것 같으므로 두서없이 말을 건네기를

"같은 해 같은 달 같은 날 기축(己丑) 10월 13일에 나서 같은 읍 같은 마을인 한남원(閑南原) 누봉방(樓鳳坊) 일리(一里)에 살면서 병오년 봄에 납폐(納幣)의 예를 행하여 남편이 되고 아내가 되었으니 하늘이 정해준 배필이요, 고금(古今)을 통해서 드물게 있는 일로서 이미 남편이 되었으니 마땅히 남편된 도리를 다해야 할 것이고, 아내가 되었으니 마땅히 아내의 도리를 다해야 할 것이니, 어찌 한갓 남편이 부르면 아내가 이에 따른다는 것을 이름이리이까.

남편은 밖에 있으니 밖인즉 군신(君臣)이 있는 곳이요, 아내는 안에 있으니 안인즉 시아버님·시어머님이 계시는 곳으로서, 밖에 있는 도리를 다하려면 임금을 반드시 충으로 섬기고, 안에 있는 도리를 다하려면 어버이를 반드시 효로써 섬겨야 할 것이며, 남편은 밖에서 맡은 바 일에 부지런히

從夫入門 見舅姑
禮畢 省得家道甚順
上下雍睦 心深欽感
竊覸 夫子固居陋巷
似非 聖世所宜故
敢呈辭日
　生於同年同月日
己丑十月十三日也
居於同邑同里 閑南
原 樓鳳坊一里也
丙午之春 行儷皮之
禮 爲夫爲婦 天定
配匹 古今罕有 旣
爲夫當 盡夫之道
旣爲婦當 盡婦之道
夫婦之道 奚徒夫唱
婦隨之謂哉
　夫在外 外則君臣
婦居內 內則舅姑 欲
盡在外之道 事君必
忠 欲盡居內之道 事
親必孝子 其自外勤
業 佐我堯舜之君 我

힘써 우리 요순(堯舜)과 같으신 임금을 돕고 아내는 마땅히 안에서 주로 우리 어버이를 봉양하면 아름답고 아름다우며 친근하고 화목해져서 세상 사람들의 부부와는 같지 않을 것입니다.

세상의 남편된 사람은 사랑에만 빠져 의를 돌보지 않고, 아내된 사람은 정에 지나쳐 분별을 모르니 이는 이른바 어리석은 남편에 어리석은 아내입니다. 내 매우 부끄러워하는 것은 옛적에 기결(冀缺)의 아내는 한낱 야부(野婦)로서 그 남편을 능히 공경했으며, 어자(御者)의 아내는 천부(賤婦)인데도 능히 그 남편을 출세하게 했으니 첩(妾)의 어리석음으로 어찌 옛날의 그 현부(賢婦)들과 감히 같을 수가 있으리까 오직 낭군이 어진 남편 되시기만 바랄뿐입니다."라고 하였다.

當居中　主饋事我鶴
髮之親嬉嬉昵昵　無
若世人之夫婦然哉
　世之爲夫者　溺於
愛而不顧義　爲婦者
過於情　而不知別
此所謂愚夫愚婦也
餘甚恥焉　昔冀缺之
妻　野婦也　而能敬
其夫　御者之妻　賤
婦也　而能顯其夫
以妾之愚劣　豈敢如
古之賢婦也　惟望君
子之爲賢夫也.

100. 꾀꼬리 소리 듣는 이야기　　聞鶯記事

하루는 낭군께서 내게 일러 말하기를 "내 재주가 부족하여 출세할 길도 막히고 보니 어버이를 영화롭게 해드릴 길이 내 힘으로는 어려운 데다가 또 가세마저 청빈하여 성(城) 가까이 한 두렁 전답도 없는 데다 하물며 살고 있는 곳은 한 치의 땅이 금싸라기같이 귀하고 쌀은 옥과 같이

一日夫子謂妾曰
我技乏雕蟲　路阻登
龍　榮親難以力圖
且家勢清貧　無負郭
一頃田　況吾所居
寸土如金粒　米如玉

비싸며, 비록 밭을 경작하려 하나 땅이 없고, 비록 부모 봉양을 하고자 하나 돈이 없으니 어쩌면 좋겠소. 옛적에 동생(董生) 소남(召南)[8]은 동백산(桐柏山)에서 경독(耕讀)하며 그 어버이를 봉양한 것은 천고(千古)에 걸쳐 아름다운 일이 아니었겠소. 내 듣건대 월랑(月浪)의 남쪽 내동산(來東山)[9] 아래는 땅도 많고 경작하지 않는 밭도 여유가 있다 하니 이제라도 가서 경작하면 부모를 봉양하는 데 걱정이 없을 것으로 보고 내가 헤아려서 이미 결정했소. 당신도 마땅히 나를 따르겠소?" 하므로

내가 말하기를

"낭군의 말씀이 매우 도리에 적합합니다. 어찌 일찌감치 가서 시작하지 않겠나이까"

하고는 신유년 섣달에 진안(鎭安)골 마령(馬靈)의 방화리(訪花里)로 옮기고 그 다음해 2월에 새 집을 지었다.

주위는 모두 수목으로 둘러 있었다. 때는 마침 청화(淸和)하고 방음(芳陰)이 땅에 가득한 계절로서 뜻하지 않게도 아름다운 소리가 있어 짙은 녹음 속에서 흘러나와 사람의 심기를 화평케 하고 흡사 북 치고 비파 뜯고 피리 부는 우아한 음악 속에 앉아 있는 느낌이었기에 남편을 돌아보고 이르기를

雖欲耕而無地 雖欲養而無資 奈何

昔 董生召南 耕讀於桐柏山 以養其親 此千古美事也 吾聞 月浪之陽來東山下 地多寬 閒田有餘 優今往耕之 無憂養親

吾筮已決也 子當從之乎

妾曰 君子之言甚合道理 盍往早圖之 辛酉臘月 移寓鎭安馬靈之訪花里 翌年二月 新宇築成

環居皆樹木也 時當淸和 芳陰滿地 俄有好音 出於濃綠之間 使人心氣和平 宛 坐於鼓琵吹笙之中也

8) 동생(董生) 소남(召南) ; 동생은 동중서(董仲舒) 중국 한나라 때 대학자. 소남은 「시경」의 편명.

9) 내동산(來東山) ; 전북 진안(鎭安)에 있다. 前出

"내 사는 곳에 좋은 나무가 없다면 저 같은 좋은 소리가 어떻게 들려오겠습니까. 그런 까닭에 사람이 꽃다운 이웃이 없으면 착한 말을 들을 수 없다고 하였는데, 임금이 현명한 신하가 없으면 좌우에 좋은 말을 들을 수 없을 것이니 사람과 사람의 임금된 이가 착한 것을 듣는 방법을 내가 꾀꼬리 소리에서 알겠습니다."

또 일찍이 홀로 섰을 때 동풍이 잠간 일더니 여러 새가 뜻을 얻어 날아 오르고 날아 내리며 지저귀는데 그 소리가 울면서 봄빛을 희롱하는 것 같았다. 일기가 바야흐로 따뜻한데 홀연히 아름다운 소리가 저쪽에서 들려왔다. 돌아보니 들보 위에 남남(喃喃)하는 제비소리, 창밖의 아아(啞啞)하는 까마귀 소리 따위는 들을 만한 것이 못된다하여 내가 말하기를

"아! 과연 미물(微物)의 소리는 한 번 듣고도 그 악함을 가히 알 수 있는데, 하물며 간사한 소리는 마음을 산란케 하고 악한 소리는 귀를 시끄럽게 하는 자의 경우에 있어서랴. 사람은 어찌 군자와 소인의 말을 분별하지 못하고 악을 천거하고 선을 물리치는가"

낭군이 말하기를

"옛사람이 꾀꼬리 소리를 듣는 사람이 많을 터이지만 이백(李白)의 청평지사(淸平支之詞)는 다만 성덕(盛德)을 찬미(讚美)한 것임에 불과한 것이고, 대

妾顧謂夫子曰 吾所居若無芳樹 彼好音胡爲而來哉 故人而無芳隣 不得聞善言 君而無賢左右不得聞昌言 人與人君聞善之方 吾於鶯聲知之矣

又嘗獨立 東風乍起 百鳥得意上下 其音啼弄春光 日氣方暖 忽有好音 出於其間 彼樑上之喃喃 窓外之啞啞 皆不足聽也

夫人曰 噫 微物之聲 一聞可知其善惡 況其奸音撓心 惡聲聒耳者乎 人君何不辨 君子小人之言而進惡退善耶

夫子曰 古之聽鶯者多矣 而李白淸平之詞 只是贊美盛德 戴顒黃柑之聽 不過

옹(戴顒)[10]의 황감(黃柑)의 노래도 시를 생각하는 마음을 어루만지며 짜낸 것에 지나지 않아 인군(人君)을 풍자해서 경계한 것은 없었는데 지금 내가 부인의 말을 한 번 들어 선(善)을 아는 방도를 알게 되고, 두 번 들어 선악(善惡)의 구별을 알게 되니 참으로 사물을 살피는 데 재주가 있다 하겠구료” 하였다.

鼓出詩腸 而未有諷戒人君者

今吾夫人 一聽而知其聞善之方 再聽而知其善惡之別 可謂觀物有術矣

101. 농촌에 살면서 느낀 일들

村居記事

내 생각컨대 강산의 풍물(風物)은 오직 귀로 가히 들을 수 있고 누대(樓臺) 위의 연기어린 은은한 달빛은 오직 눈으로 가히 볼 수 있을 것이로되, 다만 문앞의 버들과 뜰 위의 꽃은 만발하여 있고, 때로는 한 쌍의 교태 있는 새가 상하로 날아다니며 울고 있는 것은 이것이 산가(山家)의 광경으로서, 지위가 높은 관리의 집의 꽃과 버들을 향하여 설도(說道)를 하면 혹시 무릎을 치고 탄식하며 칭찬하는 사람이 있겠는가.

이 세상의 물건은 원래 주인이 없고 오직 먼저 눈에 뜨이는 자에 도맡아 다스릴 수 있는 것인즉

余惟曰 江山風物 惟耳可聞 樓臺烟月 惟目可觀 只是門前抑 庭上花 依依灼灼 時有一雙嬌鳥 得意啼上下 山家此光景 爲向朱門花柳中 說道則 其或有擊節歎賞者耶 造物元無主 惟是觸目者管領則 肯將眞境界

---

10) 대옹(戴顒) ; 중국 남송(南宋)사람. 장주(莊周)의 대의를 들어 소요론(逍遙論)을 지음. 예기중용편(禮記中庸篇)을 주석하고, 숨어 살았다.

이러한 좋은 경계(境界)를 이끌고 기꺼이 번화하게 분주한 사람에게 양보할 수 있겠는가. 동자야 이런 속객(俗客)을 맞이해 들이지 말라. 무릉도원의 꽃밭에 사는 어주자(漁舟子)가 한 번 간 뒤엔 다시 옛 모양 찾아볼 수 없으리라.

讓與繁華 奔走之人耶 童子莫迎俗客至武陵園桃花漁舟子一去後 無復舊樣子.

102. 가정의 교훈문

戒諭家庭文

세상에 알기 어려운 것은 사람의 일이로다.

우리 집안에는 자손이 번성하고 부녀가 가득하여 이웃에서 그 번성하고 아름다움을 칭송하고 자손이 번창함을 축하했던 것인데, 한번 계해년 봄부터 내 큰딸을 잃고 겨울에는 조카딸의 죽음을 겪고 갑자(甲子) 3월에 또 시아버지 상을 당하고 정묘 5월에는 넷째 동서의 상을 당하였으니 5년 동안에 일가에 네 초상을 겪게 되어 집안이 경황 없이 지내며 슬픔에 쌓여 있었다.

과연 알지 못할 것은 사람의 일이로다. 다시 어찌 지금 살아 있다 해서 낙이 되고, 가히 기뻐하랴. 나의 어머님은 지금 머리가 세고 70이 머지 않아서 남은 날이 얼마인지 알 수 없고, 또 나도 규중(閨中)에 있는 나이 많은 몸이 되어 인생 황혼에 접어들고 보니 남은 날이 얼마 많지 않을 것이다.

世間難知者 人事也 吾家一門之內 子孫盈庭 婦女滿室 隣里稱其美 鄕黨賀其盛矣 一自癸亥春 哭吾長女及冬見姪女慘 甲子三月 又遭舅憂 丁卯仲夏 哭第四娌 五年之內 一門四喪 驚惶悲慽也

未可知者 人事也 復何以今之在世 爲可樂而可喜也 顧我萱堂鶴髮臨稀 餘日爲幾何 又我閨中韶

슬프도다, 우리 일가의 사람들은 생사로 기뻐하거나 슬퍼하지 말고 오직 효의 도를 다하여 내 남은 인생을 마치게 해준다면 아무 유감이 없겠다 생각하는 것이다.

고어(古語)에 「아침에 도(道)를 들으면 저녁에 죽어도 좋을 것이다」란 말이 있지 않던가.

顏 欲暮餘日無多

嗟我一門之人 無以生死爲憂樂 而惟盡孝悌之道 終吾餘年 俾無遺憾也 古語曰 朝聞道夕死可矣.

103. 아들을 기르던 이야기

내 나이 장차 40이 되는데 아직 자식이 없었다. 어떤 사람이 말하기를

"금당사(金塘寺) 금불(金佛)은 지극히 영험(靈驗)스러워 두터이 폐백을 드리고 아들을 빌면 아들을 낳는 일이 많다"고 한다. 내 말하기를

"아비도 없고 자식도 없는 것은 부처의 도인데 부자의 도를 부처님이 어찌 알리요. 도가 이미 같지 않고 이치 또한 서로 다른데 미개함을 알지 못하고 망령되이 빌고 구하는 것은 세상에 떠도는 폐단으로 내 깊이 싫어하는 바이다. 또 부처란 이단(異端)의 종교인데 다행이 구해서 얻는다 해도 어찌 나의 도 속에서 태어난 사람이라 할 수 있으랴? 사람은 천지에 있어 천·지·인의 삼재(三才) 속의 하나로서 일신의 기운은 즉 천지의 기운이고

育男後記事

余年將四十 未有子 或曰 金塘寺金佛至靈 厚幣以求人 多生子 餘曰 余無父無子 佛之道也 父子之道 佛何知之 道旣不同 理亦相違 彼昏不知 妄自求之 此末俗之流弊 吾深惡之 且佛者異端之宗也 幸而求得焉 可謂吾道中人也哉 人於天地桑爲三才 一身之氣卽天地之氣也 而山

산천은 즉 천지의 기운의 정기(精氣)를 받은 것이다. 같은 기운을 서로 구하려는 것은 쉽사리 감통(感通)할 수 있을 것이다.

옛사람이 빌어서 기이한 반응이 많이 있다 하기에 나도 빌기로 하고 목욕재계하고 내동산(來東山) 깊은 골짜기에 가서 빌었더니 이해 6월에 우선 태기가 있어 열 달만에 아들을 낳았는데 이름을 영진(榮進)이라 하였다. 그것은 대개 여러 과거에 급제한 뒤에 더욱 진취(進就)하라는 뜻에서 「진(進)」을 붙였고 「영(榮)」은 영(盈)이 변해서 영(榮)이 된 것인 동시에 그 항렬을 따른 것이다.

川卽 天地之氣 鍾毓處也 同氣相求 易與感通

古人有禱 多有異應 吾且禱之 沐浴齋戒 往禱于來東山深谷中 是年六月 乃有娠 滿十朔而生子 名之曰 榮進 盖取諸盈科後 進之義而變盈爲榮者 從其行也.

(4) 편지글(書)

104. 낭군에게 보내는 편지　　　　與夫子書

송별한 지도 이틀이 되었으니 가시는 행차는 생각컨데 전주(全州)에 도착하였을 것으로 보며 전주는 이름 있는 큰 도시인데, 얻으신 바 있습니까? 내 듣는 바에 의하면 옛적에 사마천(司馬遷)이 나이 스물에 남으로 강회(江淮)에 노닐며 견문을 넓힌 것은 마자재(馬子才)나 사마천의 이른바 문장이 훌륭했던 까닭이지 서전에 있었던 것은 아

送別爲兩日 征旆想到完山 而名都大邑 其有所得耶

吾聞昔司馬子長二十 南遊江淮 以廣志業 馬子才 所謂子長之文章 不在

니었으니 이것이 멋지지 않은가요. 이제 낭군께선 사마천의 나이로 그가 노닌 것을 배워 전주를 지나실 때에 이태조(李太祖)가 임금 되신 유적을 보시게 되며, 그 글이 웅장하여 사마천이 큰 어려움을 넘길 때와 한가지였던가요.

또 노성(魯城)을 지나실 때 공부자(孔夫子)의 유풍(遺風)을 생각하시고 그 글이 온아하여 사마천이 제(齊)나라와 노나라의 옛 지역을 지났을 때와 같았던가요. 금강(錦江)의 양양한 흐름, 한강의 곤곤한 것을 보시고 그들이 분방하고 호만(浩漫)하여 사마천 장회(長淮)에 배를 띄워 큰 강을 거슬러 올라가던 흥취와 같았던가요. 계룡산(鷄龍山)의 아득하고 멀어 솜같이 피어오른 웅장한 모습과, 삼각산(三角山)의 높고 높은 모습을 바라보시고는 그 글이 곱고 예쁘고, 풍성스럽게 여겨져서 마치 사마천이 구의산(九疑山)을 거쳐 무산(巫山)을 지날 때와 같았습니까. 당신께서 두루 다니시며 만상(萬象)의 변화하고 출몰(出沒)함을 지나면서 보시고 그것을 기록해 두었다가 문장을 지으시면 당신의 수업에 이룩됨이 있을 것 같기에 그대의 행차에 있어 사마천이 노닐던 일을 그려 보면서 이 글을 보내 드리나이다.

書者此也 今君子以子長之年 學子長之遊 其過完山也 觀聖祖龍興之蹟 而其文雄健 如子長過大梁之時耶

又過魯城也 想夫子之遺風 而其文溫雅如子長 過齊魯之時耶 見錦水之洋洋漢江之滾滾 而其文奔放浩漫 如子長之浮長淮沂大江歟

望鷄龍之邈錦 三角之嵯峨 而其文姸媚蔚紆 如子長之過九疑歷巫山歟 君子周行 歷覽萬象之變化出沒者 盡取而爲文章則 庶幾可以助成志業故 於子之行又以子長遊贈之.

105. 낭군에게 보내는 편지　　　　與夫子書

아침부터 뜰에 선 나무 끝에 가을 바람이 서늘하게 붑니다.

엎드려 염려컨대, 여행 중의 기미(氣味)는 어떠하십니까.

옛말에 가을에 선비가 걱정되는 것은 감개(感慨)하여 격려(激勵)되는 마음이라 하였는데, 낭군께서도 계절 때문에 시절을 느껴서 마음이 격정(激情)되십니까.

이 몸의 마음에는 낭군께서 남녀의 상사(想思)[11]에 잠기셨는지, 과거 급제[12]하셨는지가 궁금하여 이 때문에 밤마다 잠들지 못하고 딩구는데,

당시(唐詩)에 이른바 추야장(秋夜長) 석 자는 아녀자가 정에 끌리는 사사로운 마음이니, 이 몸에게 논할 만한 말이 아닙니다.

낭군께서는 뜻하신 일을 게을리 하지 마시어 입신(立身)하시고 빨리 돌아오소서.

부모님께는 아침 문안을 꼭 드리매 기체후 만안하시니 염려 마소서.

朝來庭樹 秋風颯然 伏惟旅中氣味若何 古語曰 秋士悲 悲者 感慨激勵之意也 君子其有感於時而勵於志耶 吾常耿耿于中者 龍池之秋蓮 君子採之耶 蟾宮之秋桂 君子折之耶 庸是不寐 每夜轉輾而唐詩所謂 秋夜長三字 此是兒女子牽情之私 不足論於吾之閨中也 伏願君子毋惰志業 立身早歸也 晨省高堂氣體候萬安 勿慮也.

---

11) 남녀의 상사(想思) ; 원문의 '용지지추연 군자채지' (龍池之秋蓮君子採之)로 즉 연따기 노래[採蓮曲]을 말함. 남녀상사곡임

12) 과거 급제 ; 원문의 '섬궁지추계 군자절지' (蟾宮之秋桂君子折之)를 말하니 곧 섬궁은 달세계를 말하며 과거에 오른다는 뜻으로 씀.

106. 낭군에게 보내는 편지　　　與夫子書

서울과 시골에 떨어져 있으니 소식이 끊기는[13] 것은 당연한 형편이며, 더구나 이 마을은 읍역(邑驛)에서 멀리 있어 고을 관아편도 의지할 수 없고 역졸(驛卒)도 만나기 어렵습니다.

아침 일찍 일어나서 문을 여니 마침 서울로 돌아간다고 하는 사람이 있는데, 바로 나라 일로 가는 어영청(御營廳)의 군졸이니 행인의 믿을 사람으로서 누가 이보다 나으리까. 바삐 이에 글을 써 붙여 문안드립니다.

쓸쓸한 객지 생활은 본디 그 형편을 상상할 만하나, 학업이 왜 이리 부모님을 영화롭게 하기에 더딘지요.

이곳 부모님은 평안하시며 가정도 모두 건강하니 멀리서 그리워하시는 마음을 달래소서.

여기 편지 전하는 사람은 이웃에 사는 사람이니, 그가 돌아올 때에 자세히 소식을 알리소서.

京鄕落落 魚稀鴈絶 勢固然也 矧玆村居 遠於邑驛 邑褫無憑 驛使難逢 早起開門 適有告歸于京者 乃御營衛卒 赴于王事者 行人之信者 孰有愈於此也 忙此付候 先玆悵然 旅次之起居 固可想其貞利 而鷄窓之志業 是何晚於榮親 惟此堂上平安 庭側渾康 此固可慰於遠懷也 此人隣居者 於其歸也 細示之.

---

13) 소식이 끊기는 ; 원문의 '어희안절'(魚稀雁絶)인데 잉어의 뱃속에 편지 전했다는 고사와 기러기가 소식 전한다는 쌍리안서(雙鯉雁書)의 뜻이며 곧 동떨어져 소식이 끊긴다는 의미.

107. 낭군에게 보내는 편지   與夫子書

무릇 어버이를 떠나 서울에 가 있는 이가 몇 사람이며 아내와 이별한 이가 몇 사람인 줄은 모르나 어버이의 기다림과 아내의 생각함이 내 낭군의 부모와 젊은 아내와 같은 이는 없을 것입니다. 낭군께서도 혹시 그렇지 않으십니까.

전에 「시경(詩經)」척호편(陟岵篇)⑭에서 아들이 부모를 그리워하는 것을 보았고 격고편(擊鼓篇)⑮에서 남편이 아내를 잊지 못해하는 것을 보았습니다. 그러나 낭군께서 부질없이 사모의 정으로 뜻을 해쳐서 입신양명의 마음을 시급히 여기지 않으신다면 앞으로 어떻게 어버이의 기다림과 아내의 바람에 보답하시렵니까. 마음에 잊지 마소서, 힘쓰소서. 그래서 빨리 돌아오시도록 도모하소서.

예전에 악양자(樂羊子)⑯가 공부를 성취하지 못하고 중도에 돌아오자 아내가 짜던 베를 자르면서 이것과 다를 것이 없다고 말하자 악양자는 돌아가 학업을 마쳤으며, 두목(杜牧)⑰이 성공하지 못하고 돌아오자 밤에나 몰래 오라는 아내의 꾸자람을 당하고 드디어 급제하였는데, 이것이 바로 이 몸이

夫人之客於京 離親者幾人 別妻者幾人 而親之待 妻之思 未有如吾君子之父母若妻也 君子亦倘乃爾耶 嘗於陟岵之詩 見人子之思親 擊鼓之章 知人夫之念室 然君子從以思慕之情 害志而不以立揚之心爲急 則將何以答 親之所待 妻之所望乎 惟君子念哉 勉哉 亟獻其歸

昔樂羊子 聞斷機之語 而卽成功 杜牧之 見近夜之誚 而遂登第 此鄙室之

---

14) 척호편(陟岵篇) ; 「시경」국풍중 위풍(魏風)편중 소제목.

15) 격고편(擊鼓篇) ; 「시경」국풍중 패(邶)편의 소제목.

16) 악양자(樂羊子) ; 전출

17) 두목(杜牧) ; 중국 당나라때 시인 일명 소두(小杜).

밤낮으로 그리워하면서 낭군에게 깊이 바라는 것입니다.

다만 부끄러운 것은 오늘날의 이 격려가 옛 어진 아내에 미치지 못하는 것이 부끄러우나, 낭군께서 이 두 옛사람의 일에 격동되는 바가 어찌 없으시겠습니까.

이제부터는 결단코 맹세하소서. 성군이 다스리는 태평한 세상에서 위로 어버이를 영화롭게 하지 못하고 아래로 아내를 즐겁게 하지 못하신다면 이 몸은 베틀을 끊고 밤에 경계하는 데에만 그치지 않을 것이오니, 낭군께서는 그리 아소서.

夙夜景慕 而深望於君子者也 只愧今日 所警動者 未及古之賢婦而君子 獨不激二子之事乎

今而後 乃斷矢之 當此聖明之世 上不能榮吾親 下不能樂其妻則 鄙室不啻斷機誚夜而止矣 惟君子諒之也.

108. 낭군에게 보내는 편지

與夫子書

풀이 꽃다운 긴 강둑에서 쓸쓸히 까마귀가 우니 치마를 뒤집어 입고 문으로 달려가 보니, 한 젊은 이가 표연히 지나가므로 곧 아이놈에게 가서 과장(科場) 소식을 물어 오게 하여, 우리 낭군이 이번에 또 낙방(落榜)하셨음을 알았습니다.

낭군께서도 어찌 고생함이 괴롭지 않으시겠습니까. 내가 앞으로 힘을 다 할 것이니, 이미 지난 해에는 머리를 잘라서 객지에서의 양식을 준비해 드렸거니와, 올 봄에는 비녀를 팔아서 여비를 마

芳草長堤 蕭蕭馬鳴 顚倒裳衣 出門而看 則有一少年 飄然過去 卽命僮僕 往問科場消息 知吾君子又落於今榜中也 君子得無勞乎 吾將竭力 乃已去年剪髮 以齎糧 今春賣釵 以資

런하여, 이 한 몸의 물건을 차라리 다 없앨망정 낭군의 여비를 어찌 모자라게야 하겠습니까. 또한 듣기로는 가을에 경시(慶試)[18]가 있다고 하니, 낭군께서는 돌아오지 마소서. 마침 글월을 보낼 인편이 있어 소식을 알고자 하오며 옷 한 벌을 부칩니다.

橐 鄙室一身之具 寧盡 而君子觀光之資 烏可乏也 又聞秋來 有慶試云 君無來也 適因信. 便仰叩動止 付上衣一領也

109. 낭군에게 답장 쓴 글　　答夫子書

　가신 길이 멀어서 여행 중의 형편은 오는 편에 얻어 들었으나, 세월이 흘러 여행길의 안부가 벌써 두어 달 동안 소식 막히니,

　이 때문에 안타까와 밤마다 잠 못 이루며 여행 중에 사람 그리워하는 마음을 미루어 알 만합니다.

　그러나 무릇 사람의 감정이 정감에 넘칠 때에는 술로도 달랠 수 없고 맛난 것으로도 기쁘게 할 수 없는 것이어서, 오직 의리로 누르고서야 애상(哀傷)하는 지경을 벗어날 수 있어서 충실한 마음이 속에 가득 차고, 충실한 마음이 속에 가득 차면 힘차게 뜻을 행하게 되는 것이니, 어찌

去路沼沼 行李之利 涉得聞來便 而時序冉冉 旅履之安否 旋阻數月 庸是耿耿 每夜不寐 旅窓之懷人 推此可想

然凡人 情勝之地 靡酒可慰 靡甘可悅 而惟以義制之 然後方可脫哀傷之境 而忠篤之心菀於中 忠篤之心菀於中則 沛

---

18) 경시(慶試) ; 나라에 경사가 있을 때 치루는 과거시험.

한갓 아녀자의 그리워하는 정을 일으키시렵니까. 낭군께서는 의리로 정을 누르시고 뜻을 손상하지 마소서,

　주인 심씨(沈氏)는 남을 사랑하며 선비에게 자기를 낮추니, 전에 이른바 군자를 따르는 무리라는 것이 헛말이 아닙니다.

　잘 섬겨서 그곳에서의 예의를 다하소서.

然行志 豈肯做兒女子 眷戀之情耶 伏望君子以義制情 無傷志也 主人沈氏愛人下士 向所謂從君子類者 顧非虛語善事之 以盡居邦之禮也.

14. 황정정당(黃情靜堂)의 시(詩)

1. 송담 선생[1]의 '소유정' 시에 삼가 차운함

謹次松潭先生小有亭韻

산 밑엔 푸른 물 물가엔 산인데	山邊綠水水邊山
산과 물 중간에 큰 집 하나 있으니	山水中間卽大家
투호놀이 거문고로 세월 보낸 정자여서	壺矢床琴棲息處
속인들은 생각조차 못하고 지나는 곳	想應不許俗人過

2. 아들 정렬에게 김문충공[2] 묘를 자주 찾아 봐라 명하며

命子廷烈歷謁金文忠公墓

(1)

(빠짐) 옛날 왜적을 물리칠 때 생각하니	(缺)念昔報倭
일본 사람들 모두를 뱀보듯 겁냈었다	日人皆畏蛇蜥

1) 송담선생(松潭先生) ; 선조(宣祖)대 문신인 채응린(蔡應麟), 황정정당의 시
   가(媤家) 선조(先祖)임.
2) 김문충공(金文忠公) ; 김성일(金誠一 1538~1593). 퇴계(退溪) 이황(李滉)
   의 제자로 경상도 병마절도사(兵馬節度使)가 되었다가 유성룡(柳成龍)과 함
   께 임진왜란 때 싸우다가 진주(晉州)에서 병사하였음.

공이 혼자서 용감히 나가서	公獨許勇往
수레 타고 벽력 같이 달려가 물리쳤네.(빠짐)	星軺馳霹靂(缺)

(2)

공은 그때 영문을 제압하고	公時制嶺閫
의젓하게 성벽을 지켜섰지만	堂堂整疊壁
황천은 따라주지 아니함으로	皇天不憖遺
중도에서 만사가 슬프게 죽었었다.	中道萬事慽炳炳死

(3)

그대 마음 천추의 정신적 바탕이 되고	君心千秋實
그 위업은 본받을 인연이 되네	偉績緣何做
그 업적은 학문의 실마리요	事業學問端
인생 목표 공에서 근원 삼을 것이네	且的溯公淵

(4)

그 근원은 바로 퇴계학에 있었고	源正退翁是
전통을 위하여 우리 선조[3] 힘썼네	爲嫡靡我先
온 생명 다하여 내 그를 위할 것이요	生力吾其爲
왜구의 적을… (빠짐)	寇敵(缺)

3) 우리 선조 ; 원문의 아선(我先)이라 한 것은 작자 황정정당은 그의 유고인 「정정당유고」(情靜堂遺稿)의 서문에 의하면 금계(錦溪) 황준량(黃俊良)의 후예라고 했다. 금계는 1517~1563 조선 명종 때 문신이며 학자로 이황(李滉)의 문인이다.

3. 친정 오라버니 만사　　　　　代舍兄挽

어찌 감히 신기한 연장 간다고 새로우랴　　焉將鬼斧發硎新
천하 청산 쪼개어서 먼지를 만들지　　　　天下靑山斫作塵
청산은 본래부터 무정한 흙이니　　　　　靑山自是無情土
파묻으면 인간도 늙지 않는다네　　　　　埋却人間未老人

4. '항' 자의 뜻이 가르쳐 주는 것　　恒字義示學者

왼쪽 곁에 마음인 심(心)을 세우고　　　　左旁從立心
오른 쪽에 하루라는 일일(一日)을 세로 씀은　右旁從一日
부지런히 배우라고 제자(諸子)에게 바라면서　倦倦望諸子
마음을 세우는 일 하루 같이 하라는 뜻.　　立心如一日

5. 구차하게 약 먹는 것을 후회함　　悔 偸 藥

병석에서 견우 직녀 별 보는 처지로　　　臥看牽牛織女星
식음도 꺼리는데 무슨 약을 매년 먹나　　却飮何藥年年逢
다만 술잔 잡고 신선이 되고 나서야　　　徒緣盃裡羽化物
인간의 이별 슬픔 잊으려 할 뿐이네.　　忘却人間離別愁

15. 홍유한당(洪幽閑堂)의 시(詩)

<table>
<tr><td>1. 꿈길에 고향 가다</td><td>夢　歸</td></tr>
</table>

(1)

내 마음은 먼 길 떠나온 길손과 같은데	心似爲遠客
그 누가 말하는가 고향에 온 것이라고	誰云歸故鄕
눈길은 농서(隴西)①의 구름에 머물고	目斷隴西雲
꿈속에선 어머니 곁으로 돌아가네.	片夢歸萱堂

(2)

문 앞의 버드나무 안개 속에 푸르고	門柳烟裡碧
뜰에 핀 국화는 서리 온 뒤 노랗구나	庭菊霜後黃
아버지 어머니는 이 딸을 생각하시며	爺孃憶阿女
창문 열고 달빛을 바라보고 계시네.	推窓看月光

(3)

기뻐하며 슬하에 절을 하고는	歡喜拜膝前
손잡고 다같이 마루에 올라서	携手共登床
헤어졌던 사연을 말은 무성해	盛說別離情
옷자락 붙들고 어머니 곁에 앉았네.	牽衣在母傍

---

1) 농서(隴西) ; 황해도 서흥(瑞興)의 옛 이름으로 홍유한당의 친정.

(4)

형과 아우들이 서로 웃으면서	下有兄弟笑
같이 앉아 모두들 즐거워하네	怡怡成一行
은촛대에 켠 불은 그림벽을 비추고	銀燭畵壁明
금찻잔에 담긴 귀한 차는 향기롭구나.	寶茶金尊香

(5)

어느덧 닭이 울어 순라소리 울리니	鷄鳴官茄動
가을밤도 오히려 길지가 않네	秋夜猶未長
바라는 건 구름 속의 기러기 되어서	願作雲裡鴻
마음대로 훨훨 날아 고향 가는 것.	隨意任翶翔

2. 친정동생을 보내며　　　送 舍 弟

(1)

고향에서 나를 찾아온 너인데	君自故鄕來
이제는 서울로 보내게 되었구나	送我向洛陽
서울은 여기서 삼백리 길	洛陽三百里
아득한 곳 부질없이 바라만 보는구나	迢迢空相忘

(2)

돌아오는 가을이면 또 다시 온다 하니	歸來伴淸秋
서로 만날 날이 몇 달 남지는 않았다마는	相會未幾旬
관루(官樓)의 가을이 어느덧 깊어 가는데	官樓秋己晚
내일 아침엔 또 다시 전송하게 되겠구나.	明朝又送人

(3)

등잔 심지 돋우면서 차마 이별 못참는데	挑燈不忍別
닭이 울기 시작하니 막을 수가 없구나	鳴鷄不可禁
숲 밖에 나가서 나가 손잡으며 보내는데	林外將分手
하늘은 높고 바람은 가슴 가득 불어온다.	天高風滿襟

(4)

어느 날에 너는 다시 돌아 오려나	歸期在何日
한 번 간 뒤 진루는 멀고 깊구나.	一去秦樓深

3. 영명②의 시에 차운하다 　　　　次 永 明

(1)

서리 내리니 하늘은 넓게 트이고	霜落天容濶
눈발 날리니 산 기운은 한결 맑다	雪飛山氣淸
한 해가 저물어서 찬바람 일어나	歲晏凉風至
나의 감회를 더욱 깊게 솟아나네.	助我感懷生

(2)

형제는 헤어져서 동서로 갈리고	兄弟各東西
멀리 이별하는 그 심정 어찌 견딜까	那堪遠離情

2) 영명(永明) ; 유한당의 동생 영명(永明) 홍현주(洪顯周)를 말함.

동양(東陽)③이 가는 길 아득히 바라보니　　　　遙望東陽路
슬프기만 할 뿐 흐뭇한 마음은 안 드네.　　　　惆愴未成欣

(3)

숲 저 편에서 들새들이 울어대니　　　　林外野鳥喧
여관에 들면서 그 소리 먼저 듣겠네　　　　先入旅窓聞
마을 끝에선 푸른 연기 일어나서　　　　村際碧烟起
가늘게 황혼 속으로 흩어져 버리네.　　　　裊裊散黃昏

(4)

꿈에나마 가려 해도 구름길이 희미하고　　　　夢歸雲路迷
아득히 너른 한강 물은 쉬지 않고 흘러간다　　　　蒼茫漢水永
일어나 바라보니 긴 강은 밝아오는데　　　　起視長河明
밤새도록 근심에 잠 못 이루네.　　　　終夜思耿耿

(5)

서울 장안 많고 많은 가문인데　　　　洛陽千門裡
부마의 춘루에도 청운의 꿈이 들겠지　　　　春樓入靑雲
남쪽으로 날아가는 한 떼의 기러기들　　　　一行鴈南歸
헤어지지 않는 모습 도리어 부럽구나.　　　　却羨不離群

---

3) 동양(東陽) ; 홍현주(洪顯周). 홍현주는 정조(正祖)의 부마로 동양위(東陽尉)
　　가 되었다.

4. 두보 시에 차운하여　　　　次　杜

오늘밤 농서에 솟은 저 달은　　　　隴西今夜月
으레이 옛 정원을 비추고 있겠지　　應照故園明
마을의 방아소리 먼 들에 들리고　村舂鳴遠野
정원의 나무에선 가을소리 나겠네.　庭樹作秋聲

이슬에 처마 젖어 더욱 차겁고　　露滴衣裳冷
바람이 불어오니 날개 돋은듯　　風來羽翮生
북쪽 기슭에 피어 있는 노란 국화꽃　黃花問北岸
서리 내린 뒤엔 온통 향기로운 정이네.　霜後摠香情

5. 유 녀　　　　　　　　遊　女

(1)

아름다움이 충만한 계절, 만상은 새로운데　佳氣瀜瀜萬象新
가볍고 맑은 안개 냇가에 끼어 있네　　輕烟澹靄鎖江濱
꽃들은 활짝 피고 복사꽃은 비를 머금어　濃花灼灼桃含雨
어린 잎 파릇파릇 버들은 봄이 한창.　嫩葉靑靑柳拂春

(2)

꾀꼬리 예쁜 노래 봄잔치 보다 낫고　嫋嫋鶯歌勝春會
재잘대는 제비들은 좋은 때라 알리네　喃喃燕語報佳辰
향기 수레 사뿐히 풀밭에 달리니　　香車細逐芳郊草
비단 버선 위에는 붉은 먼지 앉았네.　羅襪輕生紫陌塵

(3)

푸른 띠에 소매 저어 춤은 무르익었고	舞袖頻煩牽翠帶
억지로 권한 술에 입술은 붉어졌다	仙醪強醉沾紅唇
허리에 찬 월패(月珮)는 기린 구슬이요	腰間月珮猉獜玉
머리 위의 비녀는 귀한 비취 보배일세.	頭上輕釵翡翠珍

(4)

구름속 높은 누각 물가에 기대었고	畫棟入雲臨水閣
놀잇배는 흔들흔들 연캐는 여인일세	蘭舟搖浪採蓮人
한강 이남은 예부터 유녀가 많은 곳	漢南自古多游女
향진(香塵)④을 쳐다본들 친하면 안된다네.	可望香塵不可親

6. 두보의 '강상'에 차운하다　　次杜江上

기러기는 구름 저편으로 울며 가고	歸鴈雲邊叫
강 위 가을 추위에 깜짝 놀라네	驚寒江上秋
찬 서리가 변경의 눈을 재촉하니	嚴霜催塞雪
늙은 길손은 겨울 갖옷을 그리는구나.	老客戀貂裘

물결 출렁이니 오두막에도 바람 일고	波動風侵檻
구름 걷히니 달빛은 누각 안을 비치네	雲開月入樓
고향집 생각하니 잠은 오지 않고	思家仍不寐
꿈에 그리는 이 마음 언제나 그칠까.	夢想幾時休

---

4) 향진(香塵) ; 좋은 향기를 풍기는 티끌. 여기서는 유녀(遊女)를 의미.

7. 친정 동생을 보내며　　　　　送舍季詩

(1)

네가 이곳에 온 지 스무날도 못 됐는데　　　君來未二旬
세월은 어찌하여 그렇게 빠르게 가는가　　　光陰若不遲
양친 슬하 에워싸고 같이 즐겁게 놀았고　　　繞膝供歡樂
때때옷 입고서 뜰을 뛰어다니며 놀았었지.　趨庭舞彩衣

(2)

마음과 가슴을 터놓고 말했고　　　　　　　論襟開心豁
책상을 같이하고 한방에서 책 읽었지　　　讀書共床帷
왜 그렇게 빨리 돌아가야 하는지　　　　　歸期何太速
나라 일로 가는 길을 어길 수는 없겠지.　王程不敢違

(3)

봄추위가 아직은 풀리지 않아서　　　　　春寒猶未解
성긴 눈발이 얼굴에 부딪치네　　　　　　疎雪撲面飛
얼음길 가기 어려워 걱정이 되고　　　　行愁氷路難
이별이 아쉬우니 새벽빛이 한스럽네.　惜別歎曙暉

(4)

벼슬하고 안 하는 건 모두다 운수라서　　行藏皆有數
가고 오는 것 기약할 수 없겠지만　　　　來往不可期
네가 집을 떠나 서울로 간 후에는　　　　君去洛陽後
부모님 웃음소리 적어질 것 같구나.　　堂上笑語稀

(5)

문 앞의 수양버들 푸르러지면	門前柳綠時
나 또한 양친 곁을 떠나게 된단다	我亦辭庭闈
만날 날 멀지 않음을 알고 있으니	相逢知不遠
그때 되면 소매 잡고 함께 가리라.	願得聯袂歸

8. 두보의 '등루' 시에 차운하다 　　次杜登樓

천리 가는 구름은 고향 그리는 마음	千里雲歸故國心
비 갠 후 높은 누각에 애써 올라 보니	高樓雨後强登臨
지저귀는 제비는 계절을 알리는데	雙飛語燕知時節
수심겨워 사람 홀로 서서 고금을 생각한다.	獨立愁人感古今

아지랑이 아른아른 한 낮은 고요하고	纈眼游絲白日靜
정겨운 실버들엔 석양빛이 비친다	牽情弱柳夕陽侵
한 평생 병치레로 젊은 시절 보냈으니	百年多病青春暮
술 마시고 시 읊어도 더욱 괴롭네.	對酌成詩更苦吟

9. 영명이 보낸 운에 화답하여 　　和永明寄示韻
4수. 임인 1842년 　　　　　　　　　壬寅

(1)

머리 들어 구름 보니 달빛에 비끼었고	矯首看雲月影橫

푸른 하늘 씻은듯 비는 처음 개었구나 　　碧天如洗雨初晴
너의 글이 서주에서 이르렀으니 　　卯君書自西州至
다시금 너의 시에 이 누나는 위로된다. 　　更喜新詩慰老兄

(2)

구름은 겹겹쌓여 기러기 날고 　　雲山重疊鴈飛橫
장마비는 뿌리다가 밤들어 개었네 　　霖雨繽紛入夜晴
늙어가니 이별 수심 백발을 더하고 　　老去離愁添白髮
야윈 얼굴 흰수염은 형제가 같겠지 　　衰顔霜鬢弟同兄

(3)

하늘의 구름은 조각조각 떠다니고 　　天際浮雲片片橫
나무와 숲의 빛은 날로 새로워지는구나 　　林光樹色喜新晴
북녘에 뜬 삼경달을 누워서 바라보며 　　臥看北麓三更月
서주 천리 먼곳을 그리워 생각하네. 　　遙憶西州千里情

(4)

깊은 밤 벌레소리에 눈물 흘리고 　　中夜虫聲悲淚落
석양의 매미소리 이별 설움 돋우네 　　夕陽蟬語離愁生
잠에서 남매의 정 꿈꾸고자 하는데 　　枕邊欲作塤篪夢
새벽이 왔다고 닭아 울지 말려무나 　　莫敎金鷄報曉鳴

10. 삼·오·칠언시⑤   三五七言

달 뜨자	月初出
눈 개고	雲初晴
뜰나무에 흰꽃 피고	庭柯生花白
시내 얼어 구슬 같다	溪氷散玉明
천지는 아득하여 한 빛이요	天地茫茫通一色
은하수 또렷하게 삼경을 알리네.	星河歷歷報三更

11. 또 삼·오·칠언시   三五七言

흰 달 빛	月光白
솔 소 리	松韻淸
구름개어 들새 오고	雲捲野鳥還
밤이 깊어 촌닭운다	夜深村鷄鳴
산천의 경치는 눈에 익어 그만한데	山川物色慣在眼
한가롭게 오래사니 그 어찌 무정한가.	閑居經年豈無情

---

5) 삼·오·칠언시 ; 홍유한당(洪幽閑堂)에게 삼·오·칠언시가 두편이 있는
데 특히 시각적 효과를 보이는 점층법의 시이다.

12. 고향의 매화를 생각하며　　　憶 鄕 梅

한 그루 매화 보니 멀리 고향 생각나네	千里歸心一樹梅
담 위로 달 밝아 올 때 홀로 피던 꽃인데	墻頭月下獨先開
누구를 반기려고 몇 년이나 봄비 맞나	幾年春雨爲誰好
밤마다 농성 땅이 꿈속으로 들어오네.	夜夜隴頭入夢來

13. 친정 동생을 보내며 차운하다　　　次韻送舍弟

(1)

이 밤의 인간 세계 이별의 정 사무치고	人間此夜離情多
지는 달은 아득히 물결 속에 잠겨드네	落月蒼茫入遠波
묻노라 오늘밤은 어디에서 묵으며	借問今宵何處宿
객창의 기러기소리 듣고 있는지.	旅窓空聽雲鴻過

(2)

만리에 안개 끼어 비단결 같고	烟霞萬里似輕羅
은하수는 삼경인데 맑기가 물결이네	河漢三更澹作波
누각 옆에 하염없이 서서 생각 끝없는데	佇立樓頭多所憶
한양에 가는 손님 생각은 어떠한지	洛陽歸客意如何

14. 봄밤 피리소리 들으며　　　　春夜聞笛

떠돌며 여러해를 고향 못가 한이 맺혀	飄泊多年恨不歸
뉘 집에서 이 밤에 길 떠날 옷 다듬는가	誰家此夜送征衣
홀연히 구름 밖에 매화곡(梅花曲)⁶ 들리니	忽聞雲外落梅曲
먼 길손은 헤매고 기러기는 북으로 나네.	遠客彷徨鴈北飛

---

6) 매화곡(梅花曲) ; 원문의 낙매곡(落梅曲)이니 매화곡은 피리곡을 말함.

16. 김운초(金雲楚)[1]의 시(詩)

1. 봄밤

　– 숙부님이 지으라고 하셨다 –

포도무늬 필통에 붓이 꽂혔고
규수방 병풍 밑에 촛불은 가물가물.
발 드린 문 밖에서 물결소리 그치잖고
달은 돌아 살구꽃 서쪽으로 도네.

春　宵

　– 應仲父命韻 –

揷筆葡萄匣
深屛燭影低
下簾波不定
月上杏花西

2. 도영헌[2]에서

해는 지며 무산[3] 십이봉에 걸쳤고
그림자는 모두 다 동쪽으로 쏠리네.

倒　影　軒

殘日掛巫峽
群陰盡向東

---

1) 운초(雲楚) ; 성은 김씨 호는 부용(芙蓉)(1800~1860이전) 평북 성천(成川)태생, 성천의 기생이었다가 뒤에 연천(淵泉) 김이양(金履陽 1755~1845)의 소실이 되었다. 시집에 「운초시고」(雲楚詩稿) 등이 있고 247편의 시가 전한다.

2) 도영헌(倒影軒) ; 성천에 있는 명소.

3) 무산 ; 원문의 무협(巫峽). 성천에 있는 무산(巫山) 십이봉(十二峰)으로 원래 산 이름은 흘골산(紇骨山)이다. 무산 또는 무협은 성천의 별칭으로 많이 쓰였다.

난간 쪽에 술자리를 옮겨 잡으니　　　欄邊移酒席
몸은 푸른 물에 떠서 솟은 듯.　　　　身在碧波中

3. 가무구경　　　　觀　樂

성천④내기 애띤 기생 치마는 푸른 비단　成都紅妓碧羅裳
폭마다 봄바람 걸음마다 향기이네.　　　幅幅春風步步香
누런학과 금사자가 마주서서 춤을 추니　黃鶴金獅迎起舞
강선루⑤ 정자 위에 선녀가 내렸는듯.　　降仙樓上降仙郎

4. 행화촌⑥　　　　杏花村

날렵한 배 한 척 모래톱에 매어있고　　輕舟一葉泊平沙
유수청산 진사들은 자연 속에 사노라고.　流水靑山進士家
마을 속 예쁜 꽃을 아직 와서 못 보는데　未到村中名已好
동풍에 붉은 꽃은 폈다 져서 마당 가득.　東風紅落滿庭花

4) 성천 ; 원문의 성도(成都). 평북 성천은 옛 고구려 서울이었다고 함.
5) 강선루(降仙樓) ; 성천의 객관 서쪽에 있던 누각. 앞으로는 비류강을 굽어
　　보고 뒤로는 기이한 봉우리가 둘러 서 있어 성천의 대표적인 명소로 꼽혔으
　　며 따라서 역대 시인들의 제영(題詠)이 많다.
6) 행화촌(杏花村) ; 성천에 있는 마을 이름.

5. 취한 이를 풍자함　　　諷詩酒客

술이 과하면 본성을 잃기 쉽고　　　酒過能伐性
시 잘쓰면 살림은 궁하게 마련.　　　詩巧必窮人
아무리 시와 술이 벗이 될망정　　　詩酒雖爲友
친하기도 소원키도 어려운 일이로세.　　　不疎亦不親

6. 시 지어 읊어주며 도망쳐 나오다　　　口號得脫

원제; 갑술[7]년 봄 갈촌[8]을 지나는데 소년배들이 말을 붙잡으며 둘
　　　러 싸고는 같이 시를 대운하자 하였는데 그 행세가 급박하
　　　므로 입으로 읊어 주면서 빠져 나왔다.

甲戌春 道過葛村 被群少年 擁馬呼韻 勢甚迫 口號得脫

백운봉[9] 밑에서 남쪽을 바라다 보려므나　　　白雲峰下望西南
맑은 물 청송아래 백로들은 한가롭다.　　　流水蒼松鷺數三
싸움터로 가는 말은 숙연히 재촉는데　　　征馬蕭蕭催上路
저녁 햇빛 한줄기가 먼산들을 삼켰네.　　　斜陽一抹遠山含

7) 갑술(甲戌) ; 여기서 갑술년은 1814년이다. 작자 15세 때
8) 갈촌(葛村) ; 성천에 있는 마을 이름.
9) 백운봉(白雲峰) ; 성천에 있는 산봉 이름.

7. 부용당 빗소리　　　　　　芙蓉堂聽雨

맑은 구슬 일천 섬이　　　　　　明珠一千斛
유리쟁반에 와서 구르네.　　　　遞量琉璃盤
낱낱이 동그란 그 모양이　　　　箇箇團團樣
수선⑩이 아홉 번 굴려 빚은듯.　水仙九轉丹

8. 중양절⑪에 산에 올라　　　　重陽登高

산그림자 물에 어려 강파에 넘실넘실　　山光入影共浮浮
저 멀리 가을 하늘 눈길이 모자란다.　　一望風烟萬里秋
비단 같은 단풍숲은 푸른 안개 자욱하고　錦色楓林蒼靄裡
누런 국화를 노인 머리에 꽂았구나⑫.　　黃花又揷老人頭

10) 수선(水仙) ; 물 속의 선인(仙人)이란 뜻인데 중국 초나라 때 굴원(屈原)의
　　별호가 수선이다.
11) 중양(重陽) ; 음력 9월 9일.
12) 누런 국화를 노인 머리에 꽂았구나 ; 원문의 황화우삽노인두(黃花又揷老人
　　頭)는 계절과 인생이 함께 저물어가는 소슬한 심정을 의미함. 국화꽃을 머
　　리에 꽂는 풍속이 있었다.

9. 향풍동⑬ 어귀에서   香楓洞口

깊은 골짝 우거진 숲 이끼 낀 벼랑은 무너질듯 絶壑陰森古岸崩
하늘을 떠받치듯 솟은 절벽 구슬로 쌓았구나. 撑空浮碧玉層層
수풀 속 오솔길은 돌이 삼분이나 박혔는데 林間有路三分石
동구에서 만난 사람 절반은 중이더라. 洞裏逢人一半僧

10. 강선루에 올라   登降仙樓

무산⑭ 십이봉 단풍잎은 남은 가을에 애잔하고 巫山黃葉送殘秋
술잔 드니 바람은 열 두 봉우리를 스쳐간다. 把酒臨風十二樓
만가지 수심은 모두 눈처럼 피어 나는데 萬斛閑愁都潑雪
하늘은 물같이 푸르러 초나라 구름⑮처럼 떠 있네. 碧天如水楚雲浮

---

13) 향풍동(香楓洞) ; 향풍(香楓)이라고도 하며 성천부(成川府)의 동북쪽 30리
    에 있는 향풍산에 있음.
14) 무산(巫山) ; 성천의 흘골산(紇骨山)에 있으며 십이봉(十二峰)이 있다.
15) 초운(楚雲) ; 태평온화를 의미한다. [진서(晋書)] 〈천문지(天文志)〉에는 "楚
    雲如日 閑雲如布"라는 구절이 있고 [한익시(韓翃詩)]에는 "江口千家帶楚雲
    江花亂點雲紛紛"이라는 구절이 있다.

11. 무진대[16]　　　　　　　無 盡 臺

- 개천 -　　　　　　　　- 价川 -

가을 호수 십리엔 산들이 물가에 둘러있고　　秋湖十里繞群巒
난간에 기대서서 한 곡조 맑은 노래 불러 보네.　一曲淸歌倚彩欄
무진대 앞 흐르는 물 도도히 한번 가선　　浩浩臺前流去水
큰 바다에 들어가서 물결지어 넘실대리.　　終歸大海作波瀾

12. 망미헌[17]　　　　　　　望 美 軒

- 영변 -　　　　　　　　- 寧邊 -

도호부 영문에는 황혼빛이 가득 차고　　都護營門夕照曛
가을 강물 맑아서 비단치마 비추이네.　　關河秋色上羅裙
밤마다 꾸는 꿈은 천자 뵈올 생각 뿐　　聊知夜夜朝天夢
가서 휩싸이리 장안의 구름 속에.　　去繞長安日下雲

16) 무진대(無盡臺) ; 평북 개천군에 있는 정자. 곁에 무진대진(無盡大津) 나루
　　가 있고 원창(院倉)이란 창고가 있다.
17) 망미헌(望美軒) ; 영변 도호부 감영 앞에 있는 전각.

13. 사절정[18]

- 어천 -

정자이름 사절이란 오히려 미흡하니
뛰어난 것 마땅히 다섯가지 제격일세.
산좋고 바람맑고 물과 달이 어울린데다
또 한가지 미인 많아 절세의 명승일세.

四 絶 亭

- 魚川 -

亭名四絶却然疑
四絶非宜五絶宜
山風水月相隨處
更有佳人絶世奇

14. 향산[19]으로 가면서

복사꽃은 말 위에 석류꽃은 치마 밑에 보며
한 줄기 큰 길은 네 부사[20] 선정한 번화 흔적.
선경에 들기도 전에 마음은 이미 취해
푸른 구름인지 푸른 숲인지 아득해 모르겠네.

香山途中

桃花馬上石榴裙
一路繁華四使君
未入仙區心已醉
碧雲蒼樹杳離分

18) 사절정(四絶亭) 어천(魚川)에 있는 정자. 어천은 영변 도호부 동쪽에서 흐르는 강이며 역참(驛站)이었다.
19) 향산(香山) ; 묘향산(妙香山). 영변 동쪽 130리에 있음.
20) 네 부사 ; 원문의 사사군(四使君) 즉 영변 도호부 에 부임하여 선정을 베푼 황희(黃喜)등 네 절도사를 이름.

15. 묘향산으로 들면서　　　　　　　入妙香山

길들인 말 타고 푸른 절벽 소나무 사이 뚫고　　細馬綠崖復穿松
외나무 다리 서쪽에는 종루가 쓸쓸하다.　　　小橋西畔立寒鍾
구름 안개 자욱한 속 절간엔 향 피우고　　　雲霞洞裡開香殿
금수강산 수풀 속에 푸른 봉이 우뚝 솟아.　　錦繡叢中標碧峰

낙엽 밟고 가는 중 발소리 적막쿠나　　　　僧歸落葉蕭蕭步
가을 꽃을 머리에 꽂은 기생도 본체 만체.　　妓挿秋花澹澹容
만첩산중이라 갈 길을 모르겠네　　　　　萬疊溪山迷去路
묘향산 가는 이 길 흡사 선경 가는 듯　　　茲行還似訪仙蹤

16. 가을밤 독서하며　　　　　　　　秋宵讀書

금박 입힌 책상은 그 모습 맑디 맑고　　　金鴨香銷几格淸
영창에 달빛 들어 빈방에 가득쿠나.　　　半窓斜月入虛明
과부는 가을밤 깊도록 잠못 이루고　　　嫠嫗秋深宵不寐
담 밖으로 오며 가며 책 읽는 소리 엿듣네　過墻來聽讀書聲

17. 노슬탄에서 잃은 소 찾던 이야기

　원제 ; 승선교 밑에 노슬탄이 있고 그 곳에 신주 모시는 돌집 감실
에 부처 하나가 입을 딱 벌리고 있었다. 여기에는 다음과 같은 말이

전한다. 어떤 어리석은 사람이 이 곳에서 소를 잃어버리고는 부처에게
찾아달라고 빌었다. 그랬더니 부처가 꿈에 나타나 알려 주어 소를 찾
았다. 소도둑은 화가 나서 그 부처를 강물에 던져 허리를 부러뜨려 놓
았다. 그 후 부처가 또 꿈에 나타나 마을에 들어가서 공부하면 편안하
리라 하였는데 그 뒤부터는 빌어도 효험이 없었다고 한다.

昇仙橋下 魯瑟灘 上有石愍龕然 中安小玉佛 傳言 泯有失牛
者 禱于佛夢告而獲 盜牛者大恚之 擲佛江中腰切 又夢告于里學究
得以更安 而自後禱而無驗云

노슬탄의 신주 모신 동집은 어두운데	魯瑟灘邊石寶幽
옥불은 맑은 강물을 굽어 보고 있네.	中安玉佛俯淸流
강물 속에 던져지면서도 슬픈 소원 들어서	江心墮折終哀訴
법력으로 잃은 소 찾아 주었네.	法力纔能獲一牛

18. 무산에서 화살 불 구경　　　　巫山落火

무산 십이봉은 어두워 캄캄한데	十二巫山黯淡中
유리알 파도 일듯 온 천하에 번쩍 번쩍.	琉璃萬頃忽飜紅
불화살[21] 일시에 놓아 갑작스레 쏘아대면	火箭一時衝射急
수정궁을 모조리 태워버리려는듯.	如將灰燼水晶宮

21) 불화살; 원문의 화전(火箭). 화살 끝에 불을 달아 쏘는 것. 일반적으로 신
　　호 화살로 쓰임.

19. 임을 보내며   送 人

봄바람 이별 길에 비는 실같이 내리고   春風驛路雨如絲
해 저문 정자에서 이별가㉒를 부른다.   日暮西樓唱竹枝
그대는 평양㉓가서 과거 보련만   君去試看淸浿上
옷차림은 아직도 농사꾼일세.   衣冠猶似井田時

20. 능라도를 노래함   戱 題

　- 성천읍지에 의하면 "능라도는 본래 성천의 비류수㉔ 서쪽과 송양㉕
사이에 있었는데 비에 무너져 떠내려가서 대동강 가운데다 다시 뚜렷하
게 언덕을 이루었으니 필시 신룡이 이렇게 만든 것이다"라고 하였다 -

　- 按邑誌 綾羅島 本在沸流之西 而松讓之間 爲雨所潰流 凡
然復峙於浿江之中 盖神龍之所使然也 云云 -

긴 강가 늘어진 천만오리 버들가지로   長堤萬柳絲
짜 내니 능라도 비단 섬일세.   織出綾羅嶼

22) 이별가 ; 원문의 죽지(竹枝). 죽지가는 남녀정사를 읊는 노래. 중국 당나라
　　에 [죽지가]가 있고, 조선시대에 [죽지사]라는 가곡이 있었음.
23) 평양 ; 원문의 청패(淸浿). 맑은 패강으로 대동강을 말함. 여기서 "淸浿
　　上"은 평양을 의미.
24) 비류수(沸流水) ; 옛 졸본천(卒本川). 성천은 옛날 비류국이었다.
25) 송양(松讓) ; 성천의 옛 땅인 송양왕의 도읍지.

금수천 좁은 골이 걱정이 되어   終憂錦水窄
떠내려다 대동강 물가에 두었네.   浮送浿江渚

21. 산행길에 가뭄 만나다   山行時値久旱

가는 곳마다 동풍에 푸른 버들 골짜기 뿐   東風行到綠楊灣
겹겹이 둘러싸인 봄날 절벽은 검푸르다.   重疊春山碧四環
산 위에서 나는 폭포는 천길 물줄기인데   峯上飛泉千仞澗
원컨대 큰 비 되어 가뭄을 씻으소서.   願成霖雨灑人間

22. 부벽루 연회에서 여러 사또와   浮碧樓宴遊應諸使君
함께 읊다   口號韻

의관들이 줄지어 부벽루는 그림같고   冠盖聯翩擁畫樓
소년들은 다투어 전두 던져²⁶ 하례하네.   少年爭擲錦纏頭
실버들은 멀리 동서쪽 산모퉁에 뻗었고   遙看細柳東西堭
대동강 놀잇배엔 모두가 피리부는 풍객들.   盡是遊人載笛舟

풍류소리 선악인양 부벽루에 솟아나고   飀飀仙樂動高樓
푸른 물결 스친 바람 시원케도 불어드네.   散入東風碧水頭

26) 전두를 던지다[擲纏頭] ; 시를 잘 지은 사람에게 포상품으로 던져주는 꽃
　　장식. 백거이(白居易)의 시(詩)에 "五陵少年爭纏頭"라는 구절이 있음.

고깃배 어부들은 시흥을 아는가봐　　　　　漁子亦知淸興味
흰물결 여울 위에 배 매놓고 즐기누나.　　　白銀灘上久停舟

23. 연광정[27] 잔치 끝날 무렵　　　　練光亭宴罷

기운 해 부산히 물가의 풀밭에 비추고　　　　斜陽忽忽度芳洲
곁눈으로 강물 보니 아득히 수심겨워라.　　　廷睎平波迥欲愁
박판[28]소리 울리니 노래와 춤 흩어지고　　　檀拍一聲歌舞散
어느새 돋은 달이 발 틈에 비추네.　　　　　不知新月上簾鉤

24. 평양기생 백년춘에게　　　　　　　贈浿妓百年春

꾀꼬리 울며 울며 살구꽃 피는 날은 더디고　　遲日鶯啼小杏陰
미인은 호젓하게 발 속 깊이 앉았구나.　　　　佳人悄坐繡簾深
봄바람에 흐느적이는 저 많은 버들가지로　　　願取春風無限柳
올올이 엮어서 백년정분 만들고파.　　　　　　絲絲綰結白年心

27) 연광정(練光亭) ; 평양 동쪽 대동강가에 있는 정자.
28) 단박(檀拍) ; 박달나무로 만든 박판 악기(딱딱이).

25. 삼가 선친 추당[29]을 읊음　　謹次先考秋堂韻

매미 울고 나니 비 개고 가을 하늘인데	一蟬鳴過雨晴初
뜰에는 선선한 바람 나뭇잎은 성글다.	庭樹涼風點薄餘
간간이 풍경소리[30] 들려 산기운은 맑고	鈴鐸稀聞山氣爽
아전에서 물러난 집 버들그늘 한산하다.	吏人公退柳陰疎
석류는 밤비 맞고 가늘게 터지는데	榴花細綻三庚雨
등넝쿨 밑 서가에선 천권 장서[31] 펄럭인다.	藤榻閑繙二酉書
이곳은 동명왕의 유풍이 없는겐가	非必東明遺俗在
속세를 떠난 사람 정자를 즐긴다네.	仙家本自好樓居

26. 열녀 김씨[32] 정문에 써 붙이다　　題烈女金氏旌門

고목 늘어선 거친 언덕에 까마귀 어지럽고	古木荒山集亂烏
범에게서 남편 빼앗고 제 몸 던졌네.	前當猛虎遂損軀
금옥처럼 고운 모습에 절개는 서릿발	金玉貞姿霜雪操
오직 지아비 밖에 알 일이 아니었네.	不知有我但知夫

29) 추당(秋堂) ; 운초 선친의 당호.
30) 풍경소리 ; 원문의 영탁(鈴鐸). 본 뜻은 방울과 목탁이나 여기서는 풍경소
　　리를 의미함.
31) 천권 장서 ; 원문의 이유서(二酉書) 곧 천권장서. 중국의 대유서고(大酉書
　　庫)와 소유서고(小酉書庫)의 장서가 천권이라 함.
32) 열녀 김씨의 순절은 사나운 호랑이에게서 물려가는 남편을 빼앗고 죽은
　　사연인 듯 하다.

27. 가을날의 정감　　　　　秋　事

누각 밑 돌다리를 취해서 걷노라면　　　醉下西樓步石矼
강바람은 비를 몰아 창가는 스산하다.　　江風引雨入寒窓
부용당 장막 속이 맑아서 잠 안오고　　　芙蓉斗帳淸無寐
가을 물 높은 하늘에 기러기 한쌍.　　　秋水長天雁一雙

28. 새벽 창가에서　　　　　　曉　窓

꿈 깨니 성머리에 새벽빛은 아련하고　　夢罷城頭曉角哀
반달은 비스듬히 매화 끝에 걸렸네.　　半規斜月掛殘梅
시경[33]을 손에 들고 향불 피우고　　　手披周雅焚香坐
낭랑하게 내려 읽기 백번이라네.　　　直到天明誦百回

29. 늦은 봄 배로 대동강을 내려가다　　暮春舟下浿江

정자 옆 푸른버들에서 꾀꼬리 울어대니　仙臺翠柳亂聞鶯
그래도 봄은 남아 정감 돋우네.　　　猶有殘春未了情
아침엔 물결이 복사꽃 속 잔잔터니　　朝來瀲灩桃花浪
돛단배 바람결에 평양까지 흘러가네.　一帆靡風下浿城

---

33) 시경 ; 본문의 주아(周雅) 즉 시경의 대아(大雅) 소아(小雅)등을 합쳐서 말
　　함.

30. 송악산^㉞을 지나며　　　　　過松嶽山

개성^㉟의 좋은 경치 예전과 다름없이　　　崧陽物色似當時
취적교^㊱ 다리 가에 버들가지 늘어졌다.　　吹笛橋邊楊柳垂
종일토록 꾀꼬리는 울고 울며 옮겨다녀　　盡日黃鸝啼不住
소리 소리 고려한을 곡하여 지새누나.　　聲聲宛是哭高麗

31. 개성 길을 걸으며　　　　　　途中有懷

버들 솜 휘날리니 유경^㊲이 또 있구나　　柳絮飛時別柳京
송화가루 지고난 뒤 송경을 지나누나.　　松花發後過松營
꽃은 지고 버들 솜 날려 정처없는데　　飛花落絮雖飄蕩
이 몸 또한 뜬구름인가 먼 길에 해지누나.　猶勝浮生日遠征

32. 삼각산 밑 잔치에서 마시며　　　嶽下宴飮

삼각산 인왕절벽 사방에 둘러섰고　　三角仁山碧四圍
금강산은 지척인듯 상서로운 구름 난다.　蓬萊咫尺靄雲飛

---

34) 송악산(松嶽山) ; 개성에 있는 산.
35) 개성 ; 본문의 숭양(崧陽) 곧 개성의 별칭.
36) 취적교(吹笛橋) ; 개성에 있는 다리.
37) 유경(柳京) ; 평양의 별칭으로 버드나무가 많아서 붙은 이름.

봄따라 복사꽃은 조각조각 날아가고　　　　春隨片片桃花去
손님따라 제비들도 쌍쌍이 돌아드네.　　　　客與雙雙燕子歸

해지는 석류그늘에 술 취해 헷갈리고　　　　落日榴陰迷醉眼
버들솜은 바람 타고 비단 옷에 묻는다.　　　　輕風柳絮上羅衣
예쁜 얼굴 늙어감을 헛되이 아낄소냐　　　　不須浪惜容華歇
옛 성인 배워 살며 백발토록 지내리라.　　　　從古人生白髮稀

33. 연천상공의 꽃병풍 보고 　　奉次淵泉相公畵屛韻
　　　지어 올림

죽장망해로 강호를 두루 다니다가　　　　　消遙筇屐踏沙煙
눈은 아득히 남쪽 호수 안개 속에 머물렀네　　目極南湖細雨天
학을 타고 천리 먼 하늘을 바람결에 가는 기세　鶴曳長風千里勢
해오라비 놀란 갯가에 석양은 잠잠하다.　　　鷺驚秋浦夕陽眠

물가의 아낙네는 연을 따는가 마름 뜯는가　　蓮謠菱唱模糊岸
산빛과 물빛이 자욱히 어두운데　　　　　　水色山光黯淡邊
무엇하러 명리객이 물가를 찾을건가　　　　何事要津名利客
종일토록 세상 잊고 세월 또한 잊었구나.　　忘歸終日又忘年
(위의 시는 멀리 갯가에 돛단배 돌아드는 풍경) (上遠浦歸帆)

벼슬 던진 사람끼리 한림처사 되었고　　　　投紱相從處士家
문 앞 오솔길은 외줄기로 길게 뻗네.　　　　門前溪路一條賒
술집 저편 언덕엔 산바람 따사로운데　　　　酒旗隔岸微風暖
벼랑밑 여울가에는 물안개 서렸는가.　　　　崩石衝湍宿霧斜

푸른 나무 그늘에 한식비는 내리고　　　　　綠樹陰邊寒食雨
청산 기슭 바닷가엔 해당화 피어 있네　　　　靑山影裡海棠花
대살창문 쓸쓸하여 마차 하나 보이잖고　　　　竹窓蕭爽無車馬
달 지는 옛 성터로 갈가마귀 숨어든다.　　　　月落城林隱暮鴉
(위의 시는 다리에 사람 끊긴 풍경)　　　　　(上斷橋行人)

공중에 솟은 절간 날아갈듯 높다랗니　　　　天半梵宮勢欲飛
구경꾼이 여기 오면 속세 먼지 달아난다.　　遊人到此俗塵稀
구름 속에 탑은 솟아 북두칠성 닿을듯이　　雲間白塔侵星斗
청산모습 뛰어나서 인간시비 벗어났네.　　象外靑山絕是非

나무 타고 넝쿨진 꽃 폭포에 놀라 떨어지고　依樹殘花驚瀑落
수풀 넘어 우는 새는 연기띠고 돌아온다.　　隔林啼鳥帶烟歸
저녁 재 알리는 종, 송림 속 적막 깨고　　　齋鐘欲斷松陰靜
산안개는 어둑어둑 손의 옷을 적시네.　　　嵐靄濛濛點客衣
(위의 시는 산 절의 저녁 풍경)　　　　　　(上山寺夕照)

34. 제주목사 전별시　　　　　　奉贐耽羅伯

넘실대는 바다 건너 귤나무 우거진 곳　　　漲海粘天橘柚深
태평성대에 가는 걸음 슬픈 노래 부를만 해.　明時此去足悲吟
구름 개면 자라 등으로 이어진 푸른 섬이요　烟開鰲柱連靑岲
바다 위에 솟은 고래 뿜어서 무지개 지는 곳.　日浴鯨波湧紫金

뜻이야 신선처럼 봉래산에 살고 싶지만　　志在蓬桑男子事
정성은 높은 집 벼슬길에 걸렸음이랴.　　　誠懸象魏老臣心

여러 공경 모여서 장안에서 환송연 베푸니　　諸公餞席都門柳
꾀꼬리도 맞추어 좋은 노래 전하네.　　黃鳥應收惠好音

35. 붓을 놓고　　　　　　　停　筆

하늘가 맑은 바람 시원케도 부는데　　天遣淸風爽
좋은 밤 밝은 달은 둥글기도 하구나.　　良宵月影團
기러기는 갈 길 멀다 수심 지으며　　鴈應愁路遠
갈매기도 찬 겨울을 두려워 하누나.　　鷗亦恐盟寒

강변의 우거진 풀 본초강목에서 알았고　　江草因醫識
산중의 방초는 그림대신 보았다네.　　山芳替畫看
그윽히 내 심사 곰곰이 생각다가　　暗思心內事
붓을 놓고 구름 끝만 바라 본다네.　　停筆抑雲端

36. 새벽에 일어나서　　　　曉　起

울 밑엔 누런 국화 만발하였고　　籬下黃花發
하늘은 가을 일색으로 맑디 맑구나.　　遙空一色秋
은하수 기울어 북극성에 닿았고　　傾河連北極
그믐달 기울다가 다락 끝에 걸렸네.　　缺月掛西樓

기러기 우는 소리 꿈 속에서 맴돌고　　歸雁撓人夢

귀뚜라미 슬픈 소리 나그네 시름겹네.　寒蛩惹客愁
글쓰는 일 참으로 서툰 재주이니　文章眞小伎
늦게야 둔한 인생 도모해 보네.　晩覺拙身謀

37. 스스로 달래다　　　　自　寬

거울 속 야윈 얼굴 사람 같잖아　鏡裏癯容物外身
모습은 매화랄까 넋은 대쪽같네　寒梅影子竹精神
사람보고 인간사 말하지 말자　逢人不道人間事
편하고 탈 없으니 무익무해 인생일세.　便是人間無事人

38. 꿈을 적노라　　　　記　夢

이 내 팔자 기구하여 어릴적 병 낫지 않아　伊余命甚畸　嬰疾久難醫
신령님 힘 빌리고자 나라 사당에 빌었어도　要借神明力　肅禱關公祠
신령 덕을 받지 못해 침상에 꿈틀꿈틀[38]　威靈邈難攀　牀愓退委蛇
반짝 빛난 보배 거울 신령께서 꿈에 주서　煌煌一寶鏡　尊神夢有貽
그 속에 새긴 글자 필시 삼자경[39]이라　中刻明如鏡　三字焗無疑

38) 꿈틀꿈틀 ; 원문의 위사(委蛇). 위이(委迤)와 같음. 꾸불꾸불 뱀처럼 기어
　　가는 모습.
39) 삼자경(三字焗) ; 삼자경(三字經)으로 옛날 중국 촌숙에서 읽던 진리를 기
　　술한 책.

신묘한 법 혼자 아니 신령 뜻 거짓 없어 　靈襟忽自悟 神意不我欺
마음에 거울삼아 고질병 고치리라. 　方寸苟如鏡 膏盲庶可治

39. 부용당을 노래함　　芙 蓉 堂

연꽃 연잎은 붉은 난간 뒤덮고 　蓮花蓮葉覆紅欄
단청 고운 정자에 놀잇배 떠있네 　綺閣依然泛木蘭
펄펄 뛰는 고기는 연못이 놀이마당 　潑潑游魚偏戲劇
때때로 연잎 위로 솟구쳐 오른다네. 　有時跳上綠荷盤

새벽의 부용당은 간밤 비에 함빡 젖고 　朝起芙蓉宿雨滋
비 개인 높은 집엔 제비가 엇갈려 날고[40] 　乍晴高館嚥差池
맑디 맑은 이슬방울 구슬인양 천만 알이 　灑落珠璣千萬顆
산들바람 불 때마다 유리알로 떨어지네. 　微風傾瀉碧琉璃

맑은 노래 한 곡 불러 하늘가에 닿는듯 　清歌一曲海天賒
열두 난간 붉어 있고 달빛은 출렁인다. 　十二紅爛泛月華
운모병풍[41] 펴져있는 은촛대 아래에서 　雲母屛頭銀燭下
미인이 사뿐사뿐 연꽃인양 나타나네. 　佳人步步出蓮花

40) 엇갈려 날고 ; 원문의 치지(差池). 서로 엇갈림. 가지런하지 않은.
41) 운모병(雲母屛) ; 운모로 장식한 병풍, 즉 자개병풍.

40. 심심풀이로 연꽃[42]을 노래함　　　　戱 題

연꽃 피어 붉은 빛이 연못에 가득해　　　　芙蓉花發滿池紅
사람들이 나보다 더 예쁘다 하네.　　　　人道芙蓉勝妾容
아침나절 연못가로 나가 걸으면　　　　朝日妾從堤上過
사람들은 나만 보고 연꽃 안보네　　　　如何人不看芙蓉

41. 고향에 돌아와서　　　　還 鄕

봄바람에 말 달려 수양산 동쪽 지나　　　　春風驅馬首陽東
대동강변 안개 속의 산길들을 지나왔네.　　　　浿上雲烟細路通
거문고띠 먼지 섞여 옛 갑 속에 들어 있고　　　　琴帶凝塵留古匣
꽃을 감춘 수풀 속엔 붉은 빛 남아있네.　　　　花藏密樹耐殘紅

집에 와 쉬노라니 편하기가 새둥지 같고　　　　投閑縱似安巢鳥
무릎장단 즐기되 뱃노래 못지 않네.　　　　拊志環如不繫蓬
억지로 책을 들고 유유자적 한답시고　　　　强把床書聊自適
선교 위 고요한 달이 발 속 나를 비추네.　　　　仙橋靜月照簾中

42) 연꽃 ; 원문의 부용(芙蓉). 연꽃의 이명. 운초의 이름이 부용이다.

42. 선교의 밤 산보　　　　　　仙橋步月

꽃싸움 옛 친구 밤중에 만났으니　　　鬪花舊伴夜相逢
이슬에 비단옷이 젖는 줄도 모르네.　　已覺羅衣浥露濃
강가의 집들은 높은 언덕에 덩그렇고　江上人家元爽塏
달빛 속에 숲과 안개 새도록 조용하네.　月中烟樹盡從容

흐르는 물방울은 굴 속에서 구슬같고　涓珠細滴玲瓏竅
학의 울음 고요하고 봉우리는 어둠침침　咳鶴潛聆黯淡峰
동틀 무렵 돌아오니 촛불은 모두 타고　拂曙歸來床燭燼
형편따라 잠을 자니 해는 높이 솟았네.　也應睡到日高春

43. 해곡어른[43]께 받들어 화답함　　奉和海谷

탄식하고 다시 탄식함은　　　嘆息復嘆息
허세가 이 인생 그르침이니　　虛名誤此生
호로병[44] 찬 모습 그림처럼 보이나　葫蘆依畵樣
억지로 읊은 시 제 곡조 아니네.　嗚唏强詩聲

43) 해곡(海谷) ; 미상. 그러나 이본에 따라서는 「화사사군에게 받들어 화답함」
　　(奉和花史使君)이라고 되어 있는 곳도 있다. 화사(花史)는 이정신(李鼎臣
　　1792~1858)의 호로서 운초의 친구였던 경산(瓊山)이 이정신의 소실이었
　　다.

44) 호로(葫蘆) ; 호로병. 제구의 일종으로 무애춤을 출 때 허리에 찼었다고
　　함.

덕망을 그 어찌 난초 향기에 비기리　　　　德豈蘭芳比
마음은 그래도 제갈공명 생각하고　　　　　心猶藕孔明
행여 군자로 되어지다 염원하며　　　　　　幸夢君子庇
공손하게 강성을 이리저리 거닌다오.　　　　垂手步江城

44. 미산[45]의 시에 차운하다　　　　次 渼 山

꽃바람은 유유히 초대[46] 동녘으로 불어　　　花風駘蕩楚臺東
화당의 먼지 떨고 병풍 사이에 스민다.　　　揮塵華堂屛點通
맑은 밤 난초 핀 물가에 모여 놀거니　　　　清夜來遊蘭渚綠
후일엔 계수꽃 붉게 피면 가서 꺾으리.　　　他時去折桂枝紅

달은 떠서 비추는데 향기 풀섶 넘실거리고　　月當上巳多芳草
구름 멈춘 먼 하늘은 어린 오동 쓰다듬네.　　雲遏遙天撫尺桐
수양버들 깊은 곳에 산비는 보슬보슬　　　　垂柳深簾山雨細
영롱한 속 시정은 솟구쳐 오른다네.　　　　不禁詩思轉玲瓏

45) 미산(渼山) ; 미상. 이본에 따라서는 「운자를 내어 걸고 서로 함께 시짓다」
　　(拈韻共賦)라 되어 있다.
46) 초대, 화당(楚臺, 華堂) ; 성천에 있는 정자 이름.

45. 연천공[47] 어른께 차운함   奉次淵泉閣下
3수   三首

규수방서 잠을 깨니 달은 서쪽에   紗窓睡罷月輪西
꿈에 본 서울은 안개 속에 아득하네.   漢水雲烟夢裡迷
수풀에서 부는 바람 장막 속에 스며들고   林下淸風簾幕起
임 그린 꽃다운 맘 뱁새집에 적막하오.   芳心寂寞一鷦棲

서쪽 고향 경치 좋아 산수를 읊지마는   山水吟成小硯西
서울 남쪽 임 계신 곳 창가에 아른아른   洛南烟月隔窓迷
성머리의 수양버들 오동나무 아닐진대   城頭弱柳非梧樹
어찌 바라리오, 늙은 봉루 오르기를.   豈望他時老鳳棲

성천에서 나아 자라 분칠하며 지내자니   生長成都粉黛中
글 잘해 탁문군이라 그 이름 부끄럽네.   素心猶愧卓文風
허명이 소문나서 사원 벼슬 귀에 가니   虛名浪得詞垣許
칭찬 편지 받고 보니 얼굴이 벌개졌네.   覽罷華牋鏡面紅

46. 송별시   送 別

무협의 열두봉[48] 앞 초수[49]는 갈라지고   十二峰前楚水分

---

47) 연천(淵泉) ; 운초를 소실로 들였던 김이양(金履陽)의 호.
48) 십이봉(十二峰) ; 성천의 무산 십이봉.
49) 초수(楚水) ; 성천에 있는 물 이름.

누각은 흐르는 구름 속에 고요하다.　　　　　　樓臺漠漠度行雲
귀하신 님 이별잔치 천한 계집 노래하니　　　　仙郎酒席桃花賦
나삼 입은 관기 춤에 옷 무늬도 아롱지다.　　　官妓歌衫翡翠紋

아름다운 남쪽나라 저 하늘가 꿈에 보고　　　　南國芳菲天際夢
동명고도 음악소리⁵⁰ 달 속에 들으리라.　　　　東明律呂月中聞
한가로운 갈매기는 무정한듯 하다만은　　　　　閒鷗縱似無情緒
소리소리 슬피 울어 벗 찾는듯 헤매이네.　　　猶自曉曉鳴索群

47. 배로 대동강을 내려가다　　　　　　舟下浿江

뱃사공은 저기가 모란봉이라 하는데　　　　　　舟人指點牧丹峰
차츰차츰 푸른 벽과 붉은 난간 뚜렷하네.　　　翠壁朱欄次第逢
그려진 연꽃은 남포⁵¹ 것과 완연하고　　　　　宛是蓮花南浦口
새로 단장한 서시⁵² 본듯 무성 찬란하구나.　　新妝西子對來茸

48. 봄을 보내며　　　　　　　　　　餞　春

어젯밤 들 위에서 봄을 보내고　　　　　　　　芳郊前夜餞春回

---

50) 동명율려(東明律呂) ; 성천의 음악을 일컬음. 성천이 동명왕의 고도이므로
　　부르는 이름.
51) 남포(南浦) ; 평양 남쪽 5리에 있는 명승지.
52) 서시 ; 본문의 서자(西子). 중국 초나라 때 미인인 서시(西施)를 말함.

깊은 시름 풀 길 없어 잔을 드노라   不耐深愁强把杯.
석류나무 한 가지에 붉은 꽃 피어   猶有榴花紅一樹
범 나비가 담을 넘어 찾아오누나.   時看蛺蝶度牆來

49. 능파정[53] 노래   凌 波 亭

2수   二首

비류강 위 붉은 정자 두둥실 떠있고   沸流之上泛紅亭
마름 따는 노래 한 곡 멀리 물가 들린다.   一曲菱歌溯遠汀
학 그림자 한 쌍이 눈발 보고 놀란듯   鶴影雙雙驚落雪
산빛[54]은 열두가지 푸르름을 띠었네   螺鬟六六弄涵靑.

발을 걷고 굽어서 삼산달을 건지고   褰簾俯拾三山月
자리털고 이리저리 구천별[55]을 헤아리네.   拂席安排九野星
거문고 소리 높아 흥겨운 줄 알겠고   知是琴高乘興至
바람 결에 잉어 뛰니 취한 술 깨누나.   鯉魚風起酒微醒

교룡굴은 평지를 눌러보고   平壓蛟龍窟
달빛은 빈 굴 벽을 비춘다.   涵虛壁月輝

---

53) 능파정(凌波亭) ; 성천 비류강가에 있는 정자.
54) 산빛 ; 원문의 나환(螺鬟). 소라처럼 오른쪽으로 틀어올린 여자의 머리타
　　래이나, 여기서는 산빛을 의미함. 황정견(黃庭堅)의 악양루시에 십이환(十
　　二鬟)이란 말이 있는데 이 시에서 육륙(六六)은 12수의 수를 반으로 나누
　　어 구사했음.
55) 구천별 ; 원문의 구야(九野). 구천(九天), 또는 하늘.

연꽃 노래 물고기 나와 듣고	蓮歌魚出聽
마름통 곁에서 백로가 낮게 난다.	菱桶鷺低飛

물살은 강비신녀[56]의 버선에 와 부서지고	破浪江妃襪
바람은 한나라 여인의 옷에 스친다.	靡風漢女衣
구름은 석양빛 밑에서 새어 나고	漏雲殘照裡
배를 저어 고기 나루터에 닻을 내린다.	移棹下漁磯

50. 다시 연천상공께 차운하여 드림　　追用前韻呈淵泉相公
3수　　　　　三首

어찌하여 상공은 저의 곳에 늦게 오셨소	何事相公晚出西
성천하늘 구름 비에 바라보며 헤맸는데	楚天雲雨望中迷
곤륜산 달인양 귀하신 어른 있는 곳 몰라	未知玉樹崑山月
혹시하고 채봉에서 펄럭이며 기다렸소.	倘有翩翩彩鳳樓

한떨기 꽃송이 꿋꿋하게 물에서 나와	一朵亭亭出水中
외로운 향기꽃 힘없이 봄바람 힘입어	孤香無力借春風
뭇 꽃들이 져버려도 곧은 세월 보내면서	直須荏苒群芳歇
가을난초 한가지로 호올로 붉었어라.	獨與秋蘭一樣紅

당시의 문장으로는 이적선[57]인데	當世文章是謫仙

---

56) 강비(江妃) ; 중국 양자강의 신녀(神女) 이름.
57) 이적선 ; 본문의 적선(謫仙) 곧 이백(李白)을 말함. 호는 청련(靑蓮)

연천공의 호탕함은 이백보다 낫구나   淵泉浩浩出靑蓮.
눈 내리는 밤 매화 옆에 바로 앉아   分明雪夜寒梅下
한 말을 부르면 백편 시[58]가 지어져 나왔다네.   一斗呼來又百篇

51. 서어상공[59] 송별시에 차운함   次西漁相公贈別韻

내 마음 눈물되어 강물처럼 흐르는데   娘心樣樣似流波
술 깨면 떠나는 그 뱃노래 어찌 참으리   不忍醒時發棹歌
그대 달밝은 밤 정자에 올라   遙想鷗亭明月夜
서경 땅 좋은 산수 눈에 삼삼하리라.   西京山水眼中多

52. 부벽루의 봄잔치   浮碧樓春宴

평양여자 앉혀 놓고 잔치는 흥겨웁다.   箕城女伴藹來茸
꽃가에선 노래소리[60] 버들 밑에 서로 만나   花外聞聲柳下逢

58) 백편시 ; 본문의 일두호래우백편(一斗呼來又百篇) 즉 한편 시제가 나오면
   백편의 시가 술술 쏟아져 나온다는 뜻. 두보(杜甫)의 [음중팔선가](飮中八
   仙歌)에 "李白一斗詩百篇 長安市上酒家眠"이라는 구절이 있음.
59) 서어상공(西漁相公) ; 서어는 권상신(權常愼 1759~1825)의 호. 권상신은
   1822년에 영변으로 귀양간 일이 있는데 귀양이 풀려 돌아올 때 송별하며
   지은 시.
60) 꽃가에선 노래소리 ; 원시의 화외(花外) … 이 구절은 중국 전기(錢起)의
   '관하증배사인' 시(闕下贈裵舍人詩)에 "長樂鍾聲花外盡 龍池柳色雨中深"
   이란 구절을 상기시킴.

향기풀 속 기린 자취 누가 찾으리⑥¹   芳草誰尋麟馬跡
모란봉엔 봄바람이 간드러지네   春風只在牧丹峰

노래 불러 땅이 넓고 목은 쉬었고   歌因地闊喉如澁
놀잇배 죄어 타고 여인단장 아직인데   妝被船催粉未濃
오늘밤 달 밝으면 어디서 머물건가   今夜月明何處泊
물결타며 얼싸안고 새벽종이 울리라.   中流相顧五更鐘

53. 낮잠   午 眠

낮닭은 복사꽃 지붕서 울고   鷄唱桃花屋上
말은 문 앞 버드나무 밑에서 우짖는다. 馬嘶楊柳門前
봄철인데 나에게 술 먹자는 사람 없고   無人勸我春酒
긴긴 해라 책 던지고 낮잠을 자네.   遲日拋書午眠

54. 그리는 마음   有 所 思

정향⑥²시 부르던 초산은 몇천 년이던고   丁香楚峽幾千秋

61) 향기풀속 … ; 원문의 방초수심인마적(芳草維尋麟馬跡) 즉 향기로운 풀 속
    에서 기린의 발자취를 찾기 어렵다는 뜻인데 실제로는 여인에게서 기린아
    가 다녀간 자취를 찾기 어렵다는 해학적 음담.
62) 정향(丁香) ; 향나무의 한가지로 변치않는 교결(皎潔)을 의미. 두보의 [정
    향시](丁香詩)가 유명하고 이하(李賀)도 [무산고곡](巫山高曲)에서 정향을
    노래했다.

지금은 무산 십이루에서 자야의 가곡[63] 부르네.　子夜吳歌十二樓
물가에는 꽃이 무성해도[64] 보는 사람 없고　　采采汀花人不見
놀잇배엔 산들바람 불어서 흔들어 놓네.　　　微風吹動木蘭舟

55. 가는 봄을 붙잡고　　　　惜　春

꾀꼬리 잠잠하고 가랑비 비끼는데　　孤鶯啼歇雨絲斜
황혼은 창에 내려 푸른 비단 따스해　　窓掩黃昏暖碧紗
가는 봄 잡을 꾀는 전혀 없으니　　　無計留春春已老
꽃병에 가매화나 꽂아 두련다.　　　玉瓶聯揷假梅花

56. 초가을　　　　　新　秋

수풀에 비 개고 하늬바람 새로 부네　　芳林雨罷動新涼
층층난간 위는 소나무요 그 밑은 연못　松下層欄柳下塘
바람은 푸른 연잎 말리고 이슬 맺힐때　風捲綠荷珠露滴
밤중에 놀라 깨어 원앙금 박차네.　　　中宵驚起紫鴛鴦

---

63) 자야오가(子夜吳歌) ; 악부의 이름. 진(晋)나라의 자야라는 여자가 지은 가
　　곡으로 대개 남녀의 환락과 이별을 노래 했음.
64) 꽃이 무성 ; 원문의 채채(采采) 즉 꽃이 무성하게 피어 있는 모습.

57. 심심한 밤 혼자 앉아　　　　閒夜獨坐

이슬 차고 은하수 나무숲에 기우는데　　　　露冷銀河樹影斜
뉘 집에서 들려오나 달밤의 노래　　　　月明歌吹在誰家
발 내리고 다시 보는 황정경[65] 글귀　　　　垂簾細檢黃庭字
촛불 앞 문을 여니 꽃 몇 떨기 지고 있네.　　　　開落香燈數朶花

58. 만월대[66]를 지나며　　　　過滿月臺

멀리서 말 달려 찾아와 보니　　　　悠悠驅馬去還停
거친 누각은 풀 속에 서글퍼라.　　　　楚色荒臺一望靑
맑은 물 높은 산은 딴세상 되고　　　　淸水高山新世界
옛 궁궐 무너지고 아욱 귀리[67] 우거졌네.　　　　兎葵燕麥舊朝廷

신우왕[68]은 말하리라 저 세상 돌아가서　　　　辛王辯說歸烟海
포은 목은[69] 충성사실 해와 별에 걸어놓고　　　　圃牧精忠揭日星
세상은 돌고 돌아 이같이 처량하니　　　　年代凄凉何處是
고려왕 일곱무덤 비 속에 컴컴하다.　　　　七陵寒雨夕冥冥

---

65) 황정자(黃庭子) ; 황정경(黃庭經), 즉 도가(道家)의 경문(經文)을 말함.

66) 만월대(滿月臺) ; 개성에 있는 고려 유적.

67) 아욱 귀리 ; 원문의 토규연맥((兎葵燕麥) 즉 규(葵)는 아욱이고 연맥(燕麥)
　　은 귀리. 아욱이나 귀리가 토끼가 길 정도로 무성함을 말함.

68) 신왕(辛王) ; 고려의 32대 왕인 신우(辛禑).

69) 포목(圃牧) ; 포은(圃隱) 정몽주와 목은(牧隱) 이색.

59. 평산[70]을 일찍 떠나　　　　　　葱秀早發

구름과 기러기는 줄지어 날아가고　　　　浮雲飛鴈倏西東
강물과 산들은 눈 앞에 어른거린다.　　　萬水千山眩眼中
경치를 즐겨서 빨리 늙겠으니　　　　　　風光百計催人老
하물며 나그네집 기러기 우는 소리랴.　　況奈羈窓半夜鴻

60. 구고대 아래 모여서

　　원제; 이도사[71]가 대동강과 성천 사이를 오가며 풍류주인이 되어 시가를 즐기되 늘 기생을 끼고 거문고와 노래로 아홉사람의 모임을 구고대 아래에서 가졌는데 나도 일개 여자로 이 모임에 따라 다녔다. 을유년(1825) 서울에서 성천으로 돌아와 보니 이도사는 이미 세상을 떠났고 아홉 노인 중 일곱사람이 아직 생존하여 우리는 다시 구고대 아래에 모여 놀았다. 모두들 비감한 심정으로 시를 지어 교환하였는데 그 때 지은 시이다.

　　李都事洇巫間風流主人　常携妓琴歌會九老於九皐垰下　余以一女子從遊　乙酉自京師還　都事已沒　諸老在尙七人　復遊垰下　悲慨交集詩以識之

70) 평산 ; 본문의 총수(葱秀)로 황해도 평산(平山)의 옛 이름. 수산(秀山)이 있음. 김억본(金億本)에서는 제목이 [평산에서 기러기 우는 소리 듣는다](葱秀早發)로 되어 있고, 시 앞부분도 좀 다르니 다음과 같다. "강기슭은 푸르고 물은 어둠침침 어렴풋이 달밤에 잔나비 휘파람 소리 듣는다(岩勢葱葱水氣濛依俙猿嘯月明中)"
71) 이도사(李都事) ; 미상.

대동강 구석에 단풍은 쓸쓸하고　　　　　楓葉瀟瀟浿水隈
구고대 하늘엔 가을빛 소슬하다.　　　　　碧天秋色九皐臺
그 사람 간 데 없고 거문고갑만 남았으니　伊人不見留琴匣
새 술 빚어 서글프게 잔을 돌리네.　　　　新酒傷心擲玉盃

물결 따라 돛단배 멀리 멀리 가 버리고　　浪逐歸舟終遠逝
구름 좇아 외로운 새 머리 돌려 돌아오네.　雲隨獨鳥倦飛廻
말 달려 서주길을 떨치고 갔더니만　　　　驅驢忍過西州路
이제는 지팡이[72]로 천천히 돌아오네.　　爲有鳩筇鼎鼎來

61. 강선루의 밤잔치　　　　　　　　降仙樓夜宴

느릿느릿 달은 검푸른 구름 끝에 뜨고　　遲遲月上碧雲端
열두난간 기대어 모두들 굽어보니　　　　倚遍朱樓十二欄
잔잔한 물 속에 촛불 비추어 금빛 기둥　　燭倒泓澄金柱動
하늘 열려 아득하고 옥농[73]은 차디 차다.　天開縹渺玉籠寒

비단 치마 스치어 향기로운 바람 일고　　羅裙粹綩香風散
좋은 자리 안 뜨자니 깊은 밤이 가로막네　綺席迷離午夜闌

72) 지팡이 ; 원문의 구공(鳩筇) 곧 지팡이, 지팡이 머리에 비둘기 장식을 한
　　것. 구장(鳩杖)
73) 옥롱(玉籠) ; 옥으로 만든 새장 바구니. 중국 왕안석(王安石)의 [앵무시](鸚
　　鵡詩)에 "玉籠金鎖秪煩冤"이라는 구절이 있음.

말마소, 변화와 멸망이 바뀌는 일을 莫謂繁華易銷歇
해마다 꽃은 펴도 보는 사람 바뀐다네. 年年花發遞人看

62. 백상루[74]의 기생보며   百祥樓觀妓

드높은 누각 난간 사방에 트여 있어   百尺朱欄敞四開
허공에 기대서서 마음은 천만리에   憑虛一望意悠哉
푸른산은 줄지어 가는양 다시 오고   蒼山若往還如返
청천강 푸른물 동에서 와서 북으로 도네.   碧水東來復北回

옛날 열사의 슬픈 노래 가을에 사무치고   烈士悲歌秋後動
수루의 오랑캐 피리소리 달밤에 애절하다.   戍樓羌笛月中哀
차라리 대동강가 번화한 곳의   飜思浿上繁華地
분칠한 고운 얼굴 그 모습 생각하세.   婉彼靑蛾與粉腮

63. 약산[75] 동대에서   藥山東臺

아득히 바람 속 높은 산이 솟아 있고   長風萬里立崔嵬
들빛과 산경치에 이끼가 다 끼었네.   野色山光盡苺苔

74) 백상루(百祥樓) ; 평안남도 안주(安州) 청천강가에 있는 누각.
75) 약산(藥山) ; 평안남도 영변(寧邊)에 있는 진산(鎭山). 진산은 성 뒤쪽의 수
  호산을 말함.

두려운 건 이 몸이 잎처럼 사뿐 떴다　　　　却恐吾身輕一葉
이슬비 내릴 적에 구름 속에 떨어질까.　　　霶時飄落白雲隈

64. 상원암[76]에서　　　　　　　上 院 菴

아득한 곳 그 근원이 어디던가　　　　　　杳杳眞源尋復尋
구름 저 쪽 높은 봉이 우뚝 솟았고　　　　孤松標出白雲深
세줄기 폭포가 흰 천 처럼 내리면서　　　三條素練飛天壁
천 겹의 푸른 머리타래가 수풀을 이룬 곳.　千疊蒼鬟銷秪林

자정에 참선하는 등 밑은 어둑어둑　　　午夜禪參燈不昧
부처님 설교는 높은 달 아래라네　　　　世尊傳法月高臨
와보고 또 왔네만 얻은 것이 무엇인고　前到今來何所得
단지 산수의 경치와 맑은 소리 뿐이네.　只知山水有淸音

65. 배로 황학루[77]를 떠나며　　　舟發黃鶴樓

놀잇배로 손들은 물결따라 흐르는데　　蘭舟容裔下芳州
달 밝은 어젯밤에 그림 정자에 묵었었네.　明月前宵宿畫樓

76) 상원암(上院菴) ; 평안남도 영변의 법왕봉(法王峰) 밑에 있는 암자. 매우
　　높고 골짜기가 험해서 범의 눈발자국을 따라가야 찾는다는 뜻으로 일명
　　인호암(引虎菴)이라 부르기도 함.
77) 황학루(黃鶴樓) ; 평남 삼등현 능성강(能成江)가에 있는 누각.

묻지마라 두 노 걷고 젓지 않는 사연을   傍人莫問雙橈倦
봄바람을 배에 싣고 수심겨워 하노라네.   船載春風萬斛愁

66. 평양성[78] 연회에서   浿城宴遊

아름다운 기생집[79] 저녁에도 손님 많아   繡戶紅欄夕未空
온 성 안 노래소리 달은 밝은데   滿城歌吹月明中
강에는 또 다른 맑은 세상[80] 있으니   江天別有醒神界
푸른 휘장 호젓한 배 바람결에 피리소리   靑幔孤舟一笛風

67. 답청놀이   踏 靑
2수   二首

틀어올린 궁중머리 칠보단장 옷치장에   宮樣雲鬟七寶粧
술이 달린 금굴레 수 안장도 향기롭다.   流蘇金勒繡韉香

78) 평양성 ; 원문의 패성(浿城). 대동강을 패강(浿江)이라고 했다.
79) 기생집 ; 원문의 수호(繡戶) 즉 아름답게 수놓은 여자의 방. 왕거(王琚)의
　　[미녀시](美女詩)에 "桂樓椒閣木蘭堂 繡戶周睢軒文杏梁"라는 구절이 있고
　　또 심전기(沈佺期)의 [고경가](古鏡歌)에 "璇閨窈窕秋夜長 繡戶徘徊明月
　　光"이라는 구절이 있다.
80) 맑은 세상 ; 원문의 성신(醒神) 곧 성심(醒心). 술 깬 정신이니 즉 맑은 마
　　음을 말함. 장양호(張養浩)의 시에 "半生醉夢鄭衛音 一旦醒心韶護曲"라는
　　구절이 있음.

대성산[81] 기슭은 연못 많고 강변 좋아	大聖山前無限岸
붉고 푸른 꽃비 날려 봄경치도 한창일세.	霏紅沓翠一春光

버들꽃 흩날리어 석양을 희롱하듯	凌亂楊花弄夕暉
여인들 어깨동무 답청하고 돌아오네.	女娘聯臂踏靑歸
어디서 나비들은 눈발같이 날아들어	何來雪片耽香蜨
비녀 꽂은 머리 위에 얼싸 좋다 날고 있네.	猶向釵頭款款飛

68. 그네　　　　　　　　　鞦　韆

오월달 매화 피고 비가 개이면	五月黃梅雨後天
서경의 단오 풍속 그네를 즐긴다오.	西京遺俗重秋千
꽃다운 시중 처녀 모두 다 모여들어	芳羞霧列傾三市
붉고 푸른 뭇별처럼 만금을 던지네.	珠翠星羅擲萬錢

구름 밖에 솟구치니 달을 차서 떨어질라	雲外桂花驚墜月
바람타고 나는 제비 신선이 놀라겠다.	風中飛燕怕昇仙
꽃놀이 소년들[82]이 숨어서 쳐다보곤	遨頭俠少爭偸眼

81) 대성산(大聖山) ; 평양 북쪽 20리에 있는 명산으로 구룡산(九龍山)이라고
　　도 함. 옛날엔 99개의 연못이 있었다고 하며 여기서 기우제를 지내기도 했
　　고 또 곡수(曲水)놀이도 하였다고 함.
82) 꽃놀이 소년 ; 원문의 오두(遨頭) 중국에서 태수가 4월에 노니는 것을 오
　　두라 했는데 "四月十九日 成都謂之浣花遨頭　宴於杜子 美草堂滄浪亭 傾城
　　皆出錦繡來道"(成都記)라 있다. 그러나 여기서는 "꽃놀이 소년배"로 번역
　　했다.

버드나무 그늘에서 정신이 나갔다네.	垂柳陰邊坐惘然

69. 연천상공께 드림　　　　　　　寄上淵泉相公

조양⑧에서 이별하곤 산천이 가로막혀	朝陽一別阻山川
규수방 어둠침침 대청발 걷지 않소	簾幕沈沈晝不褰
저 달은 생각 없이 함부로 방에 들고	月不商量輕入戶
바람은 당돌케도 자리에 불어드오.	風何唐突又吹筵

근심이 쌓일 때면 무시로 술마시니	憂來酒或無時酌
허튼 흥에 시를 흩뿌리나 이루지 못합니다.	興漫詩多未了篇
이 모두 임그려 생긴 병이라	摠爲多情轉多病
봉래⑧로 가자던 그 기약은 아득합니다.	蓬萊舊約杳雲烟

(중화절⑧에 그대와 헤어질 때 풍산(楓山)으로 가자던 약속이 있었는데 병이 나서 따라갈 수가 없어서 이 시를 짓는다)

(中和臨別 有楓山之約 病不能從)

---

83) 조양(朝陽) ; 개천의 옛 이름.
84) 봉래(蓬萊) ; 여기서는 성천의 향풍산(香楓山)을 말함
85) 중화절(中和節) ; 음력 2월1일.

70. 임강의 신선　　　　　　臨江仙

연잎 밑에 고기 놀고 물가 백로는 눈 뿌린듯	魚戲蓮錢鷺點蘋
뱃전을 두드리며 먼 데 임 바라보네.	汀扣舫望美人但
수평선 하늘 멀리 달은 신령 같고	水天無際月通靈
먼구름은 기린수례 타고서 골령⑧⑥으로 돌아드네	麟驂邈雲鶻嶺環
병풍산 양곡⑧⑦ 앞에 하는 일이란	屏凄涼前代事只
단지 자그마한 산수 속의 푸른 꿈일 뿐.	麽是山水夢中靑

71. 명비⑧⑧를 노래함　　　　　明妃曲

명비 본래 초나라의 양가집 딸	明妃荊楚良家子
오랑캐 궁궐⑧⑨의 낮은 풍속 배워서	習知天驕狡獪俗

86) 골령(鶻嶺) ; 성천에 있는 사적지.
87) 병풍산 양곡 ; 원문의 병처량전(屏凄涼前)인 무산 십이봉이라고도 하는 병
　　풍산(屏風山)과 양곡(凉谷)을 말함. 특히 양곡은 고구려 유리왕 때 화희와
　　치희에 관한 일화가 전해지는 곳임.
88) 명비(明妃) ; 전한(前漢) 원제(元帝)의 후궁인 왕소군(王昭君). 이름은 왕장
　　(王嬙). 뛰어난 미인이었지만 화가인 모연수(毛延壽)가 자기에게 뇌물을 안
　　바쳤다 하여 왕소군을 추물로 그려서 황제에게 바쳤다. 흉노왕 호한사단우
　　(呼韓邪單于)가 처(妻)를 구할 때 원제는 왕소군을 보내고자 결정하고 난 뒤
　　에 만나보니 절세미인이었으므로 후회하였다고 한다. 만공주(蠻公主)라고
　　도 불리며 후세사람들이 그녀를 동정하여 시의 소재로 많이 삼았다.
89) 오랑캐 궁궐 ; 원문의 천교(天驕), 원래는 세력이 높아서 하늘이 내린 패권
　　자를 의미하나 여기서는 흉노왕을 말함.

차라리 아릿다운 흉노 완비 되어서 　　　寧爲嬋妍一女戎
앉아서 한나라 병사를 호령했니라. 　　　坐令漢兵無馳逐

산동땅 온 고을 농가 부녀 많지만 　　　山東百郡安耕織
얼굴 예쁜 젊은 여자 몇 집이나 되던가 　　　幾家少婦顔如玉
중국의 어진 선비 나와 더불어 　　　願與中原賢士夫
그 마음에 서린 사연 풀어 볼까나. 　　　說盡殷勤寸心曲

외로이 비파 안고90) 숨은 설움 뜯으며 　　　獨抱暗恨彈琵琶
남쪽 땅 한나라를 그리며 한숨짓네 　　　南望漢日興吁嗟
중국 궁궐 한 식구인 이 내 운명을 　　　帝眷中土我天涯
화가의 심술그림 이 모양 만들었네. 　　　世人漫罵丹靑家

노래를 부를 때도 흉노음악 안 쓴다오 　　　絃語不雜胡茄譜
괴로워라 변경의 밝은 달 기러기 소리 　　　塞月如鏡雁聲苦
궁궐 속의 동료 궁녀 부럽지 않으니 　　　恨無兄弟連椒房
그 뉘가 천 자 한 번 명당에서 만나볼까. 　　　誰侍天子臨明堂

높은 궁궐 쳐다보며 오라는 왕명 기다리나 　　　穹盧日望贖還勅
북풍 석양 이 내 간장 굽이굽이 타버리네. 　　　北風一夕九回腸

90) 비파안고 ; 원문의 탄비파(彈琵琶)인데 원래는 비파를 뜯는다는 뜻이나 왕
　　소군이 억울하게 오랑캐인 흉노로 갈 때 흉노복을 입고 말 위에서 비파를
　　안고 뜯으면서 슬픈 노래를 불렀다 해서 후세에는 "슬픈 곡조"라는 뜻으
　　로 쓰였다.

72. 강선루의 네 계절　　　　　降仙樓四時吟

긴긴 봄날 바람은 사람 괴로워　　　　遲日暄風惱殺人
버들가지 흩날림은 나와 같구나.　　　柳條慵散似儂身
붉은 난간 푸른 산은 모두가 시요　　　朱欄碧邦皆中律
저녁 비와 아침구름은 더욱 신선이네.　暮雨朝雲悅有神

아침 술 깨고 보니 해돋이 맞는듯　　　卯酒醒來如向曙
정향꽃 피고 나니 봄경치 또 다르네.　丁香開盡別爲春
동명고도 옛 풍악은 물처럼 흘러가고　東明禮樂隨流水
강촌에는 둥근 달이 빈 하늘에 걸렸네.　江國空留月一輪
　　　　　　　　(위는 봄풍경)　　　　　　　(上春)

꿈을 깨도 수심은 가물가물 아득하고　斷夢閑愁窅不分
버들꽃 흐늘어져 맑은 강은 솟구치네.　楊花繚亂洒江濆
선교로 가는 손은 그 모습 분명한데　仙橋去客烟中見
어디서 옛 절 종소리 달빛 타고 들리네.　古寺鳴鐘月下聞

나비춤 멈추자 멀리 돛단배 오고　　　蝶舞初收來遠帆
꾀꼬리 노래 그치자 여름구름 솟아나네.　鶯歌欲歇有歸雲
배 저어 능라도로 안 갈 수 있을건가　何妨泛送綾羅島
금수강산 좋은 경치 물 속에 볼 것이니.　潭影長留錦繡文
　　　　　　　(위는 여름풍경)　　　　　　(上夏)

설설부는 높은 바람⁹¹⁾ 강성에 단풍진다.　颼飀黃葉下江城

91) 높은 바람 ; 원문의 수류(颼飀). 높이 부는 바람소리, 또는 바람부는 모양.

뱃전의 무지개 다리 가을물로 맑아라.　　舟曳虹橋秋水清
높은 누각에 봉황새는 춤추고 난새는 나래쳐　舞鳳翔鸞高閣動
괴암기석들이 신선인양 귀신같이 보이네.　狂仙凝鬼怪岩呈

경치좋은 이 속에서 시짓는 어려움이여!　此間每恨詩難敵
오늘 밤은 달마저 더욱 밝을 것이요　　今夜懸知月倍明
게다가 고깃배 노랫소리 서너곡조 들리며　且取漁歌三四弄
뱃전을 두드리는 장고소리[92] 들림에랴.　叩絃聊遣擊壺情
　　　　　　　　　(위는 가을풍경)　　　　（上秋）

얼음눈 깊이 쌓인 무산 십이봉　　凍雪深封十二山
수정궁도 그윽하게 문을 닫았네.　水晶宮亦閉玄關
추위에 놀랐는지 기러기도 쓸쓸하고　驚寒鴈侶蕭蕭散
해를 넘긴 매화만이 새움이 돋네.　隔歲梅魂脈脈還

강변에 유리돌들 미끄럽게 옹기종기　江碾玻瓈千頃滑
등불만 규벽[93]처럼 누각에 둘러있네.　燈如奎壁一樓環
겨울밤 붉은 담요로 신선 음악 즐기나　紅氍夜轉流仙樂
돌아보니 이 몸은 인간세상 존재일 뿐　回省吾身在世間
　　　　　　　　　(위는 겨울풍경)　　　　（上冬）

---

92) 장고소리 ; 원문의 격호(擊壺). 격호는 단지같은 악기를 두드리는 일. 격호
　　정은 그런 분위기.
93) 규벽(奎壁) ; 임금을 배알할 때 쓰는 구슬.

73. 연천상공께 화답해 드림　　　奉和淵泉相公

천지도 무정하고	天地無情思
이별도 슬프구나	人何惜別愁
허깨비 임 오는듯	虛靈如有待
초창히 서로 생각	怊悵若相求

숲새들은 잘 집 찾고	林鳥棲昏定
강구름이 절로 흘러	江雲秪自流
평생의 한이 많아	平生多少恨
종일 혼자 누각이네	終日獨登樓

74. 중부 일화당[94]을 애도함　　　哀仲父一和堂

우리집 본래부터 유가로 이름 있어	我家本治儒
대대로 고을 안에 규범이 있었는데	綿世宅鄕里
선친이 치산 못해 만년에 가난하니	先君晩爲貧
군청의 아전맡아 근면봉사 하였다오.	龜勉從府使

성품 곧아 윗사람을 못 속이고	事長惟不欺
무리에 어울려도 제 마음 비웠었네[95]	在醜必虛已

94) 일화당(一和堂) ; 작자 운초의 숙부.
95) 무리에… ; 원문의 재추(在醜)이니 여기서 추(醜)는 무리라는 뜻으로 재추
　　(在醜)는 무리 속에 있다는 말. 따라서 '在醜必虛已'는 '淸白吏'라는 뜻.

집안을 보살펴도 윤리신의 도타우며　　　居家篤倫義
제 몸을 단속하되 경전이치 중하셨소.　　檢身敦經理

서경풍속 화려하며 사치에 기울었고　　　西京俗奢華
곳곳마다 비단옷 치장하였네　　　　　　綺羅照流峙
노래와 방탕이 유행하였고　　　　　　　笙歌蕩人志
술 먹고 노름하기 가무 뿐이네.　　　　　酒食糜賭技

사치한 옷차림에 검은 옷⑯ 없어지고　　　華衣竟不緇
여인절개 처음은 방정했으나⑰　　　　　古井初無滓
후처바람 유행되어 아녀자 난리 나고　　急難後妻孥
귀문자제 책 읽는 일⑱ 게을리 했었다오.　聚書薄紈綺

법도는 세속을 따르면서 풀어지고　　　　繩超踏實地
선비 군자 부끄러움 몰랐었다오.　　　　無媿士君子
개와 고양이 짝지어 새끼 낳고　　　　　尨猫相字乳
좋은 세상 그 징조 원근에서 사라졌소.　瑞應播遠邇

중부께서 어려운 아우 되시어　　　　　仲父難爲弟
학문은 천하에서 뛰어나셨고　　　　　學海超同軌

---

96) 검은 옷 ; 원문의 치의(緇衣) 즉 검은 옷. 승려복이나 관속들의 옷을 일컬음.

97) 여인절개 ; 원문의 고정무재(古井無滓) 즉 고정무파(古井無波)를 말하며 정절굳은 여자를 비유한 말.

98) 책 읽는 일 ; 원문의 취서(聚書)이니 선비가 책을 모으고 도의의 근본에 힘쓴다는 말. 이본에 따라서는 무본(務本)이라 된 것도 있다.

형제간 우애[99]하고 화순하시며   塤箎迭唱和
서로 의지 서로 도와 화목하셨소.   影響相依倚

그래서 일화당이라 이름했으니   以和名其堂
그 뜻이 당호로도 빛나셨다오.   炯炯言外旨
그러나 삼십년간 병을 안고   抱疴三十載
삼십년간 공부하며 책을 읽었소.   視書三十祀

방랑하며 유불도 삼교를 공부했고   汗漫涉三敎
자유분방 백가서도 두루 훑었소.   消遙步百氏
외가서의 방술도 섭렵하면서   外至方伎書
근본이치 궁구치 않음이 없었소.   靡不窮源委

성천고을 고문서를 모두 뒤졌고   楚史括邱索
양웅의 문장에도 박통하셔서   楊雄富奇字
그를 닮아 시문도 지어 내셨고   發之爲詩文
차분하게 문장 기품 넓히셨다오.   汪洋而宏肆

그 모르는 세상사람 부적공부 한다 하고   昧者疑符籙
잘 아는 이웃사람 병 고치는 방책이랬소.   知者病衲被
풍류 시문 잘 하셔서 칭찬 들었고   賞音嗟已矣
책 향훈이 서가에 가득 풍겼소.   書香空滿笥

---

99) 훈호(塤箎) ; 원래는 흙으로 만든 악기와 대로 만든 악기를 뜻하였으나 훈
  호아주(塤箎雅奏)라고 하여 형제가 함께 악기를 바꿔가며 연주한다고 하
  여 형제의 우애를 의미함.

세모에 연천공이 손수 뵙고서	歲暮觀淵泉
처음 용광[100]으로 발인 할 때에	龍光始發地
오군[101]군수 동문 열고 선비 맞는 예 올리고	吳郡啓東閣
초산[102]에다 높은 선비 장사지냈소.	楚山埋高士

내 어찌 잠시라도 이 시름 없으리오	何不少須臾
불우인생 눈물 얻어 이 말씀 아룁니다.	不遇申添淚
내 일찍 어려서 외로운 몸 되고 나서	夙余嬰孤露
가엾다 여기시는 아버지로 섬기었소.	含恤專父事

아름다운 그 모습 뵙자니 슬픔이요	嬴形視如傷
훌륭하신 그 교훈 항상 몸에 사무치오.	嘉訓恒提耳
내 처음에 탁문군 설교서[103] 재주 없었소.	初無卓薛才
겨우 어로(魚魯)문자[104] 구별할 따름인데	僅辯魚魯異

어려서 시인으로 시중에 이름남은	冲年浪市名
공께서 내린 은혜 아님이 없답니다.	罔非公所賜
중부님 가시고서 남긴 책 안고 울며	逝將抱遺書
후세에 전하면서 그 평가 기다리오.	傳世俟公議

100) 용광(龍光) ; 양덕에 있는 지명.

101) 오군(吳郡) ; 맹산에 있는 지명.

102) 초산(楚山) ; 평남 이산군(理山郡)의 옛 이름. 성천도호부 속현.

103) 탁설재(卓薛才) ; 한나라 때 여류시인이던 탁문군(卓文君)과 당나라 때
　　　여류시인 설도(薛濤)의 재주를 말함. 작자는 시를 잘해서 어릴 때부터 설
　　　교서(薛校書)란 칭호를 받았다.

104) 어로지이(魚魯之異) ; 고기 어(魚)자와 노나라 노(魯)자를 구별하지 못한
　　　다는 뜻으로 한문을 잘 모른다는 의미.

75. 행화촌 주인에게　　　　　　贈杏花村主人

살구꽃은 떨어지고 버들은 대문일세	杏花籬落柳爲門
물 좋고 산 밝은 마을 하나 정숙하네.	水秀山明儼一村
아이들은 어깨동무 노래 부르고	聯臂謳歌童子出
먼 수풀 안개 속에 늙은 농부 뭐라 하네.	隔林烟火老農言

베짜는 농가 부인 유식한 모양	機聲札札知良婦
손주보고 거침없이 글귀를 외어대네	課誦洋洋見肖孫
종적 감춰 은자됨은 산으로만 갈건가	非必藏蹤遊物外
세상에도 본래부터 무릉도원 있었다네.	人間自有武陵源

76. 수양산[105] 단풍구경　　　　　　首陽山賞楓

말달려 동쪽 성 밖 나가다 보니	驅馬出東城
동성 몇리 그 어디 쯤인가	東城幾里許
걸음은 점점 멈추어 지는 곳	行行且止止
붉은 단풍 많아서 발이 안 떨어져.	紅葉最多處

---

105) 수양산(首陽山) ; 황해도 해주에 있는 산.

77. 연광정[106]　　　　　　練 光 亭

장성끼고 유유히 대동강이 흐르고　　　一面長城漾浿流
정자 난간 기대니 마치 배 탄듯　　　　憑欄怳若坐漁舟
어디에서 저렇게 흰 눈 조각 내려왔나　不知片雪從何落
썰물 뒤의 모래 톱에 백구가 눈 내린듯　潮退平沙下白鷗

78. 패강 연광정의 전설

　원제; 연광정 밑에 큰 너러바위가 있고 물살에 파여진 그 바위 밑은 물이 고여 깊고 시퍼런데 그 깊이를 알 수 없었다. 한데 명을 받든 어사도가 이곳에 마패를 떨어뜨려 잃고는 널리 헤엄 잘치는 사람을 모아 이를 찾아 달라고 하였다. 성천사람으로 장성보란 자가 있어서 자기의 건장 용맹함을 뽐내며 응모하여 깊은 물속에 들어가 헤엄치며 진종일 마패를 찾았지만 겨우 어패류 십여개를 건지고는 기진맥진하여 마패는 찾지 못하다가 갑자기 석굴속 텅빈 동굴이 있음을 보았다. 사방은 밝은 모래가 흰눈을 펼쳐 놓은듯한 속에 큰 수염 한줄기 뻗은 크고 흰 고기가 가로누워 입에는 단사(붉은모래)를 물었고 눈은 불구슬처럼 번쩍거렸는데 너무 무서워 감히 가까이 가서 볼 수가 없었다. 그때 커다란 종이 툭 튀어 나와 있었는데 손으로 더듬어 보아도 마음이 황홀해 짐을 느낄 수 있었다. 이것이 죽을 고비를 벗어나게 하는 신령이라 생각하니 여기가 필시 신룡이 살고 있는 집임이 확실하다고 생각했다. 일찍이 내가 들은 바가 있는데 이곳 어부들이 고요한 달밤에 이

106) 연광정(練光亭) ; 평양 동쪽 대동강변의 정자

물속으로부터 종소리가 은은히 들려 나왔다고 하였으나 어느 곳으로부터 나왔는지 모르고 있다가 이 이야기로 그 종소리 나는 곳이 증명된 셈이다. 내가 어릴때 그 장노인을 뵈온 일이 있는데 키가 날렵해 보인 기억이 눈에 선하니 지금 그 일을 적어 남기면서 그 설화와 관계된 시 칠언절구 세 수를 지어 '패상이문' 이라 한다.

練光亭下巨石盤 陁石之下水黛滀 深不可測 曾有奉命御史遣馬牌於斯 廣集善泅水者求之 成都人張聖輔者驍以羶健稱應募 而至能於積水中游泳 終日魚鱉如拾芥 當是時盡其力搜之不得 驀地見石窟 空洞四周明沙鋪雪 可鑑毛髮一條大白魚 橫偃其中 口抹丹砂 目閃火珠 威不敢逼視 奚有洪鐘 特峙手摸 可認恍惚 心動若脫死地 定神以思之 必是神龍攸宅也 曾聞漁者 時於人靜月明之夜 隱隱有鐘聲發於水中 而莫測其所 自今以後始徵之矣 余於兒時 及見張老身長十尺餘 髮蒼白颯爽如也 爲余道其事 至今歷歷可錄 遂係之以七絕三疊 庸備浿上異聞云爾

아득한 옛 동굴 속은 비어 훤한데	穹然嵌窟洞虛明
괴물하나 누웠으니 흰 천 펼친듯	有物蜿蜒白練橫
비로서 알았노라 신룡이 물나라 열고	始識神龍開水府
대동강성 천년토록 물 속에서 지켰음을.	千年潛護浿江城

우나라 솥이 노나라 사수에 빠졌다던가	禹鼎曾聞淪泗水
큰 종이 되어 지금 패강 속에 와 있다네.	洪鍾今在浿江中
비로서 알았노라 신룡이 옛 일을 좋아하여	始識神龍偏好古
기괴 물건 옮겨다가 수정궁에 넣었음을.	盡輸奇物八晶宮

어부가 밤중마다 종소리 듣던 소문　　　　　漁子時聞夜半鐘
아무리 찾아 봐도 소리 난 곳 모르더니　　　　尋聲四顧不知從
비로서 알았노라 신룡이 악률을 밝히려고　　始識神龍明樂律
절구모양 종소리로 풍수 실어 가르쳤음을.　　放敎風水發舂容

79. 외로운 무덤　　　　　　　　　　　　　孤　墳

3수　　　　　　　　　　　　　　　　　三首

난초꽃 풀섶 길에 품위 높게 피었는데　　　蘭苕花發在芳蹊
긴긴 봄을 푸름 속에 임 기다려 숨어 사네.　留待三春翡翠樓
할 일 없고 적적하여 대수풀에 몸 맡기니　無寧寂寞捐林莽
행여 광풍 만나 흙탕물에 꽃 질까 부끄럽네.　羞逐狂風落溷花

매화꽃 홀로 피어 가련하게 달렸는데　　　寒梅孤着可憐枝
장마 비 미친바람 고단하게 굴더니만　　　滯雨癲風困委垂
지금와서 떨어져도 향기는 그저 있어　　　縱今落地香猶在
버들꽃 자태보다 오히려 예쁘구나.　　　　勝似楊花蕩浪姿

그윽한 속 티가 없는 미인 눈썹 그리면서　　幽愁黯淡斂靑蛾
배꽃에 비 뿌려도 발 내리고 혼자 앉아　　　雨打紅梨晝掩紗
꾀꼬리 소쩍새 소리야 참을 수 있었는데　　鶯喚鵑啼猶忍聽
먼 데서 피리 소리 들릴 때 이 마음 어찌하리.　其如山外笛聲何

80. 청파대[107] 버들길을 산보하며　　　淸波坮步柳

봄 강변 따스하여 이리저리 걷노라니	江頭日暖步逍遙
천만오리 버들가지 다리 위를 덮었네	垂柳千章覆畵橋.
딱할손 수양버들 바람따라 흩는 교태	悶見隨風凌亂態
때때로 기어올라 긴 가지를 꺾었다네.	時時攀折最長條

(청파대는 소혼교 위에 있고 송객정 밖에 있다. 수양버들이 강기 슭을 베개 베듯 드리웠고, 방초들이 제방을 덮었는데 성천 인사들은 이곳에 올라 즐길 일을 주저하고 있으니 그것은 과객들이 이곳 아름다 운 여인들과 석별할 때 그 단장의 슬픔으로 공연히 버들가지가 바람부 는 대로 흩날리는 모양처럼 몸부림치는 가련함이 있기 때문이다. 내가 이를 몹시 딱하게 생각하고 시를 지어 표시한다)

(淸波坮 卽銷魂橋之上 送客亭之外也 垂柳枕岸芳章被堤 成 都人士 莫不盤桓於此 但可憐者行人 惜別佳娥 斷腸空使柳枝 任 風顚狂 余甚悶之 故賦此以記之)

81. 연광정에 올라보니　　　練光亭春眺

이슬비 개이고 엷은 구름 걷쳤으니	小雨回晴淺靄褰
단장한 미녀[108]는 이별 슬픔 넋 나가네.	新粧越女暗銷魂

107) 청파대(淸波坮) ; 성천에 있는 누대로 남녀이별이 찾았던 곳.
108) 미녀 ; 본문의 월녀(越女)로 원래는 중국 미인 서시(西施)를 말하나 여기 서는 일반적인 미녀를 뜻함.

놀잇배의 노랫소리 강언덕에 부딪치고　　　　笙歌舟下淸流壁
사또님들 유람마차 물가에 늘어섰네.　　　　　冠蓋春迷相灝門

재자들의 들뜬 마음 강물처럼 넘치는데　　　　才子風情江水漾
미인들의 서러운 심정 버들꽃 헝클린듯　　　　佳人愁思柳花繁
산하의 좋은 경치 사람마음 옮겨 놓고　　　　　山河物色移民志
봄하늘 높은 구름 예부터 천금이라네.　　　　　雲視千金俗所存

82. 구성[109]의 귀양생활　　　　　龜城謫中
2수　　　　　　　　二首

하늘 끝 귀성 땅은 꿈에서도 거친 곳　　　　　天末龜陰夢寐疎
내 어찌 여기에 귀양 왔던가!　　　　　　　　嗟吾何事謫來居
말조심 수칙은 입을 세 번 봉하는 일　　　　　愼言未服三緘戒
이 징벌로 참회하여 참을 인자 백번 쓰리.　　　懲忿還慚百忍書

이웃 아낙 광주리에 옥수수 담아오고　　　　　隣婦提筐供玉秫
동네 아이 고기 낚아 버들 꿰어 팔러오네.　　　社童貫柳買銀魚
이 곳도 진경이라 때로는 자위하니　　　　　　隨時自適皆眞境
반드시 성천만이 내 집이 아니로세.　　　　　非必成都是我盧

부러울손 훨훨 나는 기러기 형제　　　　　　羨爾飛鴻有弟兄

109) 구성(龜城) ; 구성은 여러 곳에 있으나 여기의 구성은 평북 삭주(朔州)옆
　　에 있는 고을로 산세가 험하고 멀며 거친 땅이다.

마음대로 남북으로 가고 오고 하누나.　　　　相隨隨意北南征
내 팔자 전반생은 폭풍 만난 배 격인데　　　遇風鯨浪傷前事
행여나 후반생은 벌꿀을 기다릴까.　　　　　柳蜜蜂房待後生

내 인생 아직은 늦지 않다 생각하니　　　　始覺知非猶未晩
좋은 세월 언제일까 혼자서 궁리하네.　　　自憐要好竟何成
실오리 천만사로 가로 세로 짜서 돌려　　千絲萬緖交回轉
궁지에서 전화위복 트인 맘 가지리라.　　窮處還爲達士情

(내 어릴 때 사주보는 사람이 하는 말이 꽃방석의 잔치손님이요,
물결 속의 바람 만난 배요, 벌통에 꿀이 흐르는 운수라 했다. 이 세 구
절을 내 나름대로 나의 초반생, 중반생, 후반생으로 나누었는데 지금
까지 지내온 일을 생각하니 이 세가지 중에서 중·전반생 일은 과연
그러했으나 중,후반생 일은 아직 모를 일이므로 문득 생각이 나서 여
기 시구에 기록하였다)

(記余兒時 談命者 以花氈宴客 浪楫逢風 蜂房流蜜 三句勘斷
余初中終三分 自今思之 中前果驗 而中終有未可必者 聊且俟之)

83. 연광정에 올라 감회를 적는다

원제; 경인년[110] 구성에서 돌아온 후 밤에 연광정에 올라 연천 영감
을 회고하며 써 올린다.

110) 경인(庚寅) ; 1830년. 경인년의 의미는 미상

庚寅 歸自龜城 適往浿上 夜登練光亭 有懷淵泉老爺 寄上一絶

이 몸은 바람에 휘날리는 낙엽이런가	身如風葉感飄颻
밤중에 높다라니 연광정에 혼자 오르니	午夜迢迢獨倚樓
이별한 뒤 산천은 예전 같으나	別後山川依舊在
겨울밤 달 아래에 빈 배는 얼어 붙었소.	氷江雪月繫虛舟

84. 지는 매화를 노래함　　　　落 梅

꽃 얼굴 흰 살결이 애처롭게 야위었고	玉貌氷肌冉冉衰
동풍에 열매 맺고 푸른 가지 돋았어라.	東風結子綠生枝
휘휘칭칭 봄 자취를 끊지 않고 전해 주니	纏綿不斷春消息
인간 이별 슬픔보다 오히려 장하구나.	猶勝人間恨別離

85. 옥호봉⑪에 올라　　　　玉壺峰遊眺

해는 솟아 정오⑫인데 뜻을 못 펴고	亭午志未舒
강변 따라 넘실넘실 노젓는 배 흐르네.	漾棹遵江渚

111) 옥호봉(玉壺峰) ; 성천에 있는 산봉우리. 옥호정이 있음.
112) 해는 솟아 정오 ; 원문의 정오지미서(亭午志未舒)로 정오(亭午)는 정오(正午)로서 아직 햇살이 퍼지지 않았다는 뜻. 중국 손작(孫綽)의 부(賦)인 "犧和亭午遊氣高塞"의 구절을 연상시킴.

높은 산 바위들은 고요히 숨어 있고　　　　堪巖隱窈窕
구름안개 다 함께 가득히 비껴 있다.　　　　雲霞湛容與

연기 속에 간간히 버드나무 보이고　　　　烟波間柳見
철새는 꽃을 가려 여기저기 지저귄다.　　　　時鳥分花語
어부는 앉았으나 낚시할 일 잊었는듯　　　　漁人坐忘釣
바구니 낀 아낙네는 나물캐며 노래하네.　　　　採女謠傾莒

사람들 모두 다 한가롭고 고요한데　　　　人事共閒靜
늘어지고 한가로워 움직이지 아니하네.　　　　逍遙未遽去

86. 산촌을 지나며　　　　過 山 村

낙화유수는 마치 천태산[113] 같고　　　　落花柳水似天台
천척절벽은 아슬아슬 흘고대[114] 같네.　　　　千尺危巖屹古臺
사방은 산과 하늘 인적은 끊겨 있고　　　　四顧山空人語絕
수풀에서 부는 바람 비를 몰고 오는 소리.　　　　林風吹作雨聲來

87. 배로 대동강을 내려가다　　　　舟下浿江

해질 무렵 배 저어 대동강변 내려가니　　　　蘭橈暮戛浿江湄

---

113) 천태산(天台山) ; 중국 절강성에 있는 산.
114) 천흘고대(屹古臺) ; 중국의 지명.

정자 위엔 춤잔치가 여기저기 한창일세.　　舞榭歌樓轉不遲
준마는 목을 들고 방초 둑에 울부짖고　　駿馬驕嘶芳草岸
미인은 초창하게 지는 꽃을 바라보네.　　佳人悵望落花時

흐르는 세월 천오리 끈인들 매어두지 못하고　　流光未繫秋千索
수양버들 가지마다 이별 설움 품었다네.　　垂柳無非送別枝
예부터 서경땅은 놀기 좋은 명승지　　自是西京遊冶地
산수는 의연하게 이별 괴롬 감내하네.　　可堪山水惱情思

88. 강서[115]의 가을　　　　江左秋思

경당[116] 다례 끝내고서 저녁 해를 바라보네.　　山扃茶罷對殘暉
낙엽은 쓸쓸한 채 점점 줄어 적어지고　　楓葉蕭蕭漸看稀
들빛은 아득한 속 먼 섬 하나 외로워라.　　野色蒼茫孤鳥遠
석양 빛에 구름 떠서 깃발이 휘날리듯　　天光旖旎暮雲飛

평소에 품은 생각 마음만은 그림인데　　細論素抱心如畫
무심코 꺾어 쥔 국화 이슬에 옷 적시네.[117]　　暗拾黃花露濕衣
아득히 한양 땅 바라보니 생각만은 황홀한데　　望極京都還恍惚
이 넋은 기러기 따라서 언제가서 뵈오리.　　魂隨鴻鴈幾時歸

---

115) 강서 ; 원문의 강좌(江左) 곧 평양 서족에 있는 강서지방.
116) 경당(扃堂) ; 원래는 고구려 때의 서당인데 학당을 말함.
117) 국화 이슬에 옷 적시다 ; 원문의 노습의(露濕衣) 곧 눈물이 옷을 적신다
　　 는 뜻으로 썼다.

89. 서류정⑱에서　　　　　　西柳亭

네모 연못 맑아서 마문 동쪽에서 출렁이고　　方塘淸活馬門東
정자 우뚝 높은 모습 물 속에서 검푸르다.　　孤閣苕然宛在中
그 모양 둥글어서 보름달 같고　　　　　　　體勢團圓如滿月
그 기운 쇄락하여 찬바람 탄듯　　　　　　　襟靈瀟洒御冷風

잎 진 수양 태질하니 그 신세 가련하고　　　堪憐柳色靡靡綠
붉은 연꽃 가냘프게 오래 피니 조화로세.　　蓋鍾何花冉冉紅
초창히 기대서서 먼 하늘 바라보니　　　　　怊悵停杯憑遠望
저녁노을 지는 빛이 무지개 사라지듯.　　　落霞明滅似殘紅

90. 첫 눈　　　　　　　　　　初　雪

높은 하늘 찬 기운에 눈오려고 맑더니만　　玉字峥嵘雪意淸
구슬 눈꽃 사뿐사뿐 휘날리며 재롱떠네.　　瓊花飄瞥弄輕盈
동문 매화 가지마다 넋인양 붙었으니　　　便疑東閣梅魂返
저 멀리 남쪽에서 기러기들 놀라겠네.　　　遙想南湖鴈陳驚

눈 내려 물속에 잠겨들어 화합되고　　　　入水相親終澹泊
힘없이 붙던 눈 꽃 가지마다 눈송일세.　　着枝無力乍分明

118) 서류정(西柳亭) ; 성천에 있던 정자로서 백마문 동쪽에 있었음. 백마문에
　　대해서는 다음시의 주 참조.

세월이 오래되니 사람도 백발이라   年光杳杳人頭白
마음은 맑았는데 남은 인생 어찌하랴.   不醉餘生可奈情

91. 눈 온 뒤 백마문[119]에 올라   雪後登白馬門

절반은 검은 그늘 반쪽은 햇빛   半是玄陰半是陽
겨울 산에서 부는 바람 처량도 하다.   空山風起色凄涼
저 멀리 구름바다 하늘 끝을 막았고   隔雲銀海迷難極
나무에 달린 눈꽃 향기 없어 적막해라.   着樹瑤花寂不香

까치가 몇 번 우니 붉은 해는 저물고   啞鵲數聲紅日暮
기러기 줄지어 돌아가는 푸른 하늘 멀고 멀다.   歸鴻一路碧天長
뾰족뾰족 먼 산들은 파협[120]처럼 솟아 있고   尖尖遠岫疑巴峽
나그네 거친 꿈은 실처럼 이어진다.   客夢如絲接杳茫

92. 아침 헌허각[121]에 올라   朝登玄虛閣

무협에 부는 바람 눈보라 일으키고   巫峽寒風挾雪驕
난간에 기대서니 술기운 번쩍 깬다.   凭欄酒氣已全銷

119) 백마문(白馬門) ; 성천의 서쪽에 있던 문 이름.
120) 파협(巴峽) ; 중국 무산(巫山) 근처에 있는 양자강 상류의 협곡.
121) 현허각(玄虛閣) ; 성천에 있는 누각. 고구려 유적.

아침 연기 구름 솟듯 집집마다 자욱하고　　　　朝烟靉靆千家樹
길손 하나 아스라이 오리교를 지난다.　　　　　行子空濛五里橋

속세의 세월 흐름 구름처럼 이어지고　　　　　下界光陰雲冉冉
신선의 소식일랑 달처럼 멀고 멀다.　　　　　眞仙消息月迢迢
성천은 동명왕의 유서깊은 고장인데　　　　　東明故跡今何在
노래만이 옛 곡조로 피리 속에 전하누나.　　　樂府猶傳碧玉蕭

93. 비류강⑫ 눈 속을 지나다　　　　　　沸流江馳雪

말 달리는 길은 멀고 옥돌처럼 매끄럽네　　　一道長驅瑪琉平
옷 소매에 스친 바람 몸마저 가벼웁다.　　　　天風吹袂覺身輕
단청한 난간은 차츰 멀어 안 보이고　　　　　朱樓乍失迷難望
검은 절벽 만났을 땐 깜짝깜짝 놀란다네.　　　翠壁當前忽漫驚

돛단배 물 위에 멋대로 간다 마소　　　　　　休說帆檣能蕩漾
빠른 말⑬을 뒤따르며 잠시도 멈추잖네.　　　不須騏驥任橫行
생각하니 세상사 본래부터 이러하니　　　　　飛飜世事元如此
흥망성쇠 도는 인생 가슴 가득 사무친다.　　　興極憂來最感情

---

122) 비류강(沸流江) ; 성천에 있는 강. 성천은 옛날 비류국.
123) 빠른 말 ; 원문의 기기(騏驥)로 빨리 달리는 말이란 뜻과 어진사람이라는
　　　뜻이 있다.

94. 광제봉[124]에 올라　　　　　　登光霽峰

비 개인 연못에 저녁 해 화사하고　　　　雨歇芳池返照明
아지랑이 곱게 어려 저녁 바람 산들산들　遊絲纈眼晚風輕
양지바른 강 언덕에 잔디 벌써 새파랗고　陽崖蓊勃靑第色
냇물 맑게 흐르면서 조약돌을 희게 씻네.　川潊瀏灕素礫晶

지나간 일 모두 다 모래 위의 발자국　　往事皆成沙上跡
내 여생 다시금 한강 남쪽 길을 물어　　餘生又問漢南程
의지할 분 사랑코자 강호생활 꿈꿔보니　傍人莫愛長堤柳
흐르는 물 무정하고 내 심사 유정해라.　渠自無情惱有情

95. 수정천[125]　　　　　　　　水 晶 泉

길 따라 잔잔한 물 깊지도 않고　　　一道潺溪亦不深
굽이굽이 얽혀 돌아 옷깃 돌린듯　　　縈回如帶縮如襟
깊은 골짝 멀리서 솔바람 들려오고　遠從邃壑流松韻
강둑은 길게 뻗어 버들 숲에 덮였네　偏近長堤抱柳陰.

사내들은 제가끔 낚시터를 묻는데　童子各尋垂釣處
낭자들은 서로가 빨래돌만 찾더라.　女娘相答浣沙砧

124) 광제봉(光霽峰) ; 성천 무산에 있는 봉우리 이름. 명소임.
125) 수정천(水晶泉) ; 성천에 있는 여울인듯.

맑은 옥돌 반짝반짝 양주 거울 비슷하고　　　清瑩似拭楊州鏡
가을 달 보는 정감 예나 지금 한가지네.　　　秋月同傳萬古心

96. 만류제[126]의 봄　　　　　　萬 柳 堤

봄경치는 수정주 물가에 더욱 화창하고　　　韶光偏在水晶洲
천만 버들 녹음져서 멋대로 흩어졌다.　　　萬柳濃陰散不收
하늘에 새 잎 어리고 반달은 기우는데　　　高葉映空梳月過
드린가지 물을 저어 솜꽃이 흐르네.　　　低枝拂水網花流

예부터 연기 보면 민생일을 안다는데　　　青烟自是留綠業
어찌 감히 꾀꼬리는 이별 설움 알리오.　　　黃鳥何知有別愁
가야 할 봄날 길을 아득히 바라보며　　　望望難分春去路
수심겨워 누각 올라 이별주를 말로 드네.　　　强携斗酒上層樓

97. 임진년[127] 중춘에 친척과 이별하고 가마타고
　　　한양에 가면서 쓴 시　　壬辰仲春 辭親戚 托乘赴京

(끝 한 수는 노래를 끝마치자는 시)　　　(尾一首卽曲終之奏)
한식철 샛바람에 고향을 떠나자니　　　寒食東風別故鄉
산천을 둘러보면 꽃다운 시절 서글퍼라.　　　對山臨水悵芳年

126) 만류제(萬柳堤) ; 성천에 있는 강둑 이름.
127) 임진(壬辰) ; 1832년.

재주 없이 제 감히 첨향사[128]되자 하니 　　微才敢擬添香史
병 깊은 건 그 탓이 폭음이 아니로세. 　　病肺無因作酒狂

모래같이 하고 많은[129] 세상 일은 허깨비인데 　　如是恒沙千業幻
뜬 세상 한 등불이 어찌하여 분망하리. 　　奈何浮世一燈忙
스스로 가련타고 더러는 알았으니 　　自憐素抱知多少
달같은 분 좇아서 한양으로 가옵니다. 　　明月隨人到漢陽

98. 서어상공 과[130]연천영감께 드림 　　敬次西漁相公兼
　　　　　　　　　　　　　　　　　　　呈淵泉老爺

2수　　　　　　　　　二首

서어상공은 묘향산에 와서 늙고 　　漁老香山老
연천공은 구양수[131]처럼 지내네. 　　淵翁六一翁
벼슬 놓고[132] 늦게야 서로 수작하며 　　懸車酬晚節

128) 첨향사(添香史) ; 이는 조어(造語)로서 첨실(添室) 즉 첩을 말하는 것 같
　　다. 기생첩을 교서(校書)라고도 하며 첨측(添側)이라고도 한다.
129) 모래같이 많은 ; 원문의 항사(恒沙) 즉 항하사(恒河沙)의 준말인데 항하
　　의 모래처럼 셀 수 없이 많다는 의미. 불교의 숫자 단위.
130) 서어(西漁) ; 권상신(權常愼 1759~1825)의 호. 전출
131) 구양수 ; 원문의 육일(六一)로 구양수(歐陽修)의 별호인 육일거사. 육일의
　　본뜻은 일(一)자가 붙은 여섯가지 즉 장서 1만권, 집고록 1천권, 거문고 1
　　장, 바둑 1틀, 술 1단지 그리고 한 늙은이(자기)를 말하니 이는 벼슬을 던
　　지고 독서와 가악과 술로써 유유자적하게 지낸다는 뜻이다.
132) 벼슬 놓고 ; 원문의 현거(懸車)이니 벼슬을 내놓음.

글과 술로 세상 부러울 것 없다하네.　　　文酒樂時豊

충성심은 남달리 우뚝 솟은 채　　　丹心懸衆魏
백발 되어 강호에 물러 나왔네.　　　白首退江湖
관직 던지고[133]자연 속에 한가롭기가　　　投紱寬閒界
구름 안개 속에서 한 폭의 그림 같네.　　　雲烟似畵圖

99. 봄길을 걸으며　　　路中春事

꽃은 산 뜻대로 기뻐했고　　　花欣山意思
새는 숲 넋처럼 노래하네.　　　鳥喚樹精神
자연의 속 깊은 이치 그려냄은　　　摸寫玄玄妙
하늘이 나에게 맡긴 솜씨랄까.　　　天工付此人

100. 스스로를 비웃으며 남에게 답하노라　　　自嘲答人

구슬 알에 놀란 마음 어리둥절 하다가　　　瓊球驚心目
밤중에야 정신차려 시를 쓴다네.　　　蓰吟到五更
난새는 본래가 비둘기 소리 안 내는 법　　　鸞匲無鵒賦
뒷날 문채 있으리라 누가 말하리.　　　孰謂後來英

---

133) 관직 던지고 ; 원문의 투불(投紱)이니 인끈을 던짐. 즉 관직을 버린다는
　　　뜻.

101. 내 심정을 묻는다면   答 人

정답던가 모난 성품 날 때부터 정해지니　　天判鐘稜戒濫觴
마음을 다스린들 그 어찌 장수하랴.　　心針何事效長康
꽃 중의 군자됨이 타고난 나의 마음　　花中君子吾心性
봄바람에 버들꽃이 흩날린 짓 못배웠소.　　不學春風柳絮狂

102. 형주국 가곡[134]을 생각하며   憶荊州國香事
　　　자신을 돌아본다   仍以自況

수선화는 천성이 가을처럼 맑아서　　水仙天骨似秋容
형주 땅 남쪽 들에 잡초와 섞여났네.　　流落荊南混野農
만약에 그 옛날 황제를 만난다면　　昔日若從黃太史
매화꽃[135]을 읊어서 여악 으뜸 될텐데.　　國香應是女詞宗

103. 강가에서 살며   江 居
　　　　　　　　2수 　　　　　　　　二首

강가 숲은 정자 끼고 안개 속에 자욱하고　　沿江坮榭半和烟

---

134) 형주국향사(荊州國香事) ; 형주락(荊州樂)을 말하는 듯 하다.
135) 매화꽃 ; 원문의 국향(國香) 즉 난초 또는 매화의 이명(異名). 이 시에서
　　는 매화로 보았다.

먼 데서 부는 바람 뱃노래 풍겨오네.　　　　遠處風來一笛船
황혼 빛에 붉은 구름 조각조각 떠돌고　　　　日暮銅雲明片片
숲 속에 비친 흰 달 곱게곱게 떠오른다.　　　　樹深銀月掛娟娟

하늘과 땅 넓고 멀고 끝간 데 안 보이고　　　　乾坤浩蕩元無際
새와 고기 날며 뜨되 서로가 모르과라.　　　　魚鳥沈浮共忘緣
멋대로 산을 보다 생각나면 물에 노니　　　　隨意看山隨意水
형편따라 취코 깨고 이 또한 유유자적　　　　任他醒醉也悠然

봄바람에 배 저으니 비단결의 물가이네　　　　春風移棹錦江湄
아가위는 푸릇푸릇 누구를 기다리나　　　　杜若靑靑欲待誰
하늘 가에 새는 가고 안개는 내리는데　　　　鳥沒天邊落霞際
산 위에선 꽃이 붉고 석양 비친 나뭇가지　　　　花明山頂夕陽枝

강물[136] 어귀 저 하늘엔 구름이 걸쳐있고　　　　高唐峽口雲空掛
풀 우거진 모래톱엔 물 한창 질펀하네.　　　　平楚沙頭水漸滋
술 마시며 강촌생활 세상 일을 잊었으니　　　　酒醒世間無一事
밝은 달이 날 붙잡아 돌아갈 줄 잊었다네.　　　　明月留我到家遲

136) 강물 ; 원문의 고당(高唐) 즉 중국 초(楚)나라 때 유명한 물 이름인데 여
　　　기서는 다만 강물로 새긴다.

104. 동산에 살며   園 居

2수   二首

봄바람은 행화촌서 산들 불어오고   春風來自杏花村
땅 가득 꽃 눈 날려 설려문[137]에 붉었네.   滿地霏紅薛荔門
숲은 고요히 꾀꼬리알 암비둘기 품었고   樹靜鸎兒兼鵓婦
마당 깊숙이 대순이 오동싹에 기댔구나.   庭深笋母倚桐孫

엷은 구름 짙은 달은 누구를 보잔건가   輕雲淡月誰相看
좋은 물 밝은 산에 나홀로 산다네.   秀水明山我獨存
어찌하여 세월은 사람 함께 가버렸나.   無柰年光人共逝
강남에 녹음 지니 애간장 녹이누나.   江南草綠正銷魂

풀이슬에 벌레 울 땐 맑은 하늘 쳐다보며   虫聲草露轉淸空
부질없이 난간 잡고 생각 끝이 없는데   徒倚層欄境欲窮
새벽녘 은하수 스스로 밝아 있고   五夜星河明自在
백년을 살자던 그 사람 어디 갔나.   百年人事去何從

타는 마음 풀 길 없어 더욱더 괴로워져   蕉心未展猶含碧
연꽃은 말이 없이 혼자 붉게 피었네.   荷瞼無言獨守紅
규수의 품은 마음 쉽게야 변하리만   莫是閨情元易感
참기 가장 어려움은 달밝은 밤이로세.   最難聊過月明中

---

137) 설려문(薛荔門) ; 설려는 당귀풀로 향초(香草)를 일컫는 말인데 여기서는
     중국의 여류 시인 설도(薛濤)를 의미하며 또한 작자 자신의 집 대문을 지
     칭한다.

105. 들에서 살며　　　　　　　　野 居

2수　　　　　　　　　二首

양지바른 언덕에 안개 멀리 보이는 집　　　亭皐日暖遠生霞
버드나무 사립문이 바로 내가 사는 집　　　楊柳門扉是我家
밤비에 두 시내는 석자 깊이 물이요　　　夜雨雙溪三尺水
숲 이어진 십리는 거의가 꽃이라네.　　　平林十里九分花

풀 우거진 긴 다리엔 말발굽이 드물고　　　長橋草綠驢蹄倦
낮은 포장 바람 불 때 제비는 비껴든다.　　　低幌風微燕尾斜
이런 경치 하늘에도 다시는 없을레라.　　　此境未應天上有
신선들은 어디에서 뗏목을 타고 노나.　　　仙翁何處枉乘槎

발 걷고 일어나면 봄철 해는 높이 솟고　　　緗簾睡起日高春
줄 지은 수양버들 양쪽 언덕 소나무네.　　　一道垂楊兩岸松
들판으로 뻗은 산은 말 달리는 형세 같고　　　走野山形如逸馬
하늘에 널린 구름 용이 노는 기세 같네.　　　漫天雲氣似遊龍

벽화도 피게 되면 봄은 막상 저물고　　　碧桃花發春將晚
백설가[138] 그치도록 술은 아직 익지 않네.　　　白雪歌終酒未濃
눈길 아득 바라보니 서울 장안 번화하고　　　極望京華烟樹闊
해오라비 가고난 뒤 한강물만 넘실대네.　　　鷺鷥飛盡水溶溶

138) 백설가(白雪歌) ; 금곡(琴曲)의 하나인 백설곡(白雪曲)으로 양춘가절(陽春
　　佳節)에 부르는 고아한 음곡.

106. 산에서 살며　　　　　　　山　居

2수　　　　　　　　　　二首

국화꽃 담백하게 옛 정자에 피었는데　　黃花淡泊古亭開
이끼 낀 돌 사이에 여기저기 무리졌네.　　離合中間半是苔
돌은 늙고 샘이 흘러 가을 공기 서늘한 속　石老泉鳴秋氣冷
깊은 골짝 문 닫히고 저녁구름 흐르네.　　洞深門僻暮雲回

흐르는 물 무심하다 탓하지 마소　　　　莫嫌流水無心去
청산을 몹시도 사랑한 만남일세.　　　　忩愛靑山對面來
술 있고 시 없으니 혼자서는 못 취하여　　有酒除詩難獨醉
달 보며 이리저리 섬돌 위를 걷는다.　　　月明移步更層垓

지난일 생각하면 잠깐 사이 세속의 꿈　　往事思量小劫塵
오늘밤은 이백의 도리원[139] 백낙천 향산[140]되오리.　桃園今夜樂天倫
비 개인 푸른 하늘 정신마저 맑아지고　　雨晴碧落精神改
찬 이슬밤 은하수는 그 더욱 빛나라.　　　露冷銀河色相新

거문고 소리 그치고 초생달 갸날픈데　　歌妓停琴山月細
시 짓는 벗들은 술잔 들고 들꽃 찾네.　　詩朋携酒野花親

---

139) 이백의 도리원 ; 원문의 도원야(桃園夜) 즉 중국 이백(李白)의 「春夜宴桃
　　李園序」라는 글이 있는데 도리원에서 이백의 형제들이 모여 잔치하며 글
　　짓는 모습.

140) 백낙천 향산 ; 원문의 낙천륜(樂天倫) 즉 중국 백낙천은 향산(香山)의 중
　　여만(如滿)과 향화사(香火士)라는 결연을 맺었다. 흔히 '향산의 굳은 결
　　연' 이라고 한다.

만물 중에 나 또한 때가 되면 죽는 법　　定知物我都漸盡
구태여 이 몸 장래 뉘께다 의탁하리.　　況奈身謀更寄人

107. 연천상공 시에 삼가 차운하다　　敬次淵泉相公韻
2수　　　　　二首

세월이 무정해서 검은 머리 서리치고　　歲月無情髮欲霜
시비와 좋고 궂던 지난 일 못잊겠오.　　是非憂樂儘難忘
시문을 쓴다지만 소소(141)에 부끄럽고　　風流自愧同蘇小
절개를 지키려면 맹광(142) 어찌 배우겠소.　　節操何因學孟光

재주가 있다 하나 서푼짜리 글쓰는 일　　伎倆三分攪筆翰
인생의 절반은 모두가 고뇌일 뿐　　生涯半世惱心腸
꿈에서도 생각나는 그 때 그 추억　　夢中回憶當時事
묘향산 함께 갔던 그 시절 못 잊겠소.　　勝狀森羅北妙香

장미는 떨어지고 술 깨고 나니　　薔薇花落酒醒初
발 친 누각 향불 타고 비는 개었네.　　簾閣燒香宿雨餘
들이 넓으니 구름도 하늘 따라 멀고　　野闊雲隨天共迴
물 흐르는 산골은 모두가 비었어라.　　水流山與境俱虛

---

141) 소소(蘇小) ; 송나라의 여류시인 소소매(蘇小妹). 소식(蘇軾)의 여동생.
142) 맹광(孟光) ; 후한(後漢) 때 양홍(梁鴻)의 처로 자는 덕요(德耀)임. 비록
　　얼굴은 못생겼으나 절개가 굳고 덕행이 높기로 유명함.

대로 엮은 문이라 삼복 더위 잊었고　　　　渾忘竹戸三庚熱
오동나무 책상이라 사서⑱공부 한가롭다.　　漫閱梧床四子書
이로부터 내 버릇 게을러졌는가　　　　　　自是疎慵成性習
자신을 잊으면서 되는대로 맡겼었네.　　　　不知有我任如如

108. 강선루에서 밤새우다　　　　降仙樓夜張
2수　　　　　　二首

백팔연주 주렁주렁 십이루에 달렸는데　　　　百八聯珠十二樓
선녀소식 못 들은지 몇 가을이 지났던고.　　仙娥消息幾經秋
열두 골짝 꽃구름은 동서 숲에 걸렸었고　　　峽雲綿繡東西樹
달 밝은 강물에서 배타고 노래했네.　　　　　川月笙歌上下舟

번개같은 세월 속에 세상살이 분주타가　　　石火奔忙今世事
물가에 핀 꽃처럼 예 노던 때 가버렸네.　　汀花怊悵去年遊
갈매기 외롭구나 멍하니 섰는 모습　　　　　閒鷗獨立無情緒
그리운 임 멀리 먼 곳 이별한 표정일세.　　若有伊人遠別離

피리소리 아련히도 먼 하늘에 남아있고　　　清笛留連媚遠天
가을 산은 고요하여 더욱 더 서글퍼라.　　秋山窈窕更怊然
밤중에 뜰에 나니 모든 숲은 안개 쌓여　　　侵宵出郭烟千樹
늦게야 돌아오니 달빛만 강에 가득　　　　　乘晩還家月一川

---

143) 사자서(四子書) ; 여기서는 사서(四書)를 말함.

솔바람은 정자너머 구슬처럼 부서지고 　松籟隔軒寒碎玉
갈꽃 덮인 오솔길은 솜같이 부드럽네. 　荻花鋪徑軟如綿
끝 없이 이는 시름 이 곳 탓만 아니로세 　無端愁緒非關別
마당에서 서성이며 잠 한숨 못 자누나. 　庭塢躊躇耿未眠

109. 능라도　　　　　　　綾 羅 島

봄바람에 모란봉은 숙녀처럼 고요한데 　春風窈窕牧丹峰
능라도는 물빛 끼고 멋지게 꾸며졌네. 　便杷綾羅飾水容
신령스런 용이 와서 떠 이고 갈세라 　或恐神龍復戴去
버들 숲 가지마다 겹겹이 동였구나. 　綠楊千縷繫重重

110. 한양에서 여러 어른을　　洛下陪諸公共賦
　　　모시고 짓다

　　　　　　2수　　　　　　　　　二首

여러 어른 술병 들고 밤중에 모였는데 　諸公携酒夜相尋
뵙자 하니 당대의 대단한 한림일세. 　如見當時自翰林
미천한 몸 어찌 감히 시 쓴다 하리오만 　賤子敢言詩畵癖
눈 속 매화, 밝은 달이 행여나 알아주리. 　雪中梅月是知音

야윈 매화 그 형상이 가련한 내 꼴이라 　瘦梅如我可憐容
세모에 향수 이나 술은 아직 안 익어 　歲暮鄕愁酒未濃

어젯 밤에 봄이 온 줄 내 이미 알건만은   知是前宵春已到
달 밝은데 어디 가서 옛친구 만나랴.   月明何處故人逢
(입춘 다음날에 짓다)   (卽立春翌日也)

111. 연천상공께 받들어 차운하다   敬次淵泉相公
3수   三首

신선처럼 임 오신다니 좋은 술 빚어 놓고   仙府先期釀綠醅
방 단장 비단자리 새로 꾸며 기다렸소.   新粧舊室錦筵開
내 고장 무산고을 춤추듯 생기 남은   巫山如舞生顔色
연천상공 나를 보러 이 곳에 오심일세.   爲是淵泉我相來

강선루 부벽루가 동방에서 으뜸이나   降仙浮碧最東方
그 경개 노래하던 명공인들 몇이던가.   幾箇名公誇破荒
아직도 그윽하게 진면목 숨겨둠은   暗裏尙藏眞面目
천년 두고 대문장인 우리 연천 기다린 탓.   千年留待大文章

어찌하여 더 일찍 연천문장 못 만났나   何事文章早不遊
붉은 입술 비단 옷이 부끄럼 띠었는듯   丹峰錦繡正含愁
조화옹의 깊은 뜻을 그 누가 알았으리   造翁深意人誰識
일부러 느지막해 대문장을 따르란 뜻.   故待晚年筆力遒

112. 맑은 피리소리 들으며　　　　忽聞淸笛

봄바람은 부드럽고 하루 해는 느릿느릿　　　暄風冉冉日悠悠
버들가지 늘어지고 꽃 피어 쳐졌는데　　　　柳困花慵不自收
길게 뽑는 피리소리 어디에서 일고 있나.　　長箋一聲何處起
붉은 누각 푸른 산 끝 거기서 부나보다.　　　紅樓晴出碧山頭

113. 강가 정자에서 칠석을 맞음　　　　江樓七夕

어부 노래 한 곡조에 모든 산은 텅비니　　　漁歌一曲四山空
차마 이 밤 술 깨고는 못 보낼러라.　　　　不忍醒過此夜中
어이해 닭은 울어 동트려 하는가　　　　　何事鷄鳴天欲曙
연련하게 마주 보다 총총히 떠나가네.　　　相看脈脈去忽忽

114. 삼가 연천상공께 차운함　　　　敬次淵泉相公
　　　　　　　　　　2수　　　　　　　　　　二首

－ 연천상공과 영교 심상사가 성천에서 만나기로 약속했는데 일이
　생겨 약조가 어긋나는 바람에 연천상공이 먼저 떠나면서 쓸쓸
　해 하시기에 간단한 술상을 차려 놓고 시를 지었다 －

－ 淵泉相公與沈上含永橋 約會于成都 有事參差 淵泉公先發
　悵然爲設小酌 －

속세 떠나 외로이 섰노라니　　　　　　　獨立風埃外
하늘 땅이 텅 빈 속에 온통 넓구나.　　　乾坤灝氣多
하늘 위에 해와 달 걸어두고　　　　　　上懸雙日月
그 가운데 사바세계 걸쳐 놓았네.　　　　中設一娑婆

구름 끝엔 아득히 땅이 없고　　　　　　雲盡渾無地
배 지난 뒤 비로서 물결 이르러　　　　舟過始認波
어찌하여 넓은 물에 이르러　　　　　　何如臨灝水
종일 취해 그 경개 소동파 뿐이네.　　　日醉百東坡

그대 위해 선교를 걸으면　　　　　　　爲踏仙橋月
그 밑은 강선루가 아련쿠나.　　　　　從容步下樓
연기는 저 멀리 들에 비끼고　　　　　大烟平遠野
가을 빛은 쪽배에 깃들었다.　　　　　秋色在孤舟

강물은 머물러 흰 빛 뿐이요　　　　　江水停逾淡
구름은 숲에 막혀 흐르지 않네.　　　林雲礙不流
말씀마소 약속이 어긋났음을　　　　休言無會事
자연 속에 우리 둘 넉넉지 않소.　　物我共夷猶

115. 도화에게 주노라　　　　　　　寄桃花

비파를 옆에 끼고 홍루에 기대니　　　　斜抱琵琶倚玉欄
복숭아 붉은 꽃비 어지러이 흩어지네.　桃花紅雨淰淰作
봄 아직 추우니 너에게 이르노라　　　春寒寄語桃花
마음 놓지 말아라!　　　　　　　　莫謾

그 한이 바람에 맡김보다 더할 것이니	恨猶勝似任風
방탕함이 너무 심해 끝이 없으리.	飄蕩太無端

116. 경인년 사월 십육일 구성 가는 길에 읊다

원제; 경인년[144] 사월 십육일에 장차 구성으로 떠나려던 참에 돌아가신 숙부댁에 들려 하직하고 함께 배로 송운탄으로 내려 갈 때인데 때마침 흐린 한낮이 막 지나 정향꽃이 만발하였으니 사람이 정이 있는지라 어찌 감회가 없겠는가. 드디어 각각 율시 한 수씩을 지어 그윽한 회포를 펴 보자고 하였다.

庚寅四月十六日 將發龜陰之行 哭辭于仲父盧 次與諸姪 舟下松韻灘是時也 午陰方轉 丁香爛開 人生有情 得無感乎 遂各賦一律 聊遣幽懷云爾

앓던 뒤라 보이는 것 모두 다 새로워	病餘眺矚摠新光
고향산천 돌아보면 하늘 멀리 아득하네	回首江天却渺茫
신녀[145]의 슬픈 넋은 구름 함께 끊어지고	神女孤魂雲共斷
백아[146]의 비파소리 유수 속에 비껴 있다.	伯牙遺韻水空長

144) 경인(庚寅) ; 1830년
145) 신녀(神女) ; 여기서는 무산신녀(無山神女)를 이름.
146) 백아(伯牙) ; 중국 춘추시대 금(琴)의 명수. 종자기(鍾子期)와 친해서 금(琴)을 뜯으며 놀았는데 종자기가 죽은 뒤 자기의 음악을 알아주는 사람이 없다 하여 금(琴)을 그만 두었다 함. 그래서 "백아가 비파줄을 끊었다(伯牙絕絃)"라는 말이 생겼다.

<table>
<tr><td>천리 임 생각하니 봄풀에도 설레고</td><td>有懷千里迷芳草</td></tr>
<tr><td>내 인생 돌아보니 이미 석양빛</td><td>統計三生已夕陽</td></tr>
<tr><td>비로서 깨달으니 조물주도 심술궂어</td><td>始信物兒多戲劇</td></tr>
<tr><td>물고기와 새처럼 잊고 삶만 못하구나.</td><td>不如魚鳥兩相忘</td></tr>
</table>

117. 밤의 푸른 연못   綠塘夜坐

<table>
<tr><td>연못에 소낙비 지나고 나니</td><td>池亭俄過雨</td></tr>
<tr><td>반달은 밤하늘에 잠기어 있네.</td><td>疎月夜涵空</td></tr>
<tr><td>난초 잎은 서늘함 속에서도 아지 푸르고</td><td>蕙葉涼猶綠</td></tr>
<tr><td>연꽃은 비에 씻겨 다시 붉었네.</td><td>荷花洗更紅</td></tr>
</table>

<table>
<tr><td>만물은 변함없이 적막에 쌓이고</td><td>物歸恒寂裡</td></tr>
<tr><td>사람은 그 인연 좋은 일 없네.</td><td>人在惡緣中</td></tr>
<tr><td>요동학[147] 신선술을 얻을 수 있다면</td><td>焉得遼東鶴</td></tr>
<tr><td>펄펄 날아 사해를 날아 돌련만.</td><td>翩翩四海窮</td></tr>
</table>

118. 연천상공과 함께 연광정에 올라

원제; 연천상공이 장차 향산으로 떠나고자 할 때 영교 심상사와
대동강 연광정에서 만났다.

147) 요동학(遼東鶴) ; 죽국 한(漢)나라 요동사람인 정령위(丁令威)가 신선술을
배워서 학이 되어 하늘로 올라갔다는 고사가 있다.

淵泉相公 將作香山之行 與沈上舍永橋團會 于浿上之練光亭

연광정아 몇 해를 쓸쓸히 지냈는가	練光幾經秋
오늘이야 참으로 맑게 놀만하구나.	今日可淸遊
천하에는 우리 세 호걸[148]이 있고	宇宙吾三傑
강산에는 이 하나 정자가 있네.	江山此一樓
지금은 오직 만난 기쁨 있을 뿐	祇當欣所遇
흐르는 물을 서글퍼 말리라.	不必悵臨流
기분 따라 다시 어디가 놀까	隨意更何適
달 밝을 때 배 타고 피리 불리라.	月明載笛舟

119. 청수동[149]을 나오며 오빠를   出淸水洞思兄
생각한다

인생을 살아 온 것 오직 고생뿐	萬事經來祇苦辛
꽃 피고 지는 속에 몸은 꿈 속에	花開花落夢中身
꾀꼬리 울음 멎자 샘소리 일고	鸎聲欲斷泉聲起
들판이 펼쳐지며 숲 빛이 새로워라.	野色橫分樹色新
우리 남매 멀리 먼 곳 한 차례 이별하곤	一自天倫成遠別

148) 세 호걸 ; 원문의 삼걸(三傑)이니 여기서는 김이양, 심상사, 운초 세 사람
　　　을 이른다.

149) 청수동(淸水洞) ; 미상.

세상 일과 경치마다 만날 때면 상심 더해 / 每逢風物倍傷神
오늘밤은 밝은 달이 어느 산에 묵고 있나 / 今宵淡月何山店
외로이 등잔 아래 수건으로 눈물닦네. / 獨對殘燈掩手巾

120. 족자 속의 시에 차운하다　　次軸中韻
4수　　四首

짙은 녹음 예쁜 꽃은 괴로운 맘 달래는데 / 濃綠嫣紅鮮惱人
어옹은 어디 가서 진인을 찾고 있나 / 漁郎何處枉尋眞
산촌마을 이따금씩 무지개 서 비 뿌리고 / 輕虹斷送孤村雨
새는 울어 봄시냇물 흘러감을 하직는듯 / 啼鳥傳呼別澗春

수심은 연기처럼 지워졌다 다시 솟고 / 愁緒如烟消復合
세월은 물 흐르듯 가고난 뒤 자취 없네 / 年光似水逝無垠
저 멀리 고향땅의 정향 숲을 추억하며 / 遙憐巫峽丁香樹
불현듯 시정 일어 꿈 속 마냥 오락가락 / 牽動詩懷抵夢頻

성천태생 이 몸은 서울 와서 꽃 활짝 / 儂自西來花滿城
바람따라 펄럭이며 그 어찌 가벼웠나 / 隨風飄落又何輕
푸른 시내 숲 사이로 외로운 중 지나가고 / 綠溪碧樹孤僧度
산비탈에 기댄 집에 새 한마리 울고 있네. / 繞屋青崖一鳥鳴

봄이 되니 괴로운 맘 술 빌려 더 슬프고 / 春思惱人添酒債
산 풍경은 나와 함께 시정을 더해주어 / 山光與我接詩情
명승지는 빈 데 없이 더불어 즐거우나 / 各區不乏偕心樂

고향생각 그윽하니 어찌 할 줄 모르겠네.　　　其奈鄕愁暗瘦生

성천 길손 바람 불려 한강변 장안 오니　　　楚客飄飀漢北成
뜬 구름과 버들 솜은 어떤 것이 가볍던가　　　孤雲飛絮較誰輕
샘에 다듬어진 수석 소리 진쟁[150]마냥 다급하고　　　泉縈淺石秦箏促
솔 숲에 드는 바람 조슬[151]처럼 살살 부네　　　風入疎松趙瑟鳴

하루종일 지는 꽃은 저도 으레 아까운듯　　　盡日落花應自惜
빈 산에서 우는 새는 더욱 더 다정쿠나　　　空山啼鳥最多情
말술인들 어찌 풀랴 천만섬의 이 수심을　　　樽醪未解愁千斛
기러기와 제비들이 오가던 못 방초나네.　　　鴻燕差池芳草生

푸른산 밑 흰빛으로 개울 물가 모래톱에　　　縈靑繚白小溪濱
달떠서 발 비추니 밤 빛이 새로워라　　　月上疎簾夜色新
때 맞춰 구름가니 그 빛이 더 좋구나　　　且任時光雲共逝
자연과 이 마음이 물 흐르듯 벗이라네　　　自然心事水同隣

복숭아꽃 수풀 밑에 세 갈래 길 트이고　　　桃花樹下通三徑
꾀꼬리 우는 속에 또 한 봄 지나가네　　　黃鳥聲中度一春
이제야 생각하니 이 몸 살 곳 정처없어　　　便覺吾身無住着
좋은 경치 만난다면 한 열흘 머문다네.　　　每逢佳處淹踰旬

---

150) 진쟁(秦箏) ; 진나라 때 유행하던 현금. 그 음곡이 몹시 애절하다. 중국
　　조식(曹植)의 [箜篌引]시에 "秦箏何慷慨　齊瑟和且柔"라는 구절이 있고,
　　또 사영운(謝靈運)의 [燕歌行]에는 "闢窓開幌弄秦箏　調弦促柱多哀聲"이
　　라 했다.
151) 조슬(趙瑟) ; 제슬(齊瑟)을 잘못 쓴 것 같다. 제술은 제나라의 현금으로 화
　　평하고 부드러운 현악기의 음곡이다.(전주의 齊瑟和且柔 참조)

121. 연정[152]의 증별시에 차운하다　　次然亭贈別韻

푸른 언덕 해 비치니 이슬 빛이 질펀한데　　靑皐日出露華滋
이리저리 산보하면 개울 물가 잔잔해　　微步逍遙澗水湄
만가지 일 걱정일랑 술 마셔 삭여두고　　萬事思量須從酒
백년 근심 즐거움을 시 읊어 털어낸다.　　百年憂樂且論詩

관서 때 지난 일은 모두가 희미하고[153]　　關西往跡皆鴻爪
한양 와서 새 수심에 버들잎만 훑어놓네　　漢北新愁折柳枝
강원도와 호남에서 뉘와 함께 벗 삼으리　　東陌南湖誰與伴
금성의 녹음방초 바라보면 아득하다.　　錦城芳草望離離

122. 청암사[154]　　青巖寺

나그네 봄을 찾아 푸른 산골 지나자니　　遊子尋春過碧溪
풀 향기 숲 경치에 지팡이 끌었었네　　草香樹色一笻提
절 종소리 끝나가고 새 깃 들어 고요한데　　鐘聲欲盡棲禽靜
짚방석 거친 빛은 경치보다 못하구나.　　繩座疏班返景低

---

152) 연정(然亭) ; 누구인지 미상이나 시 동호인으로서 삼호정(三湖亭)에서 어
　　울렸던 김금원(金錦園)에게 호락홍조(湖洛鴻爪)라는 기행시가 있다.
153) 희미하고 ; 원문의 홍조(鴻爪) 즉 기러기 발자취처럼 분간이 잘 안된다는
　　뜻.
154) 청암사(青巖寺) ; 미상. 청암사(青菴寺)는 황해도 인악(安岳)에 있다.

장마비에 산은 비어 고사리 쇠어졌고	宿雨山空蕨蕨老
구름가고 꽃지는 속 두견새 울어대네	白雲花落杜鵑啼
아득한 법계 속에 중은 여름 공양하고	迢迢法界供僧夏
적막한 절간에서 눈 큰 통발 누가 보리.	觀寂何人眼刮篦

123. 스스로 비웃다 　　　　　自　嘲

시는 꽃술처럼 오묘하기 어렵고	詞難花蕊倂
문장은 어찌 난설헌[155]과 같으랴.	文豈景樊同
허영은 참으로 이 내 몸을 속였구나	浮譽眞欺我
번번히 서울을 올라갔다 내려오네.	頻繁到洛中

바느질 그릇은 붓통으로 겸해 쓰고	針筐兼筆架
누에치는 대신에 시문을 일삼았네	蠶事代蝌書
마음 내키면 책장을 펼치나	意到披緗帙
이 책 저 책 베끼기란[156] 더구나 싫어지네.	還嫌獺祭魚

155) 난설헌 ; 원문의 경번(景樊)이니 허난설헌(許蘭雪軒 1563~1589)의 별
　　호. 이름은 초희(楚姬).

156) 이책 저책 베끼다 ; 원문의 달제어(獺祭魚)이니 수달이란 동물이 물고기
　　를 잡아서 늘어놓음. 남의 책을 빌려서 이것 저것 베껴서 글을 슨다는
　　뜻.

124. 중추절에 달을 보고 강선루 생각하며

中秋對月用仙樓前韻

바람 결에 꽃 날려 털담요에 오르고
생선 눈알 맑아서 잡진주가 부끄럽네.
한스럽다 이 몸 벌써 늙었음을 알잖느냐
고향생각 애절하여 꿈마다 외롭구나.

飄花飛上錦氍毹
魚目還羞雜貝珠
可恨知非身已老
自憐懷土夢何孤

처마 비친 맑은 달은 그 빛이 흐르는듯
높은 산에 솟는 구름 한폭의 그림이네.
술 없이야 이 밤을 그 어찌 감당하리
한양 땅 가을 빛은 성천에 이어졌네.

軒迎霽月流光氣
雲聳奇峰作畫圖
無酒那堪消此夜
漢陽秋思接成都

125. 늦가을에 오강루[157]를 나오면서
7수

九秋出五江樓
七首

(1)

오강루에 달 기다리나 일부러 늦게 뜨나
안개 속에 먼 산들은 무슨 생각 하는고
향불 앞에 글 쓰는 일 내 평생 뜻이건만
술기운 사라지니 세상살이 서럽구나.

待月江樓月故遲
烟波遠笛有何思
爐香細寫平生志
酒氣潛銷苦海悲

---

157) 오강루(五江樓) ; 용산(龍山) 제일 높은 곳에 있었던 누각. 이곳에서 시회(詩會)를 자주 열었다.

물 흐르고 세월 가니 꽃은 차츰 떨어지고　　流水光陰花乍落
맑은 가을 소식은 낙엽 먼저 아는구나　　　晴秋消息葉先知
상공 낭군 아직도 동산에 안 오르니　　　　相公未了東山興
남쪽의 가인에게 뒷 기약을 하는 겔까.　　南國佳人證後期

(2)

우리 인생 가는 세월 어찌 하리오　　　　　吾生無計住流年
서글피 가는 청춘 망연히 바라보네.　　　　恨望靑春只惘然
강바람에 나뭇가지 스산하게 태질하고　　　木末戎戎江颮轉
누각머리 수성 걸려 빛 점점 바래지네.　　樓頭靨靨水星懸

대동강변 안개 속의 나무들이 그리웁고　　遙憐浿上烟千樹
성천 파협 만강에 비춘 달 생각난다.　　　更憶巴中月萬川
난간에 기대어 멀리 고향 생각 젖노라면　　倚遍闌干凝遠思
벽산 앞 고깃배선 피리부는 두세 소리.　　數聲漁笛碧山前

(3)

물가의 정자에는 맑은 기운 가득하고　　　水閣崢嶸灝氣盈
여린 마음 호연하니 강물처럼 맑아진다.　柔腸磊落比河淸
천지운행 고른 질서 춥고 덥고 공평하나　天行冷熱平分序
인간사 고르잖아 슬픔 기쁨 천차만별　　　人閱悲歡各爲情

밤이 적막하니 어룡마귀 촛불 불듯　　　　夜靜魚龍吹燭影
달은 하도 밝아 글 읽을 때 학이 뛸듯　　　月明鸛鶴答書聲
초연히 거울보며 세상만사 잊고 보니　　　悠然對鏡還忘境
만상의 섭리들이 내 마음 비춰주네.　　　　萬象歸吾本地明

(4)

서릿기운 먼저와서 백척 누각 차디차고	霜氣先侵百尺樓
하늘 높고 물 넓어서 가을 바람 상쾌쿠나.	天長水濶爽高秋
안개 비낀 포구에는 땅 끝이 안보이고	烟橫極浦疑無地
달빛 가득 넓은 호수 흐르지도 않나보다.	月滿平湖似不流

몸이 솟아 허공 중에 초연히 앉았는듯	超忽身如空裏坐
텅 빈 속에 신선되어 꿈 속에 노니는듯	虛明神入夢中遊
침상 휘장 매일같이 물결에 닿았으니	床帷日與滄波接
중국 초계 삽계[158] 가서 뱃놀이 할까보냐.	苕霅何須泛彼舟

(5)

먼 하늘 구름연기 혼자 앉아 보노라면	千里雲烟入靜觀
눈썹가에 수심 가득 걸렸음을 알겠노라.	肯敎煩惱掛眉端
강산은 뜻이 있어 아득히 기다리며	江山有意遙相待
성천내기 시녀를 이 곳에 불렀나봐.	牽動成都一女冠

(6)

여자 일생 유수같고 산천은 그림인데	鏡中流水畵中山
생각하면 모두가 영원함과 변화 속에	思議都休變化間
평원은 넓디 넓고 하늘 밑은 온통 들판	漭濶平沙天盖野
외로운 돛단배만 석양빛에 돌아드네.	孤舟迥帶夕陽還

---

158) 초계, 삽계(苕溪, 霅溪) ; 중국 절강성에 있는 경치좋은 강. 소식(蘇軾)의
   뱃놀이 시가 있다.

(7)

모래 맑고 물은 넓고 저녁산은 더 푸른데	沙明水濶暮山靑
평원에서 연기 모락 동저호[159] 생각나네.	平草孤烟似洞庭
강호에서 만날 기약 어찌 이리 늦었던고	一約江湖嗟未早
거울보니 나의 몰골 백발이 성성쿠나.	鏡中華髮已星星

126. 도봉산 가는 길에서　　　　道峰路上
2수　　　　　　　　　二首

말 타니 샛별 지고	秣馬星河落
고요 속에 성 밖 나니	蕭蕭出郭行
산과 내는 정처없고	山川無定質
다듬이 소리 그쳤구나.	砧杵盡寒聲
절은 검은 구름 휩싸이고	望寺玄雲合
언덕 오르니 붉은 숲이네.	登皐紅樹晴
갑자기 북소리 울리고	忽聞笳鼓響
숲 속은 바람 불어 정서롭다.	林壑赤風情
성 밖 푸른 산 어디에 찾을 건가	城外靑山何處尋
흰 서리 찬 이슬 단풍숲을 적셨네.	濃霜零露染楓林
나무 끝에 이는 구름 높은 봉에 솟아나고	雲生樹杪尖尖邦

159) 동정호(洞庭湖) ; 명승인 악양루(岳陽樓)와 소상팔경(瀟湘八景)이 있는 호수.

솔 숲을 감도는 물 굽이굽이 음악이네.　　　　水繞松陰曲曲琴

들에 나면 늦은 철에 빠른 세월 놀라고　　　　行野飜驚時序晚
산 오르면 고향동산 옛 생각 절로 나네.　　　　升高自起故園心
절에서 사노라면 속세 생각 아득하여　　　　禪居迥絕人間世
오로지 밝은 은하 가슴에 가득할 뿐.　　　　惟有明河瀉滿襟

127. 망월사의 동대에 올라　　　　登臨望月東臺
2수　　　　二首

숲 끝은 눈시울 모자랄듯 아득히 멀고　　　　林端眉月際微茫
불상 석등 높아서 은하수 곁에 간듯　　　　佛座孤燈河漢傍
속세 몸이 부처세계 온 줄을 모르더니　　　　未覺塵身來國土
바야흐로 불탑에서 천상향기 풍겨났네.　　　　如將寶塔撒天香

태초의 부타세계 그 기운 자욱하고　　　　鴻濛法界浮元氣
높은 산과 태양은 그 높이 분간 못해　　　　磅礴高山限太陽
자연과 세월은 한가로이 제자린데　　　　閑地風光觀自在
인간세상 전광석화 어찌 그리 바쁘던가.　　　　人間石火一何忙

중생의 불길 성미 편할 날 없는데　　　　衆生情火未能安
부타세계 한번 들면 온갖 번뇌 사라지네　　　　一入空門萬慮寒
골짝마다 솔바람은 머리카락 휘날리고　　　　滿壑松聲疎鬢髮
서리 맞은 단풍잎과 붉은 의관 덧없어라.　　　　經霜楓葉絳衣冠

금빛 불상 거대한 품 수미산도 껴안을듯　　鑄金佛納須彌大
돌을 쪼아 만든 연못 발해바다 넓이로세.　　劅石池容渤海寬
저 산 밖에 지는 해를 그 누가 잡아두랴　　山外斜陽誰挽住
난간에 기대서서 내일 떠날 생각하네.　　明朝歸思倚欄干

128. 망월사에서 수락산에 들어가다　　自望月入水落山
3수　　　　　　　　三首

(1)

파란 솔 붉은 잎은 산 위에서 엎어질듯　　蒼松紅葉碧山顚
평지를 바라보니 아찔해서 넋 나가네.　　平地回頭却惘然
반생동안 희노애락 모두 다 허깨비요　　半世紛華皆幻妄
두 어른 입은 옷은 그대로 숲과 샘　　二公巾服儘林泉

막대머리 깎은 절벽 쳐다보면 경외롭고　　笻前削壁瞻還敬
산넘어 석양 빛은 바라보면 가련토다.　　山外斜陽望可憐
천한 이 몸 들뜬 소문 지금 보니 부끄러워　　賤子虛名心自愧
이제는 뜻을 따라 시편이나 읽어보리.　　願言隨意讀詩篇

(2)

절세의 좋은 유람 서러울 것 뭐 있겠나　　絕世天遊豈足憐
한가한 몸 무사하니 이 바로 신선이라.　　身閒無事是眞仙
바람결에 잎 날리니 나는 새를 뒤쫓는듯　　廻風落葉追飛鳥
나무 곁 기암은 흡사이 부처같네.　　傍樹奇巖似法禪

가을을 슬퍼하는 열사같은 심정으로　　　　敢道悲秋同烈士
물을 보며 가는 세월 한스러워 못 견디네.　　不堪臨水悵流年
창가에 흐른 구름 내 인생 같은지라　　　　雲窓一借猶綠葉
조각달 가을 종에 근심 쌓여 잠 못 자네.　　細月寒鐘耿未眠

(3)

많은 중생 해탈[160]하여 법문에 들고 보면　　多生解脫在空門
인생이란 돌아보면 한낮의 한갓 꿈　　　　回首人間白日昏
못에 잠긴 늙은 용은 통소소리 엿듣고　　　潭底老龍潛聽籟
법당 속 금부처 넋 적막하게 떠 다니네.　　龕中金佛寂遊魂

하늘 높고 땅은 먼데 가을 구름 엷디 엷고　天高地迥秋雲薄
수락산 맑게 개어 나뭇잎만 펄럭이네.　　　水落山晴木葉喧
절 문을 한번 나서 세번 웃고[161] 보니　　一出禪扉三笑後
이끼 마른 풀위에 자죽만이 홀로 남네.　　只留苔蘇鳥生痕

160) 해탈(解脫) ; 번민에서 벗어 남. 속세에서 벗어나 부타세계로 들어감.
161) 세번 웃고 ; 원문의 삼소(三笑) 즉 중국 진(晋)나라 혜원법사(惠遠法師)가
　　　노산(盧山)에서 도연명(陶淵明), 육 사정(陸士靜)과 헤어진 뒤 호계라는
　　　무서운 골자기를 지나는데 호랑이가 덤비므로 도리어 세 번을 웃고 무사
　　　히 지났다는 고사가 있다.

129. 돌아와 청수루에 묵다　　　　還宿淸水樓
　　　　　　　　　2수　　　　　　　　二首

뛰어난 글재준들 어찌 설도[162]만 하리만　　　鳳毛安有薛濤才
추키는 말만 듣고 지각없이 살았구나.　　　　聊戲風塵不自裁
장엄하단 보살도 때로는 변신했고　　　　　　菩薩莊嚴時幻化
칠원[163]의 장자 또한 꿈 속의 나비 됐네.　　漆園蝴蝶夢徘徊
(이 구절은 내가 남복을 입고 종적을 헛갈리게 한 까닭이다)
　　　　　　　　　　　　(玆行也 被男服 幻踪跡故云)

가을산 낙엽 밟고 노새로 혼자 오니　　　　　空山落葉孤驢返
옛절에서 종이 울고 조각달이 떠오른다.　　　古寺寒鐘片月來
중양절이 가까운데 윤달마저 겹쳤으니　　　　節近重陽逢厄閏
누각 위로 올라간들 국화주를 뉘 보내랴.　　登高誰送菊花盃
(이 때는 바로 윤달에다 중양절이 겸해 있었다)
　　　　　　　　　　　　　(時値閏月兼有中陽)

162) 설도(薛濤) ; 중국 당나라 때 여류시인. 설교서(薛校書)라고 불렀고 운초
　　도 설교서라는 칭호를 받았다. 전출
163) 칠원(漆園) ; 장주(莊周)가 벼슬한 곳. 장주가 꿈에 나비가 되었다 하여
　　깨어서도 나비가 장자인지 장자가 나비인지 분간 못하고 고심했다는 고
　　사가 있다.

130. 가을의 쓸쓸한 생각　　　　　　　秋　思

서릿기운 뿌옇게 옥형벌[164]에 맞닿을 제　　　霜氣玄玄徹玉衡
앉아서 퉁소소리 적막 중에 듣는구나.　　　坐聞虛籟寂中生
찬 영창에 비치는 달 고향생각 간절하고　　寒窓自照思鄕月
때를 헤아리니 늙은 줄을 알 수 있네.　　　短髮偏知感序情

꿈결에 모든 인연 눈처럼 피어나고　　　　睡裡萬緣如雪澄
병든 몸 가소롭다 어느 날에 맑아질까　　　病餘一笑比河靑
옛날에 오른 곳에 멀리 보며 한탄하니　　　遙憐昔日登高處
누런 잎 바람소리 홀골성이 솟았구나.　　　黃葉颼颼屹骨城

131. 매화나무 밑에서 차운하다　　　　次梅下韻
　　　　　　　　　　　　　2수　　　　　　　　　　二首

매화꽃 그윽히 맑은 정기를 풍기는데　　　甕盆梅吐暗精神
말없이 마주보니 그 모습 그림같네.　　　相對無言畵裡人
겨울산 높고 험해 눈 아직 덮였는데　　　歲色峥嶸山有雪
천심은 어김없이 땅 위로 봄을 솟네.　　天心隱約地生春

시 짓던 손은 가고 등불은 꺼질 무렵　　　詩樓客去燈初落
규수방엔 향불 죽고 새벽이 되려는데　　　繡幕香銷曙欲新

---

164) 옥형(玉衡) ; 북두칠성의 다섯 번째 별의 이름. 맹동(孟冬)을 가리킨다 했다.

진한 달빛 엷은 구름 모두가 황홀세계　　　淡月微雲皆幻境
물가에서 비취새 우니 고향생각 간절하네.　　嗍啾翠鳥憶江濱

구슬같이 차고 야윈 그 모습 가련쿠나　　瓊寒粉瘦可憐春
불행했던 내 청춘이 꿈에 봐도 괴로워라.　　不幸看來惱夢神
고향산천 저 멀리 관문 밖에 아득하여　　鄕山渺渺關河外
강산 따라 살자하니 오로지 맵고 쓸 뿐.　　物我相隨只苦辛

132. 섣달 그믐 밤　　　　除 夕

하룻밤 밝힌 등불 두 해에 걸쳤으니　　　一宵燈競兩年光
천기의 모이고 나뉨이 은밀한 곳 숨었구나.　　翁散天機密處藏
설 맞으려 술잔 드니 모든 물색 새로운듯　　樽酒如逢新物色
매화도 제가 알고 가지마다 꽃송이네.　　梅花自作細商量

지난 일랑 모조리 뜬구름에 흘려보내　　前遊盡逐浮雲散
눈앞 일 형편대로 번개처럼 번쩍인다.　　卽事從歸掣電忙
덧없고 끝이 없이 세월은 돌고 돌아　　惚爲無端明曆象
해마다 섣달 그믐 사람마음 괴롭구나.　　令人歲歲惱柔腸

133. 이른 봄　　　　早 春

가랑비에 엉긴 연기 저녁에야 개었는데　　細雨和烟向晚晴

좋아라 참새들은 처마 끝에 울어대네.　　喜晴鳥雀繞簷鳴
화창한 봄기운^⑯에 초목은 피어나고　　潛滋草木絪縕氣
쇄락한 맑은 기운이 강산을 다듬었네.　　新刷江山灑落情

바느질할 생각 없고 심사는 산란한데　　針線無心從散亂
금발을 흘읽으니 봄 정 취해 뒤적인다.　　床書漫閱任縱橫
수심은 나날이 봄 권태로 쌓이는데　　閒愁日與春慵積
바람에 꽃 날려서 성에 차니 어찌할꼬　　將奈風花吹滿城

134. 옥호산방^⑯으로 들어가다　　入玉壺山房

산골로 가마타고 느즈막이 들어가니　　山輿晩入洞中天
언덕 건너 봄 알리는 새 울고 시내소리　　隔岸春聲澗鳥傳
군자댁에 분에 기른 대나무 좋을씨고　　盆竹幸看君子宅
솔바람은 살살 불어 현금소리 듣는듯　　風松如聽古琴絃

봄바람에 사양 않고 가마 밖에 나와 보니　　輕寒退遜流蘇外
곡우 전 풀싹들은 다투어 돋았구나.　　萌草爭先穀雨前
다시 만날 기약일랑 꽃진 뒤 맺어 놓고　　佳約分留花發後
몇 그루 뜰나무와 정분 두고 떠나가네.　　數株庭樹有情緣

165) 화창한 봄기운 ; 원문의 인온기(絪縕氣) 즉 천기와 지기가 합하여 어울린
　　다는 것으로 화창한 봄날씨를 말함.
166) 옥호산방(玉壺山房) ; 풍고(風皐) 김조순(金祖淳 1765~1831)이 백악산
　　(白岳山;北岳山) 자락에 지은 집 이름. 연천은 김조순의 숙부였던 관계로
　　옥호산방에 자주 갔던 것으로 보인다.

135. 운초당

2수

내 본시 미천함을 아차 잊고서
그윽하게 살면서 불편한 일 없었네.
서늘한 바람불 때 매미는 일직 울고
맑은 이슬 깊은 밤에 버들가지 늘어졌네.

침상에 달이 비춰 다정한 벗이 되고
처마에 걸린 구름 무슨 일로 더디 갔나.
이원[167]의 지난 일이 전생의 꿈만 같아
한가한 밤 옛시 읊어 세월을 보냈더라.

황강의 대누각[168]의 여섯 재미 안부럽고
초헌[169]에서 구름 달로 속된 세상 몰랐더라.
정원의 빽빽한 숲 꽃을 오래 피워 두고
대밭에서 익는 술은 비오듯 흘러났네.

고향편지 급히 쓰며 글줄은 흩어졌고
처마 끝 새소리에 옷단장은 더디었다.
시 읊는 일 본래가 규수할 일 아니지만
밝은 임이 풍류 잘해 그를 위해 썼었다네.

雲楚堂

二首

便忘吾身本鄙卑
幽居無處不相宜
涼颸一陣蟬聲早
淸露三更柳縷垂

床月多情來伴住
簷雲何事去依遲
梨園已隔前塵夢
時向閑宵誦古詩

不羨黃岡竹六宜
楚軒雲月謝暄卑
小園密葉藏花久
疎箔淸醪滴雨垂

催發鄕書行墨亂
懶聞簷鳥整衣遲
吟哦不是閨人職
秖爲明公雅愛詩

---

167) 이원(梨園) ; 가무하는 곳.
168) 황강죽륙(黃岡竹六) ; 황주의 대나무로 지붕이은 누각의 6가지 특징과 운
　　　치.
169) 초헌(楚軒) ; 운초당(雲楚堂)을 말함.

136. 오강루에 올라　　　　　五 江 樓

평생에 이 몸 신세 기러기떼 갈리듯 해　　　平生身世鴈群分
나루터 고단한 노래 뜻 모르고 들었노라.　南浦勞歌詎可聞
하루 차면 하루 빔은 예로부터 보는 바요　一日盈虛觀古渡
즐겁고 근심됨이 백년 두고 무상한 법.　　百年憂樂聽眞君

산 위에 바람 불고 해 돋아 현란하고　　　峯嵐吐旭圍彤暈
바닷기운 허공에 떠 구름에 이었구나.　　海氣浮空結翠雲
저녁바람 불어올 제 자리 털고 일어서니　向夕追凉仍拂席
주렴에 성긴 달만 분분히 부숴지네.　　　半簾疎月碎粉粉

푸른 물 흰 모래에 달빛이 더욱 많고　　　水綠沙明月更多
낚시꾼의 노랫소리 온 강에 차 흐르네　　一江漁釣動成歌
가련타 뱃사람은 잇속만을 생각하니　　　憐彼舟人惟重利
꿈 속에 임 찾을 줄 그 어이 알까부냐　　不知愁思夢中家

모래펄에 달 비추니 물가를 알 수 없고　模糊沙月浩無洲
은포는 응당 한강수에 연했으리.　　　　銀浦應連漢水流
흥겨워 한 곡조 노래하고 둘러보니　　　一曲清簫驚四顧
어디로 가려는지 목란배 뜰 채비하네.　不知何處艤蘭舟

137. 함경도로 가시는 감사를 삼가 전별하다　　奉膾監市御史 北關行臺

4수　　　　　四首

위엄있는 차마 행차 천천히 동성 나네　　威遲車馬出東城
산넘어 북쪽 땅은 길 멀고 풍정 달라　　關塞迢迢隔歲情
웃고 맞는 함산[170]기생 나이 들어서　　迎笑咸山諸老妓
어사님의 아명쯤은 으레 알 것이네.　　應知學士小兒名

난봉차림 멋진 모습 가는 길가 빛나면은　　鸞鳳風姿映道周
좁은 길 집집마다 발을 걷고 쳐다보며　　家家挾路捲簾鉤
북방 고유 양주귤을 던지는 풍속인데　　北方縱有楊州橘
행차 먼지 바라보곤 제 감히 못 던지리.　　悵望車塵未敢投

하늘 땅 가득차게 자리에는 눈 날리고　　捲地漫天席雪飛
밤이 차면 휘장쳐서 두세겹 둘러 놓고　　夜寒應復透重園
피리 불며 잔치할 때 망향노래 짓지 말며　　吹簫莫作思鄕曲
달 밝을 때 찬바람에 고향꿈 꾸지마소.　　朗月冷風夢已歸

유관[171]땅 해 저물고 저자 먼지 맑아질 때　　榆關歲逼市塵晴
경향[172]사람 모두 함께 어사 명성 알겠으니　　夷夏皆知御史名

---

170) 함산(咸山) ; 함흥의 옛 이름.
171) 유관(榆關) ; 중국 산해관(山海關)을 뜻하나 여기서는 함남 영흥(永興) 대
　　도호부를 말한다. 영흥은 느릅나무[榆]의 고을이라 했다.
172) 경향 ; 원문의 이하(夷夏) 곧 원 뜻은 오랑캐와 중화이나 여기서는 서울
　　과 시골로 풀이함.

돌아올 기약일랑 청춘과 약속되니 　　歸期已與靑春約
버드나무 산 꽃들이 모두가 환영하리. 　　堤柳山花盡護行

138. 고향으로 돌아가는 오빠를 　　將送家兄西歸
전송하다

오빠 가는 아침 되니 경황이 없어 　　睡起無情思
살그머니 걸으면서 눈치 살피네. 　　微步信所之
고향 동산 지금쯤 때 맞춰 비 뿌리고 　　西園過時雨
만물이 모두 다 풍성히 자라겠지. 　　群物咸華滋

여린 가지 파릇 파릇 새로 돋아 고울게고 　　柔條綠便娟
꽃술들은 붉게 피어 가득 덮이면 　　嫩蕊紅敷披
꽃향기 가득하여 사람 넋 녹일텐데 　　芳菲易銷歇
세월은 흘러서 서로 이리 달라졌네. 　　流序相推移

영고성쇠 인간사를 수목이 제 알리만 　　盛衰樹豈知
피고 지는 꽃을 보고 사람이 제가 슬퍼 　　開落人自悲
봄되면 본래부터 마음이 설레는데 　　春心本多感
더욱이 남매 이별 그 심정 어떠하리. 　　況復當分離

시경의 형제시[173]를 읊어 달래보나 　　誦及棠棣詩

173) 시경의 형제시 ; 원문의 당체(棠棣)로 본뜻은 산앵도나무이나 시경에서는
　　 형제를 의미한다. 시경(詩經) 소아편(小雅篇)에는 당체장(棠棣章)이 있어
　　 형제끼리 잔치하며 부르는 노래로 쓰였다.

부럽고 원망스런 파강의 물가로다.　　　　怨彼巴江湄
파강^⑭과 한강물은 제각기 흐르다가　　　　巴江與漢水
함께 만날 기약이 정해져 있지 않나.　　　　會流終有期

139. 임진강을 지나며　　　　臨　津

임진강 옛나루 지나노라니　　　　我行臨古渡
가을의 소슬한 맘 다시금이네.　　　　秋思復何如
물에 할퀸 바위는 야위어졌고　　　　水落岩形瘦
가을 하늘 높은데 잎은 져서 비었네.　　　　天高木葉虛

나그네 수심 겨워 먼 길 가자니　　　　征人愁遠道
민생이 안 됐구나 논밭은 거칠었네.　　　　民事感荒畬
갈꽃은 눈처럼 희게 나부껴　　　　蘆荻花如雪
물가에 마차 세워 멍하니 바라보네.　　　　汀州駐小車

140. 총수^⑮에서 연천어른께 차운함　　　謹次葱秀韻

저녁 물가 갈꽃 희니 한 해도 저무는가　　　水晚葭葭歲已傾

174) 파강(巴江) ; 여기서는 대동강을 말함. 성천을 파협(巴峽)이라고도 하며
　　그곳 강물이 대동강으로 흘러 들고 대동강은 서해에서 한강물과 만난다
　　하여 읊은 구절.
175) 총수(葱秀) ; 황해도 평산(平山)의 옛 이름. 총수산이 있음. 전출

이 산 저 산 단풍 보며 서행길 다시 걷네.　　　亂山黃葉又西行
가을 바람 쓸쓸한데 고려국을 지나자니　　　秋風忍過高麗國
밝은 달은 어찌하여 태백성[176]만 비추누나.　　明月胡然太白城

절벽에 줄진 무늬 붉은 비단 수놓은듯　　　　削壁纖紋紅錦碎
가는 폭포 물소리는 피리처럼 맑구나.　　　　懸泉細溜玉簫淸
이리저리 반평생을 낙화처럼 뒹굴다가　　　　棲棲半歲隨飜蘿
하늘 멀리 바라보니 부질없어 서럽구나.　　　悵望天涯空復情

141. 삼가 연천상공께 차운함　　　　敬　次

구름 날고 비 모이듯 남녀만남 연분인가　　　雲離雨合并隨緣
파산의 대동강변 물끄러미 섰노라오.　　　　荒忽巴山浿水邊
소나무에 붙어 사는 넝쿨 바탕 잊고서　　　　松上附蘿忘脆質
우물안 자라마냥 하늘만 쳐다보오.　　　　　井中跛鱉尙高天

사랑받는 이 신세를 마음 기뻐 할 일이지　　猶堪蘊藉知心樂
젊어서 잘못 맺다 제 감히 한탄하랴　　　　敢恨參差未老前
오로지 바라건대 지금처럼 지내면서　　　　秪願餘生如是過
백년 회포를 시 지어 펴 지내리라.　　　　　百年懷抱托詩篇

176) 태백성(太白城) ; 황해도 평산에 있는 산성.

142. 옥천암에서 샘물 마시며   飮水玉泉庵
제공들과 화답하다   奉和諸公韻

신비로운 샘물은 백운봉에서 흘러나고   神泉瀉出白雲峰
황홀한 관음상은 꿈 속에서 만나뵌듯   怳惚觀音夢裡逢
버들가지 떨치고서 병든 가슴 씻으려니   爲拂楊枝淸病肺
구슬같은 고운물로 먼지 묻은 얼굴 닦네.   如將玉液潤塵容

향기로운 낟알 먹고 남은 세월 살면 되지   餘生但使飽香粒
이 세상 버리고서 적송자[177] 따를건가?   遺世何須從赤松
정성스레 재를 드려 진심으로 원하면서   脈脈齋心申祝願
새벽에 예불하니 절에 종이 울리네.   六時頂禮上方鐘

하얀 돌과 밝은 모래 밤에도 빛이 나고   皓石明沙夜有光
골짝에서 흐른 물에 몸 씻으니 차가우네.   洞門流水佛軀涼
산골 샘물 그 기운은 본래부터 선약이요   嵌泉氣味元瓊液
들 여자 치마에선 그 절반이 풀냄새네.   野女巾裳半草香

꽃피고 지는 속에 유유자적 지내려니   花落芳開聊自遣
사람오고 급히 가니 어찌 그리 바쁘던가   人來人去竟何忙
미천한 몸 구속 많아 그 신세 안타까워   堪憐賤質多牽束
깊은 밤 느릿느릿 저 언덕에 올라보네.   微步中宵陟彼岡

177) 적송자(赤松子) ; 중국 전설에 나오는 신선.

143. 납일 밤[178]에 여러 어른들과 시로 화답하다　　臘夜奉和諸公韻

세월은 쉬지 않고 끝없이 흘러가고　　　年光冉冉去無涯
인생은 서로 얼려 머리카락 희었구나.　　人事相關髮已華
밤빛 흘러 어느 새에 물시계 차 넘치고　夜光虛明侵漏箭
봄소식 오려는가 매화 보고 짐작하네.　春心隱約見梅花

당대의 어진 선비 농막에 모두 모여　　時賢畢至山陰墅
차와 눈을 시 지으니 학사들을 따르리오.　茶雪奚論學士家
술 마시며 짓는 문장 기상은 웅혼하고　樽酒文章渾氣像
때마침 하늘에선 달무리 둥글었네.　　也應團作半空霞

144. 영남 늙은 기생에게　　贈嶺南老妓

바람에 먼지 날려 가을 물결 덮었고　　風埃流落杜秋浪
애처러운 노랫소리 간장은 끊어지네.　一曲纖歌欲斷腸
예로부터 일렀노라 미인은 불행타고　自古佳人多不遇
꽃지고 새 울 때 꽃다운 나이 슬프구나.　落花啼鳥悵年芳

178) 납일밤 ; 납야(臘夜) 즉 납일은 음력 섣달 여드레. 정확히 말해서 동지(冬
　　至)로부터 셋째 술일(戌日). 이 날 종묘에서 제사 지내고 항간에서는 모여
　　서 술마시며 시 짓는다. 이날 밤에 눈이 내리면 다음 해에 풍년이 든다고
　　함.

규방에 한가로이 꽃향기 속 해는 더디고　　閨閨遲日對芳陰
노래 끝난 잔치 자리 평소 심정 하소하네.　歌罷華筵話素心
세상에 흔한 것이 비파 뜯는 아가씨　　　世間不乏琵琶女
그러나 젊은 선비 만나기 어렵다네.　　　只是難逢白翰林

영남루 가까이에 사는 아가씨　　　　　　娘家近住嶺南樓
평양 무산 놀던 옛님 잊지를 말아　　　　浿水巫山憶舊遊
세월은 그림잔가 그저 막막해　　　　　　一瞥光陰渾是影
봄철의 비바람이 꽃잎을 흩뿌리네.　　　三春風雨落花流

145. 오강루 가을 정회　　　　　　　　五江樓秋懷

수풀 매미 울음 멎고 오강루 한가로워　　林蟬嘶歇小樓閑
파란 물빛 안개 속에 분간하기 어렵구나.　彩翠難分杳靄間
폐부에 스민 병에 강산 돌며 술마시니　　病肺愁逢江山酒
야윈 모습 거울 속에 산 대하기 부끄럽네.　瘦容羞對鏡中山

구름은 형상 없이 날면서 비 뿌리고　　　雲無定態時翻雨
갈매기는 무슨 뜻에 갔다가는 다시 오나.　鷗爾何心去復還
눈길 따라 물결 보니 멀기도 하다만은　　縱目滄波思更遠
뱃노래 몇마디가 나루로 돌아오네.　　　數聲風笛起回灣

146. 경산의 시에 차운하다　　　　次瓊山韻

가을 숲에 이슬 내려 그 모습 차디차고　　　風露凄凄秋樹林
풀벌레 슬피우니 그 원한 깊었구나.　　　　虫聲切切怨何深
내 가엽다 눈물 짐은 세속에 이끌린 탓　　　憐吾素志牽今俗
부러움은 청산 속의 옛 성인 뜻이로세.　　　羨彼靑山尙古心

가로막혀[179] 못 만나니 모든 일이 괴롬이고　　總爲呻吟成阻澗
기러기와 고기처럼 뜨고 잠겨 인연 없네.　　非緣魚鴈兩浮沈
소동파 그림자는 지금에도 여전하니　　　　蘇仙影子猶依舊
어부사를 읊는 사람 달 비춘 산에 있네.[180]　賦在人間月在嶺

147. 일벽정[181]을 노래함　　　　　一碧亭小集

국화꽃 단풍으로 가을 이미 짙었으니　　　黃花丹葉已高秋
등불 잡고 옛날처럼 어찌 아니 놀 것이랴.[182]　何不提燈續舊遊

179) 가로막혀 ; 원문의 조간(阻澗) ; 깊은 골과 물이 가로막음.
180) 끝구 원문의 부재인간월재령(賦在人間月在嶺) ; 재(在)가 두 번 쓰였는데
　　오식인듯. 이 구절의 속뜻은 소동파는 달 비치는 물가에 가서 어부사(漁
　　父辭)를 지어 읊었는데 지금 후세 사람들이 달 뜨고 있는 산 위에서 그
　　어부사를 외고 있다는 것이다.
181) 일벽정(一碧亭) ; 용산(龍山)의 한강변에 있던 정자로 화사(花史) 이정신
　　(李鼎臣)의 소유였다. 여기서 여류시인들의 시회가 열리기도 했다.
182) 이 구절의 원문의 제등속구유(提燈續舊遊)이니 중국 이백(李白)의 [春夜
　　宴桃李園序]에 "부평초 같은 인생이 덧없어 옛부터 밤에 촛불을 들고 논
　　다"(浮生若夢 爲歡幾何 古人秉燭夜遊)라 한 것을 말함.

해오라비 잠든 모래톱에 달은 솟았고　　　　鷗鷺眠深沙上月
잠자리는 뱃전에, 정자는 이슬에 자욱　　　　蜻蜓舟過霧中樓

고향생각 간절하여 잠 못 이루고　　　　　　鄕思驚枕難爲夢
병든 가슴 달래면서 술 반 수심 반　　　　　　病肺當樽半是愁
서도 미인 좋아함은 모두가 같다던가　　　　西海佳人同所好
낭군들은 본래부터 풍류 많아 흥겹더라.　　　侍郎元自富風流

148. 배로 담담정[183]으로 내려가다　　　舟下淡淡亭

한줄기 맑은 강물 기분 한층 새롭다　　　　　一道淸江意更新
물따라 흘러가니 갈 곳을 배가 아네.　　　　　還如覺筏謝迷津
쏜살같이 지나가니 전생처럼 아득하고　　　　飛光倏忽皆前刦
지난 일 까마득히 환생한 몸 같네.　　　　　往事微茫似後身

먼 데 버들 지세 따라 허공 중에 떠 보이고　遠柳浮空乘地勢
가을꽃 핀 물가 보니 자연의 참모습　　　　　秋花臨水見天眞
강변의 좋은 경치 함께 즐길 산천일세　　　　滄洲勝賞元同好
푸른 숲 방초 동산 이웃하여 어울렸네.　　　碧樹芳園幸接隣

안개 자욱 모래펄이 십리에 잠겨있고　　　　烟沙十里蘸長湖
물빛과 산색들이 모두가 그림이네.　　　　　水色山紋摠畵圖
먼 나루 배의 돛이 햇빛 받아 번쩍이며　　　隔浦帆檣時掩暎

183) 담담정(淡淡亭) ; 경기도 가평에 있던 정자.

늘어진 방죽에는 정자들이 가물가물　　　連堤樓閣對模糊

하늘과 땅 무궁하게 모든 자연 품어있고　　乾坤納納無窮爾
만물은 스스로가 제 품성을 갖추었네.　　　動植于于自得於
승지에 유람토록 그 뉘가 내렸던가　　　　閑地優遊誰所賜
태평세월 그 좋기가 당우시절 같구나.　　　昇平日月際唐虞

149. 경산이 보낸 시에 차운하다　　　次瓊山寄示韻

늦은 가을 갈대꽃은 이슬 젖어 맑아 있고　　秋晚蒹葭玉露清
창가에 돌아드니 국화꽃 비쳤구나.　　　　歸來黃菊照窓明
정자 올라 바라봄은 강남의 숲이던가　　　登樓想見江南樹
물시계 듣고 새니 한수 북 성안이네.　　　聽漏還依漢北城

수심겨워 술 마시고 한없이 마시어도　　　樽酒正愁無盡飲
수풀 뜻이 그 어찌 마다고 울가보냐　　　　林叢何意不平鳴
형제 연분 맺었으나 떨어져 있으려니　　　祗緣兄弟分離故
밤중에 방황하다 기러기와 벗한다네.　　　中夜彷徨鴈侶聲

150. 심심풀이로 짓다　　　戲　題

꾀꼬리야 나무 위에 울다가 가지마라　　　莫起鸎兒樹上啼
네 소리 듣고서 동서에서 벗이 모이네.　　　聲聲喚友自東西

이른 봄 비바람이 차가울까 겁이 나서 　　　早春風雨寒猶怯
여린 버들잎이 어찌 살까 걱정일세. 　　　嫩柳商量未定棲
　　　　－ 이는 금앵[184]에게 주는 시 － 　　　　　－ 右屬錦鸎 －

달빛에 이슬 젖은 연꽃 향기 해맑듯이 　　　月露荷香不染泥
해선이 옥란의 서쪽에서 내렸구나. 　　　海仙來自玉欄西
오강루 일벽정에 시회는 이어지고 　　　五江一碧聯詩社
또 다시 봄 기다리며 우리 함께 살리라. 　　　且待春光日共携
　　　　－ 이는 경산[185]에게 주는 시 － 　　　　　－ 右屬瓊山 －

고향산천 그리워 꿈에서 자주 보여 　　　每憶鄕山夢未闌
놀라 깨어 쳐다보니 달 떠서 가로막네. 　　　中宵驚起月橫欄
뒤척이며 잠 못 이뤄 생각말자 고심타가 　　　回回轉轉仍無思
되는대로 시 한 수를 억지로 짓는다네. 　　　縱有新詩詎可完
　　　　－ 이는 자신을 그린 시 － 　　　　　－ 右自叙 －

151. 일벽정 봄 모임에서　　　　　一碧亭春會

한굽이 푸른 강가엔 인가가 두세집 　　　一曲淸江三兩家
방죽따라 덮인 숲은 꽃보다 못하나 　　　被堤物色不勝花
늘어선 버들 숲엔 돛단배 돌아들고 　　　纔逢遠柳還孤帆

---

184) 금앵(錦鸎) ; 작자의 시우(詩友)인 김금원(金錦園). 금원은 원주의 기녀
　　　출신으로 김덕희(金德熙)의 소실. 삼호정 시동효인.
185) 경산(瓊山) ; 삼호정시란의 동인. 화사의 부실로 일벽정에 살았다.

이따금 날새 홀로 안개 속에 떨어지네.　　　斷送歸禽有落霞

봄비 속에 누대에선 산그림자 어둡고　　　春雨樓臺山影暗
새벽 종에 잠 깬 성터 주막 깃발 삐딱하네.　　　曉鐘城郭酒旗斜
첫닭 우는 물가 집엔 사람소리 고요하고　　　鷄鳴水舍人聲絶
하늘 컴컴 모래 십리 마주 앉아 바라보네.　　　坐對空濛十里沙

152. 삼호정[186]에서 바라보며　　　三湖亭晚眺

맑은 물은 곱게 고여 거울처럼 단장하고　　　淸流端合鏡新粧
산 모양은 쪽진 머리 방초는 치마 같다.　　　山學峨鬟草學裳
별포에 나는 새 떼 지어 나래치고　　　別浦來翔無數鳥
물가에는 때때로 이름 모를 향기나네.　　　芳洲時有不知香

송창에 달은 비쳐 이불 되레 엷은데　　　松窓月入衾還薄
오동잎 펄럭일 때 이슬 더욱 반짝인다.　　　梧葉風飜露更光
봄 제비와 기러기는 모두 신의 있을진대　　　春燕秋鴻都是信
미리 슬퍼하여 애태울 것 아니로다.　　　未須迢悵枉回腸

186) 삼호(三湖亭) ; 용산에 있던 정자. 금원의 남편인 김덕희의 소유였으며
　　삼호정(三好亭)이라 쓰기도 하였다. 이곳에서 김운초, 박죽서, 김금원,
　　경산 등이 모여서 시회를 자꾸 열었다. 연구가들은 '삼호정시란' 이라 이
　　름지었다.

153. 오강루[187] 가을 모임   五江樓秋會

흰 마름꽃 붉은 여뀌 이슬 맞아 반짝이고   白蘋紅蓼露華飜
온 천지는 구름 바다 낮에도 문 닫았네.   滿地雲波晝掩門
품은 생각 연기 따라 날아서 간 데 없고   情緒隋烟飛不定
세월은 물을 좇아 흘러가곤 말이 없네.   光陰逐水去無言

맑은 가을 달래자니 그 눈빛 취했는듯   晴暉說眼渾如醉
좋은 경치 허공에 떠 저녁 밥을 잊게 하네.   秀色浮空欲忘殘
술잔 들고 다락 기대 저 달아 물어 보자   把酒凭欄遙問月
옛날에 살던 현인 몇몇이나 남았던가.   古來賢達幾人存

154. 일벽정 시회   一碧亭詩會
4수   四首

(1)

무성한 푸른 숲은 끝없이 줄지었고   平楚無端一色長
뱃노래 들리는 곳 이슬 빛 푸르러라   漁歌起處露華蒼
비 개인 산 저물 무렵 안개는 산뜻하고   晴山落日烟霞淨
돛단배 서풍 멀리 갈 대 한번 시원쿠나   遠棹西風荻葦涼

이제부터 우리 인생 물 가듯이 함께 놀자   自是人生同逝水

---

187) 오강루(五江樓) ; 용산의 제일 높은 곳에 있던 누각. 이곳에서 시회가 자
　　주 있었다. 전출.

어찌하여 술잔 들고 광음을 슬퍼하리 如何樽酒悵流光
난간에 기대서서 정감인들 많고 많아 凭欄垂手還多感
친구 작별 돌아서니 달빛만이 빈 방 가득 送客歸來月滿堂

(2)

해지도록 서로 벗 기다리는 듯 盡日如相待
뜬구름만 갔다가는 다시 오누나 閑雲去復還
새는 물가 연기를 잊어버렸나 鳥忘烟際水
숲 홀로 저녁 산에 술 깨듯 맑아 있네. 樹醒夕陽山

정자는 호수 위에 떠있듯 드러났고 樓出江湖上
우리 벗 우주 속에 한자리에 모였구나 人同宇宙間
맑은 정담 도란도란 끝나지 않으니 淸譚猶未已
어느 결에 수심 얼굴 환하게 풀어졌네. 聯爾解愁顔

(3)

이 저녁 안 취하곤 못 돌아가리 今夕無令不醉歸
푸른 물 보자하니 이슬비 내릴 기색 滄波氣色動霏微
상서대의 활터자리 유수가로 바라보고 尚書坮榭臨流水
장사꾼의 배돛 솟아 석양과 마주섰네. 賈客帆檣對落暉

때 맞춰 갈매기는 줄지어 뒤따르며 當面白鷗相脈脈
푸른 산 돌아보며 가벼이 날고 나네. 回頭靑幢宛飛飛
갈꽃 핀 십리벌에 고기잡이 돌아오고 蘆花十里漁樵返
바람 이슬 찬 기운 속 대사립은 닫혔구나. 風露冷然掩竹扉

(4)

규수방은 쓸쓸히 달빛만 비껴 있고	洞房稍稍月橫斜
가을 든 고향길은 더 아득히 멀구나.	秋入關河路更賒
이 좋은 벗과 만나 흉금을 털어놓고	好是良朋論素抱
술과 국화 마주 앉아 이 기분 감당하리	那堪芳酒對黃花

착각마라 환상 세계는 진경이 아니라네	休將幻境爲眞境
거짓 세계 진실 세상 혼동할가 염려로다	競以無涯混有涯
우리들 남은 인생 그리울 것 무엇이리	吾輩餘生安所慕
다만 초계® 삽계® 늙은 어옹 따르리라.	祇從苕雪老漁家

155. 오강루에서 읊다　　　五江樓小集

뜬구름과 날새는 동서로 오가고	浮雲飛鳥適西東
맑은 물과 밝은 산은 끝간 데를 몰라라	秀水明山路不窮
둥글고 기우는 달 기약 지켜 보기 좋고	圓缺有期看好月
제멋대로 높낮은 뫼 봉래산이 아니로세	升沈無計任虛蓬

---

188) 초계(苕溪) ; 중국 절강성에 있는 강 이름. 천목산(天目山)과 부옥산(浮玉
山)에서 흐르는 물. 송나라 호자(胡仔)의 「苕溪漁隱叢話」라는 시화집이
있다.

189) 삽계(霅溪) ; 중국 절강성에 있는 강 이름. 초계와 함수된 물 이름. 원나
라 시인 전선 (錢選)의 호가 계옹(溪翁)이다. 즉 초삽(苕霅)은 벼슬을 버
리고 어옹생활을 했다는 뜻. 초계어은(苕溪漁隱)과 삽계옹(霅溪翁)이 모
두 말년에 벼슬을 던지고 어옹생활을 한데서 나온 말.

성근 숲에 헛되이 슬쓸한 비 뿌리고   疎林空作蕭蕭雨
맑은 대에 때때로 먼 데서 바람오네   淸篠時來遠遠風
저녁해 기우니 강언덕이 분명찮아   向夕山糊難辯岸
이몸이 그림 속에 앉았는지 알지 못하네.   不知身在畵圖中

156. 삼가 옥호[190]의 시에 차운하다   謹次玉壺韻

규수의 마음이라 방탕치 못해   閨情非放浪
가을이 되어도 생각은 트이찮네   秋思故難寬
흰 술은 지난 해에 이미 마셨고   白酒去年飮
황국주는 오늘에 즐긴다오   黃花今日歡

어린 소나무는 늙은 바위에 의지해 섰고   稚松依老石
낙엽은 흩어져 난간 위에 가득찼소.   墜葉滿空欄
저녁 경치 쓸쓸하니 길손은 드물고   景晨稀行侶
산에서 부는 바람 나의 머리 스치네.   山風吹我冠

190) 옥호(玉壺) ; 옥호산방(玉壺山房)의 주인인 풍고(楓皐) 김조순(金祖淳 1765~1831) 조선문신. 영동령부사(領動寧府事). 시문과 죽화(竹畵)에 능했음.

157. 삼가 자각봉[191] 시에 차운하다　　敬次紫閣峰詩韻

높이 올라 바라보니 모든 산은 개여 있고　　登高一望四山晴
궁궐에는 구름 자국 상서롭고 화평하다　　鳳闕詳雲靄靄生
낙엽지는 평양성에 기러기 들어오고　　落葉鴈歸箕子國
가을바람 한양성에 나그네 찾아든다.　　秋風客依漢陽城

시 쓸 마음 절로 일어 솔바람 일으키고　　詩情暗動彈松韻
사람소리 아스므레 강 건너서 들려오네　　人語微聞隔水聲
낮술이 깨어오니 슬픈 심정 더욱 늘고　　午醉醒來增慨廓
길 멈추고 돌아보니 저녁 연기 깔려있네.　　停車回首暮烟平

158. 오강루 경치를 읊음　　五江樓小集

광음은 물을 좇아 흐르고는 자취없고　　光陰逐水去無痕
버들에 연기 쌓여 반쯤은 문울 덮네　　楊柳烟深半掩門
얼큰히 취해서 흥겨워 노래하나　　薄醉飜思歌白苧
마음은 오히려 황혼임을 한탄하네.　　寸心猶自恨黃昏

석양에 놀잇배는 강언덕에 줄지었고　　斜陽客帆參差岸
먼 수풀에 나는 구름 마을은 어둡다.　　遠樹歸雲黯淡邨
뜰에는 찬 이슬 발은 걷지 아니하고　　庭露凄淸簾不捲
새벽에 비친 달빛 남의 애를 끊는구나.　　四更山月奈銷魂

191) 자각봉(紫閣峰) ; 자하(紫霞) 신위(申緯 1769~1847)를 이름.

피었다 지는 황매에 장마비 개니 　　開落黃梅宿雨晴
무정턴 초목도 인정을 느끼는가 　　無情草木感人情
산은 들을 둘러싸고 위세를 부리는 듯 　　山圍大野仍成勢
달은 강에 스며들어 소리를 지르는 듯 　　月入空江若有聲

땅 가득히 안개는 동정을 살피는 듯 　　滿地烟霞觀動靜
모래톱에 자는 물새 달빛을 즐기누나 　　眠沙鷗鷺翫虛明
뜰 안을 산보하니 하늘은 물빛이요 　　中庭散步天如水
이슬에 비단버선 흠뻑히 젖었구나. 　　羅襪還愁玉露生

159. 압구정에 오른 감회　　　　狎鷗亭有感

소문난 이 정자 주인이 누구더냐 　　名亭是誰主
사람은 어디가고 하늘 땅에 물결 뿐 　　人去水空波
새는 높이 날아 하늘가로 사라지고 　　高鳥天邊沒
풀밭 평평히 들 밖으로 펼쳐졌네. 　　平蕪野外多

장삿배는 저 멀리 수수롭게 떠있고 　　商人愁遠帆
고깃배는 맑은 노래 희롱하며 닥아온다. 　　漁子弄淸歌
고금의 부귀영화 허깨비 같은지라 　　幻境如今古
지금은 아침인데 저녁에는 어찌되랴. 　　朝將奈暮何

160. 낭간^⑫의 묵죽 그림에 붙임   題琅玕墨竹

– 낭간은 죽랑의 호인데 세우향이라고도 했다 –

– 琅玕 卽竹娘號 亦曰細雨香 –

몸매는 소나무처럼 야위었고	貌將松共瘦
마음은 연꽃 마냥 비었었네	心與蓮俱空
낭간을 뱉으니 구슬이요	半吐琅玕玉
바람 불면 이슬비 모이는 듯	風吹細雨叢

161. 쌍계^⑬폭포 보고 청수루   雙溪觀瀑乃還
     돌아와서   清水樓

사월에 쌍계길 걸어서	四月雙溪路
황혼에 청수루에 닿았네	黃昏清水樓
장자의 나비 꿈[194]을 따랐던가	如將隨物化
누가 이 바로 칠원의 장주라던가.	誰是柒園周

192) 낭간(琅玕) ; 아름다운 돌. 또는 아름다운 대나무의 별칭. 또는 아름다운
    문장을 듯함. 여기서는 작자의 시우(詩友)인 죽랑(竹娘)의 호임.

193) 쌍계(雙溪) ; 서울 반궁(泮宮;성균관) 위 골짜기로 두 개의 샘이 시내를
    이루고 있었다 함.

194) 장자의 나비 꿈 ; 원문의 물화(物化) 즉 장자가 꿈에 나비가 되니 깨어서
    도 자기와 나비를 분간 못했다는 고사.

162. 자화상

거문고와 노랴와 시와 술과 그림이면
내 인생 바로 그것 신선경 된다네
강산은 변치않고 기다려주며
꽃과 새는 벗이 되어 시샘을 않네.

自 況

琴歌詩酒畵
人世亦蓬萊
江山如有待
花鳥莫相猜

163. 연천영감 사마급제 회갑연[194]에서

我老爺司馬
回甲宴

　원제; 계묘년 봄 이월은 나의 늙은 낭군의 사마급제 회갑이 되는 때이다. 이 날 임금께서 이등악(二等樂)을 내리시고 조복입고 입시하시니 그 얼마나 성황스러웠겠으며 또한 임금께서 어사주를 내리심에 이르러서는 그 광영이 또 어찌했겠는가. 이 때 옛 동료들과 새로 급제한 선비들도 무리지어 와서 축하해 주었다. 이 때 한 노인이 푸른 도포에 검은 복건을 쓰고 허리에는 붉은 띠를 두르고 기쁜 얼굴로 가마에서 내리니 이 분이 곧 우리 연천상공이셨다. 이에 시를 짓노라.

　癸卯春二月 卽我老爺司馬回甲也 仙樂下堂 恩袍朝天不亦盛乎 及夫宣醞之日 舊同年新司馬 聯鑣以進 有一老人 靑衫烏幞腰橫 桃紅帶 欣然下車 乃我老爺 云

194) 사마급제 회갑연 ; 과거시험에 급제한지 60주년 되는 잔치 작자의 늙은
　　낭군인 김이양(金履陽)은 1783(계묘)에 생원으로 장원급제하여 1983년
　　에 사마급제 회갑잔치를 하니 조정에서는 2동악을 하사하고 김이양은 입
　　궐하여 하사주를 받았다고 합장에 전한다.

장안에서 보낸 바람 세속먼지 털어주고　　　紫陌輕風拂軟塵
조정에서 내린 예물 제일로 새로워라　　　朝天儀物一番新
푸른 도포 띠를 둘러 그 빛이 복숭아꽃　　　綠袍猶帶紅桃色
이 바로 과거 때 장원급제 호명 때 빛　　　爲是龍門唱甲人

164. 정실을 애도하다　　　　　悼 貞 室

　－ 정실은 즉 심상서[195]의 소실이다. 늦게 나와 더불어 망년지교를 맺고 있었으나 먼저 죽어 옛사람처럼 되었으니 마음에 느낀 바가 어찌 없으리오 －

　－ 貞室 卽沈尙書小室也 晩與余結忘年之交 先作古之人 得無感於心乎－

오늘 밤은 달도 밝아 마당에 가득한데　　　今宵明月滿空庭
앓는 몸 절룩이며 난간머리 기대섰네　　　病起闌跚獨依扃
그 음성 곱던 모습 죽고나니 천년 된듯　　　一別音容千古濶
참는 정에 참는 눈물 도리어 두 줄 눈물.　　　忍情忍淚淚雙零

195) 심상서(沈尙書) ; 미상.

165. 연천낭군을 곡함   哭淵泉老爺

- 을사 오월[196] -   - 乙巳五月 -

풍류있고 기개 높아 충청지방 으뜸이요	風流氣槪湖山主
경술 깊고 문장 빛나 재상의 재질이네	經術文章宰相材
십오년을 함께 살다 지금에 눈물지니	十五年來今日淚
갈라진 산과 바다 그 뉘가 다시 맺나.	峨洋一斷復誰裁

166. 만[197]시   挽

법으로는 부부 아니라지만 일찍이 맺은 연분	道是非緣是夙緣
인연 이미 맺었는데 상복 왜 못 입는가	旣緣何不趁衰前
꿈이라고 말한다면 진실은 어디 있나[198]	夢猶說夢眞安在
인생은 산 것 아니라면 죽음도 그러하오.[199]	生亦無生死固然

강산에 달 밝은 밤 배 띄워 흘러가고	水榭月明舟泛泛
산방에 술이 익고 새울음 예 같을 때	山房酒熟鳥綿綿

196) 을사년(乙巳年) 오월 ; 1845년 5월. 이때에 김이양(金履陽 1755~1845)
이 별세하니 나이 91세였다.

197) 만(挽) ; 만(輓)과 같은 뜻으로 죽음을 슬퍼하는 글.

198) 진실은 어디 있나 ; 원문의 진안재(眞安在) 즉 시경의 "天之生我 我辰安
在"(하늘이 나를 낳아 주셨을텐데 왜 이리도 나쁜 때를 가리시었나) (小
雅章 小弁)를 뜻하는 말.

199) 이구절 생역무생사고연(生亦無生死固然)은 불교의 "不生不死"의 경지를
말함.

누각에서 눈물짓는 제비 심정 누가 알리　　　誰知燕子樓中淚
마당가 맑은 꽃은 소쩍새나 되오리라.　　　酒遍庭花作杜鵑

167. 완(阮)[200]이 오던 밤 경산이　阮至夜詠呈上瓊山求龢
　　함께지어 올리자고 하여 짓노라[201]

배 돌려 가까우니 얼굴보기 또 딱하구나　　　回舟相近嘆相看
우리네 인생살이 이런 일이 어려운 법　　　吾輩人間此事難
밝은 달은 오히려 술통을 채우는데　　　明月還隨樽酒滿
좋은 밤 깨고 보니 물과 구름 차디차다　　　良宵信覺水雲寒

정처없이 물 흐르듯 세월감을 어찌하리　　　那堪滾滾流無住
말 달리듯 지나가는 파연시간 아까워라　　　更惜駸駸夜向闌
부용당에 만난 기억 아직도 생생하니　　　常記芙蓉堂上會
꽃과 잎 비벼가며 난간 위로 걸어갔지[202]　　　撚花攀葉步紅欄

구슬같은 이슬은 차디차게 자꾸만 쌓이고　　　玉露凄凄積漸多
뱃사공은 중얼중얼 서로 스쳐 지나가네　　　舟人相語夜相過

200) 완(阮) ; 완당(阮堂) 김정희(金正喜 1786~1856)인 것 같다. 운초는 당시
　　이들 양반 지식인들과 많이 어울려 시를 공운(共韻)하였다.
201) 이 작품은 연민본 「부용집」(芙蓉集)과 송준호본 「운초시집」(雲楚詩集)에
　　만 전하는데 후자에는 「旣望夜呈瓊山」이라는 제목으로 둘째 수만 있다.
202) 이 구절의 원문은 연화반엽보홍란(撚花攀葉步紅欄)이니 꽃을 비비며 잎
　　사귀를 더위잡고 붉은 난간을 걸었다는 말. 남자 앞에서 수줍어하던 꽃
　　다운 시절을 말함.

밝은 달은 벗을 불러 한자리에 모여 놓고   好敎明月參朋席
그 누가 부는 피리 뱃노래와 어울리네.   誰遣淸簫入棹歌

이 강산 본래부터 적벽경치 맞먹는데   自是江山當赤壁
시문장도 잘도 지어 소동파와 겨룰만 해   且將詞賦許東坡
구름 머리 푸른 눈썹 미인은 정을 품고   雲鬟翠黛含情緖
휘장 열고 미소 띠며 흰 물결을 희롱하네.   淺笑褰帷弄素波

168. 충시

여의니
그리워
길은 멀고
소식 늦어
마음은 임께
몸은 여기에
빗과 수건엔 눈물
님 오실 기약 없고
향각에서 종이 우는 밤
연광정에 달이 밝을 제
새우잠에 꿈 놀라 깨어보니
구름 너머 먼데 임 서럽구나
손을 꼽아 좋은 기약 기다리며
편지 읽다 턱을 괴고 우는구나.
야윈 얼굴은 거울 보니 눈물나고
노래에 흐느껴서 사람 보니 서럽다
은칼로 여린 창자 끊기야 어려울까만
신 끌고 먼 길 가는 길손에도 귀가 번쩍
아침 저녁 바라보며 그리는 맘 모르시나
어제도 오늘도 아니 오니 나 홀로 속는구나
대동강이 물이 되면 말을 달려 님 오려는가
수풀이 강물된 뒤에 배를 타고 님이 오려는가
만남은 짧고 이별이 기니 세상 인정 어찌 알리
가연 가고 궂은 인연 돌아오니 하늘 뜻 누가 알리

밤하늘 향기구름 선녀의 꿈이려니 누구를 꿈꾸었나
맑은 달밤 퉁소소리 아름다운 정 어느 뉘께 보내는가
잊으려도 못내 잊어 모란봉에 나서보니 고운 얼굴 늙어있고
생각말자 부벽루에 올라 보니 서러울손 푸른 머리 세었구나
규방 속이 외로워 이 간장 끊어지나 삼생가약 그 맹세 어찌 변하며
빈 방에 홀로 자니 눈물은 빗발치나 백년 곧은 마음 내 어이 변하랴
봄 꿈 깨어 죽창 여니 밀려드는 화류 소년 내게는 모두 다 무정한
손이요
비단옷 잡고 베개 밀고 춤과 노래 일삼으니 모두 다 가증하고 원
망이로다
하루 세 번 문을 나서 바라보고 바라건만 임은 이렇듯이 박정하여
오지않고
천리 머나먼 길 기다리기 어렵고 슬픔 가득 외로운 이 심정 그 어
찌 될 것인고
어진 님아 마음 돌이켜 강을 건너 돌아와서 옛 얼굴 그 모습 촛불
밑에 만나 주오
여린 여자 눈물로 황천길 달 속에 울어 예며 슬픈 혼백으롤랑 만
나지 말게 하소서.

層 詩

別
思
路遠
信遲
念在彼
身留玆
巾櫛有淚
扇環無期
香閣鐘鳴夜
練亭月上時
倚孤枕驚殘夢
望歸雲恨遠離
日待佳期愁屈指
晨開情札泣支頤
形容憔悴把鏡淚下
歌聲嗚咽對人含淚
掣銀刀斷弱腸非難事
躡珠履送遠眸更多疑
朝遠望暮遠望郎何無心
昨不來今不來妾獨自欺
浿江成陸地後鞭馬騎來否
長林變大河初乘船欲渡之
見時少別時多世情無人可測

層 詩

好緣斷惡緣回天意有誰能知
一片香雲楚臺夜神女之夢在某
數聲良簫秦樓月弄玉之情屬誰
欲忘難忘愁依牧丹峯可惜紅顏老
不思自思强登浮碧樓每歎綠鬢衰
孤處霜閨腸雖欲雪三生佳約寧有變
獨宿空房淚終如雨百年貞心自不移
罷春夢開竹窓迎花柳少年總是無情客
攬香衣推玉枕送歌舞者類莫非可憎兒
三時出門望出門望甚矣君子薄情豈如是
千里待人難待人難悲哉賤妾孤懷果何其
惟願寬仁大丈夫決意渡江舊面燭下欣相對
勿便軟弱兒女子含淚歸泉哀魂月中泣相隨

17. 김금원(金錦園)의 시(詩)

1. 해당화를 노래함　　　　　　海 棠 花

봄이 가니 온갖 꽃 모두 다 지고　　　　百花春已晚
해당화만 빨갛게 홀로 남았네　　　　　只有海棠紅
만일에 해당화도 지어 버리면　　　　　海棠若又盡
다시는 봄의 경치 볼 길 없으리.　　　　春事空復空

2. 바다를 보며　　　　　　　　觀 海

모든 물은 밤낮으로 동해로 흘러내리고　　百川東滙盡
바다는 깊고 넓어 끝간데 없네　　　　　深廣渺無窮
이제야 알았노라 크나큰 천지　　　　　方知天地大
그 품속에 모두가 안겨진 것을.　　　　容得一胞中

3. 보슬비 오는 날　　　　　　　細 雨

발을 여니 하늘은 모두다 물빛이고　　　簾幕初開水國天
열두 굽이 난간 앞에 부는 봄바람　　　春風十二畫欄前
강 건너 복사꽃과 가는 실버들　　　　隔江桃李連江柳
안개에 싸여서 한 빛이구나.　　　　　盡入空濛一色烟

4. 용산에서 뱃놀이   龍山船遊

뱃노래에 노를 저어 쪽배에 타니   櫓歌聲裏棹扁舟
저녁 안개 자욱하여 어디로 가려는가   斜日雲霞遠欲流
하얀 물은 삼십리 안개로 한 빛   一色烟波三十里
강언덕 버들 숲엔 누각 모두 이름 났다.   近江垂柳盡名樓

5. 호수가 정자   湖 亭

뽀얗고 너른 물에 갈매기 날고   烟波浩蕩白鷗天
난간에 기대서니 잠 못 이루네   斜倚欄干夜不眠
물 건너서 무어란지 사람소리 들리고   隔岸時聞人語響
밝은 달에 남포가에 고깃배 돌아온다.   月明南浦有歸船

6. 한양을 바라보며   望 漢 陽

한가롭기 부평초라 유람을 일 삼으니   閒似浮萍事遠遊
정자 오른 많은 날에 쉴 줄을 모르누나   登臨多日不知休
내 마음 임을 따라 동류수를 따르려나   歸心欣逐東流水
한양에는 해가 져서 조만간에 안개 걷네.   京洛風烟早晩收

7. 강나루집 풍경　　　　　江　舍

서호의 좋은 경치 정자 앞에 펼쳤으니　　　西湖形勝在斯樓
마음대로 올라가서 흥겹게 놀아보네　　　隨意登臨作遨遊
서쪽 기슭 비단물결 봄풀과 어울렸고　　　西岸綺羅春草合
강물 가득 금물결은 저녁 해에 흐르누나.　一江金碧夕陽流

구름 끝 작은 마을 일엽편주 가물 가물　　雲垂短巷孤帆隱
꽃지고 고요한 물가 피리소리 구성지다　　花落閒磯遠篴愁
끝없는 바람안개 모두 다 걷히고　　　　無限風烟收拾盡
시지어 모아 넣고[1] 그림정자 빛을 내네.　錦囊生色畫欄頭

8. 처음으로 서울가다[*]　　　　始遊京城

봄비는 봄바람에 잠간 뿌리고　　　　春雨春風未暫閒
봄소식은 잠간사이 물 소리 같구나　　居然春事水聲間
내 고향이 아니라고 탓할 것 없고　　擧日何論非我土
부평초 신세려니 어디나 살면 고향　　萍遊到處是鄕關

1) 시지어 모아 넣고 ; 금낭(錦囊)을 말하며 금낭은 시지어 넣어 두는 비단주머니.

*이 시는 작자가 14세 때 지었다 함.

9. 가을밤의 느낌　　　　秋夜有感

나그네 맘 쓸쓸한데 가을 바람 불어오니　　陽江舘裡西風起
뒷산은 취한 듯 붉고 앞강물이 맑구나　　後山欲醉前江淸
창문에 달이 밝고 귀뚜라미 울어대니　　紗窓月白百蟲咽
외로운 찬 이불에 꿈인들 이루리오.　　孤枕衾寒夢不成

10. 명승고적을 노래함　　　　湖洛鴻爪②

제천 의림지　　　　堤川義林池

못가의 수양버들 실가지 드리우고　　池邊楊柳綠垂垂
봄 수심이 암담해서 괴로워 늘어졌네　　黯黮春愁若有知
꾀꼬리는 가지에서 울음을 못 다하니　　上有黃鸝啼未已
임 가는 때 그 소리 차마 설워 못 듣겠네.　　不堪惆悵送人時

단양 선암　　　　丹陽仙巖

봄물은 산속 멀리 무릉도원 맞닿았고　　春水桃源路自通
사람을 만난들 동서 길을 묻지 않네　　逢人不復問西東
종일토록 오고가며 꽃속에서 헤매자니　　往來終日迷花氣
청산은 제 홀로 비단 속에 변함없네.　　自在靑山錦繡中

2) 호락홍조(湖洛鴻爪) ; 호락은 호중(湖中)과 낙양(洛陽). 즉 지방과 서울을
　　말하며 홍조(鴻爪)는 기러기의 모래뻘 발자욱처럼 분간하기 어려워 행적이
　　나 경로가 뚜렷치 못한 것을 의미한다. 작자에게는 「호락홍조」라는 시집이
　　있다.

단양의 금화 · 남화 두 굴　　丹陽金華南華二窟

시인은 풍월 읊어 잠시도 쉬지 않고　　詩家風月暫無閒
조물주는 시기하여 청산 밖에 보냈구나　　造物猜人送出山
새는 울되 세상일 아는 바 없고　　山鳥不知山外事
그 누가 봄 경치는 산림 속에 있다 했나.　　謂言春色在林間

금강산 만폭동. 원화동의 하늘　　金剛山萬瀑洞. 元化洞天

굴러 드니 향 땅이요, 경치는 더욱 좋다　　轉入香區境益新
낙화와 방초는 속세를 설워하고　　落花芳草悵前塵
나무빛은 7할 정도 그림에 가깝구나　　七分樹色春如畫
콸콸 쏟는 샘소리에 골짜기는 풍성하다.　　萬斛泉聲洞不貧

달이 돌아 어느 사이 보름 밤이 되었는데　　得月纔經三五夜
고향산천 바라보며 인간 수유 슬퍼하네　　望鄕難化億千身
깊은 산속 저녁 해에 쌍쌍이 학이 날아　　深山落日翩翩鶴
어젯밤 꿈에 본 임 저 학이 아니런가.　　俱是前宵夢裏人

헐성루　　歇惺樓

헐성루 우뚝 솟아 골짜기를 누르는 듯　　歇惺樓壓洞天心
어느 사이 산문 드니 수풀은 그림이네　　纔入山門卽畫林
바라보니 눈앞은 모두 다 기승절경　　指末千般奇絕處
부용꽃은 만봉 아래 무수히 피었구나.　　芙蓉無數萬峰陰

<table>
<tr><td>유점사</td><td>楡岾寺</td></tr>
</table>

하늘 높이 절벽에 암자 한 채 걸렸는데	懸崖天畔一禪庵
북쪽은 청산이요 종소리는 남으로 뻗네	山北淸鍾響在南
흰구름 이는 곳에 산골짜기 한가롭고	打起白雲閒出洞
밝은 달이 뜨는 아래 연못은 고요하다.	招來明月靜沉潭

부질없는 꿈에서 번쩍하고 깨어보니	惺惺頓覺浮生夢
고요속에 옛 부처님 말씀소리 들리는듯	寂寂如聞古佛談
오십삼존 부처님의 맑고 깨끗한 세계에	五十三尊淸淨界
내 혼령 백겁토록 그 속에 통해 볼까.	靈通百劫慧燈糸

11. 규당학사③가 용만(龍灣)④ 군수로 제수받고 부임하다가 곳관(串館)⑤에 당도하다

奎堂學士承恩除龍灣伯

赴任到所串館

용성의 풍악⑥은 봄 경치를 못 이겨	龍城畫角不勝春
강가에는 꽃과 버들 잎마다 새빛이네	江柳江花色色新

3) 규당학사(奎堂學士) ; 김금원의 남편인 김덕희(金德熙)를 말함.

4) 용만(龍灣) ; 평안북도 의주(義州)의 옛 이름.

5) 곳관(串館) ; 의주 남쪽에 진병곳(관)(鎭兵串)이 있고 그곳에 객관(客館)이
있었다.

6) 풍악 ; 본문의 화각(畫角)은 뿔에 그림을 그리어 만든 악기. 또는 채색 위에
쇠뿔을 오려 붙인 목공품.

| 한낮은 고요하여 고을 뜰에 풀 자라고 | 晝靜官閒庭自草 |
| 깊은 밤 달 맞으면 티끌 하나 없구나. | 夜深月到座無塵 |

얇은 적삼 고운 버선으로 기생은 투호[7]하고	輕衫寶襪投壺妓
금띠에 산호갓끈으로 손은 와서 칼 만진다	金帶瑚纓撫釰賓
홍우[8] 연산[9]에 천리 길이 뻗었는데	紅雨燕山千里路
수레 타고 당도하니 임금 은혜 무겁구나.	星軺來到荷君恩

12. 통군정[10]에서 개시를 알리는 봉화를 보며

統軍亭觀開市舉火

관하(關河)[11]의 경치로는 이 누각이 으뜸이라	關河形勝最斯樓
마이 · 청래[12]는 압록강 머리를 진정시켰다	馬耳靑來鎭鴨頭
조선 육도 모든 물건은 극포로 통해 있고	六島星羅通極浦
온 산은 바둑돌 처럼 서주를 안았구나.	萬山碁置擁西州

| 맑은 모래에 고목들은 옛 성곽에 우뚝 섰고 | 晴沙古木中荒堞 |
| 검은 안개 찬 구름은 쓸쓸하여 가을이네 | 暝霧寒雲大漠秋 |

7) 투호(投壺) ; 놀이의 한 가지. 단지에 공 던져 넣는 궁중의 유희.

8) 홍우(紅雨) ; 꽃을 적시는 비. 꽃 떨어짐을 말함.

9) 연산(燕山) ; 제비가 나는 푸른 산. 초여름을 말함

10) 통군(統軍亭) ; 평안북도 의주에 있는 정자로 경치가 좋음.

11) 관하(關河) ; 변두리의 강. 변경지대의 강으로 여기서는 압록강 하류의 의
　　주를 말함.

12) 마이 · 청래(馬耳 · 靑來) ; 산 이름인 듯하나 미상.

난간에 기대어 봉화빛을 바라보니   徒倚欄干烽點罷
강에 가득 병선불은 태평하게 비추누나.   滿江戍火大平簫

18. 박죽서(朴竹西)의 시(詩)

1. 열 살때 지음　　　　　　　十歲作

창 밖에서 우는 저 새여!　　　　　窓外彼啼鳥
간밤에 어느 산서 자고 왔나?　　　何山宿便來
산속 일은 네가 으레 잘 알 것이니　應識山中事
진달래꽃 피었더냐 못 피었더냐.　杜鵑開未開

2. 늦은 봄 감회를 읊다※　　　暮春書懷

　(1)

꽃이 떨어지니 날씨가 가을 같아　　落花天氣似新秋
고요한 밤 은하는 맑고 맑아라　　　夜靜銀河澹欲流
이 몸은 기러기가 왜 못 되었나　　却恨此身不如鴈
해마다 원주길을 내가 못 가네.　　年年不得到原州

　(2)

잠 안와 답답해서 울타리 밑 산보하니　睡餘散步小墻東

※ 이상 3수중 「죽서시집」(竹西詩集)에서는 1번과 2, 3번을 따로 실었다.

나무빛은 푸른데 빈 하늘만 쳐다보네   樹色蒼然望更空
닫힌 방에 봄은 가고 산그림자 아득한데   閉戶春歸山影外
창 너머 꾀꼬리는 석양 속에 노래하네.   隔簾鶯語夕陽中

(3)

임이 놀던 녹음방초 해마다 비에 젖고   王孫芳草年年雨
진달래꽃 바람불어 밤마다 떨어지네   蜀魄殘花夜夜風
흐르는 세월 속에 인생은 늙어가고   流水光陰人欲老
지난 일을 생각하니 추억은 끝이 없네.   回尋前事竟無窮

3. 피리소리 들으며   聞 笛

비단 휘장 바람불고 달이 지는데   風吹羅幕月西沈
젓대 부는 피리소리 뉘집의 원한인가   橫笛誰家怨恨深
떨어지는 매화는 한 곡조를 전하고   落盡梅花傳一曲
꺾어진 버들가지 여음이 서글퍼라.   折來楊柳悵餘音

처량하게 불어서 임의 귀에 들리고자   飄飄故入懷人耳
흐느껴 보내노니 가신 임의 먼 하늘   咽咽偏關送客心
남은 잠을 깨고 나니 가슴을 에이는 듯   殘夢驚回腸斷處
새벽 등불 가물 가물 밤은 음산하구나.   孤燈欲滅夜陰陰

4. 큰오빠를 생각하며 　　　　懷伯兄

꽃은 져서 남은 잎에 한 해 봄도 다 가는데　　一年春事落花殘
바람은 불지 않아 시름만 천백 갈래　　　　風未吹愁愁百端
말타고 돌아오니 구름은 아득하고　　　　匹馬東歸雲漠漠
저녁해도 넘어가고 피리소리 애끓는다.　　斜陽西盡角難難

떠나실 때 주신 말씀 가슴속에 사무치고　　別時留話心中在
계신 곳을 누가 알리 꿈속에서 본 것을　　行處誰知夢裏看
만첩 청산은 눈길 아득 막혀 있고　　　萬疊峯巒遮望眼
발을 걷고 쓸쓸히 난간에 기댔다오.　　捲簾徒倚曲闌干

5. 덧없는 세월을 한탄함 　　　　偶　吟

황혼 속에 홀로 앉아 무엇을 생각하나　　黃昏獨坐竟何求
지척간을 생각하니 근심이 끝이 없네　　咫尺相思悵未休
밝디밝은 달밤은 천고의 꿈을 품고　　明月夜沈千古夢
꽃피던 봄이 가니 한 해 시름 다 보냈네.　好花春盡一年愁

무쇠아닌 마음이니 진정할 길 전혀 없고　　心非鐵石那能定
새장에 든 몸이 되니 자유롭지 못해라　　身在樊籠不自由
세월은 사람 두고 영원히 가버리니　　歲色背人長悠忽
다리 아래 흐르는 물 물끄럼히 쳐다보네.　試看橋下水東流

6. 새벽에 홀로 앉아서 曉 坐

한줄기 기러기떼 바람차고 날아가고　一陣歸鴻叫遠風
댓잎소리 우수수 비에 섞여 우는구나　竹聲時雜雨聲中
새벽등불 꺼져가고 향은 다탔는데　寒燈欲滅香初歇
새벽 달 아직도 집 동쪽에 걸려있네.　曉月猶遲小院東

7. 섣달 그믐밤 除 夕

집집마다 폭죽소리 온 거리에 번져가고　家家爆竹九街通
송구영신 재촉노라 촛불은 빨갛네　新舊相催燭影紅
매화꽃 반쯤 지고 섣달의 눈은 흰데　半落梅猶餘臘雪
새벽닭 우는 소리 봄이 왔다 알리네.　一聲鷄已報春風

무정한 세월이라 이 해도 다 가고　無情又遣今年去
이 밤이 애석한들 힘으로야 돌릴소냐　有力難回此夜窮
예로부터 가는 세월 모두 다 꿈이었고　萬古消磨應是夢
이럭저럭 이 인생 어느덧 늙어가네.　人生老在不知中

8. 임에게 드림 寄 呈

거울 속에 병든 이 몸 가련하다 누가 하랴　鏡裏誰憐病已成
이별한의 괴로움은 약으로도 못 고치리　不須醫藥不須驚
저승에서 나와 임이 바꾸어 태어나면　他生若使君爲我
이 저녁 서러운 정 그때 아마 아시리라.　應識相思此夜情

9. 한이 있어　　　　　　　　　有　懷

비낀 해 서산 넘자 달은 동산에 뜨고　　　斜暉西盡月生東
등불켜고 누웠으니 만사가 허무하다　　　獨臥燈前萬事空
밤되니 온 천지 잠이 들어 고요한데　　　天地夜來俱寂寞
어찌하여 이 마음은 번뇌로 가득한가.　　　如何煩惱此心中

10. 괴로운 생각　　　　　　　遣　懷

임 그리워 외로이 정자에 기대서니　　　相思不見獨依樓
촛불만 공연히 이내 시름 돋워 주네　　　燭影空添一段愁
만약에 인생에 이별이 없었다면　　　若使人生無暫別
신선이나 제후라도 부럽지 않을거야.　　　不求仙子與封侯

11. 임그리는 생각　　　　　　有　懷

찬 이불 뒤척이며 밤을 새우니　　　轉輾寒衾夜不眠
거울속 야윈 얼굴 가련하구나　　　鏡中憔悴只堪憐
어찌해 이별하고 이 괴로움 겪는가　　　何須相別何須苦
예로부터 인생 백년 못 사는 것을.　　　從古人生未百年

12. 속풀이

생각을 말자 해도 저절로 생각나니
어찌하여 우리는 이별을 했나
까치가 기쁜 소식 전한다 말마시오
저녁까치 울때 마다 몇번을 놀랐던가

述 懷

不欲憶君自憶君
問君何事每相分
莫言靈鵲能傳喜
幾度虛驚到夕曛

13. 고향을 생각함

난간에서 바라본들 시름은 끝이 없고
북풍 불어 눈보라에 날은 저무네
구름 밖에서 들려오는 기러기소리
바라보니 고향 하늘 머나먼 동쪽.

思 故 鄕

獨倚欄干恨更長
北風吹雪夜昏黃
數聲鴻鴈遠雲外
東望故園天一方

14. 그림에 붙임

정자 위는 푸른 산 아래는 시냇물
살구꽃 실버들은 긴 언덕 둘렀네
북쪽 창밑 누워서 잠자다 깨니
솔그늘은 들쭉날쭉 날이 저문다.

題 畫

樓上靑山樓下溪
杏花垂柳繞長堤
北窓春睡應須足
松影參差日向西

15. 임에게 드림　　　　　　　　　寄　呈

촛불은 밝게타고 먼동이 터오는데	燭影輝輝曙色分
기러기 울며 나는 그 소리 못듣겠네	酸嘶孤鴈不堪聞
이 마음 철썩같아 잠시인들 잊으리오	相思一段心如石
꿈 깨어도 임의 모습 여전히 또렷하다.	夢醒依俙尙對君

16. 문득 생각나서　　　　　　　　偶　吟

숲속에서 새는 울고 나홀로 산보하며	聽殘幽鳥獨徘徊
굳게 문을 닫고서 낮에도 열지 않네	深閉重門晝不開
신선같이 맑은 집에 한가로워 일이 없고	淸似仙居無一事
하필이면 봉래산만 명당이던가.	名區何必在蓬萊

17. 임에게 드림　　　　　　　　　奉　呈

거울 속의 야윈 얼굴 놀라지 마오	莫驚憔悴鏡中顔
마음은 새장속의 백한새 된듯	心似金籠鎖白鷳
지척에서 임 안 오시니 천리나 멀어	咫尺還如千里遠
지는 해 못내 설워 문닫고 마네.	愁看落日掩柴關

18. 밤에 읊음

새벽에 홀연히 임 편지 오느라고
촛불 앞에 꽃잎지고 거미줄 쳤나
그리는 정 그 누가 더 간절터냐
밝은 달만 은근히 알지 모를지.

夜　吟

一札飄然到曉時
靑燈花落喜蛛垂
兩邊情緒誰相念
明月慇懃知未知

19. 병을 얻고서

병드니 웃을 일 하나도 없고
오락가락 꿈속에서 생각만 아득하다
이 몸이 이러다가 새가 되면은
헤어진 임 계신 곳 따라 날으리.

病　中

淹病伊來一笑稀
夢魂長是暗中歸
此身若便因成鳥
不暫相離到處飛

20. 절구

쓸쓸한 잎진 나무 가을이 깊고
외로운 방안은 문잠겨 침침하다
상사병을 약으로 고칠 수 있다면
분명코 천금인들 아낄 사람 없으리.

絕　句

蕭蕭落木已秋深
獨淹柴扉夜色沉
若使相思能有藥
定無人更惜千金

<table>
<tr><td>

21. 겨울밤

</td><td>

冬　夜

</td></tr>
</table>

(1)

<table>
<tr><td>

납일 앞에 눈이 많다 말들을 마오
다음해엔 으레이 풍년가 들리리니
세월은 도도하게 조금도 쉬지않고
인생은 녹록하여 어찌할 도리없다.

</td><td>

臘前莫說雪頻多
來歲應聞擊壤歌
歲色堂堂應不住
人生碌碌奈渠何

</td></tr>
</table>

(2)

<table>
<tr><td>

찬 이불 잠 안 오고 외로운 등 꺼져 갈 때
새벽달은 서리 차고 외기러기 지나간다
밤새도록 북풍은 초막 밖에 불어대어
소나무 소리는 제법 파도 처럼 들리네

</td><td>

寒衾無夢孤燈落
曉月如霜獨鴈過
竟夜北風茅屋外
松聲還訝聽江波

</td></tr>
</table>

(3)

<table>
<tr><td>

하늘 덮은 눈 올 기색 누대를 휩싸고
지척에 있는 임은 꿈에도 오지 않네
참을 수 없는 것은 물 흐르듯 가는 세월
천금이 아깝다 말고 술잔이나 듭시다.

</td><td>

滿天雪意罨樓臺
咫尺懷人夢不來
巨耐光陰如逝水
千金莫惜酒頻開

</td></tr>
</table>

<table>
<tr><td>

22. 유랑에게

</td><td>

寄　柳　娘

</td></tr>
</table>

<table>
<tr><td>

산림 은자 높은 풍류 비록 없어도
글월 와서 편안타니 기쁘기 한량없네
깊은 골에 자란 난초 향기는 꽃답고

</td><td>

林下風標縱未看
書來惟喜得平安
蘭生深谷香猶馥

</td></tr>
</table>

맑은 못에 잠긴 달빛 그 더욱 차디차다.　　　月在澄潭影更寒

오직 기뻐함은 변치 않는 그대 모습　　　只喜芳姿今不改
구하려도 어려운 건 그대의 높은 덕망　　　欲求令德古應難
이 몸은 쇠퇴하여 마냥 병이 많으니　　　如吾懶散常多病
도리어 부끄러워 그리는 정 만 갈래.　　　却愧相思意萬端

23. 답답한 마음 풀어보네　　　遣　懷

푸른 숲은 안개 싸여 먼 산을 막았고　　　碧樹和烟鎖遠岑
산들바람 불어서 거문고를 스쳐가네　　　微風時拂倚窓琴
한 해의 꽃들은 술잔 속에 다하고　　　一年花事酒中盡
반나절 빗소리에 누각은 조용하다.　　　半日雨聲樓外深

병든 지 오래 되니 어긴 기약 많은데　　　病久幾多違踐約
시나 써서 기다릴까 좋은 소식 오기를　　　詩成還欲待知音
베갯머리 외로우니 새야 와서 우지 마라　　　枕邊莫使來啼鳥
놀라 깨어 꿈에 본 임 허둥지둥 찾으리.　　　驚罷西鄰夢裏尋

24. 앓고 나서　　　病　後

앓다가 일어나니 살구꽃 핀 봄이구나　　　病餘已度杏花天
마음은 젊은 기분 매지 않은 배와 같네　　　心似搖搖不繫船
할 일 없이 이 인생은 초목과 같을 따름　　　無事只應同草木

그윽하게 산다지만 신선 또한 아니라오.　　　　幽居不是學神仙

시를 써서 두었으나 어느 뉘와 수작하리　　　　篋中短句誰相和
거울 속의 파리한 꼴 내 스스로 슬퍼하네　　　　鏡裏癯容却自憐
스물세 해 사는동안 한 일이 무엇인고　　　　二十三年何所業
반생은 바느질 또 반생은 시를 썼네.　　　　半消針線半詩篇

25. 다시 강서에 가면서　　　　再作江西行

늦은 철에 차마 어찌 잎지는 소리 들으랴　　　　晩節那堪落木聲
뜰 가득히 마른 풀들 이름조차 모르겠네　　　　滿庭衰草不知名
가을 하늘 푸르르니 마음도 깨끗하고　　　　秋天一碧心俱淨
밤하늘에 달 밝으니 꿈도 또한 맑구나.　　　　夜月虛明夢亦淸

남쪽 천리 먼 산은 옛 이별 떠올리고　　　　千里山南懷昔別
임과 살던 이년 강북 내 신세를 웃고 있네　　　　二年江北笑今行
서풍 부는 요사이 기러기는 많기도 하고　　　　西風近日多歸鴈
그 소리 빌어다가 내 마음 전하고 싶구나.　　　　願借餘音寄此情

26. 가을날 금원에게 보내노라　　秋日寄錦園
삼호정 김시랑 소실이다.　　三湖亭 金侍郎 小室

슬피 우는 기러기는 해 저무니 더욱 많고　　一陣哀鴻向晩多
강구름과 고개숲에 애태우니 어찌하리　　江雲嶺樹斷腸何
그리워 흘린 눈물 동류수에 뿌리노니　　相思淚灑東流水
흘러가서 삼호정(三湖亭)①에 파도를 일으키렴.　　去作三湖別後波

달은 밝고 한계 없어 이 밤을 비추는데　　月明無限此宵多
너와 나의 깊은 시름 비교하니 어떠하뇨　　兩地深懷較若何
성사(星槎)②를 빌려타고 꿈 가운데 오더라도　　欲借星槎來夢裡
은하수 새물결에 움직이지 말게 하오.　　莫敎河漢動新波

27. 가을 날　　秋　日

가을바람 비를 몰아 앞산을 지나 가니　　西風吹雨過前山
기러기도 외치며 제각기 돌아가네　　鴻鴈聲高個個還
어젯밤 무서리에 단풍진 잎을　　昨夜淸霜染紅葉
꽃인듯 보면서 봄 숲 처럼 즐기네.　　還疑春色尙林關

---

1) 삼호정(三湖亭) ; 원주의 금원은 삼호정 김시랑(金侍郎)의 소실이라 했고 이
　곳 정자에서 살며 시회도 열었다.
2) 성사(星槎) ; 별의 천사가 타고 가는 배. 세계를 두루 도는 배.

28. 오빠를 생각하며

꼬불꼬불 길은 멀고 산은 첩첩해
한 번 떠나 어느덧 여러 해가 바뀌네
새벽녘 등잔 밑에 정회 더욱 간절하고
편안하단 소식을 언제 듣나 모르겠네.

懷伯兄

崎嶇長路幾重山
一別將爲隔歲顔
曉壁寒燈懷盆切
不知何日報平安

29. 밤에 앉아서

밤 깊어 북두성 돌고 달은 지는데
외로운 등불만이 이 마음 비추네
백약이 있다 해도 애끓는 맘 못 고치니
이내 인생 한스러운 갇힌 새 신세라네.

夜 坐

天回斗轉月西沈
一炷殘燈獨照心
百藥難醫腸斷處
吾生從此恨籠禽

30. 밤에

솔바람 은은하여 비파 뜯는 소리 같고
맑은 별은 성글어져 밤하늘 아득하다
해마다 남북으로 오가는 기러기야
누굴위해 높이 떠서 줄지어 오가는가.

夜 吟

松濤隱隱奏瑟琶
澹抹疎星夜色賒
借問年年南北鴈
爲誰迢遞一行斜

31. 연이어 금원의 편지를 보고　　連見錦園書

벗은 나를 위한 다고 재삼 글월 보내니	故人慰我再三書
글에는 안 썼어도 정의는 넘치누나	書不成行意有餘
엷은 술은 잘마시면 약이 될수 있지만	薄酒猶賢當取樂
시든 꽃은 비록 있되 떨어지기 쉬우리라.	衰花雖在易歸虛

나에게 신병 있어 서로 찾지 못할 뿐	自從身病無相問
외로움을 좋아함이 그 어찌 인정이랴	豈是人情好獨居
그대가 문안하니 내 더욱 부끄럽고	慙愧諸君勤問訊
속세 떠나 살자던 그마음 엷어가네.	離群絕俗計還疎

32. 고을 전각 재실에서 문득 쓰노라　　縣齋偶題

세상 잊은 탓인가 몸은 자연 한가하고	世機忘却自閒身
필마로 돌아오니 옛 봄 다시 보는구나	匹馬西來再見春
동각의 매화꽃은 이제 다시 피어나고	東閣梅花今又發
그 향기 맑고 맑아 티끌 하나 안 석였네.	清香不染一纖塵

19. 남정일헌(南貞一軒)의 시(詩)

1. 동비를 근친 보내며 　　　　送童婢歸覲

동비(童婢) 나이 열네 살	童婢年十四
걸어서 근친 간다 아뢰네	徒步告歸寧
슬프다, 우리집 규중에 있었는데	嗟我閨中處
어느 날 다시 이정(鯉庭)①을 지나리.	何時過鯉庭

2. 시아버님이 양자 구하는 일로 파주로 행차하시다

尊舅以求螟事行次坡州

이 몸에겐 아들 없고 남편도 없어	此身無子又無夫
오로지 시부모만 가실세라 두렵더니	只恃舅姑竟失姑
시동생 낳은 아기 어린것을 바라고	望弟生兒兒未育
어느 때에 나나니벌② 같이 제구실 하리오.	何時蜾蠃負蒲蘆

1) 이정(鯉庭) ; 자식이 마당에서 부모의 교훈을 받는다는 뜻으로 친정을 뜻함. 공자의 아들 이(鯉)가 뜰로 가다가 공자에게서 시(詩)와 예(禮)를 배워야 한다고 훈계받았다. 「논어」 '계씨편' (季氏篇)

2) 나나니벌 ; 원문의 과라(蜾蠃)로 제목의 명(螟)은 마디 충벌을 말함. 옛말에 나나니벌은 암놈이 없어 마디충의 새끼를 가져다 기르며 날 닮아라 날 닮아라 하니 드디어 나나니벌이 되었다 함. 양자의 비유. 「시경」(詩經)에 '명령유자과라부지'(螟蛉有子蜾蠃負之)라 함. '소아' (小雅)의 소완(小宛)편

다른 사람 아들 구해 내 양자 삼으려니 他人有子我求螟
병든 시아버님 길가며 눈물인들 오죽하랴 病舅登程淚幾零
밤낮으로 기원하되 후사가 있어지라 日夜祈望惟在此
봉황의 새끼[3] 어디에서 향기 뿜을꼬. 鳳雛何處生寧馨

3. 시동생 부부가 서울로 이사감을 보내며

送別夫弟夫婦搬移京第

내 나이 열여섯에 시집올 때에 吾年十六于歸時
시동생은 어린 나이 여덟 살 아기 阿弟幼冲八歲兒
스무해 동안에 나처럼 자라서 廿載之間如我長
어느 사이 현처맞아 정다운 살림. 娶來賢婦又怡怡

동서간의 의리와 수숙간[4]의 두터운 정 妯娌之親嫂叔情
오늘 아침 이별하여 서울로 보내려니 今朝送別入京城
창가에서 오히려 기러기가 부럽구나 當窓却羨雲邊雁
천리길 같이 가서 형제를 삼는구나. 千里同行作弟兄

3) 봉황의 새끼 ; 원문의 봉추(鳳雛)로 비유해서 현명한 소년[鳳兒], 아직 세상
 에 알려지지 않은 영웅을 말함.
4) 수숙간(嫂叔間) ; 형수와 시동생 사이.

4. 빈궁을 보내는 시　　　　　送 窮 詩

회두체[5]　　　　　　　　回頭體

가난 뒤에 영달 오고 영달인즉 가난이라니　　窮必達焉達必窮
궁한 이치인즉 그 이치 궁상맞아라　　　　窮其理則理其窮
영화를 맞는 것이 궁색을 보냄이요　　　　迎斯達後送斯窮
착한 이 영화롭고 궂은 이 궁색탄다.　　　善者達而惡者窮

5. 보배로운 몸종을 생각하노라　　　　憶寶婢

보석 아닌 금구슬을 보배란 웬말인가　　不寶金珠所寶何
제왕(齊王)의 보배는 현인이 많음이니　　齊王所寶以賢多
나도 지금 보배란 제왕의 보배 같아　　今吾所寶如齊寶
보배로운 몸종 있어 자랑함이 보배롭다.　寶有斯婢亦足詫

6. 보리 타작　　　　　　　　　麥 秋

사월이라 남풍이 솔솔 불어오니　　　四月南風至
가을철이 아닌데 추수하는 가을이네　　非秋亦日秋
보리이삭 서늘한 바람 쐬어 익어서　　要凉成穗粒
밭이랑엔 질펀히 보리물결 일어나네.　起浪漲田疇
흰눈 쌓인 겨울철 벌써 지나고　　　雪白經寒節

5) 회두체(回頭體) ; 머릿자를 따서 이어 돌리는 서체.

보리 익는 누런구름 눈길 아득 멀구나 　雲黃極遠眸
타작하는 마당에는 도리깨 소리러니 　風場耞響起
가을에 심은 씨를 여름에 추수하네. 　秋種夏方收

7. 이 해 시월 보름날 　　　是歲十月之望*

강산도 이미 달라지고 　　　江山已變改
절서도 어둠속에 덮였구나 　　節序奄玄幽
명월은 고금에 한가지요 　　　明月同今古
겨울밤은 가을에 이어지네 　　冬宵可續秋

신선과 연분될 때 외로운 학이 지나가고 　仙緣孤鶴過
호기로운 기분으로 일엽편주 떴었네 　豪興片舟浮
승지에 놀던 추억 정말로 못 잊으니 　勝地誠難忘
앞서거니 뒤서거니 정답게 놀던 일을. 　前遊又後遊

8. 병아리 　　　　　　鷄　兒

동그란 계란에 날개를 덮어 　　翼覆團團卵
자연의 법칙대로 이십 일을 품고 앉아 　自然卄日踰
어미닭 자애롭게 부지런한 엄마 되어 　雌慈勤作母
드디어 껍질 깨고 병아리 나왔구나. 　甲坼乃生雛
개미 벌레 구해다가 병아리 먹이고 　哺子求虫蟻

*시월 보름은 아마 남편 죽은 날인 듯.

까치 까막 피하라고 새끼에게 경계하네 　警兒避鵲烏
닭의 생태 보노라면 깨달음이 있었으니 　觀鷄吾有得
내 어찌 양자[6] 듦을 두려워 마다할까. 　負嬴不辭劬

9. 섣달 그믐날의 소감　　　除夕有感

부지런히 시간은 무정케도 재촉하니 　忽忽忽忽漏箭催
어찌하여 가고는 돌아오지 아니하나 　何爲能去不能回
뜰 앞에 대나무는 눈을 맞고 편히 섰고 　安身經雪庭前竹
창 아래 매화는 봄맞을 뜻이구나. 　有意迎春窓下梅

음산히 막힌 겨울 이 밤으로 다하고서 　陰沍已從今夜盡
햇빛 좇아 새해가 다시 돌아오누나 　陽喧復逐新年來
가엾게도 등불은 묵은 해를 지키면서 　可憐守歲燈心苦
환하게 타는 심지 마디마디 재가 되네. 　的的明心寸寸灰

---

6) 양자: 본문의 부라(負嬴) 즉 '과라부지'(蜾蠃負之)에서 온 말. 「시경」(詩經)
　　소완(小宛) 전출

20. 강지재당(姜只在堂)의 시(詩)

1. 감 회   感 懷

열다섯에 부부되어 꽃다운 나이	十五爲夫婦
아직 열여섯[1]은 못 되었건만	芳年未破瓜
오늘 아침 거울 보니 흰머리 나고	今朝明鏡裏
족집게[2]로 흰털 뽑아 광음을 설워하네	鑷白感年華

고니는 어찌하여 멀리 날으며	黃鵠擧何遠
짝잃은 기러기 하늘가를 헤매느뇨	離鴻天一涯
반짝반짝 아름다운 문앞의 버들아	濯濯門前柳
심을 때부터 갈가마귀 피해 컸지	栽時不勝鴉

아깝지만 임 생각에 버들을 베니	思君敢剪伐
마루는 더욱 높아 사방에 둘러 있네	軒昂十圍過
지저귀며 날아드는 한 쌍의 까치	一雙白翎鵲
쌍쌍이 가지 위를 맴돌고 있네.	雙飛繞枝柯

부지런히 물어온 나무 가지로	辛勤含爛木
닷새 만에 지어놓은 절반의 둥지	五日成半家

1) 파과(破瓜) ; 열여섯 살을 말함.(여자의 경우)
2) 섭(鑷) ; 족집게.

하루 아침 수놈이 날아가 버려	一旦雄飛去
슬피 우는 암놈의 저 소리 어찌하랴.	悲鳴奈爾何

낭군은 만나 볼 수 전혀 없으며	良人不可見
삼성(參星)③만 서쪽 하늘 비스듬히 걸려 있네	參星倏西斜
가을바람 비단 장막 불어 흔들고	秋風拂羅幕
흰 이슬은 뜰 아래로 촉촉이 내리네.	白露下庭莎

길쌈에 손이 바쁜 동편집 처녀	促織東隣女
베틀소리 삐걱거려 북을 놀리네	軋軋弄機梭
곱디곱게 원앙비단 짜내어 놓고	織出鴛鴦錦
쌍도칼로 짜낸 비단 자르노라니.	雙刀剪不差

두 뺨에 흐르는 두 줄기 눈물	添寄兩行淚
원컨대 임이 와서 쓰다듬어 주었으면.	願君好摩挲

2. 노 젓는 여인에게 주는 뱃노래　　盪槳曲寄涵亭女伴

한들한들 부드러운 수양버들은	嫣娜垂楊柳
긴 가지가 엉켜지고 떨어지고 하는데	長條綰別離
곱고 고운 홍두화는 그 빛이 빨개	嬋妍紅豆花
열매를 맺고나니 그리는 정 풀었구나.	結子解相思

3) 삼성(參星) ; 성좌(星座)의 28숙중(宿中) 21번째의 별 이름.

연꽃과 연잎은 서로 나란히	蓮花復蓮葉
한결같이 푸르게 연못에 떠 있는데	參差汎綠池
꽃잎일랑 잠시라도 꺾지를 말라고	花葉何須折
연잎에 엉킨 가지 실처럼 이어졌네.	堪折藕連絲
배젓는 소녀들은 굳세지만 가련하여	剛憐少女盪
맑은 물결 희롱하듯 노를 젓는데	盪槳弄淸猗
강물은 맑고도 너무 얕아서	淸猗淸且淺
아무리 저어도 배는 안가네.	膠舟盪不移
머문 배에 머리 돌려 먼 곳을 보니	停舟渺回首
해는 져서 간곳 없으니	日落迷所之
가시풀만 어찌 그리 찔러 주는가	菱角何多刺
치마를 걷어 올려 물 건너기 더디네.	褰裳步水遲
쌍쌍이 짝을 지어 원앙새 날으며	兩兩鴛鴦鳥
날면서 울다가 다시 내려 앉는구나.	飛鳴復在玆
어찌하여 임은 홀로 멀리 떠나고	所嗟遠遊人
하늘가 저 멀리 아득하구나.	隔是天一涯

3. 늦은 봄 　　　　　暮　春

시들어 가는 꽃은 참으로 박명하다	殘花眞薄命
밤새 불던 바람에 우수수 저버렸네	零落夜來風
아이야! 애석함을 네 알거든	家僮如解惜
뜰에 가득 붉게 진 꽃 쓸지 말아라.	不掃滿庭紅

4. 횡당의 노래[4]　　　橫塘曲

연 캐러 횡당 가자 언약을 하였더니　　約伴橫塘去采蓮
연꽃 연실(蓮實) 너무나 애처로워　　蓮花蓮子正堪憐
횡당에 날 저물고 풍랑 거세어　　橫塘日暮風浪急
약한 힘에 목란선(木蘭船) 어찌 돌리리.　　弱力難回木蘭船

5. 봄날의 편지　　　春日寄書

그리움에 흘리는 눈물 받아서　　滴取相思滿眼淚
붓에 담뿍 먹물 찍어 상사라 쓰네　　濡毫料理相思字
뜰 앞에 벽도화(碧桃花)가 바람에 지니　　庭前風吹碧桃花
쌍쌍이 나비들이 꽃을 안고 뒹구네.　　兩兩蝴蝶抱花墜

6. 연 따는 모습 보고　　　剪荙荷

횡당못에 해는 져서 어두운데　　落日橫塘水
아이들은 연을 딴다 분주하네　　兒童剪荙荷
아이야 꽃은 두고 잎만 따거라　　留花莫留葉
잎사귀에 빗소리 못 듣겠더라.　　不耐雨聲多

---

4) 횡당(橫塘) ; 중국 강소성에 있는 연못 이름. 황당곡은 악곡의 이름. 남녀
　　정사의 노래.

7. 봉황대   鳳凰臺

봉황산 위 달빛은   鳳凰山上月
봉황대를 비추네   流照鳳凰臺
대는 비어 사람 없고   臺空人不見
쓸쓸히 혼자 걷네.   怊悵獨徘徊

8. 임에게 보내다   寄 遠

님은 드높은 용(榕)나무⑤요 첩은 여라(女蘿)⑥   郎作高榕妾女蘿
백년 약속 얼기설기 가지와 가지 이어   百年纏繞在枝柯
숲으로 찾아드는 도끼를 겁낸 것은   生來怕近搜林斧
둘 사이 정든 뿌리 베일까 두렵던 것.   割到情根奈爾何

만남은 그 정녕 한 조각 꿈이던가   相見分明片夢中
반쪽만 덮은 이불 비어서 쓸쓸하고   半衾猶煖覺成空
푸른 파초 잎과 오동잎에   碧芭蕉葉梧桐葉
어젯밤 빗소리요 오늘밤은 바람 부네   昨夜雨聲今夜風

회문직⑦ 다 짜놓고 베틀에서 내려앉아   織罷廻文懶下機

---

5) 용나무[榕] ; 열대식물(熱帶植物)로 가지와 잎이 부드럽고 다른 나무에 얽히
   기 잘하며 가지가 땅에 닿아 뿌리가 생기고 자라서 큰 나무가 된다.
6) 여라(女蘿) ; 음지의 칡덩쿨. 다른 식물에 붙어 산대서 여라라 했다.
7) 회문(廻文) ; 중국 전진(前秦)의 보함(寶洺)의 아내가 회문(廻文)의 시를 지
   어 비단에 섞어 짜서 먼 곳에 있는 남편에게 보낸데서 회문시가 시작되었다.

수정발 올려 걷고 저녁 햇빛 바라보네   水晶簾捲對斜暉
강남땅 곳곳에는 봄 풀이 푸를텐데   江南處處靡蕪綠
제비만 날아들고 가신 임 아니 오네.   燕子飛來君不歸

두견새 우는 속에 봄은 막상 늦어 가고   杜宇聲中欲暮春
서러워 정자 올라 안 오는 임 기다리네   登樓悵望未歸人
다정할손 복사꽃은 바람에 흩날리니   多情最是桃花片
비단옷에 날아와도 먼지는 묻지않네.   故着羅衣不點塵

푸른 옥 난간과 대모 들보에는   碧玉欄干玳瑁樑
황홀한 바람 불어 백화향기 풍겨 주네   綺羅風動百花香
정(丁)자 무늬 발 밖에 비는 내리고   丁字緗簾簾外雨
제비는 흙을 물고 집 짓노라 재잘댄다.   含泥紫燕語琅琅

9. 연못의 가을 아침   池塘秋曉

가을 연못 물은 희고 새벽별 차가운데   秋塘水白曉星寒
낱낱의 밝은 구슬 옥소반에 받드는 듯   箇箇明珠擎玉盤
날이 밝고 해가 뜨면 어느 곳에 다시 보랴   到得天明何處見
연잎에 마음가니 이슬만 동실동실.   移情荷葉露團團

10. 술 취한 산랑[8]을 조롱함　　　　嘲山郞醉頹

향기로운 비취 발과 호박 비녀와　　　　翡翠簾香琥珀釵
옥가락지 산호패물 그 값이 얼마인데　　玉環珊佩價高低
잡혀놓고 뉘 집 술 퍼 마셨는지　　　　偸將典飮誰家酒
철쭉꽃 고운 앞에 진흙처럼 취했는가.　躑躅花前醉似泥

11. 곡서 연못[9]　　　　曲　漵

곡서 연못 연꽃 향기 가득 풍겨 그윽한데　曲漵荷花萬柄香
칠십이[10] 원앙새들 연못가에 모여들어　　剛憐七十二鴛鴦
푸른 깃 붉은 털로 서로 기대 조는 듯　　翠鬣紅毛相對睡
그림배에 보슬비는 가을 기운 보내누나.　畫船絲雨送微凉

12. 회포를 읊음　　　　述　懷

청루생활 이십 년 꿈같이 보낼 때에　　如夢靑樓二十秋
거문고 타고 피리 불며 유수와 다투었네　催絃急管水爭流

8) 산랑(山郞) ; 여기서 산랑은 작자의 남편인 배전(裵㙉 1843~1899)을
　말함.
9) 곡서(曲漵) 또는 곡포(曲浦) ; 굽어진 연못 또는 중국 섬서성(陝西省)에
　있는 연못. 붉은 연꽃이 유명했다는 못.
10) 칠십이 ; 72에 대한 고사 성어는 많지만 여기서는 72만(灣) 즉 많은 물
　굽이를 뜻함.

시인은 말 말아라 아름답고 예쁜 칼을   詩人莫道嬋妍劍
모진 창자 다 베어도 수심만은 못 끊으리.   割盡剛腸未割愁

13. 취랑 집에서 가을 밤 술 마시며   翠娘家秋夜讌飮

금단지에 빚은 술 익고보니 국화향기   金樽酒熟菊花香
가을 등잔 밤 깊도록 손과 함께 맞앉았네   留客秋燈坐夜長
다시 한 잔 권하려다 잠깐 손을 멈추고   將進一盃還住手
손가락끝 살짝 담가 술 더운가 저어보네.   指尖輕試適溫凉

14. 꿈 깨고 보니   夢 斷

수탉 울음 첫소리에 잠깨어 꿈 끊기니   夢斷黃鷄第一聲
버들 끝 비낀 달빛 애잔하게 남아있어   柳梢斜月耿殘明
원앙이불 차고 더운 인간의 밤일을   鴛衾冷煖人間夜
슬픈정 기쁜 일을 역력히 비춰주네.   照盡悲歡歷歷情

15. 죽지사[11]   竹枝詞

계집아이 열세 살 사랑을 알 때   十三兒女解相思

---

11) 죽지사(竹枝詞) ; 악부(樂府)의 한가지로 남녀의 정사나 그 지방의 풍속을
　　읊음.

복사잎 눈썹으로 죽지사 부르네 　　桃葉眉低唱竹枝
그림 같은 풍경 속에 강성의 세월 좋아 　　好是江城如畵裏
물가 수홍꽃⑫ 피고 달 밝은 때였네. 　　水紅花發月明時

가야금 한 가락에 원망은 깊어 가고 　　瑤絃一奏怨沉湘
그 사람이 물 가운데 있지나 않을까 　　若有伊人在水央
노래하고 머리 돌려 돌아본들 사람 없고 　　曲罷回頭看不見
물가에는 비낀 달과 배가득 서리뿐. 　　半汀殘月滿船霜

그의 집은 금채 냇가 윗마을이 였는데 　　家住金釵澗上村
꽃배같은 집이지만 푸른 물결 차가왔네 　　畵船如屋綠波寒
무한한 정감은 한 쌍의 구슬같이 　　無限多情雙鸎玉
꽃 속에 머리 맞대 서로 눈짓 쳐다봤네. 　　並頭花裏脈相看

16. 금릉의 가을버들을 읊노라　　納陵秋柳

애끊는 가을 바람에 한 곡조 노래하니 　　腸斷秋風一曲歌
백문(白門)⑬에 비낀 햇빛 그림자 진다 　　白門殘照影斜斜
고금에 변함없는 수제(隋堤)⑭의 한에 　　古今無盡隋堤恨
꾀꼬리는 볼 수 없고 저녁까마귀 소리 뿐. 　　不見飛鸎聽暮鴉

12) 수홍꽃(水洪花) ; 물가에 우거져 피는 크고 붉고 흰 잎. 그곳에서 남녀가
　　만난다.
13) 백문(白門) ; 지금의 중국 남경(南京) 금릉(金陵)의 별칭. 원제의 납릉(納
　　陵)은 금릉.
14) 수제(隋堤) ; 중국 수나라 양제(隋煬帝)가 쌓은 큰 운하의 둑.

필마로 쓸쓸히 하늘가로 가노라니　　　　　蕭蕭匹馬向天涯
물 멀고 산 높아 이것이 이별인가　　　　　水遠山長此別離
옛날에는 훑던 버들 지금에 안 꺾음은　　　昔時抃折今休折
차마 인정으로 늙은 가지 못 꺾어서네.　　忍折無情已老枝

그네 맨 가지 아래 추억은 그지없고　　　　秋千枝下思無端
우는 듯 한스러워 이슬 아직 젖어 있다　　　悵望如啼露未乾
술 깰 때를 기다리니 사람은 멀리 가고　　　耐可酒醒人更遠
매미소리 그치고 저녁 햇빛 차구나.　　　　一蟬聲斷夕陽寒

버들을 사랑하던 일곱 사람 간 데 없고　　　終古鎖魂柳七郎
새벽바람 야윈 달빛 더욱 쓸쓸하여라　　　　曉風殘月倍凄清
잎사귀에 맺힌 설움 그 다소를 알겠고　　　愁條恨葉知多少
실버들에 이별 슬픔 다시는 두지 말자.　　無復絲絲縮別情

풍류는 일찍부터 봄날씨를 좋아하여　　　　風流早占艷陽天
흩날리는 꽃 속에서 춤을 추게 하는구나　　謾遺飛花落舞筵
마침내 늙어서야 항상 봄이 아니라고　　　　終知老至非今日
그 옛날 생각하고 수심이 짙어진다.　　　　只是當時已黯然

17. 서울로 임 보내며　　　　　送別之京

시월에 강남에는 비가 내리고　　　　十月江南雨
북쪽에는 지금쯤 눈내리겠지　　　　知應北雪時
북쪽에 계시어 눈을 만나면　　　　在北如逢雪
이내 몸은 빗속에서 임을 그리오.　　懷儂雨裡思

떠나실 때 드렸던 한 개의 귤   臨行貽一橘
손바닥에 구슬처럼 소중히 여기다가   愛似手中環
양주길 지날 때 심어 두었다가   願作楊州路
돌아올 땐 만개의 귤이 되시길.   歸時萬顆還

18. 남산 한식에 취염의 묘 앞에서 곡하노라   南山寒食哭翠艶墓

한식인데 찾는이 없어 두견새만 슬피우니   寒食無人哭杜鵑
이슬 젖은 꽃마져 바위밑에 눈물 젖네   巖花垂露淚涓涓
무덤 앞에 한 조각 달마저 가엾으니   可憐一片墳前日
즐겁던 노래 춤 때 비춰준 달이란다.   曾照歌筵與舞筵

해 저무는 봄바람에 제비는 돌아오고   日暮東風鷰子回
들꽃 핀 모습에서 그대 화장 남은 흔적   殘粧空認野花開
쓸쓸한 무덤에서 서러운 눈물 닦고 보니   凄淚瓓珊頻拭眼
깨진 빗돌 글자 없고 푸른 이끼 돋았구나.   斷碑無字半蒼苔

아름다운 그대 얼굴 봄을 독차지 하였네   娉婷嬌娜獨占春
번구와 만요[15] 미인 후신이던가   樊口蠻腰是後身

---

15) 번구 · 만요(樊口 · 蠻腰) ; 백거이(白居易) 의 두 첩의 이름을 번소(樊素)와
소만(小蠻)이라 불렀는데 번소는 노래를 잘 부르기 때문에 노래는 입으로
부르는 것으로 번구(樊口), 소만은 춤을 잘 추었기 때문에 춤은 허리로 추
는 것으로 만요(蠻腰)라 함. 즉 옛날 가무(歌舞) 잘하는 사람의 후신으로
생각한 것임.

아름다운 노랫소리 예전과 같앴으니   宛轉歌聲依舊否
황천에도 그대 그릴 애끓는 이 있을 게요.   九泉應有斷腸人

19. 가벼운 배 저으며   輕 舟

가벼운 배 바람에 맡겨 타고서   輕舟一任風
난초 깊은 곳에 들어갔더니   漸入蘭深處
한 쌍의 원앙이 놀라 일어나   驚起雙鴛鴦
푸른 물결 아득히 가버린다네.   綠波渺然去

20. 강가의 단오날   江頭端午

굴원(屈原)의 원망은 끝이 없구나   屈子無窮怨
골라수(汨羅水)는 밤낮없이 쉬지 않고 흘러가네   汨羅日夜流
해마다 단오날 때가 되면은   年年端午日
굴원 혼백 위로한다 다투어 강 건너네.   競渡此江頭

21. 옛 생각   憶 昔

옛 생각에 또 옛 생각 하염없으니   憶昔復憶昔
싸움터 병영의 봄 속에 지라났다   生長柳營春
내 나이 여덟에 어머님 따라   八歲隨慈母

조수물 타고서 남쪽 나루 건넜네.　　　　　　乘潮南渡津

어찌 잘못 분성관(盆城舘)[16]에 몸이 떨어져　　　誤落盆城舘
기녀(妓女)로 청루에 몸을 맡겼네　　　　　　句欄委此身
어찌 일찍 거울 보며 화장을 배워　　　　　　何曾拂菱花
아침에도 비단옷 곱게 입었네.　　　　　　　今朝着綺羅

몽롱한 가운데 회설의 춤[17] 추었고　　　　　　曨朧回雪舞
맑고 맑은 갈운(渴雲) 노래[18] 불렀었다네　　　瀏亮渴雲歌
그림같은 유람배를 부용못에 띄웠다가　　　　畫舫芙蓉水
연자루에 누런 발 내리었었네.　　　　　　　細簾燕子樓

나이 열다섯에 서방님 맞아들여　　　　　　十五逢君子
머리 쪽져 마음이 한데 얽혔네　　　　　　　結髮意綢繆
기구한 첩의 신세 어찌 견디리　　　　　　　那堪妾薄命
외기러기 짝을 찾듯 그리워 사무치네.　　　　離鴻顧侶儔

열일곱에 어머님 돌아가시고　　　　　　　十七違慈母
삼 년 지나 아직도 눈물 못 거둬　　　　　三年涕未收

---

16) 분성관(盆城舘) ; 경남 김해의 객관(客舘) 작자 지재당은 관기(官妓)였으므
　　로 객관에 있었다.
17) 회설무(回雪舞) ; 회설수(回雪袖). 무용의 공교한 형용. 「낙신부」(洛神賦)
　　에 무용을 '若流風之回雪' 이란 말에서 옴.
18) 갈운가(渴雲歌) ; 운등치우(雲謄致雨)란 말이 있듯이 '갈운'(渴雲)은 '기
　　우'(祈雨)와 통한다. 기우(祈雨)를 할 때의 노래.

아득히 북망산 바라보면서 　　　　　迢迢北邙上
백양나무 밑에 묻은 묘에 한잔 술. 　　白楊對一杯

아득히 먼 하늘엔 한 조각 구름 　　　茫茫一片雲
서쪽 광릉성(廣陵城)으로 흘러서 드네 　西入廣陵城
건덕(建德) 땅은 내고향 아니요 　　　建德非吾土
병주(並州)가 내 살던 정든 땅[19] 　　並州卽故鄉

지는 잎이 뿌리로 돌아가는 날 　　　落葉歸根日
그 뉘가 한마음 한뜻이랬나 　　　　誰是一心人
강물에는 푸른 갈 잎 가득하지만 　　水國滿蒼葭
흰 이슬에 도리어 마음 상한다. 　　白露却傷神

서쪽 동산 홀로 선 나무에 꽃피니 　西園獨樹花
벌 나비 어찌 그리 분분히 나르는가 　蜂蝶何紛紛
동녘산에 사부(謝傅)[20]가 의연하시니 　東山有謝傅
긴 노래로 흰구름에 회포를 풀어보네. 　長歌懷白雲

반을 자른 비녀는 외로운 몸 기약없고 　折釵難孤約
반을 가른 거울은 다시 만날 기약있네 　半鏡合如期
소나무 잣나무 빽빽이 섰는 속에 　　松栢鬱蒼蒼

19) 원시는 '建德非吾土 並州卽故鄉'이라 했는데 이는 작자와 관계있는 건덕
　　(建德)과 병주(並州)가 아니라 중국 당나라 시인 맹호연(孟浩然)의 시에서
　　따온 구절이다.
20) 사부(謝傅) ; 중국 진(晋)나라 사태부(謝太傅) 사안(謝安)을 말한 듯. 곧 작
　　자의 남편을 비유함.

눈보라는 계절 알아 춥게 부누나.　　　　　　風雲歲寒知

사월 황매에 내리는 장마 비는　　　　　　四月黃梅雨
마디마디 애를 끓어 서러움 더하고　　　　斷盡寸寸腸
베개깃에 눈물은 소리없이 내리어서　　　　無聲枕畔淚
방울방울 비단치마 함빡 적시네.　　　　　滴滴濕羅裳

금강물 흘러서 하늘까지 이었으니　　　　　連天錦江水
난초 노로 젖는 길은 어찌 그리 멀던고　　　蘭橈路何長
미륵암은 산속 깊이 송림에 자리잡아　　　　深松彌勒菴
치마를 걷고서 기어서 올라가네.　　　　　　襄裳跨高岡

약수(弱水)[21]는 삼천리나 먼 곳에 있고　　弱水三千里
무산(巫山)[22]은 열두 봉 높이 솟아서　　　巫山十二蜂
이 사연 뉘에게 하소연 하리오　　　　　　　此情憑誰說
임 생각에 가슴은 만겹으로 쌓이었다.　　　相思更萬重

21) 약수(弱水) ; '약수삼천리'란 투어가 있으니 아득히 먼 곳을 의미. 약수는
　　중국 남쪽 먼곳에 있는 신선이 산다는 물이름.
22) 무산(巫山) ; 여신선 서왕모(西王母)가 산다는 신선의 산. '약수삼천리' 나
　　'무산십이봉' 은 모두 우리 민족의 고뇌에서 벗어나려는 도피처로 생각한
　　신선세계.

22. 금릉에서 여러 가지를 읊노라　　金陵雜詩

연자루(燕子樓)[23] 앞에 버들꽃 피었고	燕子樓前楊柳花
버들꽃과 제비는 지는 해에 비끼었네	楊花燕子夕陽斜
제비는 꽃을 좇고 꽃은 제비 따르며	燕逐飛花花逐燕
온 성안 흩어져 인가로 날아드네.	城中散入萬人家
구름 같은 봄물은 호계(虎溪)에 넘쳐 있고	春水如雲漲虎溪
빨래하는 여인은 강 동서로 나뉘었네	浣紗人隔水東西
소쩍새는 진종일 쉬지 않고 우는데	盡日子規啼不盡
이릉(二陵)[24]은 한식 풀에 푸르게 우거졌다.	二陵寒食草萋萋
열 나무엔 버들꽃 아홉 나무 꾀꼬리	十樹楊花九樹鶯
꾀꼬리 버들꽃은 누굴 위해 분주한가	鶯花撩亂爲誰忙
어둡고 슬픈 봄에 봄철 더욱 적막하다	黯黯傷春春寂寂
해서 문밖 석양에 정치는 기울었네.	海西門外政斜陽
금천교(金川橋) 둑 위에는 처음으로 비개이고	金川橋畔雨初晴
외죽촌(外竹村) 골 밖에는 저녁놀이 일어난다	外竹村邊落照生
사련정 맑은 물은 삼십리에 뻗쳤는데	謝練澄江三十里
가위 같은 작은 배는 달속으로 저어가듯.	輕舟如剪月中行

23) 연자루(燕子樓) ; 금릉(金陵) 즉 경남 김해(金海)에 있는 정자 이름. 김해의
　　호계(虎溪) 라는 강 위에 있고, 분산(盆山)에서 김해 평야로 흐르는 강인
　　호계 따라 가락국의 많은 고적과 전설이 있다. 명소(名所)가 많이 나오지
　　만 일일이 주 달지 않는다.
24) 이릉(二陵) ; 가락국 시조인 수로왕릉과 허왕후의 능(서능)

망북루에 높이 올라 난간에 홀로 서니	望北樓高獨倚欄
피리소린 그쳐서 넋을 녹여 주노나	角聲初斷黯銷魂
가랑비 맞으며 교방[25] 남쪽 걷자하니	微雨敎坊南畔路
낙화 위에 신자국 수놓은 양 자리나네.	落花紅印繡鞋痕

그 집은 강남땅 어느 마을이런가	家在江南何處村
농부와 어부는 밤에 모여 의논하고	綠蓑漁父夜相誼
밀물이 강에 차니 갈대 더욱 짧아졌고	短短蘆芽潮滿浦
새물에 삿대 저으니 복어가 올라오네.	一篙新水上河豚

삼암동(三巖洞) 깊은 속에 꽃잎 쌓여 향기롭고	三巖洞裏靜香塵
제비떼만 재잘재잘 사람은 뵈지 않네	燕子聲中不見人
고기잡이 낭군님 무엇을기억하나	爲問漁郎相憶否
벽도화 핀 무릉도원 봄날을 생각하나.	碧桃花發武陵春

천향사(天香寺)엔 연등이 붉게 빛나고	天香寺裡佛燈紅
만장대 앞 흐르는 물 창공에 닿았구나	萬丈臺前水拍空
장사는 바람 맞아 옥피리 불며	壯士臨風吹玉笛
한 곡조 피리소리 구름 속에 떨어지네.	一聲遙落白雲中

밀물은 급물살 썰물은 잔잔한데	上川灘急下灘平
울긋불긋 떼지어서 물결따라 오가는데	紅粉爭灘隊隊行
이슬 묻은 비단치마 길어서 삼백자로	霧縠氷紈三百尺
석양에 눈부시게 영롱하게 비추누나.	玲瓏射眼夕陽明

25) 교방(敎坊) ; 기녀를 가르치는 집.

버들꽃이 누렇게 만세교(萬世橋)에 날고　　黃柳花飛萬世橋
푸른 시내 봄 물에 길 아득해라　　碧溪春水路迢迢
봉산엔 지는 해요 응암에는 뜨는 달　　鳳山落照鷹巖月
동서로 갈린 슬픔 조석으로 더해 준다.　　悵隔東西暮復朝

단오날 서릉에 함께 가자 기약하니　　約伴西陵端午日
창포꽃 꽂고 노는 반가운 계절　　菖蒲花挿趁佳期
머리 들어 그네 뛰며 나뭇가지 꺾으면　　擡頭半折秋千索
예전처럼 수양버들 몇 번째 가지런가.　　依舊垂楊第幾枝

영춘문(迎春門) 밖 전각에 봄이 돌아오니　　迎春門外殿春回
떨어진 꽃 수북하고 푸른 이끼 끼었네　　落粉殘臙剩綠苔
지관(池舘)에 발 내리니 사람 없어 적적한데　　池舘下簾人寂寂
답청놀이 돌아오며 분성대(盆城臺)에 올랐다네.　踏靑還上盆城臺

강무당(講武堂) 앞뜰엔 달빛이 고요한데　　講武堂前月色閑
뉘집의 아이런가 광대노래 듣다 오네　　誰家兒女聽倡還
밝은 날 아침엔 발자취 없다 말 말어라　　莫道明朝無跡看
푸른 이끼 새벽이슬 신코에 아롱졌네.　　蒼苔晨露鞋頭斑

암자에 가을 물은 어량(漁梁)[26]에 떨어지고　　佛菴秋水落漁梁
집집마다 술 익으니 게장을 쪼개더라　　酒熟家家劈蟹黃
장사꾼은 달밝으니 돛배에 줄지었고　　估客月明齊倚棹
밀물소리 들으며 동쪽 마늘 산창으로 달리네.　　潮聲東走蒜山倉

26) 어량(魚粱) ; 고기를 잡기 위해 물막이 한곳.

진남문(鎭南門) 밖 서늘 바람 일찍이 찾아드니　　鎭南門外早凉生
성곽 가득 비린내속 날은 잠간 개었는데　　滿郭腥風雨乍晴
농어는 한 자 길이 잉어는 석 자　　一尺鱸魚三尺鯉
낚싯대엔 해 걸리고 고기 파는 소리 뿐.　　半竿紅日賣魚聲

구지봉(龜旨峰) 꼭대기에 저녁노을 붉었는데　　龜旨蜂頭落照紅
후릉의 송백에는 가을바람 일어난다　　后陵松栢起秋風
마음은 상하는데 파사석(婆娑石)[27]이 외롭고　　傷心一片婆娑石
덩굴풀 거칠어져 적막 속에 묻혀 있네.　　蔓草荒煙寂莫中

여뀌핀 물가 섬에 가을빛이 그림 같고　　蓼嶼秋光入畵圖
흩어진 비단 안개 그 경치 어떠한고　　斷霞澄錦境何如
초선대(招仙臺) 물가에 말 세워 놓고　　立馬招仙臺畔路
단풍이 가득한 신어산(神魚山)[28]을 바라보네　　一山紅樹望神魚

순채못[蓴池] 곁에는 목화꽃 피어 있고　　木綿花發傍蓴池
중년 부인 앞서가고 젊은 부인 뒤따르네　　中婦前行少婦隨
밭 골짝 물레소리 밤새워 들리나니　　沓谷軒車終夜響
내일 아침 저자에 새 실 팔러가자는 것.　　明朝南市賣新絲

성조암(聖祖菴) 앞뜰에 늙은 잣나무 드리웠고　　聖祖菴前老栢垂
독경소리 그치고 중은 간 지 오래네　　經殘僧去已多時

---

27) 파사석(婆娑石) ; 호계 물가에 있는 5층 석탑인데 허왕후가 배로 올때 신
　　고 왔다는 전설이 있다.
28) 신어산(神魚山) ; 김해에 있는 명산.

삼세(三世) 비는 향불 연기 부엌에 가득한데 　香積廚空三世火
보살님 가여워서 나는 고개 숙인다. 　我憐菩薩一低眉

외장대(外將臺) 높은 곳에 상장기 나부끼고 　外將臺高上將旗
칼날 번쩍 흰눈 같고 말달려 별빛이네 　劍光翻雪馬星馳
무기 녹여 농사도구 마련함이 어떠할꼬 　何似銷兵鑄農器
전원에서 태평세월 함께 즐겨 보고 싶네. 　田園共醉太平時

선창의 도매 집에 여름비는 개었고 　都買船倉夏雨晴
갈대섬엔 관솔불이 밤 깊도록 밝아 있다 　荻洲松火夜深明
동이에 게 담아 살아서 움직이고 　郭索滿盆猶活動
아이 지고 여자 이고 남성장에 팔러가네. 　童肩女戴入南城

칠점대(七點臺)는 비어서 초목이 거칠었고 　七點臺空草樹荒
평전들은 끝 없으니 물빛만 아득하다 　平田無際水茫茫
남쪽 넓은 바다엔 형제섬 가물가물 　南望滄溟兄弟島
저문 하늘 기러기는 두세 줄 날고 있네. 　暮鴻斜度兩三行

삼월에 배 띄워 바닷길 내려오니 　海倉三月下漕航
기녀들이 잔 권해서 술 마시니 향기롭다 　紅粉當壚綠醞香
험한 풍랑 뱃길에 무사하라 기원하며 　鰐浪鯨濤無恙願
배 가득히 굿판차려 북치며 퉁소부네. 　滿船簾鼓賽船王

서쪽 용제(龍蹄) 쳐다보니 구름은 말끔하니 　西望龍蹄雲淡淡
원님은 기우제 드린후에 말타고 돌아오네 　使君禱雨馬回遲
저물어 방에 드니 촛불 붉게 빛나고 　暮入涵虛紅燭爛

기녀들은 다투어 백구사를 부른다네.　　　女娘爭唱白鷗詞

북과 피리 비껴부니 밤은 깊어 가려는데　　　鼓角橫吹夜欲闌
남풍에 술 부어 사충단(四忠壇)에 제 올리네　　　南風醬酒四忠壇
포장 밖에 달 어둡고 깃발은 정연한데　　　帳外月陰旗脚整
의젓하게 섰는 사람, 칼날이 싸늘하다.　　　儼然人立劍光寒

부교(浮橋)돌에 물잠기니 아침 조수 질펀한데　　　浮橋石沒漲晨潮
어부집엔 닭 우는데 날은 아직 덜 밝았다　　　蟹舍鷄聲日未朝
남쪽에서 바람부는 십리 저쪽 신문시(新文市)[29]　　　南風十里新文市
버들가지 고기 꿰어 다투어 팔고 있네.　　　爭販葦魚貫柳條

나전령(羅田嶺)은 삼거리와 길이 맞닿고　　　羅田嶺接路三街
느티나무 고목 밑에 주막 몇집 쓸쓸하네　　　數店荒凉落古槐
밤중에 방울소리 직사(直使) 옴을 알리고　　　半夜鈴聲來直使
달빛에 횃불 들고 바꿀 당번 부르네.　　　月中催炬喚更牌

무척산(無隻山) 푸르고 산 위에는 백운 인다　　　無隻山靑起白雲
암자에 붙은 돌은 사람인가 바위인가　　　母菴粘石望難分
멀리 우는 종소리는 삼호수에 퍼져 가고　　　踈鍾響落三湖水
배에 실린 말등에도 그 소리 들려오네.　　　行旅舟中馬上聞

성전(聖殿)터 꽃다운 풀 방석같이 포근하니　　　芳草如茵聖殿墟
다산(茶山)도 어린 시절 독서를 안 했다나　　　茶山年少廢看書

---

29) 신문시(新文市) ; 「신증동국여지승람」에는 김해에는 신문보(新門堡)가 있
　　고 창녕(昌寧)에 신문부곡(新文部曲)이 있다고 했다.

관정수(官井水)로 침리부과(沈李浮瓜)[30] 했다니　　沉李浮瓜官井水
나도 한낮 더위 피해 서늘한 곳 좇는구나.　　追凉齊趣午炎初

명도(鳴島)는 남쪽 바다 끝으로 아득하고　　鳴島蒼茫水盡南
판교(板橋) 주막에는 버들가지 늘어졌다　　板橋茅店柳毿毿
흰 모래밭 사잇길 해 비춰 또렷하고　　日照白沙田畔路
소금 실은 수레마다 붉은 적삼 따르네.　　鹽車兩兩茜紅衫

청뢰각(晴雷閣) 밖으로 기우는 해 보내니　　晴雷閣外送斜陽
내장대(內將臺) 앞 달빛은 서리같이 희구나　　內將臺前月似霜
송경으로 나그네 길 몇 번이나 오갔던가　　往來多少松京旅
매화꽃에 피리부니 고향생각 간절하다.　　玉笛梅花望故鄉

남산에 한식 오니 풀들은 엉기성기　　南山寒食草離離
남자 여인 부산하게 무덤을 찾을 때네　　士女紛紛上塚時
이내 몸은 이 중에도 울어 볼 곳 없으니　　儂向此中無哭處
남 따라 눈물 흘려 함께 슬퍼하누나.　　隨人有淚一般悲

영운동(靈云洞) 속 옛집은 모두가 나무꾼 집　　靈云洞裏盡樵家
나무찍는 도끼소리 날이 금방 저무네　　伐木丁丁日已斜
십리 저자 나무 팔고 달밤에 돌아오며　　十里賣薪歸夜月
분산(盆山)고개 올라서 소리 높여 노래하네.　　盆山頂上放高歌

---

30) 침리부과(沈李浮瓜) ; 찬물에 오얏을 담그고 참외를 띄워서 여름에 시원하
　　게 먹는다는 말로 흔히 관료들의 영고성쇠를 빙자하여 쓴다.

성안에는 칠월이라 보름날인데　　　　　　城中七月中元日
집마다 거리마다 올벼 향기 가득하네　　門巷家家早稻香
새벽에 방아 찧어 공양미 정결할 제　　玉潔晨春齊佛米
서쪽 숲 보살님께 평안을 빌어보네.　　西林去祝大醫王

23. 야초 선생에게　　　　　　　寄野樵先生

독서 천 권에 머리털은 흰 실처럼 되었고　　讀書千卷鬢成絲
한수의 눈과 호수의 서리에 늙어 이별하였네　　漢雪湖霜老別離
푸른 정자 붉은 난간은 노래하고 춤추던 곳　　碧榭紅欄歌舞地
야초의 시를 읊지 않는 사람 없네.　　無人不誦野樵詩

24. 매화꽃을 보고 임 생각한다　　對梅花憶山郞

매화꽃 부여잡고 옛 임 만난듯　　枉把梅花擬美人
문장은 가을 물같아 티없이 맑았고　　文章秋水絕纖塵
생각한 일 시로 엮고 야윈몸 맑았었다　　想像緣詩淸瘦骨
쓰러진 집 눈바람 쳐도 가난을 모르셨네.　　弊廬風雪不知貧

25. 집을 짓다　　　　　　　　卜　築

호계의 흐르는 물 서쪽에 이웃하여　　虎溪流水水西隣

새로 지은 초당은 티끌 한점 없구나　　　新築芽堂絕點塵
지난 밤 동풍은 비 몰아 지나갔고　　　　昨夜東風吹雨過
담 너머서 꽃 보내 준 사람도 많네.　　　隔墻多是送花人

26. 일본 수신사 행차가 있다하므로 한 수 지어
　　기녀 취향의 둥근 부채에 제하여 적는다

聞有日本修信之行 謾吟一絕
題趍站 妓翠香團扇

원컨대 동으로 흐르는 물이 되어서　　　願作東流水
도도히 동해로 흘러 들어가고 지고　　　滔滔入海流
풍파는 평탄한 길처럼 잔잔히　　　　　風波如坦道
탈 없이 가는 배 지켜 주소서　　　　　無恙護行舟

27. 취향의 딸 죽음을 대신 곡하며　　　代翠香哭女

어미 곁을 항상 떠나 할머니를 따르며　　阿母常離祖母隨
상머리에 앉아서 밤 대추 사탕 배를 즐겨 먹었지　床頭棗栗與糖梨
짧은 처마에 가을해 길기가 여름 같으니　短簷秋日長如夏
자주 울면서 젖을 찾곤 하였지.　　　　往往嬌啼索乳時

눈에 가득 슬픔을 억지로 참으려니　　滿眼悲來强抑悲
창 앞으로 한 걸음 내딛기가 하늘 끝　　窓前一步若天涯
어미 마음 상케 할까 눈물을 감추다가　潛淚恐傷慈母意

빈 뜰에 떨어진 꽃가지에 눈물 쏟네.　　　　　空階灑向落花枝

동쪽 집에 점을 치고 북쪽으로 의원 찾아　　　東隣問卜北隣醫
의사는 못고치고 무당 점을 믿다가　　　　　醫道難醫卜不疑
동풍 불고 비오는 캄캄한 밤에 가니　　　　　路黑東風吹雨夜
네 아비 박정한 것을 네 어찌 알리.　　　　　爾爺恩薄汝安知

황천길 멀고 멀어 가기 더딜 것인데　　　　　重泉路遠去應遲
머리 돌려 보는 것은 어미 사랑 못 잊는 탓　　倘是回頭戀母慈
반은 안개 반은 비 배꽃 피는 달밤에　　　　　半烟半雨梨花月
불러도 흔들어도 어둠속에 대답없네.　　　　杳杳招招竟不知

비단치마 깊숙이 싸여 문을 나서서　　　　　深裏羅裳抱出門
청산에 한 번 묻혀 거친 들판에 부쳤구나　　青山一挿付荒原
어제까지 기뻐하며 색상자 속을 뒤졌는데　　昨日嬉探斑篋裏
즐겨 놀던 비단 조각 더욱 마음 아프구나.　　零紈片錦倍傷魂

네가 타락해서 강남에 이르거든　　　　　　爾孃流落到江南
살던 집 일 생각하면 견딜 수 없을 터라　　憶事西廂思不堪
저승에선 절대로 기생이 되지 말고　　　　他生莫作娼家女
좋은 낭군 맞이하여 문에서 기다려라.　　好向侯門做好男

28. 외로이 한낮의 감회를 읊다　　　獨日書懷

가지 무성한 나무에는 푸른 까치 따르고　　爛木隨青鵲

비온 뒤 진흙에는 제비가 모여드네　　　　新泥逐玄禽
애써 고생하여 한 집을 얽은 것은　　　　　辛勤開一屋
모두가 새끼 기르려는 마음이라네.　　　　俱是養雛心

어미 닭은 털을 모두 곤두 세우고　　　　　母鷄毛盡堅
팔구 마리 새끼를 달고 다니네　　　　　　　尾隨八九兒
내 힘은 약하지만 개에게 덤벼드니　　　　搏犬忘吾弱
오로지 많은 새끼 거느린 까닭이네.　　　　藉重在多兒

29. 늦은 밤에　　　　暮春夜

봄은 저무는데 등잔불 하나 외롭고　　　　漸看春盡一燈孤
성 위에 달은 지고 자고새만 울고 있네　　月落城頭啼鷓鴣
배꽃에 비뿌리고 봄 안개 자욱한데　　　　梨花帶雨春烟暝
나는 강마을 봄눈 그린 그 속에 앉은 듯.　坐我江村春雪圖

30. 연못 정자를 보며　　　　池亭見訪

멀리서 봉산의 산 빛을 바라보니　　　　　望裡蓬山色
여러 해 꿈에 보던 푸른 빛이네　　　　　　多年入夢靑
옛날에 이별하던 그 어느 곳이던가　　　　昔別曾何所
서로 다시 만난 곳도 이 정자이네.　　　　相逢又此亭

제비 울고 강에는 가랑비 내리는데　　　　燕鳴江雨細

고기는 뜬 풀을 먹으니 물 비린내 나는구나 　　魚唼水花腥
어찌 차마 옛 친구 일을 들으랴 　　　　　　那堪問故舊
오동잎은 반이나 시들어 떨어졌네. 　　　　　桐葉半凋零

31. 문득 생각하여　　　　　　　　　　　　　卽　事

어린 아이 잠자리 쫓으며 잡는데 　　　　　稚子追蜻蜓
잠자리는 꼬리를 한들거려 날아가네 　　　蜻蜓尾裊裊
잠간동안 발을 거는 갈고리에 앉았다가 　俄看粘簾鉤
또다시 복사꽃 가지 끝으로 옮아 앉네. 　移粘桃花杪

살금살금 걸어서 복사꽃 향해가니 　　　潛步向桃花
푸른 연못 뜬 풀 위에 날아가 앉네 　　　粘萍在碧沼
다리 걷고 연못 속에 고생만 하곤 　　　赤脚空辛苦
잠자리는 놀라서 아득히 날아갔네. 　　驚飛去渺渺

32. 우향 이대교가 낙천재 시첩을 보내　謝又響李待敎惠賜
　　　주신데 감사드리며　　　　　　　　　樂天齋詩箋

어른께서 제게 주신 시전(詩箋) 한폭은 　感君惠我箋
산뜻한 붉은 연지 물들여 있고 　　　　　鮮色染紅臙
손에 반들반들 만지고 다듬어져 　　　　摩挲復摩挲
실로 꿰고 낙천(樂天) 글자 도장 찍혔오. 　絲闌印樂天

인생을 백년을 산다고 해도   人生百年間
기쁘고 즐거운 날 그 몇 번이겠오   歡樂能幾時
이제부턴 즐거움만 즐겁다 말고   從今樂莫樂
가득히 시 지어서 기쁘게 살렵니다.   滿寫喜歡詩

33. 봄 꿈   春 夢

수정발 밖에는 날이 장차 저무는데   水晶簾外日將闌
늘어진 버들은 푸른 난간을 덮었네   垂柳深沉覆碧欄
꾀꼬리 버들 숲에 울도록 두려무나   枝上黃鸝啼不妨
임 찾던 꿈은 이미 장안(長安)에 이르렀으니   尋君夢已到長安

34. 생각에 잠겨서   想 得

초당 동편에선 꾀꼬리 소리 들리고   嚦嚦鶯聲小院東
복사꽃 피는 날 실버들엔 바람 부네   桃花初日柳絲風
생각나서 발 올리고 산보하며 나가보니   想得捲簾微步出
사랑방엔 인적 없고 붉은 신만 놓여있네.   繞廊無跡繡鞋紅

35. 가을밤 장안의 임께   秋夜寄長安

서정(西亭)에서 이별하던 송별시를 되뇌이며   牢記西亭送別詩
강남에서 어느 날에 생각 안나리   江南何日不相思

달밝은 밤에 붉은 연꽃은 피어 있고　　　　紅菡萏花月明夜
푸른 파초잎에 비 떨어지는 소리 쓸쓸한데.　碧芭蕉葉雨聲時

끊임없이 꾸는 꿈을 누구에게 말하리오　　縱然有夢憑誰說
남다른 정을 갖는 것은 스스로만 알 뿐이네　另是含情只自知
어찌 하면 나에게 날개가 생겨나서　　　　安得此身生羽翼
기러기 따라 하늘가 당신 곁에 갈 수 있을까.　遠隨鴻鴈到天涯

그대가 장안(長安)의 나그네 된 것 생각하면　念君爲客在長安
옛 범숙(范叔)[31]이 추위를 감싸 주던 생각하오　依舊綈袍范叔寒
기러기는 흰비단의 은하수를 등지고 날며　　鴈背明河橫素練
새벽달은 금항아리인듯 버들 끝에 걸려있네.　柳梢殘月掛金盆

소식이 없기로서니 정까지 어찌 다하랴　　音書久斷情何極
높은 산이 막았으니 꿈꾸기도 어렵구나　　關嶺重遮夢亦難
심고 가신 국화가 울밑에 피었건만　　　　手種東籬籬下菊
중양절에 술잔 잡고 뉘와 함께 바라보랴.　　重陽把酒共誰看

고요한 밤 임은 없고 달만 밝은데　　　　夜靜無人月自明
높은 누각 올라서서 서글피 한양보니　　　憑高悵望漢陽城
흰구름 하늘가에 외기러기 날아가고　　　白雲天際一鴻去
가을의 연못에선 오리 한쌍 울고 있네.　　秋水池塘雙鴨鳴

31) 범숙(范叔) ; 이름은 범저(范雎). 중국 전국시대 위(魏)의 변설가. 자가 숙
　　(叔). 진(秦)의 소왕(昭王) 때 대신이 되어 원교정책을 써서 제후를 침략하
　　였음. 범숙이 수고(須賈)로부터 두꺼운 솜옷을 받아 추위를 견딘 고사가
　　있다.

비록 벼슬 올라 집안이 번화해도	縱有登龍門戶熱
그 누가 탄협(彈鋏)[32]의 베옷 시절 생각하리	誰憐彈鋏布衣生
돌아와 부곽전(負郭田)[33]에 귀전(歸田)[34]도 좋으련만	頃田負郭歸田好
육국의 정승인[35]도 원래는 하찮은 것이었오.	相印元來六國輕

36. 서사군 연석에서 명을 받고 시로써 호소하다   徐使君席上命招 以詩訴懷

속세와 인연 끊고 문닫고 살자하니	斷送餘生掩竹扉
구란(句欄)[36] 때 기녀생활 돌아보니 아득하다	句欄回首路依微
고미(菰米)[37] 쌀 밤에 찧어 손님 진지 대접하고	菰米夜春供客飯
가을밤 우사[38]실 짜서 낭군의 옷 해 보냈네.	藕絲秋織寄郎衣
누각 밖 피리소리 수없이 지나건만	樓外笙歌無數過
문 앞 안장말의 발굽소리 드물더라	門前鞍馬自然稀

32) 탄협(彈鋏) ; 춘추전국시대에 맹상군(孟嘗君)의 문객이던 풍환(馮驩)이 칼
　　자루를 두드려 "장협(長鋏)이 돌아왔는가."라고 노래한 고사에 근거를 두
　　고 있는데 주인을 풍자해서 영달(榮達)을 구한다는 것을 말한 것임.
33) 부곽전(負郭田) ; 산 가까이 성을 등진 기름진 땅.
34) 귀전(歸田) ; 관직을 물러나서 전원으로 돌아가 농사짓는 일.
35) 육국상인(六國相印) ; 소진(蘇秦)의 고사.
36) 구란(句欄) ; 기녀(妓女)가 있는 곳. 기루(妓樓)
37) 고미(菰米) ; 줄풀씨로 만든 쌀 대용식품. 그러나 여기서는 호밀을 말하는
　　듯.
38) 우사(藕絲) ; 연(蓮)에서 뽑아낸 실.

앵무새 곁에 있어 이제 나를 안 꾸짖고　　　鸚鵡在傍休罵我
흰구름 그윽한 꿈 속에 푸른 산만 둘러 있네.　　白雲幽夢碧山圍

37. 헤어지며　　　　　送 別

언덕 위로 흰구름은 까마득히 날아가고　　　迢迢隴首白雲飛
말타고 서쪽으로 길떠나니 언제 올꼬　　　匹馬西行幾日歸
지관(池館)에서 정들었던 손들은 흩어지고　　池舘牽情賓客散
영원성(鴒原城)[39]에 형제들은 서글피 이별하네.　鴒原悵望弟兄違

등불 밑 귀뚜라미 어찌 그리 슬피우나　　　燈殘蟋蟀聲何苦
부용(芙蓉)에 이슬 차니 꽃도 점점 드물어져　露冷芙蓉花漸稀
용문(龍門)[40] 길 좋아 가니 부디 얻고 오시오　好向龍門須得路
입산하여 공부할 때 그 옷 보니 못참겠네.　不堪料理入山衣

38. 옥파에게 주노라　　　　戲贈玉葩

교태와 부끄러움으로 옥랑 앞에 돌아 앉아　故作嬌羞背玉郎
비단옷 벗으려다 다시 멈칫거리네　　　　羅衣欲解更商量
가만히 붉은 촛불 병풍 밖에 옮겨 놓고　　暗移紅燭歸屏外
베개 곁에 비스듬히 금비녀 던졌구나.　　斜拔金釵擲枕傍

39) 영원성(鴒原城) ; 강원 원주에 있는 성.
40) 용문(龍門) ; 명망이 높고 출세하는 길.

가느다란 버들 허리 부드러워 나긋하고　　楊柳細腰攀甚軟
복사꽃 두 볼은 마냥 향기 높구나　　桃花雙臉嗅猶香
향기로운 차는 끊고 창은 밝아 새벽이니　　烹茶爛熟窓全曙
그 누가 차환(叉鬟)⑪더러 자취없이 만들었나.　　誰囑叉鬟無跡行

39. 설움에 겨워서 바라보노라　　悵　望

푸른 통에 술 익으니 좋은 기약 있을런가　　碧筒酒熟有佳期
난간에 홀로 기대 한스러이 바라보니　　獨倚欄干悵望時
만장대(萬丈臺) 앞에는 구름이 아득하고　　萬丈臺前雲漠漠
사충단(四忠壇) 아래에선 가랑비 내리누나.　　四忠壇下雨絲絲

곡서화(曲漵花) 피었으니 그 꼭지 가련하고　　曲漵花開憐並蔕
정원의 늙은 나무에 새가지 사랑스럽다　　芳園樹老愛連枝
봄바람에 이별한 뒤 서로 생각하는 정을　　春風別後相思恨
열 폭의 편지⑫에 몇 수의 시나 적어 보내리.　　十輻魚箋幾首詩

41) 차환(叉鬟) ; 주인 곁에서 가까이 모시는 젊은 여자 종.
42) 편지 ; 원문의 어전(魚箋)

21. 김청한당(金清閑堂)[1]의 시(詩)

1. 봄비에 새로 나온 나비　　　　春雨新蝶

새로 나온 나비가 무리 지어서	新蝶已成叢
이슬비 내리는데 싸돌며 나네	紛飛細雨中
두 날개 비 맞아 젖는 줄도 모르고	不知雙翅濕
오히려 봄바람에 춤을 추는구나	猶自舞春風

2. 삼월에 문득 읊다　　　　三月偶成

몸은 책 읽기에 맡겨두고 지내니	託身書卷內
오막살이 그런 대로 맑은 기운 도는구나	茅屋有餘清
버들은 늘어져서 황금처럼 묵직하고	柳軃黃金重
구름은 흩어지며 버들솜처럼 밝구나	雲披自絮明
좋은 시는 말 없는 속에 이루어지니	好詩言外得
참된 뜻이 고요 중에 생겨나는 이치리라	眞意靜中生

1) 김청한당(金清閑堂) ; 1853~1890. 본관은 경주로 의금부도사(義禁府都事)인 김순희(金淳喜)의 따님이며 이현춘(李顯春 ?~1872)의 부인. 문집으로 「청한당산고」(清閑堂散稿)가 있음.

돌아가는 이웃 아낙 봄비 핑계 만류하고   春雨留歸媼
저녁마다 이별한 정 달래어 보는구나   連宵慰別情

3. 첫 가을 저녁   初秋夕

가을 숲에 매미들은 종일토록 울어대니   秋樹群蟬終日吟
자연 만물 숙연하고 사람 마음 맑아지네   蕭然物色淨人心
책 속에서 성인 말씀 입 속으로 외우려니   書中聖訓低聲讀
구구절절 그 의미가 깊고도 무궁쿠나   節節無窮意味深

4. 동짓달 밤   十一月夜

겨울밤 둥근 달 떠서   一輪冬夜月
앞 숲에 밝았구나   皎皎度前林
등불밑에 옛글 읽는   燈下看書史
내 심사도 깊어간다   心思與夜深

5. 어버이 늙으심을 걱정함   憂親老

깊은 밤 찬바람은 새벽 등에 부는데   五夜寒風吹曉燈
서쪽 뜰에 달 비춰서 나무숲이 층이졌네   西庭月影樹層層
세월은 어찌하여 늙어감을 아끼잖나   光陰弗惜人生老
효자의 마음은 엷은 얼음 밟는 심정   孝子心如履薄氷

6. 눈 오는 밤　　　　　　　　　雪 夕

눈 쌓여서 한 길에는 길손이 드물고　　　雪積路中行客稀
마당엔 새들이 짝 지어 날아들 뿐　　　　但觀庭下鳥雙飛
바느질에 바쁜 손길 저녁인 줄 몰랐네　　忽忽針線不知夕
사방에서 저녁 연기 개울가를 감도누나　四起蒼烟繞澗扉

하룻밤 눈 내려서 솔잎이 안 보이고　　　一夜雪光松葉稀
해마다 품은 마음 되는 일 하나 없네　　　年年心與事相違
겨울 창에 기대어 해 지는 빛 보려다가　寒窓日色看將暮
앉아서 돌아가는 갈가마귀 세어보네　　　坐數昏鴉幾點歸

7. 봉읍②에 묵는데 때가 삼월이므로　留鳳邑時方三
　　구점③으로 한수 짓다　　　　　　月故口占一首

호랑나비 쌍쌍 날며 저녁 햇빛 즐기고　蝴蝶雙雙弄晚暉
녹음이 우거져서 붉은 꽃이 드물구나　　綠陰繁密片紅稀
운암사④ 앞뒤에는 배꽃 빛 뿐이더니　　雲菴前後梨花色
요즈음 되어서는 백설이 휘날리는 듯　　近日應如白雪飛

2) 봉읍(鳳邑) ; 황해도 봉산군(鳳山郡)을 말함
3) 구점(口占) ; 구호(口號)라고도 하며 한 사람이 입으로 읊으면 다른 사람이
　입으로 따라 읊는 시짓는 방식
4) 운암사(雲菴寺) ; 원문의 운암(雲菴)은 운암사(雲菴寺)로 황해도 봉산군 우
　봉현(牛峰縣)에 있는 절.

8. 생각에 잠겨

志 感

재주 없는 이 몸이 부모 은혜 막중한데	才拙親恩重
말씀이 뜻 깊으니 벗과 사귐 뜸하구나	言深友道稀
외로이 한탄함은 가을 지난 국화 신세	獨憐秋後菊
그 마음 그 처지가 나와 너 다름없네	心事不相違

9. 사월에 우연히 한 수

四月偶成一絕

맑은 바람이 저녁 숲에 일어나고	淸風生夕樹
산 그림자 산 들창에 비추는구나	山影上簾櫳
종일토록 누구와 상대 할건가	永日誰相對
마음과 정신은 책 가운데 있네	心神在卷中

10. 여름날 더위를 식히며

夏日納凉

느티나무 그늘져서 백여 평은 서늘하리	槐樹陰生十畝凉
채소 꽃은 바람결에 방안 가득 향기 뿜고	菜花風送一簾香
작은 당엔 속세 더위 들지도 않으니	小堂不受人間暑
책 읽는 재미 속에 여름날은 길구나	可愛書中夏日長

11. 병중에 잠이 안 와 베갯머리에서 구호로써 짓다　　病中失睡枕上口占

벽을 향해 누었으니 등불 혼자 비추는데	面壁孤燈放光
새벽닭이 여기저기 몇 번을 울어대네	數聲何處鷄鳴
계집종들 등 돌리고 서로서로 함께 자고	背帷小婢聯枕
아들아이 어디 가서 약 지어 오는구나	兒子來調藥品

수심 속에 창문은 어두웠다 밝으며	愁思窓紙暗明
꿈속에서 누각종만 밤과 새벽 알릴뿐	夢緖樓鍾昏曉
바람소리 밤새도록 수풀에 꽉 찼으니	風聲終夜滿林
목화꽃이 으레히 얼마간 떨어졌겠지	應落綿花多小

12. 봉산[5]에서 서울 가는데 때가 사월 이므로 길 가면서 구호로 짓다　　自鳳山上京時時方四月故道中口占

어스름한 안개는 푸른 풀섶에서 피어나고	冥濛烟靄起靑蕪
숲 저쪽 마을은 가려져서 안보이고	隔樹村容隱若無
다리 아래 개울 빛은 맑아서 거울 같고	橋下川光明似鏡
푸른 산과 흰 돌이 또 하나 그림 같네	碧山白石亦如圖

5) 봉산(鳳山) ; 황해도 봉산군(鳳山郡)

13. 청석동[6]을 지나며　　　　　過靑石洞

산 높고 구름 뜬 이 경치에 반했으니　　　愛此山雲百尺姿
아득한 옛 빛이 얼굴에 비춰온다　　　　　蒼然古色上鬚眉
길 가며 보는 경치 이처럼 아름다워　　　道中景物如此美
여자의 소견으론 계절을 알 수 없네　　　正是女兒難得時

6) 청석동(靑石洞) ; 지명. 황해도 봉산군에 있음.

22. 오소파 효원(吳小坡 孝媛)의 시(詩)

1. 아홉 살에 입학하고	**九歲入學後作**

나라풍속 언제부터 國俗自何時
남자만 받들고 여자는 천대하네 重男不重女
그 흔한 천자문 한편마저 一篇千字文
아홉 살에 겨우 배우네. 九歲學於序

군(君)·사(師)·부(父) 일체라고 一體君師父
책에서만 알았더니 書中乃得知
스승님 우러러보니 무섭기가 장수같애 函筵[1]嚴若帥
엄한 분부 받들고 잘못할까 두렵네. 唯命敢無違

당년에 이름을 쓰고 當年記姓名
돌아치며 오언(五言)시로 판을 치네 旋占五言城[2]
한 무리 동창들과 어울리니 一隊同窓伴
날 보고 슬기롭다네. 謂吾慧寶明

---

1) 함연(函筵) ; 함장(函丈)의자리. 함장은 스승과의 사이를 한발 떨어져서 앉
   음. 스승을 존경하고 엄하게 생각함. 스승님 앞.
2) 오언성(五言城) ; 오언장성(五言長城) 즉 오언시에 능함.

2. 용암서사에 가서　　　　到龍岩書社

성북의 여러 명사들과　　　　城北諸名伴
기약없이 오늘에 만났네　　　　無期此日逢
푸른 교외에는 대머리 중 돌아가고　　蒼郊歸禿釋
창파로 떨어지는 기러기 처량하네.　　碧落叫酸鴻

3. 비개인 가을날　　　　霽後秋望

검은 구름 바람에 사라지고　　　頑雲飛去盡
가을 하늘 푸르러 창백하여라　　天氣碧翁翁
기러기는 어디메로 돌아오는가　　鴻鴈歸何處
만리의 바람소리 전해 주누나.　　聲傳萬里風

4. 가을날에 읊음　　　　秋日雜詠

제 힘으로 글짓기 익히고 나니　　自吾操筆後
글이라는 넓은 바다 빈배 젓듯이　　學海泛虛舟
가을은 깊어가고 대낮에 문닫으니　　秋深晝掩戶
그윽한 새소리만 홀로 들어라.　　閒聽鳥聲幽

책상을 마주 앉아 오래도록 읊노라니　對案沉吟久
가을날 해지는 줄 전혀 모르네　　不知秋日斜
단풍은 서악에서 붉게 물들고　　西岳丹楓樹
황국은 동쪽 울타리에 활짝 폈구나.　東籬黃菊花

서재는 물가 바위 앞이니	書樓岩畔在
밤낮으로 시선들은 모여든다	日夜會詩仙
옛 성터는 산세 따라 이어지고	荒城連地勢
고목은 늙어 천수를 다하누나.	古木盡天年

5. 가을밤에 모여서 읊음　　秋夜會吟

이슬 희고 바람 맑은 밤	露白風淸夜
달은 또 소나무 가지 위에 밝은데	松梢月上時
열여덟 학동들과 어울려 앉아	十八兒童伴
낭랑히 오언 칠언 시구를 읊네.	朗吟五七詩

이곳의 가을철은 좋기도 하니	此地好逢秋
푸른 하늘엔 기러기 그림자 흐르고	碧天鴈影流
종소리 삼경야를 알리는데	鍾落三更夜
시인들은 모두다 누각으로 오르네.	詩人共上樓

6. 구월구일 전날밤　　重陽前夜

밝은 달 깊은 밤에	明月三更夜
남덕교 밟노라니	踏來覽德橋
가을 바람은 흰빛 집에서 불고	金風噓白屋
고운 이슬은 맑은 하늘에서 내린다.	玉露下淸霄

7. 구월구일에 술 따르며　　　重陽小酌

천년을 이어지다 남는 오늘에　　　千古餘今日
술통 보니 맹호연이 생각난다　　　當樽憶孟嘉
성머리엔 단풍이 붉게 차리고　　　城頭粧赤葉
울타리엔 황국이 누렇게 둘러섰네.　　　籬落繞黃花

8. 십일에 동산서 시회가 열리다　　　十日東山詩會

남쪽 고을 원근의 선비들이 모여서　　　南州遠近士
느즈막이 구성산 동쪽을 밟네　　　晚踏九成東
국화야 네 괴로움을 말하지 말라　　　黃菊休言苦
용산의 시인들은 예나 다름 없으니.　　　龍山今古同

또한 이 산빛은 안개끼어 푸르른데　　　又是山烟碧
단풍은 어찌 이리 붉단 말인가　　　奈何楓葉紅
오늘날 술잔 들고 바라보건대　　　今日把酒見
시짓는 마음은 노소가 한가지네.　　　詩懷老少同

9. 심심풀이　　　幽居卽事

연못에 가을 물 깊어졌으니　　　小塘秋水深
그곳에 내 마음 비춰 본다네　　　照此鑑吾心
푸른오동 마당 옆 못가에 서 있고　　　碧梧庭畔在
바람은 살랑불어 자연의 거문고네.　　　風動自然琴

하늘빛은 파래서 물빛 같고　　　　　天光碧似水
기러기는 남쪽으로 울며 나는데　　　鴻鴈向南啼
집모퉁이 돌며돌며 시를 읊자니　　　沈吟步屋角
어느새 달이 돌아 성서쪽에 걸렸네.　落月掛城西

대지에는 어느새 가을이 저물었고　　　　大地秋光晚
외로운 사람은 일어나서 발을 걷는다　　　幽人起捲簾
마을은 온통 은행나무[3] 잎으로 스산하고　村容鴨脚冷
산빛은 뾰족하게 절위에 솟았다.　　　　山色佛頭尖

학문에 진전 없음을 스스로 부끄러워하는데　自愧學無進
서재에 가을은 또 그 몇 번이던고　　　　　書樓幾度秋
국화는 술기운을 돋우고　　　　　　　　　黃花生酒氣
단풍은 시심을 일깨운다.　　　　　　　　　紅葉動詩愁

10. 기생 향산에게　　　　　　　　贈妓香山

향(香)과 산(山) 두 자를 운으로 함　　　香山二字押

풍류 고을에 꽃은 나무에 가득한데　　　韶州花萬樹
그 중 한 떨기 향산이 소문났네　　　　一朶最聞香
거문고 옆에 끼고 능난하게 뜯으니　　　瑤琴能自解
높은 산에 물 흐르듯 거침 없어라.　　　流水又高山

3) 압각(鴨脚) ; 압각수(鴨脚樹)로 은행나무 별칭.

11. 동산에서 술마시며　　　　東山小酌

종일토록 술통 잡고 마셔보지만	竟日把樽酒
시상은 오히려 성기어 가누나	詩懷更欲踈
차린 것이 적다고 말을 마시오	莫言盤錯④少
약초에다 생선까지 얹었잖은가.	藥草又兼魚

12. 가을 조망　　　　秋　望

성 모롱은 어느새 가을이 깊었는데	城角秋光晚
하늘가 구름은 비를 잔뜩 품었네	雲端雨意多
뒷 숲은 단풍이 비단결 같고	北藪楓如錦
동쪽 산은 앙상히 돌담이 드러났네.	東山石作坡

13. 밤중에 홀로 앉아　　　　夜　坐

밤중 서재 창 밑은 고요한데	夜靜書窓下
등불은 타고 남아 봄을 여이네	燈花別有春
내 평생 즐겨서 하는 일은	自喜平生事
스스로 문방사우 벗삼는 일이네.	優遊翰墨隣

4) 반착(盤錯) ; 뒤섞인 것. 혼잡한 것. 즉 상 차림.

14. 아버지 생각   思 親

아버님께서 여장차려 준마 타시고	家親乘駿馬
어저께 동래로 떠나셨는데	昨日去東萊
그곳은 아득히 천리 길이니	迢迢千里路
제발 평안히 돌아오십사 비네.	只願平安來
아버님 천리 길 떠나실 때는	家親千里去
가을바람 스산히 불기도 해라	又是秋風時
봉래산 경치는 좋기도 하다던데	蓬萊無限景
전대 가득 시상을 싣고 오소서.	應載囊中詩
모녀와 더불어 남매 모두가	母女與男妹
한 방에 옹기종기 모여 앉아서	起居一室中
기러기 나는 쪽을 쳐다보자니	鴻鴈飛何處
우리 마음 모두다 동래에 가 있네.	我懷正在東
좋은 소식 이다지도 오지 않으니	緣何久不歸
기러기만 바라보며 편지 기다려	望望鴈書稀
발을 걷고 앉아서 먼 하늘 바라보니	捲簾憑遠坐
아침 해도 어느덧 석양빛 되네.	朝日又斜暉
외로이 앉아 새니 첫닭이 운다	獨坐曉鷄初
마음은 동해가로 헤매이는데	心馳東海遙
부녀가 헤어짐이 이리도 오래인가	父女久離別
기다리다 나의 허리 가늘어지네.	自然纖我腰

15. 밤중에 앉아　　　　　　　　　夜　坐

서재에는 세속일 섞이지 않아　　　　　書屋無塵事
등불만 밤낮으로 노을빛 같네　　　　　殘燈繼夕暉
어린 종은 내 뜻을 너무 잘 알아　　　　小婢知余意
밤 깊도록 대문을 잠그지 않네.　　　　夜深不掩扉

성남의 가을밤은 고요하기도 하네　　　城南秋夜靜
발 안에는 등불 하나 비추고 있네　　　簾幕一燈明
붉은 전술은 봄 기운에 익어가고　　　　紅醪春氣動
누런 국화는 느지막해서 향기인다.　　黃菊晚香生

문 닫고 옛 글을 읽어가노니　　　　　閉門讀古書
책 속엔 글귀마다 스승이라네　　　　　書中有我師
수향(秀香)군은 무엇을 열심히 읽는지　　秀香何以見
밤마다 달 밝는 줄 모르나 보다.　　　夜夜月明期
　　　　　　　〈수향은 5촌 조카〉　　（秀香從姪兒名）

16. 심심풀이　　　　　　　　　　謾　吟

세상에는 영욕이 하고 많은데　　　　　世上多榮辱
글 읽는 생활 속엔 시비가 없다　　　　閑中絕是非
세월을 허송한다 이르지 말아　　　　　莫敎日月逝
단지 내 뜻 어기지 않음을 원할 뿐이다.　只願意無遠

긴 술통엔 국화주 익어가고　　　　　　長樽菊酒濃
바람벽엔 촛불이 붉게 타는데　　　　　半壁燭花紅
마주 앉아 지낸들 무슨 재미랴　　　　對此堪無趣
목놓아 허공에다 유행가를 부른다.　　高吟俗慮空

17. 새벽에 일어나 책을 읽다　　　曉起讀書

맑은 새벽 일어나 세수하고는　　　　清晨起梳洗
오로지 글 읽는데 마음이 쏠려　　　　只是讀書心
책 속의 사람마다 구슬같은 마음이니　卷裡人如玉
어찌 굳게 닫힌 이 방 속을 방해하리.　何妨閉戶深

18. 누각에 올라　　　　　登　樓

누각에 올라 먼 경치 바라보노라면　　登樓欲遠望
가을비 뿌리어 발 밖은 스산하고　　　秋雨一簾踈
눈속에 드느니 쓸쓸한 모습일 뿐　　　滿目多蕭瑟
서풍은 몰아쳐 잉어는 차가웁다.　　　西風吹鯉魚

풍물이 아름답기는　　　　　　　　　風物正佳麗
강남이 으뜸 고을　　　　　　　　　江南第一州
맑은 시로 벗을 삼고　　　　　　　　清詩如對友
좋은 술은 재상보다 낫다네.　　　　　名酒勝封侯

19. 한겨울 밤의 모임   仲冬夜會

약속이나 한 듯이 서로 만나서   相逢若有期
시제 따라서 수편의 시를 지으니   題罷數篇詩
파초처럼 넓은 종이 눈처럼 희고   蕉箋明似雪
가작과 졸작이 한가지에 걸렸네.   龍蛇筆一枝

황량해진 옛 석실에는   荒凉古石室
반쯤 탄 푸른 등불 환하고   半穗靑燈明
님과 함께 한 곡조 읊으니   與君歌一曲
눈썹 같은 달은 서쪽성에 걸렸네.   眉月掛西城

20. 심심풀이로   謾　吟

한 해가 저무니 봄이 장차 가까웁고   歲暮春將近
먼저 찾아드느니 하이얀 눈꽃   先從見雪花
서실에선 세상일 모르고 지내니   書樓無外事
책을 읽다 늦게야 집으로 가네.   讀罷晚歸嫁

21. 입 춘   立　春

입춘대길이라고 입춘방 써서   立春大吉字
만집이 한결같이 붙여 놓았네   萬戶一時同
쌓인 눈 엷어지고 추위는 물러서는데   雪薄寒初退
새들의 노래는 나날이 부드럽다.   鳥啼日漸融

22. 이른 봄의 감상　　早春述懷

봄이 아직 이르다고 말하지 마오　　莫道春猶早
동풍은 나날이 봄기운 새롭다　　東風意更新
어디에들 있을까 서로가 생각하니　　相思何處在
이는 모두 독서하는 사람 마음.　　總是讀書人

석양은 들 끝에 기울어 있고　　夕陽平野外
실버들은 푸른 안개 속에 감추었네　　軟柳鎖靑烟
책덮고 성긴 발을 걷우고 보면　　讀罷疎簾捲
구름은 걷히었고 하늘은 계란빛.　　雲晴卵色天

23. 중춘의 느낌　　仲春卽事

봄 기러기 어디로 가나　　春鴻何處去
명사는 성동에서 오는데　　名士自城東
봄볕 따스해 눈을 녹이고　　陽和消積雪
땅에는 가득히 꽃피는 바람.　　滿地養花風

24. 석아가 술을 싣고 오다　　石我載酒來

석아 친구 넉넉잖아 애달프구나　　石友憐泠寂
봄성으로 술을 싣고 찾아오는데　　春城載酒來
취하도록 마시고는 목놓아 노래하니　　醉後高歌發

하늘과 땅이 술잔에 돈다.　　　　　　　　乾坤小似盃
〈석아(石我)는 동창의 필명이다〉　　　　（石我同窓詩士號）

25. 용암사 시회에 모여　　　　　龍岩社雅集

기러기 울어 예는 하늘은 넓고　　　　　鴈叫天空濶
용이 잠긴듯 용암사는 구름이 깊다　　　龍藏雲氣深
바위에 지은 집은 봄빛에 찼으니　　　　岩屋春光滿
어찌 한바탕 시 읊음을 사양하리.　　　莫辭一浪吟

떠들썩 깃발 날리고 북치는 소리　　　騷壇旗鼓動
봄빛은 또 사람을 몰고 온다　　　　　春色逐人來
웅성거리며 시를 짓고는　　　　　　　哄堂詩話席
멋대로 술 따라 실컷 기울인다.　　　亂酌無巡盃

세모에 내린 눈은 웅덩물에 녹아져서　　臘雪消瀜盡
온 세상 봄빛이 퍼져오누나　　　　　　乾坤春色來
동풍은 불어서 땅을 쓸었으나　　　　　捲地東風起
오래 쌓인 회포는 쪼개지 못할레라.　　不堪劈積懷

매화와 버들은 아직 이르지만　　　　梅柳春猶早
조용히 읊으니 더욱 호쾌하네　　　　沈吟興更豪
늘 마음 두는 곳에 따라가 보면　　　每從心會處
경치는 나날이 기이하고 새롭다.　　景物倍奇高

한 가락 거문고를 세 번 뜯으니	一弄琴三疊
봄 맞아 우울한 맘 더해 가누나	當春倍黯然
이마음 시를 써서 어디다 보낼꼬	詩懷何處寫
시냇가는 매화 버들 한창 봄일세.	梅柳滿溪邊
시와 술과 봄빛에 취한 손들이	詩酒淸狂客
서로 만나 뽐내며 시를 짓는데	相逢翰墨家
주거니 받거니 양춘곡을 화답하니	瓦答陽春曲
청산에선 백가지꽃 피어나누나.	靑山養百花
서실은 서쪽 성 밑에 있어서	書屋西城下
봄이오면 여기서 시회 일이 꾸며지고	春來底事成
시제는 두자미 처럼 한다지만	題詩稱杜甫
버드나무 읊으니 도연명 생각나네.	種柳憶淵明
이끼 낀 길은 누굴위해 쓸었는가	苔逕爲誰掃
시인들은 기약하고 서로 모이네	詩仙會有期
흐린 탁주는 맑은 시정 돋우고	濁酒生淸韻
뉘엿뉘엿 석양은 더디져서 신통하다.	可愛夕陽遲
산은 은행나무 위에 솟아 있고	山尖鴨脚樹
바늘 구름은 하늘에 깔려 있다	天布魚鱗雲
이 좋은 양춘가절이기에	好是陽春節
시인들은 글쓰려고 모인다.	詩人會以文
봄빛은 시정을 돋우는 곡조요	春色牽情曲
발을 걷고 한 곡조 거문고 타네	鉤簾一弄琴

책상 머리가 아니라 하드라도	不如書案下
성현의 마음을 우러르게 하누나.	慕仰聖賢心

매화와 버드나무는 춘색을 다투고	梅柳爭春色
바위에 지은 집은 낮에도 싸리문을 닫았네	岩堂晝掩扉
서쪽 성 밖은 경치도 좋을시고	西城風景好
시를 짓다보니 돌아갈 길 잊는다.	詩伴頓忘歸

푸른 물새 울어울어 그치지 않고	翠禽啼不盡
봄날은 유유히 흥이 절로난다	春日興悠悠
조만간에 다시 만날 약속을 하니	早晚相逢約
그 약속 학주처럼 단단하네.	堅如藏壑舟

26. 봄 눈　　　　　　春 雪

막막한 겨울 구름 뒤덮여 있고	漠漠凍雲積
휩쓰는 바람으로 추위는 다시 솟네	霏霏更釀寒
볕은 났다 금방 사라지니	縱然頃刻盡
꽃 소식 또한 막연하구나	花信也應難

27. 팔장군묘에 노니면서　　　遊八將軍廟

서쪽 마을엔 봄 술이 익는데	西隣春酒熟
북쪽 성터엔 석양이 어스름	北郭夕暉曛

팔장군은 어디에 가고	八將軍何處
천년 하늘엔 흰구름뿐.	千秋空白雲

28. 봄날 교외에서　　　春日郊行

두서넛 동자 데리고	童子二三伴
문밖 나서니 흥이 두 곱	出門興轉加
버들가지 꺾어서 피리 불고	口吹楊柳笛
진달래 따다가 머리에 꽂네.	頭挿杜鵑花

29. 봄날의 감상　　　春日卽事

봄경치 너무나 좋아	佳景非凡節
붉은 것은 온통 꽃뿐	千紅惚是花
책상에 마주 앉아 시를 읊으니	對案沉吟久
봄해는 어느덧 빗겨 비치네.	半簾春日斜

30. 봄날 손을 맞고　　　春日對客

술을 담그고 손을 맞는 날	樽深對客日
바람은 따뜻하고 꽃피는 날에	風暖養花天
얼굴엔 화기 돌아 향기롭고	和氣薰人面
펄럭이는 꽃잎은 지상의 신선.	翩翩地上仙

31. 상사일[5]에 동산에서 마시다　　上巳日東山飮

살구꽃 복숭아로 봄은 무르익는데　　杏雨桃風正暮春
서로 만나 푸른 술에 시인은 괴롭다　　相逢綠酒惱詩人
좋은 아침 소식은 얼마만큼 왔는가　　良辰消息今如許
봄철 구십일이 짧다 어찌하리오.　　遮莫東君已九旬

32. 봄날의 감상　　春日雜詠

날씨좋고 실버들 늘어져 푸른 하늘 수놓으니　　日暖遊絲繡碧空
그 밑에 이 몸은 그림 속에 있는 듯　　此身疑在畵圖中
동풍은 살살 불어 꽃필 정기 일으키고　　東風箭箭花魂動
길가에서 봄시름이 끝없이 일어나네.　　一路春愁也不窮

발을 들고 바라보니 봄비는 차가웁고　　半簾春雨動微寒
버들가지 천만줄기 이별하라 드리운듯　　楊柳千絲送別難
삼당시 오언·칠언[6] 모조리 읽고 나니　　讀罷三唐五七句
그제야 붉은 해는 난간 위에 올랐네.　　一竿紅日上闌千

5) 상사일(上巳日) ; 음력 2월 첫 사일(巳日) 또는 삼월삼진날.
6) 삼당오칠구(三唐五七句) ; 중국의 당나라 초당(初唐)·성당(盛唐)·만당(晩
　唐)의 시 오언(五言)·칠언(七言)의 시.

33. 시회의 추억　　　　　憶詩伴

동각(東閣)에 올라보니 화각[7] 소리 은은한데　　　東閣初停畫角聲
정은 있되 말 없으니 무정한 듯 조용했다.　　　有情無語似無情
단청난간 십이객[8]은 그 모습 구슬같고　　　紅欄十二人如玉
봄달은 밝아서 가을달 갔았더라.　　　春月明於秋月明

버드나무 남쪽거리 집 한 채 그윽하고　　　柳市南頭一屋深
동풍 쐬며 혼자서 그 집을 찾아갔네　　　東風無伴獨相尋
정자 앞 곳곳에 꽃은 다투어 피어있고　　　樓臺處處花爭發
천리 가득 봄경치 속 시 읊어 좋았었네.　　　千里春光正好吟
살구꽃 붉게 피고 푸른버들 드리운 속에　　　紅杏花開碧柳垂
만당의 봄날은 늘어져 길고 기네　　　滿簾風日正遲遲
강남과 강북에 봄은 저물어 가려는데　　　江北江南春欲晚
가인과 재사들은 정자 위에서 즐기네.　　　佳人才子上樓時

34. 봄밤의 한잔 술　　　　　春夜小酌

해는 함지로 들고 달빛은 마당에 가득한데　　　日落咸池月滿庭
귀한 분과 마주 앉아 한잔 술 맑고나　　　玉人相對一樽清
세속의 청춘은 물 구비치듯 흘러갔으니　　　黃埃滾滾青春去

---

7) 화각(畫角) ; 악기의 하나. 뿔에 그림을 그린 악기.
8) 십이인(十二人) ; 십이시객(十二詩客)을 말하는 듯. 즉 시회(詩會)에 참석한
　　사람들이 12인이었다.

그 누가 하늘의 선인 늙지를 않는다던가.　　　誰是天仙不老形

35. 기생 금옥에게　　　戲贈妓錦玉

옥같은 거문고 비단줄을 맑게 뜯으면서　　　玉琴淸絶錦爲絲
붉은 촛불 밑에 손님에게 술 따르네　　　紅燭金樽對客時
달이 지고 손님 가고 술잔만 남은 뒤에　　　月落鍾殘人去後
그 가슴속 답답한 맘 누가 알리오.　　　箇中心事有誰知

36. 봄날 벗을 보내고　　　春日送友

춘삼월 동풍에 봄비만 나리고　　　三月東風三月雨
꽃피는 동산에서 손이 갈 때 정 같구나　　　花山歸客若爲情
세월은 빨리 흘러 봄은 저무는데　　　光陰鼎鼎春將暮
그 어찌 그리운 모습 꿈에 안 보이나.　　　其奈相思夢不成

37. 동산에서의 시모임　　　東山詩契

한창 봄 꽃 시절에 두 눈썹 어울려서　　　一春花氣逗雙眉
정각 깊은 속에 시짓느라 날이 더디고　　　殿閣深深日正遲
술통 비우느라 늦게야 집에 갔네　　　倒盡長樽歸去晚
이 좋은 정취를 아는 사람 적으리라.　　　此間淸趣少人知
총총히 입장하여 술 한잔 들고　　　草草逢場酒一盃

그대들을 위해서 오늘은 전의(典衣)⁹⁾가 오네	爲君今日典衣來
언무당⑩ 앞뜰엔 봄빛이 흐느러지고	偃武堂前春色爛
배꽃과 살구꽃은 흩날려 한 폭의 그림이네.	梨雲杏雪畫圖開

38. 백일장에 가서   登白日場*

십세 소녀가 처음으로 문장을 배워	小娥十歲始尋章
당돌하게도 감히 백일장에 나갔네	唐突能臨白日場
다행히도 어진 서태수께서 보시고	幸値徐公賢太守
내 이름을 부르며 장원랑이라 하네.	貫珠呼我壯元郞

* 원주에 무술(戊戌 1898)의 여름이라 했다. 10세 때

39. 서울에 가다⑪   赴京師

혼자서 넘어지며 자빠지며 서울에 들어서니	單身顚倒入長安
아무도 모르는데 누구 얼굴 알리오	四顧無親孰解顏

9) 전의(典衣) ; 벼슬 이름. 궁중 벼슬. 상궁(尚宮)등.

10) 언무당(偃武堂) ; 전쟁을 그만두고 평화를 사랑하는 정자. 언무수문(偃武修文)은 전쟁을 그만두고 문교를 닦고 밝히는 일.

11) 작자 오소파(吳小坡)는 10세 때 백일장에서 장원하고 14세 때(壬寅 1902)에 아버지가 공금(公金)사건으로 서울에 감금되었으므로 그 무죄 방면을 호소하려고 단신, 소녀의 몸으로 서울에 올라갔다. 그리고 여러 저명 인사들을 방문하고 부친을 구원도 하였거니와 여러 인사(人士)들과 부녀(父女)의 인연을 맺고 교유했다.

일은 크고 재주 없으니 대책이 전혀 없고　　　事巨才踈全沒策
눈물만 줄줄 흘리며 나날을 보내네.　　　不禁涕淚日潺潺

40. 유하 김판서에게 드림　　　呈遊霞金判書[*]

어린 까마귀 나래짓 배웠으나 바람이 두려워　　習鳥纔飛却怕風
앵앵 울면서 새장으로 들려는데　　　嚶嚶啼向禁籠中
마침 새장문 열어주는 구원의 손길　　　時來若得開籠手
이로 인해 사생(四生)의 부녀인연 맺었네.　　因果應生四世公

* 원주에 유하(遊霞) 김판서(金判書) 종한(宗漢)은 때에 궁내대신(宮內大臣)이
  었고, 이때 오소파(吳小坡)는 부친의 사면 교섭차로 상경하여 김판서(金判
  書)에게 매달렸었다. 그 뒤 부녀(父女)의 결의(結義)를 맺었다는 것이다.

41. 희재 이판서에게 드림　　　呈希齋李判書[*]

사람으로 태어나 처음 황금의 귀함을 알았네　　人間始識貴黃金
단지 한스러움은 부친께 효성이 부족함일세　　只恨如今不孝伉
어린 계집 전생의 빚을 벗을 계교였는데　　　穉娥計脫前生債
산 부처님 같은 희재 어른이 구제하여 주셨네.　活佛應存普濟心

* 원주의 희재(希齋) 이판서(李判書) 유인(裕寅)은 때에 무경사(務警使)였다고
  했다.

42. 민계정 대감께 화답해 올림　　　　和呈桂庭閔輔國[*]

시짓는 자리에서 한번 뵈온 환한 모습　　　　詩筵一別記華容
시상은 신묘하고 유유한 모습이 꿈에 뵈누나　　神思悠悠惱夢中
시를 읊던 그 얼굴 상쾌했어라　　　　　　　奉讀瓊章牙頰爽
지금에 당나라 시선을 다시 뵌 듯하구나.　　　如今復見大唐風

꾀꼬리 노래하고 제비 지저귀는 녹음방초 때　　鶯歌鷰語正芳時
깊고 깊은 주렴 속에 여름 해는 더디고　　　　簾幕深深百日遲
애석할손 가는 봄을 잡지 못함이여　　　　　解惜春歸留不得
꽃을 보며 오히려 가지 상할까 걱정하네.　　　看花猶恐損餘枝

어찌하면 바람자고 비그친 시절을 만나　　　安得無風不雨時
일년내내 꽃가지와 함께 하리오　　　　　　一年長對百花枝
거문고 뜯고 시 읊으며 벗과 술을 마시는 곳　　琴書朋酒雙兼地
정자에 함께 올라 정담으로 지내고 싶네.　　　願上名樓共話遲

* 원주에 계정 민보국(桂庭閔輔國)의 이름은 영환(泳煥)이라고 했다. 오소파(吳小
  坡)는 민영환(閔泳煥) 대감과도 사귀었다.

43. 수당 이승지에게 화답해 올림　　　　和呈邃堂李承旨[*]

계동 높은 곳에 장원을 이웃한 큰집　　　　桂山高處接芳隣
길없는 동산에서 종용히 자주 만났네　　　無路從容奉晤頻
지난 봄은 여관에서 총총히 뵈었고　　　　旅館經春多草草
지금은 일찍 헤어짐만 같지 못하네.　　　不如今作早歸人

아득히 고향산천 꿈에 보고 놀라니	沼遞鄕山入夢驚
밤중에 하늘보니 가슴만 어지럽다	望中星月意中橫
규방에서 기나긴 밤 잠 못 이루고	蘭閨永夜眠難穩
뜬 눈으로 새벽 종소리를 듣고 새네.	臥聽鷄鍾促漏聲

* 원주에 수당(邃堂) 이승지(李承旨)는 이름이 종원(種元)인데 사제(師弟)의 인연을 맺었다고 했다.

44. 봄날 삼청동 '구로시회'에 참석하고

餞春日赴三淸洞九老詩會*

구로시회 신선들이 한자리에 모여서	九老仙同一座開
삼청수로 술삼고 자하잔으로 마시면서	三淸水釀紫霞盃
평생에 오직 한번 시인이 되었구나	平生只有詩人態
나는 눈썹도 못 그리면서 전도하며 참가했네.	不畵蛾眉顚倒來

* 원주에 구로회원(九老會員)은, 해사(海士) 김성근(金聲根), 유하(遊霞) 김종한(金宗漢), 계정(桂庭) 민영환(閔泳煥), 동농(東農) 김가진(金嘉鎭), 금래(琴來) 민영소(閔泳韶), 석운(石雲) 박기양(朴箕陽), 이판서(李判書) 건하(乾夏), 시남(詩南) 민병석(閔丙奭), 하정(荷亭) 여규형(呂圭亨) 등인데 이는 향산회(香山會)를 본받았고 오소파(吳小坡)도 말석에 참여하였다고 했다.

45. 사건이 해결되고 나서[12]　　　　事濟後感吟

우리집 때묻은 빚이 가볍지 않아서　　　吾家塵債政非輕
감옥 깊은 곳에 아버지 성명이 숨었더니　深入圓扉隱姓名
장안의 산부처 같은 어른들 덕택으로　　賴有長安多活佛
근심구름 걱정비가 일시에 개었네.　　　愁雲悩雨一時晴

46. 봄 노래　　　　　　　　　　　　春　詞

봄바람에 비 개이고 마음 설레이는데　　東風淡蕩雨初晴
강북 강남은 온통 고운 경치 밝았네　　　江北江南麗景明
꽃으로 병들어 괴로운 병은 의사도 못 고쳐　花病惱人醫不得
봄의 번뇌는 갈수록 마음속에 가득차네.　春愁一路滿詩腸

47. 밤에 모이다　　　　　　　　　　夜　會

온 하늘 거울 같고 달은 높아 맑은데　　一天如鏡月高高
젊은 선비 모여서 흥겹고 호탕하네　　　朗士相逢興轉豪
밤 깊으니 서가는 고요해 바다 같은데　夜靜書樓深似海
뉘가 알리오, 나의 이 봄을 견디는 심정을.　誰能知我送春醪

12) 작자 오소파(吳小坡)의 부친이 공금사건 때문에 서울 감옥에 갇혔는데 작
　　자는 어린 십사세 나이로 감히 서울에 올라가 부친 구명 운동을 하여 사회
　　인사의 동정을 얻어 방면 된 일이 있었다. 작자는 그래서 서울 사교계에
　　나서게 되었다.

48. 나그네의 가을밤　　　　　　客中秋夜

연꽃향기 달빛 타고 난간에 드니　　　　　荷香月色入欄干
나그네 가을맞아 더욱 싸늘해　　　　　　遠客逢秋倍覺寒
어느 땐들 고향 생각 그친 적이 있으리오　何日鄕懷非不切
새벽까지 잠 못 자니 더욱 난감하구나.　　五更無寐正難堪

49. 그림 속 국화[13]　　　　　　　畫　菊

오래도록 잎 안지며 세월은 길었구나　　　永不瓢零歲月長
하필이면 중양절을 기다렸다 피어나네　　繁華何必待重陽
일생두고 꽃과 잎은 예와 같은데　　　　　一生花葉縱依舊
다만 바람 앞에 향기 못 들음이 한이로구나.　只恨風前未聞香

스스로도 전생보다 오래산다 생각하니　　自比前身壽更長
사시사철 태양이 중한 줄 모르네　　　　　四時無日不重陽
화공을 어찌 얻어 태양신이 되어서　　　　畫工安得東君化
천연의 한 점 향기 그려내리오.　　　　　賦與天然一點香

꽃대궁은 화분에서 한자나 길었지만　　　花身盆體尺餘長
봄바람과 햇볕은 원하지 않는다네　　　　不願春風不向陽
땅위에 가득히 피었다 지는 꽃들　　　　滿地群芳零落者
향기는 있다해도 이꽃보다 못하리라.　　有香不及此無香

13) 이 시는 작자 오소파(吳小坡) 자신의 기구한 운명을 그린 자화상이다.

수명의 짧고 긴 것 종이와 한가지니　　　　壽與楮生共短長
비바람과 궂은 날씨 따위는 상관치 않네　　不關風雨乖陰陽
한번 폈다 하면 떨어질 줄 모르니　　　　　一開的歷無零落
미친 나비 찾아들면 혹 향기 풍길까.　　　狂蝶時深或有香

50. 춘 몽　　　　　　　　　　　　　　春 夢

아득하게 베개 위의 한조각 봄 꿈　　　　　昏昏枕上片時春
깨고 나면 연못가엔 새잎 푸르고　　　　　　過盡池塘草色新
이 정원에 내가 살곳 어디인가　　　　　　　這裡莊園何處是
차라리 나비 되어 꽃을 따르리.　　　　　　化隨蝴蝶却疑身

51. 강가에서 벗을 보내며　　　　　　　江頭送人

이별 슬픈 외로움에 강물만 흘러흘러　　　　黯黯孤懷水自流
동풍에 비 날리고 벗 실은 배 불려가니　　東風吹雨送輕舟
뱃고동 여기저기 사람은 어디인가　　　　　數聲漁笛人何處
머리 돌려 슬프게 백구보고 묻는구나.　　回首怊然問白鷗

52. 즉흥시　　　　　　　　　　　　　　偶 吟

성남에 집 한 채 배같이 작으나　　　　　　城南一屋小舟如
거문고 뜯으며 정감을 펼 만하네　　　　　且有瑤琴足暢舒

산새는 가끔 와서 낮잠을 깨우고　　　山鳥時來驚午睡
기지개 켜고는 애써 다시 책을 읽네.　　欠伸收懶更看書

53. 한식에 느낀 일　　　寒食有感

집집마다 성묘 행차 저으기 북적대니　　家家禁火少繁華
찬비는 부슬부슬 저녁 해는 기운다　　　寒雨霏霏夕日斜
슬프다 충국혼은 어디로 갔는가　　　　怊悵忠魂何處去
빈산에 진달래만 저절로 붉게 피네.　　空山自發杜鵑花

54. 봄 추위　　　春　寒

봄이 차서 측측하고 눈마저 날리는데　　春寒惻惻雪紛紛
시인은 슬피 읊고 마셔도 안취하네　　　詩士吟觴酒不醺
큰집이 천칸인들 어찌 평안 구하리　　　大厦千間安可得
형제와 동포들이 감싸주며 살아야지.　　庇吾兄弟與同群

55. 가을밤에　　　秋夜吟

서리는 빈뜰에 내리고 달은 정자에 떠있고　　露下空庭月上軒
국화 향기 짙어지니 술잔을 기울인다　　　黃花香濕引芳樽
등잔불 가물가물 누워서 책을 보나　　　燈深漏寂看書臥
가을 벌레 울어 새도 귀찮치 않네.　　　除却虫聲耳不煩

56. 늦은 봄의 즉흥　　　　　　　暮春卽事

초당에서 잠을 깨니 석양이 기울었고	草堂睡起夕陽斜
바닷제비 처음 보니 시절이 한창인가	海燕初歸感歲華
거문고 끼고 뜯어 세상일 잊자하니	却把瑤琴消世慮
뜰에는 복숭아 살구꽃이 붉게 피네.	滿庭紅杏碧桃花

57. 문운루 판액시에 차운하다　　　次聞韻樓板上韻

백척 높은 누각 절반은 하늘에 솟고	百尺危樓半入空
올라서 바라보니 생각은 끝없어라	登臨縱目思無窮
다리는 무지개인 양 남북으로 가로놓여	橋虹倒水分南北
시제는 ‘난간자벌레’로 중앙에 걸리었네	欄蠖題詩較上中

구슬피리는 때가 있어 달밤에 비껴불고	玉笛有時橫夜月
주렴에는 종일토록 향기로운 바람이네	珠簾盡日纈香風
내 나이 십사세에 처음 배운 거문고니	娥年十四琴初學
한곡조 뜯은들 어찌 옛 풍류 같으리오.	一曲何曾古樂同

58. 안동 영호루 위에서 따라 짓다

次安東映湖樓板上韻

먼저 정자에 올라서 사방을 살피니	先據樓臺閱歷多
영남지방 명승이 이보다 나은 곳 없으리라	嶺南名勝此無加

고금에 풍류객들은 이곳에 올라   古今歌酒登臨客
아침 저녁 시 지으며 마을을 굽어 봤으리.   朝暮人烟俯瞰家

십리 이어진 모래톱은 달에 비춘 눈같고   十里明沙留雪月
돛단배 몇 척 흐르며 꽃같은 파도 짓네   數檣流水泛泡花
부평초 인생 장난 글로 오만한 흔적 남기며   浮生謾作傲遊跡
좁쌀 같은 인생이 호수의 뜬 잎사귀 같네.   一栗江湖一葉槎

59. 날씨 개이다   喜　晴

단비 와서 좋더니 날씨 개여 또한 기뻐   喜雨餘心又喜晴
발 속으로 바람 불어도 소리 하나 안 들리네   簾風乍動細無聲
어느덧 대낮인데 구름 아직 축축하고   俄當方午雲猶濕
어쩐 일로 저녁에는 달도 또한 밝구나.   豈意今霄月復明

지붕 세고 쌀독 비어 굶어죽을 것 같더니   屋漏瓢空如饑死
날이 개니 몸과 마음 다시 살아 상쾌하네   身輕心爽忽還生
농사일은 구구전전 서로 전해 밝아지니   農村穡事相傳語
근년의 여름지이 가장 이름났다네.   近代年形最有名

60. 단오날 구로회에 나가다   端午日赴九老會

일년 중 좋은 계절 더구나 단오날   一年佳節又端陽
울창한 숲속에서 시 짓노라 끙끙대네   鬱鬱詩愁强擧觴

명승지 누대는 방초에 쌓여 있고 芳草樓臺名勝地
푸른 버들 마을은 신선의 고장같네. 綠楊閭巷半仙鄕

앵도를 처음 따다 천신하는 추수제요 櫻桃薦進新嘗祭
약쑥잎 엮어서 약쓰는 옛 풍속 艾葉編垂舊驗方
이런 날엔 부모생각 갑절이나 간절한데 此日思親尤倍切
고향 천리 바라보니 구름만 두둥실. 望雲千里我懷長

61. 동농 김판서*댁 시회에서 東農金判書宅詩會

상서(尙書)댁 넓은 정원 안개 속에 그윽하고 尙書宅畔貯雲烟
초목은 우거지고 돌연못 둘러 있네 草樹深深繞石泉
비로서 한바탕 웃어보는 풍류의 좋은 곳 始開一笑風流地
온갖 자연 경물은 삼촌가절 좋구나. 虛度三春景物天

대청 뒤뜰 비뒤의 파초잎 커져있고 芭蕉葉大聽雨後
발 걷은 앞마당엔 철쭉펴서 향기롭다 躑躅花香捲簾前
이 날의 시회는 참으로 멋진 모임 此日從遊眞勝事
천리의 나그네 설움 모두 다 잊혔구나. 頓忘千里客經年

* 원주에 동농(東農) 김판서(金判書)의 이름은 가진(嘉鎭)이라 했다.

62. 일당 이판서*댁 시회에서　　一堂李判書宅詩會

한수 서쪽 저택에서 발 걷고 시회 열리는데	詩簾高捲水西城
좋은 아침 날받아 흥겨워 생기돋네	爲卜良辰興轉生
전자 새긴 돌에 비 개이니 이끼 무성하고	篆石苔滋梅雨過
차끓인 김 오르니 버들바람 상쾌하다.	茶爐烟歇柳風輕

봄 구십일 지났어도 아직 꿈은 향기롭고	九旬春去餘香夢
보름달 돌아오니 이 마음 어찌할꼬	三五月回奈客情
전원에는 푸른솔이 빽빽이 서 있는데	宅畔靑松封若立
대부집 영화는 대대로 우렁차네.	大夫傳世動家聲

쌀은 쌓여 산같이 높아서 성같고	飯顆山高敵手城
나는 역시 바다 구석 하나의 서생일뿐	海隅吾亦一書生
스스로 한조각의 매화 향기 슬퍼하니	自憐香淡梅花片
그 누가 봄바람에 버들꽃 만큼이나 여겨주랴.	誰作淸狂柳絮輕

고금의 풍류들이 그 얼마나 올랐던가	幾多今古登臨興
강호의 실의에 찬 불우선비 끝없었다	不盡江湖落拓情
벌써 시를 바치라는 우레같은 북소린데	須將雷鼓終難比
종이장엔 시상만 가득 운은 못이뤘네.	滿紙詩愁未敢聲

* 원주에 이판서(李判書)의 이름은 완용(完用)이라 했다.

63. 명신여학교 창립의 일로 동경에 가다

爲明新女學校創立事入東京 戊申*

여자학교 마음 두고 애써 오다가	留心女學界
학교 세워 그 이름 명신이라네	設校號明新
그러나 유지책은 전혀 없으니	全沒維持策
바다 건너 동경 가서 사람 만나리	東爲渡海人
곧바로 동경으로 향해 갔으나	直向東京去
마음과 일과는 같지 않구나	初心與事違
여러 가지 생각하나 얻는 것 없이	萬般思不獲
유학하며 세월만 자꾸 흐르네.	留學送多時
이등박문 만나서 의논했더니	伊藤春畝公
나더러 동경에 가 도모(기부)하라고	勸我入東京
듣자니 휘호대회 있다고 하며	聞有揮毫會
소개장 친히 써서 멀리 보내네.	親書遠寄名

* 원주에 무신(戊申 1908)이라 했다.

64. 광도현 예비신문사[14]에 보내는 글

抵廣島縣贈藝備新聞社

우리나라 교육은 어두워서	吾邦昧敎育

14) 예비신문사 ; 이 신문사는 일본 「히로시마」 현에 있는 신문사임.

여자는 깨지 못하였어라　　　　　　女子未開明
기금도 없거니와 예산도 없이　　　　基金無豫算
학교는 세워서 경영을 하네.　　　　設校始經營

멀리서 바다 건너 왔노라 하니　　　　遠我今來渡
여러 어른 찬성하여 희사를 하여　　　冀公好贊成
형세는 바로 들어맞아 가누나　　　　形勢依唇齒
참으로 화애롭기 형제 같더라.　　　　湛和似弟兄

원을 이뤄 한 혜택 받고서 보니　　　願蒙一助惠
감히 자그마한 정성이 나타나　　　　敢露寸心誠
앞길이 트이어 성과 있으리　　　　　前頭發達效
붓을 들어 굳은 맹서 짓고 온다네.　　舉筆指爲盟

65. 동경의 황족부인교육회를 보고 지은 시

抵東京呈皇族夫人敎育會

동양에서 앞선 것은 교육이 열렸기 때문　　先進東洋敎育開
부인학원 그 중에 특히 높더라　　　　　　婦人學院特崔嵬
내가 바라는 일은 동정이 아니요　　　　　不吾遐棄同情否
문명을 빌려서 적어오는 일이다.　　　　　願借文明載筆來

66. 신해영*씨와 동경공사관에서 약혼하다

與申海永氏約婚於東京公使館 時公爲韓國公使代理

당신과 나는 한 조국사람	君我同爲故國人
하늘이 준 인연으로 맺어지는데	天緣又是結朱陳
금슬의 조화가 순조로워서	調琴理瑟和而順
이 몸을 평생토록 그대에게 맡기리.	誓向平生托此身

* 원주에 그때 신공(申公)은 한국의 동경공사관 공사대리였다고 했다.

67. 임 생각   寄 遠

노란 달빛 흐르는 밤은 참기 어렵고	月照流黃不忍看
경대 앞에 홀로 새며 난새는 춥다 우네	鏡鸞獨宿夜啼寒
한 번 간 임은 어찌 오지 않는가	如何一去丹山侶
거문고 옆에 끼고 뜯으니 꿈에 보이네.	靳把瑤琴夢裡還

다정한 척 하더니 무정도 하여라	多情恰似總無情
종일토록 울어도 남부끄러워 소리 못 내오	盡日羞人泣不聲
사창에 비단 대고 그리는 정 쓰려 하나	紗窓欲寫相思幅
눈물이 앞을 가려 글귀를 못 이루네	淚落班班字未成

68. 꿈을 깨니　　　　　　　　　　夢　罷

어디서 다듬이소리 임 생각 돋우나　　　　何處搗衣憶遠人
밤새껏 끊겼다 이어지며 새벽은 밝아온다　　終宵斷續薄淸晨
천리의 임의 꿈도 소리 맞춰 놀라 깰까　　惟君千里同驚夢
그리워 흐른 눈물 수건 가득 적시었네.　　應濕相思一半巾

69. 약혼자 신해영씨를 기다리며

　　　　　　　　　　　送申海永歸故國有待

이 몸은 오로지 그대 귀국에 얽매여　　　身繫公行故國歸
아침마다 손꼽아 날짜만 헤아리네　　　朝朝屈指數回期
행여 좋은 소식 배편으로 오는가　　　適來喜見登船報
강가로 달려가서 바라본다오.　　　走向江頭遠望之

70. 마산에서 임이 죽었다는 부고를 받고

　　　　　　　　　　　至馬關病亡訃來

이 무슨 해괴한 번개같은 변괴냐　　　極怪言歸與電違
이 아침 날아온 궂은 소식 어이하리　　朝來惡報此何爲
온 세상 모든 성이 무너지는 아픔이여　　世間多少崩城慟
그 누가 나같이 만사가 틀어짐이 있을까.　其孰如吾萬事非

71. 신해영의 죽음을 통곡함　　哭 輓

만리 타향 가서 비로서 연을 맺어　　萬里殊方始結緣
일찍 없던 천생 연분인가 했더니　　不曾偶爾卽天緣
하늘의 결연이라면 어찌 그리 빠른고　　如其緣也何其速
일년도 못 가서 끊어지는 연줄인가.　　不到周年遽斷緣

72. 산 촌　　山 家

개울은 산을 돌고 산은 개울을 안고　　溪抱山回山抱溪
산촌은 백년토록 산모롱에 조용한다　　百年村落靜山西
노랑 기장 익은 벼로 가을 경치 더욱 좋고　　黃梁老稻秋光好
뽀얀 안개 짙은 연기 저녁에 낮게 떳다.　　淡靄濃烟暮色低

강둑에는 한가로이 소가 누워 쉬고 있고　　無事堤邊儂犢臥
조용턴 울타리에 닭이 올라 꼬고 운다　　從容籬落爾鷄啼
어떤 사람 농사짓고 어떤 사람 공부하고　　誰家耕織誰家讀
농촌에 나서도 하는 일이 각각일세.　　生長田家業不齊

73. 야소교에 들어가 세례를 받다　　入耶蘇敎受洗禮

스스로 야소교에 들어가　　自入耶蘇敎
공손히 세례를 받는다　　恭承洗禮行
그 진리는 아직 모르나　　粗知眞理在
마음 따라 일생 믿으리라.　　從心信一生

욕심 버려야 천리안다니　　　　　遏欲存天理
일찍이 공자, 맹자 배워 알지만　　曾知孔孟書
신약, 구약 자세보니　　　　　　　細究新舊約
그 이치 다른게 아니네.　　　　　不是別鋪舒

74. 객중에서 추석 맞음　　　　客中秋夕

명절인데 나그네 설움 참기 어려워　　　　佳節羈懷此正難
석양에 서글퍼서 난간에 기대네　　　　　夕陽怊悵獨依欄
구름안개 맑으니 가을빛 무르익고　　　　雲烟淡淡秋光老
갈대 우거진 물가에 기러기는 내려앉네.　葭葭蒼蒼鴈背寒

집집마다 추석이라 오늘밤은 즐거운데　　　萬戶共傳今夜好
삼년 동안 고향민속 못 보고 지냈네　　　　三年不在故鄉看
때를 맞아 기쁜 명절은 그 어느 날일꼬　　時來風送知何日
이곳은 번화한 서울이니 얼굴 한 번 풀어보자.　是處繁華一解顏

이슬차고 갈잎 쓸쓸히 보름달은 도는 밤　　露白葭蒼夜影流
잠 못 이뤄 홀로 앉아 새벽이 되네　　　　不眠人坐五更樓
하늘 가득 밝은 달은 추석빛 돋우고　　　　一天明月中秋色
천리에서 기러기 돌아오니 마음은 쓸쓸하네.　千里歸鴻故國愁

오늘밤은 서글픔이 어찌 이리 많은고　　　今夕其何多感悵
이 몸 오래도록 홀로 지낸 탓이리라　　　　此身獨自久淹留
국화꽃 단풍잎은 아침에 더욱 좋고　　　　黃花赤葉良辰近
가을 경치 만나니 풍물이 푸짐하다.　　　　會待風光剩得遊

75. 석 별 惜 別

그 누가 천척 장검으로
이별의 정을 끊어 못 주랴
해는 지고 말은 길을 재촉하니
쓸쓸하게 말갈퀴 돋아서네.

誰將千尺釰
能斷送人情
落日催征馬
蕭蕭髮欲生

어쩐 일로 가는 일 그리 급하고
녹음방초 우거진 이 좋은 날에
바라건대 강호(江戸)[15]의 달이여
한양의 임을 비추어 주소서.

言歸何太急
芳草又良辰
聊知江戸月
應照漢陽人

76. 가을의 사념 秋 懷

나그네 마음은 계절 따라 바뀌고
가을바람 쓸쓸히 옛 황성에 불어오네
뉘집에서 다듬이 저리도 보채는고
기러기 우는 소리에 게으른 아낙이 놀라네.

遠客隨時易感情
秋風搖落舊皇城
誰家搗練征衣急
此夜聞鴻懶婦驚

벌써 떠난 선비는 아직도 글 읽으며
오히려 법해에 연을 맺고 이름 감추네
안타깝다 내가 지나온 서러운 역사
남이 사는 인생사에 못 하지 않은데도

早向詞林猶識字
還緣法海久藏名
嗟吾過境傷心事
不下他人度一生

15) 강호(江戸) ; 일본 동경의 옛 이름. 애도(江戸)를 말함.

77. 가을 시름   秋 思

꽃보고 노래짓던 중춘 꿈이 지나자   看花己作夢中春
벌써 이 밤은 가을소리가 사람 마음 흔드네   方夜秋聲忽感人
하늘가에선 기러기 날아 이별짓고   天際鴈賓仍作別
책상머리에 앉아 등불과 친해지네.   床頭螢燭可相親

늦단풍 떨어지니 산은 야위고   晚楓葉脫山容瘦
올벼로 밥지으니 신곡 맛이 새롭다   早稻飯成野味新
총총이 흘러가는 뜬세상 일 보자 하니   自覽忽忽浮世事
진정 연약한 풀이 나는 먼지에 기대인 듯.   眞如弱草寄輕塵

78. 고향 생각   思 鄕

고향 산천은 하늘가에 한 조각 같으니   鄕山一片似天涯
멀고 멀어 소식인들 어찌 오리오   消息茫茫不到來
늙은 부모 안부조차 알 길이 없어   未識爺孃安養否
맑은 새벽 혼자서 정처없이 배회하네.   淸霄步月獨徘徊

23. 최송설당※(崔松雪堂)의 시(詩)

1. 매 화 　　　　　　　　 梅

찬란한 꽃술이랑 품지를 못하였고 　　　　豈無爛漫蘂
눈속에도 피는 매화 그래서 사랑하네 　　偏愛雪中梅
달지고 삼성 별도 기우는 깊은 밤에 　　月落參橫夜
성긴 가지 매달려서 술잔에 어리누나 　疎枝倒暎杯

2. 난 　　　　　　　　 蘭

푸른 단풍 계절에 장정은 떠나면서 　　青楓壯士去
품는 뜻은 그 오직 무리지은 난초라네 　所懷獨楚蘭
그윽한 골짜기에①나고 핀다 한탄마오 　莫恨生幽谷
맑은 향기 멀리 멀리 풍기어 퍼진다네 　清香可遠觀

※ 최송설당(崔松雪堂)(1855~1939), 최창환(崔昌煥) 따님. 조선조 말 영친왕의
　보모. 김천(金泉) 고등보통학교 설립자. 문집으로 「송설당집」(松雪堂集) 2권.
1) 그윽한 골짜기에 ; 유란(幽蘭)을 말하며 일반적으로 난초는 5월에 피지만
　난초는 가을에도 핀다고 했다. 후한서 장형전에 "유란의 가을꽃이 줄지어
　피어남이여! 또 강가의 궁궁이도 엮어져 있네."(後漢書 張衡傳 "繚 幽蘭之秋
　華兮 又綴之以江籬")라고 했다.

3. 국 화　　　　　　　　　菊

가을에 맑은 모습 그 꽃이 사랑스러	自愛秋容淡
새벽에 담밑에서 국화를 뜯으면서	東籬曉採菊
향이슬 스민 물로 국화 읊은 글②을 쓰니	香露寫前史
천년 두고 문장들이 향기 또한 찬란하네	千年文郁郁

4. 대나무　　　　　　　　竹

고기를 안 먹는게 나의 신조라	食肉非余思
사는 곳엔 으례히 대나무 있다네	所居常有竹
굳센 마디는 강직한 충신의 절개 같고	勁節直臣同
서리와 눈 맞아도 굽히지 않는구나③	霜雪誠難服

5. 계수나무④　　　　　　月　桂

지척에서 하늘의 향기 소식 듣게 되니	咫尺聞天香

2) 중국 시인 도잠(陶潛)은 "동쪽 담 밑에서 국화를 딴다"(採菊東籬下)라고 읊은 바 있고 고려 때의 김부식(金富軾)은 "두목지는 술병 들고 취미정에 올랐고, 도잠은 창망히 흰옷사자 기다렸다.(杜牧登臨翠微上 陶潛恨望白衣來)라는「국화시」(對菊有感)를 읊었다.

3) 대(竹)의 굳은 절개를 "오상고죽"(敖霜孤竹)이라 했다.

4) 계수나무 ; 원제는 월계(月桂)인데 달속에 있다는 계수나무로 흔히 '달그림자', 혹은 '달빛'을 뜻하나 여기서는 사철나무인 계수나무, 계피(桂皮)를 제공해 주는 계수를 말한다. 작자는 주변의 화초를 소재로 시를 많이 썼다.

달속의 계수나무 바로 네로구나　　　賴汝月中桂
나에게는 세속 먼지 싯는 약을 내려주니　賜我滌塵藥
때때로 상제님께 절을 올린다.　　　時時拜上帝

6. 원추리(망우초)[5]　　　萱　草

근심 잊는 망우초라 이것이 무엇이냐　忘憂是何物
뜰에 여기저기 원추리 심어놓고　　　培植數莖萱
제발 봄날씨 따뜻하라 비는 뜻은　　　願祝春日暖
어머님 은혜에 갚고자 함이라네　　　以報北堂恩

7. 송설당의 의미　　　松雪堂原韻

흰구름 외솔나무 고요한 작은 한 집　白雲孤松一小堂
이마음 그 뿐이지 먼데 이름 안내려네　此心非欲遠流芳
일찍부터 바람서리 고난 당해 늙어가다　早閱風霜餘老態
늦게야 임금님의 은혜 입어[6] 부끄럽네　晚霑雨露愧榮光

여름 더위 겨울 추위 제대로 못 모셨고　夏凊冬溫誠不及
봄밤과 가을날이 길다고만 한탄했네　春霄秋日恨須長

5) 원추리(망우초) ; 우리 주변에서 흔히 보는 야생풀. 나물 무침도 해 먹는 백
　합과(百合科)의 식물. 어머니를 상징함. 훤당(萱堂)은 남 어머니의 존칭.
6) 임금님의 은혜 입어 ; 원문의 우로지택(雨露之澤)은 고종(高宗)이 내린 조상
　신원(伸寃)에 대한 은혜로움을 말함. 작자소개 참조

그 무슨 인연으로 내생에 다시 나면 　　來生做得何因果
차례 맞춰 글을 닦아 옥황님께 여쭈리라 　　第待修文奏玉皇

8. '여름날 동산을 읊다' 　　夏日園中雜詠 中
– 22수 중에서 몇편만 추렸다 –

(1) 느티나무 　　槐

옛 집 문앞마을 늙은 느티나무 많아서 　　古家門巷老槐多
비바람에 잎과 가지 세월에 볶였구나 　　雨葉風枝歲月磨
고집스런 뿌리야 개미굴을 뚫지 마라 　　莫遣頑根穿蟻穴
공명과 부귀가 이 곳으로 지나가네 　　功名富貴此中過

(2) 버드나무 　　柳

긴 긴여름 짙은그늘 푸른 버들 가지 드렸는데 　　長夏濃陰碧柳枝
꾀꼬리는 떠나가고 해는 몹씨 더디구나 　　黃鸝去後日遲遲
가련하다, 강 위에 늘어져 섰다가도 　　可憐江上垂垂立
무엇하려 행인들의 이별을 참견하나 　　猶爲行人管別離

(3) 오동나무 　　桐

정결한 잎 거문고 만들 가지 날마다 크면서 　　圭葉琴枝日見長
바람 불고 이슬 맺혀 서늘한 그늘짓네 　　風來露滴作陰凉
가련타. 너는 이 세상에 사랑하는 사람 없어 　　憐渠此世無人愛

어찌 뿌리를 옮겨 역산[7]으로 가서 살까	那得移根在嶧陽

(4) 소나무　　　　松

원 뜰에다 소나무 심고보니 한자를 넘게[8]자라	院裏栽松一尺強
너의 잎이 몇 년이나 서리를 맞았던가	問渠枝葉幾經霜
우습구나, 우리들과 늙는 게 비슷한데	似笑吾人年已老
네가 기둥 되는 모습을 언제나 보겠는가	未見他時作棟樑

(5) 오얏나무　　　　李

동쪽 동산에 꿈같이 봄 절반이 지났는데	東園如夢片時春
아름다운 오얏 열매 금년엔 만 알 달려	佳李今年萬顆均
저 혼자 말없이 길가에 서 있으면서	獨自無言臨道側
그 가운데 갓을 고쳐 쓰는 사람을 보았던가[9]	箇中幾見整冠人

(6) 대추나무　　　　棗

뜰 앞 대추나무 늦은 바람 불어오니	庭前棗木晚風吹
구부러진 가지에 꽃은 적고 열매 많네	花小實多多曲枝
열매 맺혀 파랗다가 불처럼 붉어지니	結子靑靑應似火

---

7) 역산(嶧山) ; '거산(居山)'이라고도 하며 거문고 자료로서 오동나무가 많은데
　　거문고 만들기에 가장 좋은 나무로 알아주는 사람이 없음을 의미하고 있다.
8) 한자 넘어 ; 원문에 일척강(一尺強)은 소나무의 직경을 말한 것임.
9) 이하부정관(李下不正冠)의 속담을 말함.

그 모든 열매가 안기생[10]것 아닌가?	得非種種自安期

(7) 제 비 　　　　　鷰

푸른 나무 짙은 그늘 흰 널반지 사립문	碧樹濃陰白板扉
누워서 종일토록 제비 나는 모습 보네	臥看終日鷰飛飛
날아왔다 날아가며 재잘대는 그 말들은	飛來飛去喃喃語
인간세상 시비하는 말썽보다 더하구나	似勝人間說是非

(8) 해오라비 　　　　　鷺

떼지어 나는 무리 옥 물결에 꽃무늬요	群飛屬玉浪花間
흰 깃털은 멀리서 푸른 산에 비치네	白羽遙明映碧山
너의 맑은 그 모습을 그림에 넣는대도	使爾淸標如入畫
마음 밑바닥 한가함은 그리기 어렵겠네	畫時難畫底心閑

(9) 갈매기 　　　　　鷗

잊는다는[11] 나의 마음 갈매기와 흡사하여	忘機我似白鷗心
한 점 티끌 묻는 것을 허용할 수 있겠냐만	一點塵埃肯許侵

10) 안기생(安期生) ; 중국 진(秦)나라 때의 방사(方士). 도가(道家)에서는 해상 (海上)의 신선(神仙)이라고 일컬음. 진시황이 진나라 낭야 사람에게 바다 에 가서 붉은 신발을 찾아오라고 심부름을 시켰는데 가다가 풍파를 만나 다 시 돌아왔다. 한나라 때 이소군이 '신이 바다에 놀러갔는데 안기생(安期 生)이라는 사람이 참외만한 대추알 먹는 것을 보았다' 라고 했다.

11) 망기(忘機) ; 『장자(莊子)』에 나온 말로 '어떤 기미'. 즉 남을 해꼬지 하려 는 마음을 잊는 것' 을 말함.

강남의 호탕한 물결 찾아가기 좋은지라   好向江南波浩蕩
비바람도 상관않고 스스로 뜨고 숨네   不關風雨自浮沈

(10) 꾀꼬리   鶯

봄 물 들인 노란 옷은 비단보다 더 곱고   春染鞠衣勝綺羅
버들 숲에 한 번 들면 떠나지 아니하네   一生花柳不離他
지금의 늙음을 누가 안타까워 하리   如今老大誰相惜
세월을 돌아보면 척사[12]도 굽는다네   歲月從前枉擲梭

(11) 닭   鷄

비바람이 쓸쓸한 오경시에 이르러서   風雨凄凄到五更
들려오는 울음소리 시름겨운 사람울음 같네   聽來若爲愁人鳴
날짐승의 여섯 가지 덕[13]이 좋다고는 하나   禽中六德雖云美
세월이 다 가도록 그 소리는 여전하네   流盡年光卽此聲

9. 밤에 읊다   夜 吟

몇 마리 반디 깜박깜박 앞 숲을 건너가네   疎螢明滅度前林
구름에 비추는 달 흐릿하게 밤은 깊고   雲月徵茫夜欲深
난간에 의지하니 시름 어찌 끝이 있으리   愁倚曲欄何限意

12) 척사(擲梭) ; 베를 짤 때 왔다갔다하는 북을 말하는 것으로 세월의 빠름과
     꾀꼬리의 부지런함을 비유하고 있다.
13) 육덕(六德) ; 지(知) 인(仁) 성(聖) 의(義) 충(忠) 화(和)의 여섯가지 덕을 말함.

초가을 푸른 뜰에 벌레소리 기다린다　　　一秋庭綠侯虫吟

서쪽의 연못⑭에는 연꽃향기 모두 지고　　西池落盡藕花香
서늘한 가을달은 빈 누각에 떠오른다　　　虛閣秋生夜月凉
세상에 마음 상할 일 얼마간 있으니　　　世間多少傷心事
모두 다 바람 앞에 휘파람 불며 날려 버린다　都付風前一嘯長

10. 못의 연꽃　　　　　　　　池　荷

짙고 환한 모습 예쁘게 웃는 얼굴　　　　濃華低笑艷姬顔
큰 잎사귀 펼쳐 올려 구슬 소반 떠받혔네　大葉高擎碧玉盤
해 저문 난간에서 수심겨워 하는 뜻은　　憑欄日暮悠悠意
이 가을바람 흰 이슬에 추위에 어찌하리　奈此秋風白露寒

11. 갈모⑮를 읊다　　　　　　詠笠帽

원래 좋은 품질의 종이로 타고 나　　　　稟質元來一紙賢
우산처럼 펴고 부채처럼 접는 이치는 같네　傘張扇摺理同然
몸뚱이에 이미 기름을 먹이고 나서　　　身邊已占膏油地
머리 위에 오래도록 비와 이슬을 받는다　頭上長承雨露天

---

14) 서지(西池) ; 고대신화상의 선녀이며 불로장생의 상징인 서왕모(西王母)의
　　연못. 서지금모(西池金母).
15) 갈모[笠帽] ; 갓 위에 비가리개로 쓰는 종이 삿갓

드나들 때 항상 귀천 없이 따라다니고	出入相隨無貴賤
말았다 폈다 네모나 둥근 것 개의치 않네	捲舒不讓有方圓
가련타, 허리 잘라진 게 내 늙은 모습 같으니	可憐腰折如余老
풍상을 겪은 것이 몇 년이나 되었던고	閱歷風霜問幾年

12. 순헌 귀비[16]의 만사　　　　純獻貴妃輓

(1)

생각해 보니 옛날 시경 규목[17] 구절에	念昔歌樛木
후비의 은혜를 잊을 수 없다고 했지	后恩感不忘
아름답고 착한 모습[18] 우레처럼 울리고	休祥開震鬱
치마 입은 여자[19]로서 겸양의 덕 갖추었네	謙德讓坤裳

16) 순헌귀비(純獻貴妃) ; 고종(高宗)의 계비(繼妃) 엄비(嚴妃)이며 영친왕의
　　어머니를 일컬음. 작가는 영친왕의 보모였으므로 엄비(嚴妃)와 친분이 두
　　터웠던 것을 짐작할 수 있다.
17) 규목(樛木) ; 『시경(詩經)』「주남(周南)」편에 나오는 시. 후비(계비)를 모시
　　던 상궁들을 읊은 것으로 후비의 덕이 아랫사람에게 미쳐 질투하는 마음이
　　없어서 여러 첩들이 그 덕을 즐거워하고 칭송하기를 '남쪽에 규목이 있는
　　데 칡넝쿨이 감겨 있고 즐거운 군자(君子)는 복록으로 편안히 한다.(南有樛
　　木 葛藟纍之 樂只君子 福履綏之)'고 하였다.
18) 착한모습 ; 원문의 휴상(休祥) 곧 길상(吉祥).
19) 치마입은 여자의 ; 원문의 곤상(坤裳) 곧 곤(坤)은 대지를 상징하는 팔괘의
　　하나로 여성을 상징한다.

대궐에서 옷감 짜는[20] 수고로움을 관장하였고　　攝壺勞絺綌
광주리에 담아서 제사 음식[21] 거들었었네　　盛筐佐禘嘗
성을 다하여 부지런히 봉양하며　　盡誠勤輔養
동궁[22]의 만수무강을 빌었다네　　東闕祝天彊

(2)

은근한 자애로움을 저자거리 거지들에게까지 베풀고　　隱慈推市丐
가득한 부와 귀를 방안 친척들께도 조심시켰다　　盛滿戒房親
검은 옷[23]으로 몸소 검소함을 깨우치고　　衣皁躬昭儉
임금을 모시면서[24] 사람들께 인자함을 베풀었다　　抱衾衆逮仁

행동은 임금을 위해서가 아니고　　儀文非聖祖
슬픔과 아픔을 백성들에게 두었다　　悲痛有遺民
학을 타고 저승에 돌아가는 그날부터　　鶴駕言旋日
조석문안[25] 이부자리 펼칠 일이 없어졌구나　　無由展省晨

20) 대궐에서 옷감짜는 ; 원문의 치격(絺綌) 곧 가는 갈포를 짜는 일. ㅡ『시경
　　(詩經)』「주남(周南) 갈담(葛覃)」'가늘고 굵은 실로 베를 짜니 입음에 싫음
　　이 없도다(爲絺爲綌服之無斁)'.
21) 제사 음식 ; 원문의 체상(禘嘗)으로 임금이 신곡으로 제사 지냄을 말함.
22) 동궁 ; 원문의 동궐(東闕) 즉 동쪽의 궁궐로 조정을 뜻한다. 우리나라 창덕궁의
　　딴 이름이기도 해서 여기서는 순헌 귀비가 살았던 창덕궁을 일컫는 듯하다.
23) 검은 옷 ; 원문의 의조(衣皁) 즉 검은 옷. 진한 때 관리의 복장으로 후대에
　　는 하급관리의 복장이 됨. 여기서는 귀빈이 궁중에서 입는 화려한 옷과 대
　　비한 것임.
24) 임금을 모시다 ; 원문의 포금(抱衾) 즉 임금님을 모시고 자는 것.
25) 조석 문안 ; 원문의 성신(省晨) 즉 혼정신성(婚定晨省)의 준말인데 저녁에는
　　부모님의 잠자리를 정해 드리고 새벽에는 아침 문안을 살핀다는 예의범절.

13. 물거품을 보고 느낌　　　　觀漚有感

한 거품이 없어지자 한 거품이 생기니　　　　一漚纔滅一漚浮
뜬 세상에 인생살이 별 다른 게 있으랴　　　　浮世浮生有異不
세상에서 뺏아살며 어지러이 구는 자들　　　　世間夸奪紛紛子
끝없다는 공명이 오래 갈 수 있으랴　　　　無限功名擬久悠

14. 누각에 올라　　　　登　樓

날개를 펄러이며 곧바로 오색구름 타고 올라　　　　翩然直上彩雲間
언뜻 옥경루²⁶ 백옥란²⁷에 의지하여　　　　乍倚瓊樓白玉欄
문득 왕자잔²⁸과 안기생²⁹의 손을 끌어잡고　　　　却携子晉安期手
멀리 삼신산³¹과 벽해산으로 놀러 다니리　　　　遊戲三神碧海山

26) 옥경루(玉瓊樓) ; 옥우경루(玉宇瓊樓)라 하여 신화에 나오는 신선이 산다
　　는 궁전.
27) 백옥란(白玉欄) ; 백옥루(白玉樓)의 난간을 이르는 말로 당(唐)나라의 시인
　　이하(李賀)가 죽을 때 천사(天使)가 찾아와 상제(上帝)의 백옥루가 완공되
　　었으니 그 기문을 짓도록 명하였다고 말한 고사.
28) 왕자진(王子晉) ; 동진(東晉)의 왕씨의 자제. 신선이 됨.
29) 안기생(安期生) ; 주 10) 참조.
30) 삼신산(三神山) ; 신선이 살고 있다는 세 산으로 곧 중국 전설에 나오는 봉
　　래산(蓬萊山), 방장산(方丈山), 영주산(瀛洲山)을 이름. 우리나라의 삼신산
　　은 금강산, 지리산, 한라산.

15. 선천과 정주의 선조 무덤[31]가에 세울 석물 일로 가좌동에 나가며 느낌이 있어 짓다.

以宣川定州先壟 石儀事 出加佐洞有感而作

십 년 동안 황황해서 일할 겨를 없다가	十載靡遑事
금년 가을에는 기약이 된 듯하구나	今秋若有期
선조들의 영혼이 천리 밖에 계시지만	先靈千里外
아마도 이 슬픈 마음 아실지 모르실지	倘識此心悲

16. 김운양[32]윤식의 팔순 잔치를 축하하며

賀金雲養允植八旬晬筵

내 듣자하니 운양자께서는	我聞雲養子
장수하여[33] 만으로 팔순이라네	遐齡滿八旬
성품은 담박하고 행동은 간단하고	淡泊能守約
조심하고 부지런한 모습 인에 어긋나지 않았다	憂勤不違仁
이른 나이에 대장부[34]의 의지를 지니고	早年蓬桑志
네 마리 말[35] 타고 중국[36]도 다녀왔다	四牡駐析津

31) 평안도에 있는 선천과 정주의 선조 무덤.

32) 김운야(金雲惹) ; 김윤식(金允植) 1835~1922, 조선조 고종때 대신.

33) 장수하여 ; 원문의 하령(遐齡) 즉 오래 산다는 뜻. 하년(遐年)이라고도 한다.

34) 대장부 ; 원문의 봉상(蓬桑) 곧 쑥대와 뽕나무 모두 사내 대장부를 상징하는 말.

35) 네마리 말 ; 원문의 사모(四牡) 즉 수레를 끄는 네 마리의 말. 곧 사신행차.

36) 중국 ; 원문의 석진(析津)으로 중국 북경의 서쪽 지방 지명.

십 년 동안 호남지방에 떨치던 기운	十年湖海氣
문장을 한 몸에 널리 받았으며	文章遍一身
천리마 같은 걸음은 늙을수록 씩씩하네	驥步老益壯
해 돋는 물가 나라도 관광하였고	觀光日出濱
문단에서는 우두머리로 치켜올리었다.	文垣推盟主
임금님께서는 '나의 옛 신하이다' 라고 말했고	皇日朕舊臣
세상일은 바다가 뽕나무밭으로 변하는 것	世事變滄桑
언제 벌써 한가한 사람이 되었구나	爰作一閒人
늘그막에 복은 시냇물처럼 몰려오고	晚福如川至
강령한 80년을 건장하게 사셨네	康寧八十春
양력 10월 날짜로 3일은	陽月日之三
사악의 산신령이 탄생시켜준 날[37]	恭惟岳降辰
유명한 학자들 축하 편지 보내오고	賀箋來名碩
좋은 친구들 맛있는 술 보내온다	旨酒敖嘉賓
색동옷 입고 춤추는 이는 모두가 이름난 망아지[38]	舞斑摠名駒
엿을 입에 문[39] 이는 상서로운 기린	含飴有瑞麟
갓난아이 때 마음 아직 잃지 않으시고	不失赤子心
늘그막에도 천진함을 보존하였네	黃髮保天眞
늙어서도 신선의 재주를 터득해서	晚得仙人術

37) 산신령이 탄생시켜준 날 ; 김윤식의 생일인듯.

38) 이름난 망아지 ; 원문의 명구(名駒)로 출세한 자손들. 이날만은 색동옷 입고 춤을 춘다.

39) 엿을 입에 물다 ; 원문의 함이(含飴)이니 함이농손(含飴弄孫)에서 온 말로 엿을 입에 물고 손자를 데리고 노는 할아버지, 노후를 즐김을 이르는 말. — 후한의 마황후가 "손자들이나 보면서 정사에 관여하지 않는다"고 말했다는 고사가 있다.

몸을 굽혔다 폈이 새가 날개 펴는 듯⁴⁰	導引如鳥伸
강태공은 공의 나이 때에는	尙父公之年
위수에서 낚시줄을 드리우고 앉았었지	來渭坐垂綸
때때로 임금수레⁴¹가 당도하면	時有獵車到
바람결에 남 몰래 서로 소식 전하자 기약하네	風期暗相親

40) 새가 나래 펴듯 ; 원문의 조신(鳥伸) 즉 양생법의 일종이니 나는 새가 다리
   를 펴듯이 팔다리를 폈다 접는다는 뜻. 또 우화등선(羽化登仙) 즉 신선이
   되려하는 모습을 나타내는 말도 있다.
41) 임금 수레 ; 원문의 엽거(獵車)이니 제왕이 사냥할 때 타던 사두마차. 즉
   임금수레.

제2편 그밖의 여성작가 시·문

(1) 여왕과 왕비와 옹주의 시

1. 진덕여왕(眞德女王)①의 송시(頌詩)

태평송②	太平頌
대당(大唐)이 큰 업을 열었으니	大唐開鴻業
드높은 임금의 모책은 창성하였네	巍巍皇猷昌
전쟁이 멈췄으니 군사들은 안정되고	止戈戎衣定
문물까지 닦으니 백왕이 뒤를 잇는구나	修文繼百王
천하를 휘어잡아 높은 은혜 베풀고	統天崇雨施
만물을 다스리니 사물의 빛을 머금었네	理物體含章
깊은 인덕은 해와 달과 화합되고	深仁諧日月
돌고 도는 운세는 태평 세월로 향하누나	撫運邁時康

1) 진덕여왕(眞德女王) ; ?~654. 신라 제28대왕(재위 기간은 647년~654년)으로 성은 김씨이고 이름은 승만(勝曼). 신라 3여왕 중 한사람.

2) 태평송(太平頌) ; 이 여왕의 작품은 650AD(진덕여왕4년)에 당나라 고종에게 보낸 외교적 무마책의 '태평송'이다. 비단에 써서 법민(法敏=문무대왕)에게 보내서 신라통일의 틀을 닦는 문서가 된다.

승전의 군기는 이미 혁혁하니 　　幡旗旣赫赫
징소리, 북소리 어찌 황황치 않으리오 　　鉦鼓何鍠鍠
중화 밖 오랑캐로 당명(唐命)을 어긴 자는 　　外夷違命者
칼날에 엎어져 큰 벌을 입었구나 　　剪覆被大殃

화풍은 우주에서 차서 응결되고 　　和風凝宇宙
멀고 가까운 곳에 상서는 다투어 빛나는데 　　邇遐競呈祥
궁궐 옥촉(玉燭)은 사시에 빛나 있고 　　四時調玉燭
일월과 오성은 만방으로 순행하네 　　七曜巡萬方

오직 이 땅에는 어진 재상만 내리시고 　　維嶽降宰輔
임금은 오직 충신에게 정사를 맡기었네 　　維帝用忠良
삼오성덕(三五盛德)[3]을 한 가지로 이루어서 　　三五咸一德
당나라 황실은 밝게 빛나네 　　昭我皇家唐

2. 인목대비(仁穆大妃)[4]의 한정(恨情)

서궁생활을 스스로 조롱하다　　在西宮自嘲

늙은 소 힘써서 일한 지 이미 오래니 　　老牛用力已多年

3) 삼오성덕(三五盛德) ; 중국 고대 삼황오제(三皇五帝)의 덕.

4) 인목대비(仁穆大妃) ; 1584~1632. 연안(延安) 김씨 제남(悌男)의 따님. 선조(宣祖)의 계비요, 영창대군(永昌大君)의 모후. 궁중의 출척사건등 변란으로 서궁에 유폐되었다가 후에 대왕대비로 여생을 마쳤다.

옷헐고 신발 닳아 그저 졸릴 뿐	領破皮穿只愛眠
쟁기와 써레는 할 일 없고 봄비도 촉촉한데	犁耙已休春雨足
어찌하여 주인은 괴롭게 또 채찍치나	主人何苦又加鞭

3. 숙선옹주(淑善翁主)⑤의 운율(韻律)

(1) 명온(明溫)⑥의 시에 차운함　　次明溫寄示韻

달빛 가득 누대에 버들도 늘어지고	月滿樓臺柳滿城
피리소리 동풍에 들릴락 말락	東風玉笛暗飛聲
가련쿠나 그윽한 흥 다할 날은 언제일꼬	可憐幽興何時盡
대 숲에 이슬지고 솔숲에 밤 경치 맑아라	竹露松陰夜色淸

(2) 산중의 늦은 봄　　山中暮春

흰 구름 깊은 곳에 옛 벗을 만나니	白雲深處逢故人
소쩍새 우는 밤에 버들 잎 피어난다	子規啼時柳色新

5) 숙선옹주(淑善翁主) ; 1793~1836. 정조의 따님이며 어머니는 수빈(綏嬪) 박씨(朴氏). 홍현주(洪顯周 1793~1865)의 부인으로 문집인 「의언실권」(宜言室卷)은 홍현주의 시문집에 함께 들어 있음.

6) 명온(明溫) ; 순조의 첫째 딸인 명온(明溫)공주로 숙선옹주에게는 조카딸이 되며 김현근(金賢根)에게 하가(下嫁)하였다.

낙화 유수 속에 길은 멀어 끝이 없고   落花流水路不窮
산중에서 잔을 들며 남은 봄 아낀다네   山中對酌惜殘春

(3) 구 일   九 日

수유꽃 머리 꽂고 언덕에 올라앉아   遍揷茱萸登野陂
벗들과 어울려서 지은 시 읊노라니   賓朋相對賦新詩
하늘가 붉은 구름 저녁 때 노을지듯   空際紅雲迷夕照
맑은 바람에 쓸쓸히 낙엽진다   蕭蕭落木淸風吹

(4) 겨울날 직감   冬日卽事

겨울 날씨 봄처럼 따스하고   冬日暖如春
매화는 방 안에 가득 피었네   梅香滿室中
밝은 달은 난간에 걸려있고   明月掛曲欄
주렴 걷고 푸른 하늘 쳐다본다네   捲簾望碧空

(5) 문득 생각나서   偶 吟

내 나이 서른여섯   我生三十六
어찌 일찍부터 이리 외로운가   孤露何太早
경신년(庚申年)[7]에 하늘이 무너진 뒤에   庚申天崩後

---

7) 경신년(庚申年) ; 1800년으로 이 해가 정조가 승하하였음.

오로지 어마마마 의지했었지	所恃惟慈宮

임오년(壬午年)[8]에 망극한 일 또 당하니	壬午又罔極
이 몸은 또 다시 누구를 의지하리	此身復何依
해마다 이 날을 당하고 보면	年年當此日
다만 간절하고 비통한 마음뿐이네	但切悲慟心

오늘 아침 이곳에 와서 보건대	今朝在此處
옛 감회는 갑절로 복받치누나	又倍感舊懷
그 오직 위로가 되어 주느니	惟以慰慰者
양전(兩殿)[9]께서 너른 은총 베푸시는 일	兩殿偏垂恩

이 마음의 슬픔을 모두 잊고서	皆忘心中悲
영광과 기쁨으로 오늘을 지내보자	榮欣過此日

(6) 봄날의 경치　　　春日卽景

봄눈은 높은 언덕에 쌓이고	春雪積高岸
동풍은 솔 사이로 불어오네	東風吹松間
달빛은 난간에 비추는데	夜色照曲欄
어디선가 피리소리 들리네	誰家玉笛聲

---

8) 임오년(壬午年) ; 1822년으로 이 해에 정조의 후궁이며 숙선옹주의 어머니
　　인 가순궁(嘉順宮) 수빈(綏嬪) 박씨(朴氏)가 세상을 떠났음.
9) 양전(兩殿) ; 순조(純祖)와 비(妃)인 순원왕후(純元王后)를 말함.

새벽 달빛 비단 창문을 비추고 · 曉月入繡戶
대숲 그림자 마당 가득 덮었네 · 竹影滿庭中
뜰에 있는 정자의 비단 휘장 열고서 · 園亭錦筵開
손과 더불어 술을 즐긴다네 · 與客樂酒壺

와룡처사는 하루 아침 다락에 머무르다가 · 臥龍樓一朝
어느 날에 달빛 다라 가려는고 · 幾日月心隨
뜬 구름은 유유히 흘러가는구나⑩ · 浮雲悠悠去
(빠짐) · (欠)

(7) 문득 생각나서　　　　偶　吟

새들은 낙화를 물고 돌아가고 · 鳥含落花還
버들가지는 맑은 바람에 흐느적거린다 · 柳帶淸風斜
산촌구비마다 비단 경치 펼쳐지고 · 曲曲開錦繡
곳곳에서 봄 노래 소리 들리네 · 處處聞笙歌

(8) 달밤에 명온⑪을 생각하며　　　　月夜懷明溫

밝은 달이 창 밖에 비추니 · 明月到階前
맑은 빛이 그대 모습인 듯 · 淸光如見人

---

10) 형식으로 보면 한 구절이 탈락한 듯 하나 원문에 의지하여 그대로 시 내용
　　이 완결된 것으로 번역하였다.
11) 명온(明溫) ; 순조의 첫째 딸인 명온(明溫)공주로 숙선옹주의 조카딸. 전출

멀리 봉루의 그대 생각하는 밤	遙知鳳樓夜
분향하고 시 읊으니 정은 새롭네	焚香吟詩新

(9) 삼·오·칠언시　　　　　　三五七言

여름 해 따스하고	夏日暖
풀들은 우거진다	芳草長

녹음은 붉은 언덕에 가득하고	綠陰滿丹崖
저녁 노을은 높은 다락에 비춘다	紅霞映高臺

산 빛은 방에 들어와 젖은 대자리에 푸르고	山光入簾翠濕筵
꽃향기는 땅에 퍼지어 담장 위로 솟아나네.	花香散地影上墻

(10) 은자를 만나서　　　　　　逢隱者

맑은 바람은 소매 자락에 들고	淸風入羅袖
몸은 흰 구름 따라 가는구나	身隨白雲去
지저귀는 새는 정한 나무 없고	啼鳥無定樹
흐르는 물은 어느 곳으로 가는가	流水向何處

4. 권귀비(權貴妃)⑫의 궁중시

궁 사	宮 詞
홀연히 하늘 밖에서 퉁소소리 들리니	忽聞天外玉簫聲
그 소리 들으면서 꽃 사이로 홀로 걷네	花底徐聽獨自行
삼십육궁⑬은 온통 가을빛 일색인데	三十六宮秋一色
어디선가 조각달이 비추어 주는구나.	不知何處月偏明

12) 권귀비(權貴妃); 생존연대 미상이나 고려 출신의 원나라 귀비가 된 여자인 듯 하다.
13) 삼십육궁(三十六宮) ; 중국 한나라의 궁전. 여기서는 원나라 궁전인듯.

(2) 부인들의 창화(唱和)

1. 학자녀(學者女)①의 시

연모시   戀慕詩

말 탄 선비 어느 집 도령이련   馬上誰家白面生
얼굴 본 지 석 달인데 그 이름 모르다가   邇來三月不知名
이제야 알았네 김태현(金台鉉)②이라는 것을   如今始識金台鉉
가는 눈에 긴 눈썹 남몰래 정이 드네   細眼長眉暗入情

2. 이각(李恪)의 부인(夫人)③의 시

낭군을 전쟁터로 보내며   送夫出塞

어느 모래 뻘에 군기를 머물러 세웠기에   何處沙場駐翠旗
군가와 호적소리 꿈속에서 서글프겠지요   戍歌羌笛夢中悲
버드나무 언덕에서 이별을 어찌 뉘우치리오   陌頭楊柳吾何悔
다만 과녁④ 쏘고 오실 날만 기다립니다.   只待歸鞍繫月支

1) 학자녀(學者女) ; 성명과 생존연대 미상.
2) 김태현(金台鉉) ; 1261~1330. 고려 후기의 문신.
3) 이각의 부인(李恪夫人) ; 생존연대 미상. 이각(李恪 1374~1446)의 부인.
4) 과녁 ; 원문의 월지(月支), 천에 그려놓고 과녁판으로 썼다. 서역(西域)을 월
　　지라고도 한다.

3. 최씨(崔氏)⑤부인의 시

남편을 애도하는 시	悼亡夫詞

봉새 황새 어울려 함께 살며   鳳凰于飛
봉새에 화답하여 즐겼는데   和鳳樂只
봉새 가고 아니 오니   鳳非不下
황새 홀로 울고 있네   凰獨哭只

머리 들어 하늘에 물어도   搖首問天
하느님은 묵묵히 말이 없네   天默默只
하늘이 길고 바다가 넓다 해도   天長海濶
이 내 한은 끝이 없구나   恨無極只

4. 성씨(成氏)⑥ 최당(崔塘)의 부인의 시

(1) 낭군에게 드림   贈 人

나가서 이웃집을 서너 번 부르더니   步出隣家三四呼

5) 최씨(崔氏) ; 생존연대 미상. 본관은 강릉(江陵)으로 최치운(崔致雲 1390~
1440)의 딸이며 안귀손(安貴孫)의 부인.
6) 성씨(成氏) ; 생존연대 미상. 성희(成熺)의 딸이고 최당(崔塘)의 부인이며,
성삼문(成三問 1418~1456)의 육촌.

아이가 나와서 주인 없다 이르네   小童來報主人無
만약에 막대 짚고 꽃 찾아 안 갔으면   若非杖策尋花去
필시 거문고 끼고 술친구를 찾았겠지   定是携琴訪酒徒

(2) 숙손 형제에게 감회를 써 보내다   書懷次叔孫兄弟

지난 일은 유수처럼 멀어만 가고   事隨流水遠
시름은 새 봄 따라 솟아나누나   愁逐曉春生
들빛은 피어나 안개 속에 푸르고   野色開烟綠
산빛은 비를 맞아 더욱 밝구나   出光過雨明

발 앞에선 제비들이 조잘거리고   簾前雙燕語
숲에서는 꾀꼬리들이 화답하건만   林外數鶯聲
홀로 앉아 흥겨운 일 전혀 없으니   獨坐無多興
마음 상해 얼굴화장 되지를 않네   傷心粧不成

5. 정씨(鄭氏)[7] 부인의 시

강태공 낚시하는 그림에 부침   題太公釣魚圖

낚시 던지고 앉아 있는 저 백발 노인   鶴髮投竿客

---

7) 정씨(鄭氏) ; 생존연대 미상. 본관은 동래(東萊)로 정자순(鄭自順)의 딸이며
　　정찬우(鄭 纘禹)의 부인이고 정인인(鄭麟仁 ?~1504)의 어머니.

세상 일에 초연한 노인이구나 翁然不世翁
만약에 주(周) 문왕(文王)⁸이 안 찾았다면 若非西伯獵
평생토록 기러기와 벗하며 살았겠지 長伴往來鴻

6. 김창암(金蒼嵒)⑨의 시

스스로 경계함   自 警

덕이 있고 어질면 이를 사람이라 이르리니 據德懷仁可謂人
벼슬이나 보물은 몸을 편케 못하리라 華簪寶佩莫安身
좋은 음식 높은 벼슬 나는 되려 두려우니 脂豪榮祿吾還畏
위에는 국법 있고 아래 백성 있네 上有王章下有民

---

8) 주문왕(周文王) ; 원문의 서백(西伯)으로 주(周)나라 문왕(文王)이 서쪽 지방
   의 제후(諸侯)로서 덕망이 높았기 때문에 불린 이름.
9) 김창암(金蒼嵒) ; ?~1508, 본관은 광주, 병마절도사 김석진(金石珍)의 따
   님, 홀로 늙었다 함.

7. 김임벽당(金林碧堂)[10]의 시

(1) 가난한 여인을 읊음　　　　　貧女吟

땅이 외지니 찾는 사람 드물고	地僻人來少
산이 깊으니 세상 일 모르네	山深俗事稀
집이 가난해 한 되 술이 없으니	家貧無斗酒
찾아온 손님이 밤으로 돌아가네	宿客夜還歸

(2) 이별한 후 드림　　　　　別　贈

한스럽게 이별한 지 삼년이 지나	恨別逾三歲
옷 한벌 입고서 겨울을 나네	衣裘獨禦冬
가을바람은 짧은 귀밑머리를 스치고	秋風吹短鬢
차디찬 거울엔 야윈 얼굴 비치네	寒鏡入衰容
나그네 꿈은 풍진세상에 어리고	旅夢風塵際
이별의 한은 변방 천리에 막혀있네	離愁關塞重
님과 나를 생각하며 배회 하노라면	徘徊思遠近
한숨과 눈물이 창문에 가득하네	流歎滿房櫳

10) 김임벽당(金林碧堂) ; 생존연대 미상. 본관은 의성(義城)으로 김수천(金壽
　　千)의 따님이며 유여주(俞汝舟 1501~?)의 부인.

8. 조빙호당(趙氷壺堂)[11]부인의 시

(1) 빙호의 노래 　　　　　　　　詠氷壺

좋은 술은 술상 위에 놓아야 제격인 것을　　最合床頭盛美酒
어찌하여 작은 시냇가에 옮겨 놓았나　　　　如何移置小溪邊
꽃 사이의 하얀 날에도 능히 비를 날리니　　花間白日能飛雨
이래서 단지 속이 별천지라 한다네　　　　　始信壺中別有天

(2) 낙 구 　　　　　　　　　　　落 句

하늘엔 해와 달이 새로운데　　　　　　天中新日月
임금 행차 뒤에는 옛 신민이 따르네　　輦下舊臣民

※ 난리 때 임금님 몽진을 보고 읊음.

(3) 낙 구 　　　　　　　　　　　落 句

구슬 줄을 처마에 매달았나　　　　　　玉索連檐直
은방울 댕그랑 땅위에 동그라미　　　　銀鈴落地圓

※ 처마 밑에 떨어지는 낙수물 소리 들으며 읊음.

---

11) 빙호당(氷壺堂) ; 생존연대 미상. 본관은 교하(交河)로 조지형(趙之亨)의
　　따님이며 종실인 숙천부령(肅川副令) 이기(李琦 1515~?)의 부인.

9. 남씨(南氏)부인[12]의 시

눈을 노래하는 시	詠雪詩

| 땅에 떨어질 땐 누에 뽕 먹는 소리처럼 사각사각 | 落地聲如蠶食綠 |
| 하늘에 휘날릴 땐 나비가 꽃에 앉는 듯 사뿐사뿐 | 飄空狀似蝶窺紅 |

10. 정양정(鄭楊貞)[13] 부인의 시

(1) 강사를 나서며	出江舍

갈매기와 약속하고 찾아와 보니	來訪沙鷗約
강 언덕엔 나뭇잎이 날리고 있네	江皐木葉飛
동산에선 토란과 밤을 가득 걷우고	園收芋栗富
그물을 건지니 살진 게가 싱싱하네	網擧蟹鮮肥

12) 남씨(南氏)부인 ; 생존 연대 미상. 본관 고성(固城) 남추(南趨 1514에 진사)의 여동생

13) 정양정(鄭楊貞) ; 1541~1620. 본관은 동래(東萊)로 임당(林塘) 정유길(鄭惟吉)의 따님이고 유자신(柳自新)의 부인이며 광해군의 장모로 봉원부부인(蓬原府夫人)에 봉해졌음.

발을 걷고 푸른 산 바라보면서 　　　　　褰箔看山翠
달빛을 마주하며 술잔 들고 앉아 　　　　開樽對月輝
밤은 맑고 서늘하여 잠은 오지 않으니 　夜涼淸不寐
솔 틈의 이슬이 비단옷을 적신다 　　　松露滴羅衣

(2) 꿈속에서　　　　　　　　　　　夢中作

한 저녁 두 갈래로 나뉘어 살아가니 　釵分一夕隔風塵
눈물로 가도 가도 돌길이 새롭구나 　垂淚行忙石路新
하늘 밖 누각에서 훗날을 기약하니 　天外玉樓留後約
은근히 무릉 봄을 찾아온 기분일세 　慇懃來訪武陵春

(3) 삼가 동궁저하 시에 차운함　　敬次春宮寶韻

만력 을묘년 음력 칠월 이십오일 주상전하가 서총대(瑞蔥臺)[14]에서
베푸신 잔치에서 봉원부부인 정씨가 동궁의 시에 차운하였다.
[萬曆乙卯孟秋念五日蓬原府夫人臣鄭氏敬次主上殿下賜宴瑞蔥臺春宮]
　　　　　　　　　　　　　　　　　　(만력 을묘는 1615년)

왕실의 가문은 계계승승 끝없이 이어져 　繼繼承承寶曆綿
문은 어질고 무는 효도하여 전례가 없네 　文慈式孝兩無前
문호에는 천년 동안 영광이 올라 있고 　光騰門戶逢千裁

---

14) 서총대(瑞蔥臺) ; 창경궁(昌慶宮) 후원에 있었던 돌로 만든 대로 왕실의 연
　　회 장소로 많이 사용되었음. 현재의 춘당대(春塘臺)

하늘 땅에 만년 두고 덕성스런 배필이네 德配乾坤祝萬年

죽기 전에 다시 한 번 봉래산에 오른다면 未死重游蓬島上
남은 인생 모두 다 성은 모셔 도우리라 餘生深荷聖恩偏
임금님 아름다운 시에 뉘 감히 화답하리 陽春一曲誰能和
태자의 빛난 글월 나날이 돋보이네 少海奎章映日邊

(4) 삼가 주상전하 시에 차운함 敬次主上殿下賜詩玉韻

만력 을묘 음력 팔월 십이일 봉원부부인 정씨가 주상전하의 시에 차운한 시[後題萬曆乙卯仲秋旬二日蓬原府夫人臣鄭氏敬次主上殿下賜詩玉韻] (만력 을묘는 1615년)

이 목숨 보전하여 형체가 있는 한은 未死殘骸幸凡全
궁전 앞에 겹겹이 바람 막으리 御風重近紫宸前
나날이 고운 모습 곤룡포에 스미고 日邊佳氣衣邊襲
하늘의 빛난 은혜 만좌에 이어졌네 天上恩光席上連

옥로주 내리시니 기뻐 마셔 취하였고 霞醞宣來欣醉飽
동궁에 오르시니 어진 임금 축복하네 少陽昇座賀仁賢
임금 시에 화답하니 난새가 춤추는 듯 賡歌寶作翔鸞字
돌아가 자손들에 만세토록 전하리라. 歸與兒孫萬歲傳

11. 정경순(鄭敬順)[15] 부인의 시

<table>
<tr><td>학을 읊음</td><td>詠 鶴</td></tr>
<tr><td>한 쌍의 선학이 맑은 하늘에서 우니</td><td>一雙仙鶴叫淸宵</td></tr>
<tr><td>단구[16]의 농옥[17]이 통소부는 소리런가</td><td>疑是丹邱弄玉簫</td></tr>
<tr><td>삼도십주[18]로 돌아가는 마음은 넓게 트이고</td><td>三島十洲歸思濶</td></tr>
<tr><td>하늘 가득 바람 이슬로 찬 날개가 깨끗하네</td><td>滿天風露刷寒毛</td></tr>
</table>

12. 이여순(李女順)[19] 부인의 시

<table>
<tr><td>스스로 한탄함[20]</td><td>自 歎</td></tr>
<tr><td>지금 나의 옷은 누런 먼지에 더럽혔다고</td><td>祗今衣上汚黃塵</td></tr>
</table>

15) 정경순(鄭敬順) ; 1575~1640. 본관은 초계(草溪)로 정묵(鄭默)의 따님이
   고 김래(金琜)의 부인이며 인목대비의 올케.
16) 단구(丹邱) ; 신선이 산다고 하는 곳.
17) 농옥(弄玉) ; 진(秦)나라 목공(穆公)의 딸로 남편인 소사(簫史)에게 통소를
   배워 매우 잘 불었다고 함.
18) 삼도십주(三島十洲) ; 신선세계를 말함.
19) 이여순(李女順) ; 생존연대 미상. 연평부원군(延平府院君) 이귀(李貴 1557
   ~1633)의 따님이며 김자겸(金自謙)의 부인.
20) 이여순의 자탄(自歎)은 임진, 병자 양란 이후 속환부인(贖還婦人) ;속칭 환
   향녀(還鄕女)의 비극을 시상으로 읊은 것이 아닌가 생각한다.

어찌하여 청산마저 받아 주지 않는가 　 何事靑山不許人
넓은 하늘 사대천지에 이몸을 가두니 　 圜字只能囚四大
의금부 무관도 멀리가는 몸 잡지 못했다 　 金吾難禁遠遊身

13. 광산김씨(光山金氏)[21]부인의 시

(1) 봄날 사마동생[22]에게 주다. 　 春日寄舍弟司馬

자랑스런 사마동생 보지 못하니 　 不見司馬弟
봄철 와도 형제 정에 반갑지 않네 　 佳辰轉多情
소식 끊긴 요즈음엔 마음 심란해 　 近來消息絕
외기러기 우는 소리 더욱 설게 들리누나 　 愁聽斷鴈聲

21) 광산김씨(光山金氏) ; 생년미상. 설월당(雪月堂) 김부륜(金富倫)의 따님.
  국창(菊窓) 이찬(李餐 1575~?)의 부인. 계암(溪岩) 김령(金坽 1577~1641
  =승문원 주서)의 누님이고 그의 시문이 「국창집」(菊窓集)에 부철(附綴)되
  어 있다. 작가 해설 참조.
22) 사마동생(司馬弟) ; 친정동생 김령(金坽)을 말하는 듯하고 사마는 진사시
  (進士試)나 생원시(生員試)에 오른 사람을 말한다.

(2) 금산 관재[23]에서 봄밤에 차운하여 짓다

金山官齋春夜又用前韻

봄밤은 잠 안와 더욱 괴롭고	春夜無眠苦
대숲에 바람 불어 새가 놀라네	鳥驚風動竹
이 적막함을 뉘게 말하리	寂寞愁誰語
빈 관재에서 혼자 묵는다	空齋人獨宿

(3) 먼 곳 그대에게　　　　　寄　遠

6수　　　　　　　　六首

(1)

이별한지 그 얼마나 근심 세월 지났나요	相別問幾許
어느덧 9순이나 지나갔군요.	今已過九旬
성안에선 싸늘한 해가 저물어 가겠지요.	城中寒日暮
으레히 축산[24] 사람도 만나보겠지	應對竺山人

(2)

만사는 이미 지나 흥 기멜 것 없고	萬事已無興
인생의 일생이 참으로 가련쿠나	一生眞可憐

23) 금산관재(金山官齋) ; 금산은 경북 김천의 옛 이름. 여기 관재에서 작자가
　　혼자 있었던 것으로 보아 그 남편이 금산 현감을 지냈고 인조반정 때 이리
　　저리 불려 다니다가 처형된 상황을 읊은 것 같다.
24) 축산(竺山) ; 경북 예천(禮泉)의 옛 이름

그 누가 천리 이별 알기나 했으랴　　　　誰知千里別
이처럼 늙으막을 맞을 줄이야　　　　　　值此欲暮年

(3)

어름과 눈은 산과 들에 가득 차고　　　　氷雪滿山野
찬바람은 매섭게 창문으로 스며드네　　　寒風透窓來
쓸쓸히 혼자서 수심이 깊은 곳을　　　　　蓼蓼愁獨處
그 누가 이 괴로움을 열어주리오　　　　　懷抱向誰開

(4)

새벽에 닭이 울까 기다려도 우지 않고　　待鷄鷄不唱
억지로 자려 해도 잠은 안오네　　　　　　要眠眠未成
집안의 크고 작은 모든 일들이　　　　　　家間多少事
한꺼번에 내 마음을 옭아 매누나　　　　　一時集心情

(5)

곤궁과 고독은 차라리 운명에 없다 해도　窮獨寧無命
합치고 헤어짐은 인연이 있는 법　　　　　暌離亦有緣
어찌 감히 먼곳일 생각하면 참을 것이랴　那堪憶遠處
차가운 달빛만 창문을 비추인다　　　　　寒月照窓明

(6)

바람불어 스산하고 쓸쓸한 저녁　　　　　風色蕭蕭暮
규방에 갇힌 사람 정한에 잠겼구나　　　　幽人正含情
한양에선 편지 한장 오지를 않고　　　　　洛中書不到
하늘 밖에 기러기도 그 소리 끊겼구나　　天外雁無聲

(4) 아우 사간 자준[25]에게　　寄舍弟司諫子峻

나는 통풍[26]증세 병을 얻어서	我得痛風疾
손은 마비되어 굴신을 못하누나	手麻不能屈
낮에는 억지로 일어나 앉으나	晝雖勉强坐
밤이 되면 통증은 극도로 심하단다.	夜則疼痛極
기운은 나날이 쇠진해 가고	元氣日日銷
죽을 때가 몇 날이 없나 보구나	死亡知無日
실오리 같은 목숨 다하기 전에	一縷命未盡
오직 바라느니 사복동생 만나는 일	唯願見司僕
사복동생 오래도록 오지 않아서	司僕久不來
병이 나서 가슴만 답답하구나	病懷徒鬱鬱
누님 위해 수염태운 그 사람 누구던가	焚鬚是何人
천년전 이적(李勣)고사[27] 지금도 남아있네	千載有李勣

25) 사간자준(司諫子峻) ; 동생[舍弟]인 계암(溪岩) 김령(金坽)의 자가 자준(子峻)이고 벼슬이 사간원의 사간(종3품)이다. 시 본문에서는 사복(司僕)이라고도 했다.

26) 통풍(痛風) ; 관절이 붓고 뼈가 튀어나와 몹씨 아픈 병

27) 이적(李勣)고사 ; 중국 당나라 상서좌복야(尙書左僕野) 영국공(英國公) 이적의 "누님을 위하여 죽을 끓였다"(李勣爲妹煮粥)라는 고사. 그 내용은 이적이 누님의 병을 간호하면서 손수 죽을 끓였는데 그 불에 수염을 태우니 누님이 말리자 말하기를 "죽은 누구나 끓일 수 있지만 우리는 이미 늙었으니 그것이 슬픈 일"이라고 하였다는 고사.

(5) 이백의 삼, 오, 칠언시로 지여
자준에게 보낸다　　次李白三五七言韻兼寄子峻

맑은 가을 밤	秋夜淸
밝은 둥근 달	月色明
뜰안에서 낙엽은 내리고	庭中落葉下
대숲에서 자던 새 놀라네	竹裏棲鳥驚
갑자기 지난해 친척말을 생각하니	忽憶去年親戚話
이사람 뜻밖에 중상인줄 몰랐구나	令人不覺重傷情

(6) 남편시에 차운하다　　次案下韻

긴긴밤 지루하게 홀로 앉아 읊노라니	長夜漫漫費獨吟
북쪽하늘 바람 일어 또다시 마음 걸려	北天風色更關心
외로운 방 적적하여 잠 못 이루고	洞房蓼寂難成夢
벽에 걸린 새벽등만 이불을 비추누나	壁上殘燈照布衾

(7) 병석에서　　病中

골방에서 병석생활 벌써 오래 되었구나	臥病深房日已久
정신, 기력 모두가 점점 꺼져가는데	精神氣力漸消然
평생의 이 고생을 구태여 말할진대	平生辛苦寧容說
내 운명 지금 와서 이토록 가엾구나	命在今朝更可憐

(8) 먼 곳 그대에게 　　　　　　寄　遠

인간의 부부연분 일찍부터 맺었는데　　　生來人間赤繩纏
하루아침 이별하니 양쪽 모두 가련쿠나　　一朝相別兩可憐
찬바람 객창에선 어떻게 지내나요　　　　天寒旅舍何如在
쓸쓸한 빈 방에선 외로움에 잠못자오　　寂寞空閨獨不眠

14. 심앵도[28](沈櫻桃)부인의 시

고성으로 귀양 가시는 아버지를
배웅하면서　　　　　奉送家大人謫固城自歎

섬돌 위에 서릿바람 스산히 불어오니　　玉砌霜風起
외로운 사창에 달빛이 차갑구나　　　　紗窓月影寒
문득 기러기가 울며 나는 소리 들으며　　忽聞歸鴈響
천리 남쪽에 계신 아버지를 생각하네　　千里憶南關

28) 심앵도(沈櫻桃) ; 1600~1656. 본관은 청송으로 심광세(沈光世)의 따님이
고 이즙(李楫, 1597~1671)의 부인.

15. 조씨[29](趙氏)부인의 시

(1) 굶주린 백성을 보고 탄식함　　飢民歎

곡식 값이 금값처럼 비싸졌으니	穀價貴如金
불쌍한 백성들 누구에게 의지하나	蒼生竟何賴
벼슬하는 선비들은 조정에 가득한데	士類盈朝廷
어찌 그리 세상 바로잡을 인재 없는가	豈乏匡時才
어리석은 아낙네의 밝지 못한 궁량인가	愚婦錯料事
백성위한 안민책은 보이지 않아	不見安民策
밤새도록 이일 저일 생각하다가	中夜念及此
공연히 탄식하며 울음 삼키네	歎息空吞聲

(2) 무　제　　無　題

집은 푸른강가 언덕에 덩그렇니	家住靑河原
문은 구강수가 보이게 열리고	門臨九江水
낙엽이 떨어져 파란물에 흐르고	落葉浮綠水
가을바람 배 위로 시원히 부네	秋風入船凉

---

29) 조씨(趙氏) ; 1609~1669. 본관은 한양(漢陽)으로 조간(趙幹)의 따님이며
　　오달천(吳達天)의 부인이고 오도일(吳道一, 1645~1703)의 어머니.

16. 심정순[30](沈貞純)부인의 시

죽은 딸의 제문 　　祭亡女文

햇빛은 너무 뜨거워 참담하고	慘憺烈日
슬픈 바람은 소슬히 부네	蕭瑟悲風
옥 같은 모습과 얼음 같은 마음은	玉貌氷心
안개처럼 흩어지고 구름처럼 날아갔네	烟散雲空
늙으신 부모님 당에 계시니	鷄髮高堂
홀로 앉아 피눈물 흘리노라	獨坐泣血
사랑하나 보지 못하니	愛而不見
마음은 만 구비 맺히는구나	心曲萬結
물어보자 푸른 하늘아	借問蒼天
내가 황금패물을	我何罪孽
옥비녀 무슨 죄를 지었기에	玉釵金佩
헛되이 무덤에 묻어야 하는가	空埋空室
산은 비고 나뭇잎 지며	山空木落
강물결도 울면서 목이 멘다	江波嗚咽
백양나무는 슬프게 서 있고	妻凄白楊
찬 달빛은 교교히 비치네	皎皎寒月

30) 심정순(沈貞純) ; 1618~1702. 본관은 청송으로 심희세(沈熙世)의 따님이
　　며 신최(申最, 1619~1658)의 부인.

길고 긴 한은	有恨悠悠
영원토록 스러지지 않으리	萬古不滅

17. 신씨(愼氏)[31] 부인의 시

(1) 호중 길을 가면서 지은 시　　往湖中路上詩

먼 숲은 첫서리에 낙엽지는데	遠樹霜初落
서쪽 하늘엔 기러기들 날아간다	西天鴈自飛
푸른 강가를 수심 겨워 걷자니	滄江愁獨去
어느 날에 고향으로 돌아가리오	何日故園歸

(2) 봄날에　　春日詩

밭이랑엔 질펀히 물이 불어 고이고	田疇生潤水增波
밤비 많아서 농사일이 바쁘구나	農務應從夜雨多
뜰에는 풀 자라고 꽃잎은 지는데	庭草漸長花落盡
한 해의 봄 빛도 꿈 같이 지나가네	一年春色夢中過

---

31) 신씨(愼氏) ; 생존연대 미상. 본관은 거창(居昌)으로 신현(愼晛)의 따님이
고 경취(慶取 1626~1688)의 부인.

18. 김씨(金氏)³² 부인의 시

(1) 아버님께 드리는 시 　　　　寄父詩

시집 가서 시가살이 마땅한 일이나　　　之子于歸家室宜
부모님 생각하면 견디기 어렵구나　　　思親一念自難持
쌍성(雙城)³³은 절구통 속 백리 길 거리³⁴인데　雙城此去舂糧地
그 누가 수레와 노복을 갖추어드릴까?　車馬僕從孰備之

(2) 낭군께 드리는 시 　　　　　贈其夫詩

섣달 들어 초사흘 밤인데　　　　臘月初三夜
새벽 등에 비는 구슬피 뿌리고　　殘燈排雨悲
옛 탁문군은 병도 많았다 하며　　文君多疾日
시인 이백은 멀리 떠돌았다 하더군요　李白遠行時

32) 김씨(金氏) ; 1653~? 영흥(永興) 사람 김민(金旻)의 따님이며 덕원(德源)
　　사람인 박제장(朴悌章)의 부인.
33) 쌍성(雙城) ; 함경남도 영흥(永興)의 옛 이름.
34) 백리 길 거리 : 원문의 용량지(舂糧地)는 곡식을 찧어놓고 떠나야 한다는
　　백리 길을 말함. 시집 온 곳은 덕원(德源)이므로 덕원과 친정인 영흥과의
　　거리를 말하는듯함. 『장자』(莊子) 「소요유」(逍遙遊)편에 "백리를 가려면
　　쌀을 찧어놓아야 한다[適里百者 宿舂糧]"라고 하였음.

북쪽 길은 아득히 구름이 천리요	北路雲千里
남쪽 하늘은 바닷가 한 모퉁이	南天海一湄
돌아오실 그 날이 멀지 않은데	歸期應不遠
어찌하여 그리움이 더해 가는지요	何必若相思

19. 김씨(金氏)[35] 부인의 시

달밤에 핀 배꽃[36]	月下梨花
떨어지는 모습은 양귀비의 원한이라 노래했고	落薦歌說楊妃怨
이태백은 그의 시에서 백설향이라 칭송했지	李白詩稱白雪香
가장 풍치가 있어 그려내기 어려운 곳은	最是風光難畵處
푸른 하늘 밝은 달에 희게 핀 모습이리	碧空明月也中央

---

35) 김씨(金氏) ; 1661~1722. 본관은 안동으로 김수증(金壽增 1624~1701)의 따님이며 신진화(申鎭華 1663~1712)의 부인.

36) 이옥봉의 시 「배꽃을 노래함」[詠梨花]과 시상이 흡사함.

20. 김운(金雲)[37] 부인의 시

선원[38]의 사당을 지나며　　　過仙源祠

충성 다한 사당 앞에 나무서서 물들이니　　　精忠染盡祠前樹
늦가을 서리 내린 단풍은 잎마다 붉구나　　　秋後霜楓葉葉丹

21. 남종만(南從萬)[39]의 부인의 시

약천 상공을 조롱함[40]　　　嘲藥泉相公

약천 남구만 노상공님을　　　藥泉老相公
그 누가 근력 없다 말하리요　　　誰云筋力盡
금년 연세 일흔셋이지만　　　行年七十三
첩의 순산약[41]을 손수 달이고 계시네　　　親煎佛手散

---

37) 김운(金雲) ; 1679~1700. 본관은 안동으로 김창협(金昌協 1651~1708)
　　의 따님이며 오진주(吳晋周)의 부인.
38) 선원(仙源) ; 김상용(金尙容 1561~1637)으로 병자호란 때 강화도에서 순
　　절하였으며, 김운에게는 큰 고조부가 됨.
39) 남종만(南從萬) ; 생존 연대 미상, 남구만의 조카인듯.
40) 약천상공(藥泉相公) ; 남구만(南九萬 1629~1711)의 호.
41) 순산약 ; 본문의 불수산(佛手散). 해산을 쉽게 하는 한약.

22. 정씨(鄭氏)[42] 부인의 시

절명사   絕命詞

어진 재상 높은 선비 원통하게 많이 죽어   賢相譽士多冤死
위태로운 죽음이 조석에 있었더라   危亡若在朝與夕
낭군이 화 만난 건 죄 때문이 아니요   君子逢禍亦非罪
누군가 글을 보내 모함 한 탓이었네   誰送一詩作媒蘖

23. 최씨(崔氏)[43] 부인의 시

(1) 문득 생각나서 읊다   偶 吟

밝은 해가 하늘 위에 뚜렷이 걸려 있고   白日懸天上
하늘 높고 날은 길고 밝아   天高白日長
단지 두려운 건 뜬 구름이 다가와   只恐浮雲近
이 밝은 해를 막아서 가림이네   蔽此明明光

---

42) 정씨(鄭氏) ; 1693~1722. 본관은 연일(延日)로 정만해(鄭萬楷)의 따님이
　　며 이희지(李喜之 1681~1722)의 부인.
43) 최씨(崔氏) ; 생존연대 미상. 정지손(丁志遜)의 부인이며 최성대(崔成大
　　1691~1761)의 동생.

(2) 관아가 편안하다는 소식을 듣고서　得寧衙消息

봄 한창 적막하고 빗속에 등불은 비었는데	春窓寂歷雨燈虛
오경이 되어서 누군가 문 두드리네	五夜云誰叩樊廬
고개 너머 오백리 길 달려온 사람	人自半千脩嶺外
한 달이나 기다리던 편지 전하네	書傳一朔渴望餘
아버지 관청 일이 별 탈 없다 하시고	高堂政體連平吉
오라버니 글방에서 잘 지낸다 하시네	仲氏文帷善起居
삼동에도 곁에서 보살펴 못드리니	怊悵三冬違定省
먼 하늘만 쳐다보는 이 슬픔 어찌하리	遠天回首意何如

24. 곽청창(郭晴窓)⁴⁴ 부인의 시

(1) 즉석응답 시　　　應口詩

바닷속으로 해는 지고	海涵天日晚
꽃은 일년 내내 붉구나	花續一年紅
강에 가득 떠 있는 뱃사람들	滿江漁舟子
닻을 내리고 저녁 바람 맞고 있네	停帆向晚風

---

44) 곽청창(郭晴窓) ; 생존연대 미상. 본관은 청주로 곽시징(郭始徵 1644~
　　1713)의 따님이며 김철근(金鐵根 1678~1728)의 부인.

(2) 낙 구	落 句
술은 애인처럼 헤어지자 곧 생각나고	酒似情人離則戀
근심은 백발처럼 사라졌다간 다시 나네	愁如白髮落還生

25. 남의유당(南意幽堂)[45] 부인의 시

생일날의 감회	生日有感
풍상을 지내고 나니 팔질이 돌아와	閱去風霜八耋回
한자리에 한겨례들 뜻깊은 잔을 드노라네	同筵族戚擧深杯
아손들이 무릎을 둘러싸고 서로 축수하는데	兒孫繞膝爭稱壽
억지로 얼굴표정 잠간 열어 보이네	强矯顔也使暫開

45) 남의유당(南意幽堂) ; 1727~1823. 본관은 의령으로 남직관(南直寬)의 따
  님이며 신대손(申大孫 1728~1788)의 부인. 「의유당관북유람일기」(意幽
  堂關北遊覽日記)가 있다.

26. 전지일당(全只一堂)[46] 부인의 시

원 시	原 韻
봄이 오니 꽃은 한창 피어나고	春來花正盛
세월 가니 사람은 점점 늙어가네	歲去人漸老
탄식해 본들 장차 어찌하리오	歎息將何爲
다만 요긴한건 착한일 하는것 뿐	只要一善道

27. 학정헌 고부(鶴丁軒 姑婦)의 창화시(唱和詩)

(1) 금강과 목란의 창화시   金剛木蘭

금강석을 차고 금강목을 베고	佩金剛石 枕金剛木
금강산에 들어 금강경을 읽어라	入金剛山 讀金剛經
〈시어머니가 읊음〉	(姑唱)

목란꽃을 꺾어 목란배를 타고	折木蘭花 乘木蘭舟
목란사를 찾아 목란글을 읽나이다	訪木蘭寺 讀木蘭詞
〈며느리 화답〉	(婦和)

46) 전지일당(全只一堂) ; 성명과 생존연대 미상. 천안(天安) 사람인 생원(生員) 전여충(全汝忠)의 따님이며 강정일당(姜靜一堂 1772~1832)의 시어머니.

(2) 오추마와 붉은 용의 시　　　　烏騅赤龍

오추(烏騅)말[47]이 오강(烏江)[48]을 건너지 못하니
　　　　　　　　烏騅不渡烏江水
팔년을 날린 위풍이 오유선생(烏有先生)[49]이로다 〈시어머니〉
　　　　　　　　八年威風烏有先生(姑唱)

적룡(赤龍)[50]이 적소검(赤霄劍)[51] 휘두르니　　赤龍能揮赤霄劍
산하(山河)를 하나로 다스린 적제(赤帝)의 아들[52]이외다 〈며느리〉
　　　　　　　　一統山河赤帝之子 (婦和)

47) 오추(烏騅) ; 검은 털에 흰점박이 말. 중국 삼국시대 초패왕(楚覇王) 항우
　　(項羽)가 탔다고 함. 빠르고 날쌘 말.
48) 오강(烏江) ; 중국 안휘성(安徽省) 화현(和縣)을 흐르는 강. 항우(項羽)가
　　한(漢)의 유방(劉邦)에게 쫓겨 이 강에서 자결하였음.
49) 오유선생(烏有先生) ; 가상인물(假想人物). 한(漢)의 사마상여(司馬相如)가
　　그의 글에 적었음. 「사기」(史記)에 "烏有先生者 烏有此事也爲濟難 亡是公
　　者 忘是人也 欲明天子之義也"라고 있음.
50) 적룡(赤龍) ; 붉은 빛의 용.
51) 적소검(赤霄劍) ; 손잡이에 붉은 치장이 붙은 보검(寶劍). 주무왕이 주(紂)
　　를 정벌할 때 썼다고 함.
52) 적제자(赤帝子) ; 한고조(漢高祖) 유방(劉邦)을 일컬음. 한(漢)은 화덕(火
　　德)이라고 하여, 붉은 빛을 숭상하였음.
※ 원주에 "고부(姑婦)가 초한연의(楚漢演義)를 보다가 항우(項羽)가 오강(烏
　　江)을 건너지 못하는 대목에 이르러, 그 정황을 읊은 것이다"라고 했음.

(3) 촉나라 서울　　　　　　　　蜀都詞

봄비가 오니 사람들은 양자댁(楊子宅)[53] 밭갈이를 하고〈시어머니〉
　　　　　　　　春雨人耕楊子宅(姑唱)

가을바람이 부니 학이 무후사(武候祠)[54]에 와 울음을 운다오〈며느리〉
　　　　　　　　秋風鶴唳武候祠(婦和)

황우협 골짜기는 푸르고 파란 풀이요 〈며느리〉
　　　　　　　　蒼蒼綠草黃牛峽(婦唱)

백마강 물에는 붉고 빨간 게라네 〈시어머니〉
　　　　　　　　紫蟹紅鮮白馬江(姑和)

(4) 모아짓다　　　　　　　　　　集　句

나그네 말 위서 한식(寒食)을 맞이하니〈시어머니〉
　　　　　　　　馬上逢寒食 (姑唱)

산속이므로 맛있는 것이 없도다〈며느리〉
　　　　　　　　山中無別味 (婦和)

---

53) 양자댁(楊子宅) ; 양주(楊朱)의 집. 양주는 중국 전국시대의 사상가.
54) 무후사(武候祠) ; 제갈량을 모신 사당. 무후(武候)는 제갈량의 시호.

낙양성(洛陽城)을 한 번 떠나니 4천리요〈며느리〉

洛城一別四千里 (婦唱)

동정호(洞庭湖)에서 노닌 지가 12년이라〈시어머니〉

洞庭平分十二秋 (姑和)

(5) 연시로 짓다[55]　　　　　　　　　　聯　句

팔보문(八寶門) 앞에 삼보점(三寶店)이 있는데 〈며느리〉

八寶門前三寶店 (婦唱)

사신선(四神仙)이 있는 자리에, 두 신선이 바둑두고 있소
〈시어머니〉

四仙床上兩仙碁 (姑和)

뜰가의 밤나무엔 꾀꼬리[栗留][56] 앉고〈시어머니〉

庭畔栗陰留栗留 (姑唱)

55) 원주에 "시어머니가 조카 추재(秋齋) 정즙(鄭濈)과 바둑을 둠에, 시어머니
가 이어 두 국(局)을 이기니 추재가 이르기를 '아주머님 연구(聯句)로 우리
고모를 괴롭히십시오' 하며, 종[小奴] 은동(銀同)이 명주를 펴놓았다. 이에
추재 정즙이 연구제(聯句題)로 유소주팔보문외삼보점(有蘇州八寶門外三寶
店)이라는 글귀를 내놓았다."고 했다.
56) 원주에 "을류(栗留)는 꾀꼬리[鶯]를 가르킨다."고 했다.

밭머리의 뽕나무엔 오디새[桑扈]⁵⁷가 푸들푸들거리오〈며느리〉

　　　　　　　陌頭桑葉扈桑扈 (婦和)

까마귀도 어미에게 먹이[哺]⁵⁸를 주며 〈시어머니〉

　　　　　　　烏玄能哺母 (姑唱)

나귀도 주인을 받지 않는다오⁵⁹ 〈며느리〉

　　　　　　　的不妨主人 (婦和)

57) 원주에 "상호(桑扈)는 오디새를 가리킨다."고 했다. 초여름 한창 누에치기
　　에 바빠, 시어머니와 종은 뽕 따러 가고, 오씨(吳氏)는 절구질을 하여 온몸
　　이 시꺼멓게 되므로, 검은천을 겉에 걸치고 취반(炊飯)을 하므로 이에 이
　　글을 지었다고 했음.
58) 원주에 "포(哺)는 새끼 까마귀가 어미 까마귀에게 은혜를 갚음을 이름인
　　데, 며느리의 성이 오씨(吳氏)이므로 까마귀 오(烏)자를 놓았다."고 했다.
59) 원주에 "노(盧)는 시어머니의 성이 당나귀 정[鄭]자 정씨(鄭氏)이므로, 당
　　나귀 노[驢]에 맞추어 쓴 것이다. 옛날에 당나귀는 주인을 받지 않는다는
　　말이 있으니, 「한소열사」(漢昭烈祠)에 이런 글이 적히어 있다. 시어머니는
　　웃으며 대꾸하지 않고, 며느리 또한 돌아선 채 아무 말이 없으므로 추재정
　　집이 이를 알아 차리고 그 뜻을 밝히었다."고 했음. 적(的)은 적(馰)이니
　　노새[驢]를 뜻한다.

(6) 여종 소패는 웃는다　　　　　　小佩嘲[60]

쏘면 맞고, 두면 이길진대　　　　　　射者皆中奕者勝
혁추 이광(奕秋李廣)[61] 같은 이가 드므네　奕秋李廣未曾饒
구양수(歐陽修) 늙은이 말 좀 잘못하여　歐翁自言飮少醉
이제와서 소패(小佩)한테 웃음을 사누나.　醉設今爲小佩嘲
　　　　　　〈시어머니 읊음〉　　　　（鶴丁軒 鄭氏 作）

60) 소패조(小佩嘲)) ; 원주에 추재 정집의 말을 이용하여 "학정헌 오씨의 소
　비(小婢)는 이름이 소패(小佩)이니 총기가 뛰어났었다. 학정헌 오씨로부터
　「고문진보」(古文眞寶)에 구양수(歐陽修)가 지은 「취옹정기」(醉翁亭記)를
　배우다가 이 글에. '쏘는 이 마다 맞추고 두는 이 마다 이긴다.[有射者中
　奕者勝]'라고 있으니 '쏘는 이 마다 맞춘다.'는 것은, 사람마다가 잎 하나
　하나의 과녁에 모두 맞출 수 있으므로 이치에 맞으나, 바둑을 '두는 이 마
　다 이긴다면 지는 자가 어디에 있을지 모르겠다.' 하니 오씨가 대답을 못하
　였다. 이에 고모께서 '소패는 참으로 천재로다.' 하며 분필을 들어 판(板)
　에 소패조(小佩嘲)라 제(題)하고 이 글을 지었다."
61) 혁추 이광(奕秋李廣) ; 원주에 "혁추 이광은 바둑과 활쏘기를 잘한 사람이
　다. 「취옹정기」(醉翁亭記)는 구양수(歐陽修)의 작(作)으로, 술 취하여 적은
　것 같은 글이 있다. 대개 '쏘는 이 마다 맞추고, 두는 이 마다 이긴다.'고
　도취된 말을 하여, 어린 종에게 조소를 사누나,"라고 했다.

(7) 거울 반조각을 구하다　　　乞半鏡[62]

꾀하지 않아도 마음은 같이하는 한통속이니　　不謀同智是同衿
혜안(慧眼)의 사나이라 밤에도 금(金)을 아네　　慧眼男兒夜識金
반쪽의 보석이나 그래도 당세의 보배이거니　　半壁猶爲當世寶
신령되고 굳은 마음 서로가 비추었네.　　靈犀相照二人心

개짖고 달지는 밤 그대 먼저 왔으니　　犬村月落君行早
개구멍으로 추운밤에 나도 왔오　　狗竇天寒我入深
칠척 큰 키 혈기 또한 왕성하니　　七尺軒軒年又壯
일생 비바람에 어느곳에 못 살리오　　一生風露住何林
　　　　　〈학정헌 오씨가 짓다〉　　　（鶴丁軒 吳氏 作）

62) 원주에 "사막인(沙漠人)이 파사시(波斯市)에 들어와 체경(體鏡)을 사 밀실
　　(密室)에 감추어 두었는데, 도둑이 이 말을 듣고 담장을 넘어 들어와 급히
　　이것을 찾고자 하니, 이미 그 거울을 짊어진 자가 있었다. 이에 도둑이 엎
　　드려 빌며 '저도 역시 도둑인데, 담장을 누가 먼저 넘느냐에 선후(先後)는
　　있으나, 청컨대 거울 반쪽은 저를 주시오.' 하였다."는 이야기를 인용하여
　　지었다고 했다.

(3) 소실(小室)들의 한영(閑詠)

1. 설요(薛瑤)의 시

세속으로 돌아감	返俗謠
구름 같은 마음이여, 맑고 곧음 생각하고	化雲心兮思淑貞
산골짝의 적막함이여, 인적을 볼 수 없네	洞寂滅兮不見人
꽃다운 봄 풀이여, 향기로움 생각하니	瑤草芳兮思芬蒕
장차 어찌할까, 아까운 이 청춘	將奈何兮是青春

2. 조운(朝雲)② 의 시

남곤③ 대감께 드리는 노래	歌贈南止亭袞
부귀와 공명은 모두다 버리시고	富貴功名可且休

1) 설요(薛瑤) ; ?~693. 신라 설승충(薛承冲)의 따님이며 당나라 시인인 곽원
   진(郭元振)의 소실.
2) 조운(朝雲) ; 생존연대 미상. 전주(全州)의 기녀로 남곤(南袞 1471~1527)
   의 정인(情人).
3) 남곤(南袞) ; 호는 지정(止亭)으로 조선 명종(明宗)대의 문신. 좌의정·영의
   정 등을 역임하였고 문장과 글씨에도 뛰어났으나 기묘사화(己卯士禍)를 일
   으켜 조광조(趙光祖) 등을 숙청하는데 앞장섰기 때문에 후에 사람들의 지탄
   의 대상이 되었음.

산 좋고 물 맑은 곳에서 즐겁게 노시지요	有山有水足遨遊
님과 함께 산다면야 단칸 집도 좋으니	與君共臥一間屋
맑은 바람 밝은 달에 마음 편히 늙읍시다	秋風明月成白頭

3. 원 수향각(元繡香閣)[4]의 시

옥산[5]에게 드림	呈玉山

가을 못 맑으니 생각이 오락가락	秋淸池閣意徘徊
밤되어 난간 오르니 달은 외로이 뜨고	向夜憑欄月獨來
연못엔 연꽃 가득 삼백 송인데	滿水芙蓉三百本
님 보낸 지금 와서 누굴 위해 피어 있나	送君從此爲誰開

---

4) 수향각(繡香閣) ; 원씨(元氏) 생존연대 미상. 소실(小室) 또는 기녀(妓女)로 추정.

5) 옥산(玉山) ; 이우(李瑀 1542~1609). 신사임당의 넷째 아들로 율곡(栗谷) 이이(李珥)의 동생.

4. 궁녀(宮女) 이씨(李氏)[6]의 시

신세 한탄하는 시

自傷詩

노래하고 춤추던 전각은 모두 다 먼지 되고　　歌垉舞殿惣成塵
옛날 화려하던 시절이 어제 아침 같구나　　舊日繁華似隔晨
슬프구나 궁중의 한 떨기 남은 꽃잎　　悄悵宮花餘一朶
몇 번이나 풍우 맞으며 가는 봄 울었던가　　幾番風雨泣殘春

5. 이씨(李氏)[7]의 시

(1) 태고정[8]

太古亭

맑은 밤 달빛은 빈 뜰에 가득 차고　　淸宵月色滿空庭
밤에 누워 오동잎에 이슬 젖는 소리 듣네　　臥聽孤梧露滴聲
누각은 그대론데 인간사 변하였고　　臺榭依依人事變
흰 구름과 흐르는 물은 예나 지금 변함없네　　白雲流水古今情

---

6) 이씨(李氏) ; 생존연대 미상. 이신(李神)의 동생으로 광해군 때의 궁녀.

7) 이씨(李氏) ; 생존연대 미상. 김성달(金盛達 1642~1696)의 소실.

8) 태고정(太古亭) ; 전북 진안군(鎭安郡)에 있는 정자.

(2) 시름을 읊다　　　　　　　　咏　愁

시름은 시름으로 이어지고　　　　　　愁與愁相接
괴로운 가슴 풀리지 않아　　　　　　　襟懷苦未開
답답한 맘 끝이 없으니　　　　　　　　黯黯無時盡
어디서 오는 시름이던가　　　　　　　不知何處來

(3) 저녁 노을　　　　　　　　　　夕　照

어부는 뱃노래 부르며 밀물 타고 돌아오고　漁人款乃帶潮歸
산 그림자는 강에 비껴 사립문을 내려 닫네　山影斜江掩夕扉
돌아오는 바다에 비 올 줄 알았는지　　　　知是來時逢海雨
푸른 도롱이가 뱃머리에 비스듬히 걸렸구나　船頭斜掛綠衰衣

(4) 오동을 노래함　　　　　　　　詠梧桐

이 오동나무를 사랑한 까닭은　　　　　愛此梧桐樹
집 옆에서 서늘하게 가려주기 때문인데　當軒納晚涼
도리어 한밤중 빗소리에 시름 돋우니　却愁中夜雨
오히려 애간장 끊는 소리 짓는 구나　　飜作斷腸聲

6. 김창협(金昌協)의 소실(小室)⁹의 시

문득 생각나서 읊음	偶　吟

봄엔 나고 가을에 지는 것이 자연의 분수인데	春生秋殺自平分
팔월에 배꽃 핀다는 말 아직 못 들었네	八月梨花古未聞
모든 나무들 서풍에 참담하게 떨고 있는데	萬樹西風方慘慄
배꽃 한 가지는 겨우 푸른 봄빛 지니고 있네	一枝留得少東君

7. 안원(安媛)⑩의 시(詩)

(1) 봄생각	春　思

서실에서 향이 타고 날새려는데	寶篆香銷欲曙天
창문 앞에 홀연히 새소리 들려오네	忽聞啼鳥到窓前
간밤 모래톱에 내린 비는 어느 산에서 몰아 왔나	沙頭夜過何山雨
버들숲에 안개 일어 포구 끝에 피어나네	柳外朝生極浦煙

꽃 그림자 어지럽자 이별 한이 더욱 서럽고	別恨自憐花影亂
거문고 뜯고 보니 봄 시름이 그윽하네	春愁暗與伱伎邊

9) 김창협의 소실(金昌協 小室) ; 성명과 생존연대 미상. 김창협(金昌協 1651
　～1708)은 조선 중기 문신.
10) 안원(安媛) ; 생존연대 미상. 숙종대 경호(鏡湖) 홍순연(洪舜衍)의 소실.

거문고 줄을 골라 강남곡(江南曲)⑪ 뜯을 적에 　瑤琴彈罷江南曲

가락가락 이란곡⑫이요 채련곡⑬일세 　曲曲離鸞又採蓮

(2) 규수의 원한　　　　　　　閨　怨

열다섯 살에 유자(游子)⑭에게 시집 가서 　十五嫁游子

스물인데 그사람 아직 돌아오지 않네 　二十猶未歸

이내 가슴속 맺힌 심사 하소연 하려한들 　縱欲道心事

님을 만날 기회마저 없으니 말못하네 　與須相見稀

11) 강남곡(江南曲) ; 중국의 악부명. 강남지방의 노래. 민가(民歌)에 뿌리를
　둔 것으로 정가(情歌)의 성격을 지니고 있음.

12) 이란곡(離鸞曲) ; 악부곡명(樂府曲名). 거문고 곡으로 짝 잃은 정감을 표현
　함.

13) 채련곡(採蓮曲) ; 악부곡명(樂府曲名). 남녀의 상사를 노래한 악곡.

14) 유자(游子) ; 나그네 또는 떠돌이, 논팽이

※ 여류시사(女流詩史)에서 가장 많은 작자 층이 부실(副室) 혹은 소실(小室)들
　인데 대개가 이름난 작가요, 시집도 있어서 대부분 작가는 전항에서 열거하
　여 다루었다.

(4) 이름난 기녀(妓女)들의 고음(苦吟)

1. 동인홍(動人紅)①의 시

자 서	自 敍
기생과 양가 여자가	娼妓與良家
그 마음가짐이 어떻게 다르던가	其心問幾何
가련타 백주의 그 절개②여	可憐栢舟節
다른 마음 안 품으려 스스로 맹세했네	自誓矢靡他

2. 우돌(于咄)③의 시

송좌막 국첨④에게 올림	呈宋佐幕國瞻
광평⑤의 철석같은 심지를 제가 일찍 알았기에	廣平鐵腸早知堅

1) 동인홍(動人紅) ; 생존연대 미상. 고려시대 팽원(彭原)의 기녀.
2) 백주의 그절개[栢舟節]: 『시경』(詩經) 「용풍」(鄘風)의 편명(篇名)으로 백주
   조(栢舟操)라고도 함. 위(衛)나라 태자인 공백(共伯)의 아내 공강(共姜)이 남
   편이 죽은 뒤 재가(再家)하지 않고 지조를 지켰다는데서 수절을 의미함.
3) 우돌(于咄) ; 생존연대 미상. 고려 고종(高宗)때 용성(龍城)의 기녀.
4) 송국첨(宋國瞻) ; ?~1250. 고려 후기의 무신.
5) 광평(廣平) ; 송광평(宋廣平)으로 이름은 경(璟). 철석 같은 심지로 정절을
   지킨 것으로 유명함.

원래부터 잠자리 모시려는 마음은 없었답니다	兒本無心共枕眠
다만 바라는 건 하룻밤 술 마시며 시를 짓고	但願一宵詩酒席
풍월 읊으며 좋은 인연 맺어 보는 것이지요	助吟風月結芳緣

3. 승이교(勝二喬)[6]의 시

(1) 쓸쓸한 가을의 감회　　　　　秋　懷

서리 내리는 밤 기러기는 울면서	霜降雁飛聲
적막히 산성을 날아 넘어갈 때	寂寞過山城
외로이 임 생각다 깊은 잠 깨고 보니	思君孤夢罷
가을달은 교교히 창문을 비추네.	秋月照窓明

가을바람 불어들어 치맛자락 나부끼니	西風吹衣裳
덧없는 세월에 얼굴이 야위었네	衰容傷日月
연꽃 핀 초당(草堂)에는 가을비 가끔 오고	蓮堂秋雨疎
이슬 맞은 나무 위에 매미 소리 차디차다.	露枝寒蟬咽

6) 승이교(勝二喬) ; 선조(宣祖) 때 마관(馬官) 김인갑(金仁甲)의 애인으로 소명(小名)을 억춘(億春)이라 했다. 그는 진주(晉州)의 명기로서 천성이 슬기롭고 시에 능했다.

(2) 가을밤의 느낌 　　　　　秋夜有感

강양관(江陽舘)에는 서풍이 불어 일고　　江陽舘裡西風起
뒷산은 취하는듯 앞 강은 맑디맑다　　　後山欲醉前江淸
사창에 달은 밝고 벌레들은 흐느낀다　　紗窓月白百蟲咽
외로운 베개에 이불 차서 잘 수 없네.　　孤枕衾寒夢不成

4. 어우동(於于同)⑦의 시

부여를 회고하며 　　　　　扶餘懷古

백마대 비어 간 지 얼마이던가　　　白馬臺空經幾歲
낙화암에 꽃핀 때도 이미 오래네　　落花巖立過多時
만일에 저 청산이 침묵하지 않는다면　　靑山若不曾緘默
백제의 천고흥망 물어보면 알리만.　　千古興亡問可知

---

7) 어우동(於于同) ; 생존연대 미상. 호서(湖西) 기생.

5. 취련(翠蓮)[8]의 시

북쪽 관영의 장마 　　滯雨北營

열흘 장마 괴롭게도 개이지 않으니　　十日長霖苦未晴
고향 생각 간절하여 꿈에서도 놀라 깨네　　鄕愁黯黯夢魂驚
중산(中山)[9] 땅이 눈앞인데 천리 길 같아　　中山在眼如千里
쓸쓸히 누각에서 말없이 몇 걸음 걷네　　悄倚危欄默數程

6. 계월(桂月)[10]의 시

이관찰사공[11]을 배웅하며 　　奉別巡相李公

눈물을 흘리면서 눈물 젖는 눈을 보며　　流涙眼看流涙眼
애끊는 심정으로 애끊는 사람과 마주한다　　斷腸人對斷腸人
일찍이 책을 볼 땐 이럴줄 몰랐는데　　會從卷裡尋常見
오늘 저에게 일어날 줄 어찌 알았으리요　　今日那知到妾身

8) 취련(翠蓮) ; 생존연대 미상. 정평(定平)의 기녀로 회와(晦窩) 윤양래(尹陽
　　來 1673~1751)의 정인(情人)
9) 중산(中山) ; 함경남도 북청(北靑)의 다른 이름.
10) 계월(桂月) ; 생존연대 미상. 평양의 기녀로 관양(冠陽) 이광덕(李匡德
　　1690~1748)의 정인(情人).
11) 이관찰사공: 원시 제목에서 순상(巡相)은 관찰사를 말하며 이공은 계월의
　　정인(情人)인 관양(冠陽) 이광덕(李匡德)을 가리킴. 이광덕은 평안도 관찰
　　사를 역임하였음.

7. 취련(翠蓮)⑫의 시

(1) 님에게 드림   敬 呈

금사(金絲) 오죽(烏竹) 옥영(玉英) 매화	金絲烏竹玉英梅
창 앞에 군데군데 심어 놓았으니	移向窓前處處栽
그대가 반드시 외상 술에 취할진대	郎應賒醉三升酒
말 타고 오실 때는 밤들어 오시기를	騎馬來時近夜來

(2) 서공⑬에게 드리노라   奉呈徐公

계절이 이제 삼춘이 되었으니	令節當三春
향수가 나날이 새로워지겠지	鄕愁日日新
학사님의 풍류놀이 이제 다 됐으니	學士風流盡
허무할손 천리길을 떠나가는 사람이여	空歸千里人

(3) 초승달을 노래함   賞 月

높이 돋은 초승달은 분명코 분명한데	亭亭新月最分明

12) 취련(翠蓮) ; 생종연대 미상. 장성(長城)의 기녀로 서명빈(徐命彬 1692~
   1763)의 정인(情人).
13) 서공(徐公) ; 취련의 정인(情人)인 서명빈(徐命彬).

한 조각 찬란한 금빛은 변함 없는 마음이네 　一片金光萬古情
무한한 세상을 오늘밤 바라보니 　無限世間今夜望
한평생의 기쁨 근심 몇 사람의 정이던가 　百年憂樂幾人情

(4) 님께 드리는 시　　　　敬呈詩

님께서는 삼천리 멀리서 저를 생각한다 하나 　君能憶妾三千里
저 역시 하루도 열두 때 님을 생각한답니다 　妾亦思君十二時
듣자니 서울은 인정이 각박하다 하던데 　聞道洛下人情薄
혹 님의 마음이 변하지 않을까 두렵습니다 　或恐郎心異妾心

8. 죽향(竹香)[14]의 시(詩)

(1) 황 혼　　　　　黃 昏

천만 줄기 버들가지 정자 가득 드리워 　千絲滿縷柳垂門
구름처럼 짙푸르니 마을이 안 보인다 　綠暗如雲不見村
홀연히 목동이 피리 불며 지나는데 　忽有牧童吹笛過
이슬비 내리는 강가득 황혼이네 　一江烟雨自黃昏

---

14) 죽향(竹香) ; 생존연대 미상. 평양의 기녀로 운초(雲楚 1790~1827?)와 교
　　유(交遊) 하였음.

(2) 늦봄에 구정도인 언니께 드림　暮春呈女兄鷗亭道人

웅어 잡는 시절이고 누에 치는 때인데	鮆魚時節養蠶天
원근의 산들은 짓푸러 안개 같네	遠近靑山總似烟
앓다가 일어나니 봄 간 줄도 몰랐는데	病起不知春已暮
창 앞의 복사꽃은 모두 다 져버렸네	桃花落盡小窓前

9. 계향(桂香)[15]의 시

(1) 그대에게　　　　　　寄　遠

이별한 뒤 운산(雲山)을 돌아보니 아득한데	別後雲山隔渺茫
꿈에만 그대 옆에 웃으며 즐긴다오	夢中歡笑在君傍
놀라 깨어 돌아보니 베개는 텅 비었고	覺來半枕虛無影
바로 옆 남은 등불 차디차게 비치네.	側向殘燈汾落光

천리 밖 그대 얼굴 언제나 대하려나	何日喜逢千里面
헛되이 구곡간장 끊는 듯 애닯구나	此時空斷九回腸
창 앞에 오동나무 때아닌 비가 내려	窓前更有梧桐雨
임생각 북돋우어 눈물을 자아내네.	添得相思淚幾行

15) 계향(桂香) ; 생존연대 미상. 진주(晋州) 기생.

(2) 가을 생각　　　　　　　　秋　思

비 개고 바람 서늘하니 옥단에 가을 오네　　　雨後涼風玉簟秋
둥그런 밝은 달은 누각에 걸렸구나　　　　　　一輪明月掛樓頭
밤새워 빈 방에서 귀뚜라미와 함께 울며　　　洞房昨夜寒蛩響
구곡간장 찢어 내어 만 말 시름 짜내네.　　　搗盡中腸萬斛愁

(3) 윤공의 비석에 붙여서　　　　尹公碑

거문고 한 곡조로 자고새 원망하니　　　　　一曲瑤琴怨鷓鴣
빗돌은 말이 없고 둥근 달은 외롭구나　　　　荒碑無語月輪孤
현산(峴山) 당일엔 비석을 닦았으나　　　　　峴山當日征南石
가인은 있는데 타루비(墮樓碑)⑯는 없구나.　　亦有佳人墮淚無

(4) 곱사등이를 조롱하는 시　　　嘲龜背人

사람들은 모두가 하늘 향해 곧은데　　　　　人皆平直爾穹然
입은 가슴팍에 붙었고 몸은 어깨에 있네　　　口在胸中身在肩
누우면 심(心)자의 석 점이 없음과 같고　　　臥如心字無三點

---

16) 타루비(墮樓碑) ; 중국 양호(羊祜)가 현산 위에 올라 눈물을 흘린 것을 기
　　념한 비석. 「진서」(晉書) 양호전(羊祜傳)에 「祜與鄧潤甫 登峴山 垂涕曰 自
　　由宇宙便有此山 因立碑後人名 墮淚碑」라 했다.

앉으면 줄 없는 활 모양이로다　　　　　坐似彎弓少一弦

머리를 돌려야 겨우 해를 바라보고　　　回首僅能看白日
몸 옆으로 가히 청산을 보누나　　　　側身方可見靑天
제발 목수에게 죽은 뒷일 부탁하노니　付託匠工身後事
그 관은 석자 길이 둥글게 짜달라고.　桐棺三尺製團圓

10. 취선(翠仙)⑰의 시

(1) 백마강을 바라보며　　　　　　白馬江懷古

저물녁에 고란사에 배 대어놓고　　　晩泊皐蘭寺
서풍에 호올로 누대(樓臺)에 기대보니　西風獨倚樓
용은 갔어도 강은 만고에 변함 없고　龍亡江萬古
꽃은 졌어도 달은 천추토록 밝구나.　花落月千秋

(2) 실　제　　　　　　　　　　失　題

봄단장 서두르고 오동나무 기댔더니　春粧催罷倚焦桐

---

17) 취선(翠仙) ; 생존연대 미상. 한양(漢陽) 기생. 호는 설죽(雪竹).

구슬 상자 가볍게 둥근 해가 붉었네 　　　　珠箔輕盈日上紅
향기 안개 밤에 많고 아침 이슬 무거워 　　　香霧夜多朝露重
해당화는 울타리 밑에서 울고 있구나. 　　　海棠花泣小墻東

골짝 하늘 물과 같고 달빛은 푸르며 　　　　洞天如水月蒼蒼
나뭇잎은 쓸쓸히 밤서리에 차구나 　　　　樹葉蕭蕭夜有霜
열두 빛깔 꽃발 속에 사람은 혼자 자고 　　十二細簾人獨宿
옥병풍에 그린 원앙 오히려 부럽구나. 　　玉屏還羨畫鴛鴦

11. 소옥화(小玉花)[18]의 시

임을 보내며　　　　　　　　　　送　君

해 저물고 바람 차고 더구나 황혼인데 　　歲暮風寒又夕暉
임 보내는 천리길 눈물에 옷 적시네 　　　送君千里淚沾衣
봄 둑에 방초는 해마다 푸르건만 　　　　春堤芳草年年綠
배우지 말것은 왕손이 가고 안오는 일이라네. 　莫學王孫歸不歸

18) 소옥화(小玉花) ; 생존연대 미상. 거제(巨濟) 기생.

12. 계월(桂月)[19]의 시

광한루에 올라서	廣寒樓詩

쇠지팡이 잠간 던지고 누각에 겨우 올라	乍擲金棱懶上樓
주렴을 걷고보니 계수나무는 가을이네	珠簾高掛桂花秋
견우는 한 번 가고 소식 없으니	牛郞一去無消息
오작교 가에서는 밤마다 수심이네.	烏鵲橋邊夜夜愁

13. 의주기생(義州妓生)[20]의 시

떠나려는 임에게	別 人

가는 걸음 평안히 부디 잘가오	去去平安去
아득히 머나먼 만리길 가고 나면	長長萬里多
쓸쓸한 소상강에 달 없는 밤	瀟湘無月夜
외기러기 울고 갈 때 어찌 지내리.	孤叫雁聲何

19) 계월(桂月) ; 생존연대 미상. 동명이인 이다. 남원(南原) 기생.
20) 의주기생(義州妓生) ; 생존연대 미상.

14. 평양동기(平壤童妓)[21]의 시

<table>
<tr><td>싱싱한 복숭아 꺾다</td><td>折夭桃</td></tr>
</table>

고이 자란 아가씨 섬돌을 내려가서	美人下堂去
생글생글 좋아라 복숭아 딸 제	含笑折夭桃
제 손길이 짧은 건 생각도 않고	不知纖手短
도리어 가지를 높다는구나	還罵桃枝高

15. 연단(姸丹)[22]의 시

임 이별	送 郎

임도 날 보내며 눈물 흘렸고	君垂送妾淚
나 또한 울면서 돌아왔댔소	妾亦淚含歸
그리워서 지운 눈물 비를 만들어	願作陽臺雨
정든 임 옷자락에 뿌려 볼거나.	更灑郎君衣

21) 평양동기의 11세 작. 그밖에 내력 미상
22) 연단(姸丹) ; 생존연대 미상. 성천(成川) 기생.

16. 부용(芙蓉)[23]의 시

봄 경치	春 景
수양버들 깊은 곳에 창을 열고 바라보니	垂楊深處倚窓開
집 뜰엔 사람 없이 이끼만 자랐구나	小院無人長綠苔
발 밖에선 때때로 바람 일어 소리나니	簾外時聞風自起
행여 임이신가 사람을 놀래누나.	幾回錯認故人來

17. 도화(桃花)[24]의 시

복숭아꽃을 보며	桃 花
낙동강 언덕에서 임 처음 만나	洛東江上初逢君
보제원서 또다시 임과 헤어져	普濟院頭更別君
복숭아꽃 떨어져 붉은 자취 전혀 없고	桃花落地紅無跡
달 밝으면 어찌 아니 임을 잊으랴	明月何時不憶君

---

23) 부용(芙蓉) ; 성천부용(成川芙蓉) 즉 운초(雲楚)와는 다른 사람이며 교방
(教坊)의 명기로서 서화(書畵)를 잘했다 한다.

24) 도화(桃花) ; 생존연대·미상. 여기서의 「복숭아」꽃은 작자 자신을 말한 것
임.

18. 추향(秋香)[25]의 시

(1) 가을달을 보며 　　　　　　秋　月

노를 저어 맑은 강 어귀로 드니　　移棹淸江口
인적에 해오라비 잠깨어 날아가네　　驚人宿鷺飜
가을이 짙은 탓인가 산빛은 붉고　　山紅秋有色
흰 모래톱 달 비추니 그림자 없네　　沙白月無痕

(2) 백마강 회고[26] 　　　　　　白馬江懷古

저녁 무렵 고란사에 배대고　　晚泊皐蘭寺
서풍에 홀로 다락에 기대서내　　西風獨倚樓
용은 망했지만 구름은 여전하고　　龍亡雲萬古
꽃은 떨어져도 달은 천추토록 변함 없네.　　花落月千秋

---

25) 추향(秋香) ; 생존연대 미상. 장성(長城) 고을의 명기. 한양의 명기 취선
　　(翠仙)에게도 똑같은 시가 있다.
26) 백마강 회고 ; 이 시는 (10) 취선(翠仙; 한양기생)에게도 똑같은 시가 있었
　　다.

19. 태일(太一)[27]의 시

사절정에서 여러 학사와 한자리에서 읊음[28]	四絕亭遇諸學士席上口吟

삼월에 집을 떠나 구월에 돌아오니	三月離家九月歸
태산은 선명하고 물길은 똑 같은데	泰山楚水路依依
이몸 어찌 철새처럼 태양을 따라가며	此身奈似隨陽鳥
강남 땅 두루 돌아 북쪽으로 돌아가네	行盡江南又北飛

20. 평양기생(平壤妓生)[29]의 시

섣달 그믐날	除　夕

섣달그믐 나그네는 잠이루지 못하고	歲暮寒窓客下眠
오빠 생각 아우 생각 심사 절로 처량쿠나	思兄憶弟意凄然
등잔불 가물대고 시름 참기 어려운데	孤燈欲滅愁難歇
거문고 껴안고서 가는 해를 보내리라.	泣抱朱絃餞舊年

27) 태일(太一) ; 생존연대 미상. 괴산(槐山) 기생.
28) 김운초(金雲楚)에게도 내용이 같은 시가 있다. 사절정(四絕亭)은 평북, 성
　　천(成川)에 있다.
29) 평양기생(平壤妓生) ; 기명과 생존연대 미상.

21. 소염(小琰)[30]의 시

(1) 재령도중	**載寧途中**

재령 땅[31] 임 계신 곳 바라다보니 　載寧望不極
우뚝 솟아 하늘 속에 높기도 하네 　高在半空中
산 위에 구름은 해마저 가리고 　峰上雲藏日
시냇가 부는 바람 비를 휘모네. 　溪邊雨帶風

(2) 죽 음	**輓 人**

북망산 생각하니 몹시도 서글프다 　傷心最是北邙山
이 인생 한 번 가면 못 돌아오네 　一去人生不再還
죽고 살고 세상부귀 말 말을 것이 　若爲死生論富貴
왕후인들 죽음에야 다름 있던가. 　王侯何在夜臺間

---

30) 소염(小琰) ; 생존연대 미상. 양덕(陽德) 기생.
31) 재령(載寧) ; 황해도 지명.

22. 매학(梅鶴)[32]의 시

금대를 주노라   贈錦帶

베개를 부여잡고 싸늘한 창가에 잠 안 오니   欹枕寒窓睡思遲
가물가물 등잔불이 눈썹만 비추네   一燈明滅照雙眉
참 연분은 반드시 양대꿈만 아니오   眞緣不必陽臺夢
비단 띠에서 학사의 시를 보겠네.   錦帶留看學士詩

23. 난향(蘭香)[33]의 시

임의 옷을 지으며   送 別

그대 입을 정삼(征衫)을 눈물로 짓노라니   之子征衫下淚裁
손길따라 가위는 짧고 길게 돌아가네   金刀隨手短長回
이몸 비록 등잔불과 함께 타다 꺼진대도   此身寧與殘燈滅
내일 아침 말타는 임 차마 보지 못할레라.   不見明朝上馬催

32) 매학(梅鶴) ; 생존연대 미상. 화산(火山) 기생.
33) 난향(蘭香) ; 생존연대 미상. 평양(平壤) 기생.

24. 국색(國色)[34]의 시

(1) 평양 기생에게　　　　　　　贈平壤妓

어디서 오셨냐고 손님에게 물으니　　有客來何自
대동강 그 앞에 사셨다 하네　　　　答云浿水前
그곳의 봄소식을 묻고자 하니　　　　欲問春消息
집 떠난 지 어언간 열 여덟 해라네.　已過十八年

(2) 평양명기 국색의 시　　　　平壤名妓國色詩

대동강에 배 띄워 정든 임을 보내자니　　大同江上送情人
버들가지 천인들 그 임을 못 매두네　　　楊柳千絲未繫人
눈과 눈은 서로가 눈물에 찼고　　　　　含淚眼看含淚眼
헤어지는 두 사람은 서로 창자 끊어지네.　斷腸人對斷腸人

강 언덕 올라서서 임 가는 곳 바라보니　　步上層厓欲盡頭
난간 밑은 천척이요 강물은 멀리 흘러　　危欄千尺俯長流
이 고장은 예로부터 신선굴인데　　　　　此間自有神仙窟
하필이면 봉영 바다 먼 데서 찾나.　　　　何必蓬瀛海外求

34) 국색(國色) ; 생존연대 미상. 평양(平壤) 기생. 여기 '평양명기국색' 시는
　　자기가 자기를 읊은 꼴이 되어 좀 이상하다.

25. 노화(蘆花)^㉟의 시

노 어사에게 드리노라	贈盧御史
노아가 임 팔뚝에 누구 이름 새겼는가	蘆兒臂上刻誰名
피부에 문신하니 글자마다 선명하오	黑入雪膚字字明
강물 말라 바닥나고 그 바닥이 산 될망정	寧使川原江水盡
임께 바친 굳은 절개 끝내 변함 없으리라.	此心終不負初盟

26. 복개(福介)^㊱의 시

반가운 비	喜 雨
검은 구름 먼산 위로 솟아 오르며	數點玄雲起遠峰
온종일 넓은 하늘 짙게 덮더니	漫天終日十分濃
삽시간에 반가운 비 쏟아져 내려	須臾化作人間雨
들 가득 익는 곡식 적셔주누나.	沾得三秋滿野農

---

35) 노화(蘆花) ; 평양기생으로서 전하는 말에 노화의 자태가 아름다워 사내들
   이 많이 반하기 때문에 어사(御史)가 죽이려고 했다. 이 눈치를 알고서 노
   화는 주모로 변장하고 어사를 유혹하여 그의 팔에다가 먹실로 이름을 새
   겨서 서약케 했다고 한다. 혹은 평양기생 황화(黃花)의 시로도 전하며 노
   아(蘆兒)는 황화(黃花), 천원(川原)은 대동(大同)으로 되어 있음.
36) 복개(福介) ; 생존연대 미상. 기녀 복랑(福娘)과 같은 사람인 듯.

27. 복랑(福娘)[37]의 시

이승지에게   贈李承旨

양류지사 노랫가락 소리마저 나직하고   楊柳枝詞唱得低
임 보내는 정자에는 비 내리고 꾀꼬리 우네   離亭新雨早鶯啼
갈 싹 돋아 푸른 물가 멀리멀리 뻗쳤는데   洲蘆短短江籬綠
타고 가신 말 발굽에 자욱자욱 묻히었네.   之子歸時沒馬蹄

28. 양양기녀(襄陽妓女)[38]의 시

이별의 교훈   離別訓

구슬 여울 언덕 위에 임을 여의고   弄珠灘上魂欲消
외로이 잔을 들어 설움 풀 적에   獨把離懷寄酒樽
저 꽃인들 지고파 지는 것은 아닌데   無限烟花留不得
내 어이 가는 임을 야속타 원망하리.   忍敎芳草怨王孫

---

37) 복랑(福娘) ; 생존연대 미상. 부안(扶安) 기생.
38) 양양기녀(襄陽妓女) ; 생존연대 미상.

29. 온정(溫亭)[39]의 시

(1) 사나이 마음　　　　　　　　郎　心

이 몸이 윤락하여 창가에 들었지만　　　　妾身倫落屬娼家
어진 낭군 모시고 종세토록 살자하나　　　　願得賢郎送歲葉
임의 마음 반석처럼 굳건할른지　　　　　　不識郎心磐石固
잠시라도 다른 꽃을 따라 갈른지.　　　　　暫時移向別園花

(2) 어린 제비　　　　　　　　　紫　燕

어린 제비 둥지 떠나 하늘을 날자하니　　　紫燕辭巢西向飛
바람결에 불리어 진탕 못에 떨어졌네　　　　風飄輕絮落汚池
다시야 그 누가 백년가약 맺어주랴　　　　　阿誰更結生約盟
이 마음 생각사록 가눌 길이 전혀없네.　　　一寸芳薰不自持

(3) 임의 편지를 받고　　　　　　郎　函

반갑구나 뜻밖에 받은 임의 글　　　　　　忽得郎函醉夢輕
글자마다 눈물이 금첩에 젖네　　　　　　　錦牋字字淚交橫

39) 온정(溫亭) ; 생존연대 미상. 평양(平壤) 기생.

생각노니 달밝고 고요한 밤에 料知明月無人夜
이 몸을 생각하는 은근한 정이시네. 猶有殷勤戀我情

30. 소홍(小紅)^⑩의 시

(1) 죽은 일지화를 생각하는 시   絶 句

북풍은 눈보라쳐 발을 때리니 北風吹雪打簾波
하룻밤을 한숨 못자 꼬빡 샜다네 永夜無眠正若何
죽은 뒤 무덤 위를 찾는 이 없구나 塚上他年人不到
가련하기 짝이 없다 이승 때의 일지화(一枝花). 可憐今世一枝花

(2) 느낀 바를 노래함   詠 懷

태백 가문에 소홍(小紅) 아씨 있었다네 太白家中有小紅
유한정정(幽閑貞靜) 그 가풍 옛날과 같고 元來幽閑古今同
삼종(三從)을 저버리면 여자가 아니었네 孤負三從非女子
탈 없이 죽는다면 영웅이라 했다지. 無難一死是英雄

40) 소홍(小紅) ; 생존연대 미상. 성천기(成川妓) 일지홍(一枝紅) 또는 일지화
   (一枝花)와 같은 때 같은 곳 기녀인듯.

마음은 난초같애 비를 싫어 하였고	心如蘭草愁逢雨
몸은 수양버들 같애서 바람을 기뻐했네	身似垂楊喜滯風
금비녀로 술을 사서 머리를 돌려보면	金釵沽酒纔回首
은하수는 서쪽으로 달은 동쪽에 뜨네.	銀漢西傾月在東

31. 일지홍(一枝紅)[41]의 시

태천 홍아내에게 드림	上泰川洪衙內

강선루[42] 다락 아래 말을 세우고	馬駐仙樓下
뒤에 다시 만나자고 속삭일적에	慇懃問後期
이별주도 다하고 애끓이는데	離筵樽酒盡
꽃이 지고 새가 울던 시절이었네.	花落鳥啼時

41) 일지홍(一枝紅) ; 성천(成川) 기생. 일찍이 자기 이름 일지홍(一枝紅)이란
    제목으로 절귀(絕句)를 지은 바 있었다.
42) 강선루(江仙樓) ; 평북 성천에 있는 명소.

32. 금홍(錦紅)^⒀의 시

기녀 옥화(玉花)에게 주는 시 　　　　寄妓玉花王葉詩

할 말은 첩첩이고 생각은 만첩인데 　　　　數疊詞濃萬疊思
시를 읊되 귀절마다 단장의 시로세 　　　　吟詩知是斷腸詩
원한은 쌓여 접동새 피나게 울 듯 　　　　吟如蜀魄空啼血
애타는 심정 봄누에 실뽑듯 한이 없네. 　　　　情似春蠶謾吐絲

무협의 운우의 정은 아직 못 보았는데 　　　　巫峽雨雲曾不見
임 계신 요대 일월 또 나를 속이네 　　　　瑤臺星月又差期
세상엔 사랑을 탐내는 이도 많은데 　　　　世間貪愛應無數
누가 있어 이 소원 풀어 주리오. 　　　　能解伊音復有誰

---

43) 금홍(錦紅) ; 내력 미상.

33. 현계옥(玄桂玉)[44]의 시

목란이란 갸륵한 소녀의 이야기를 읊노라　　木蘭火兵[45]

말은 강변에 설치고 구름은 멀어 막막한데	無訾江邊雲漠漠
구슬 같은 모래 위에 북풍이 놀라누나	滿珠沙上朔風驚
목란은 이미 떠나 창가에 베 짜는데	木蘭已謝當窓織
싸움터 화병들은 불꽃만 튕기네.	好向營中作火兵

34. 담도(潭挑)[46]의 시

세모의 한탄　　　　　　　　歲暮嘆

창가의 등불은 어찌 또 잠못 들게 하는가	窓燈何耿結
창가에 흰 눈은 또 어쩌자고 휘날리는가	窓雪又飄旋
매화는 꽃필 시절 되었다고 하는데	梅作將花候
이 고운 얼굴은 또 일년 허사이네.	蛾眉又一年

44) 현계옥(玄桂玉) ; 밀양 동기(童妓)
45) 목란화병(木蘭火兵) ; 목란사(木蘭絲). 악부의 일종으로 목란이란 소녀가
　　남장하고 늙은 아비 대신 싸움터에 나갔던 슬픈 이야기를 엮은 극시.
46) 담도(潭挑) ; 내력 미상.

35. 앵무(鸚鵡)[47]의 시

(1) 새장의 앵무새　　　　　　　鸚鵡籠

앵무새 새장속에 세월이 바뀌도록　　鸚鵡雕籠歲月飜
오랜 동안 먹여 준 주인 은혜 길었네　長時飮啄主人恩
주인이 한번 가고 모이가 떨어지니　　主人一去秋無粒
이제 무슨 말을 감히 해야 하리오.　　道是能言不敢言

(2) 담장에 기대는 임　　　　　　倚空墻

달성에 삼월 되니 봄빛이 비단 같아　　達城三月春如錦
청삼 입고 백마 탄 유이랑 보소　　　白馬靑衫俞冶郎
취중에 손에 든 꽃 깜빡 잊고는　　　醉裏不知花在手
빈 담장에 기대어 또 꺾으려 하네.　　生心又折倚空墻

푸른 구슬 마다 하고 상머리를 더듬으니　綠珠不喜瑤步床
석씨의 산호보석 얼마나 길었기에　　石氏珊瑚幾許長
이 달 밝은 진루의 좋은 밤에　　　又是奏樓明月夜
옥통소 소리 끊고 빈 담장에 기대는가?　玉簫聲斷倚空墻

47) 앵무(鸚鵡) ; 달성(達城) 명기. 내력 미상.

(5) 유별난 여성의 시조(詩藻)

1.권가비(權家婢) 얼현(蘗玄)일명 설죽(雪竹)[1]의 시

(1) 이른봄	早　春
봄비에 배꽃은 하얗게 피어났고	春雨梨花白
동풍에 버들빛이 노랗게 돋았네	東風柳色黃
피리 소리 뉘집에서 불어주는가	誰家吹玉笛
지는 매화 향기를 부쳐 주누나	搖揚落梅香

1) 권가비 얼현(蘗玄)일명 설죽(雪竹) ; 지금까지 안동 권가비(權家婢)로만 알려졌으나 최근 안동지방에서 원유(遠遊) 권상원(權尙遠 1571~?)의 시문집인 「백운자시고」(白雲子詩稿)와 그 말미에 필사하여 첨철(添綴)된 설죽(雪竹)의 시 140여편 166수를 찾아내어 번역까지 되었다.(이원걸 역. 이회문화사 간)이 시고에 의하면 설죽은 안동의 석천(石泉) 권래(權來 1562~1617)의 시청비(侍廳婢)였다고만 전하고 그밖의 행적은 미상하다. 다만 그의 작품을 통해서 짐작되는 것은 성석전(成石田) 성로(成輅 1550~1616)의 정인이며 막내 동생 운선(雲仙)의 정인 서호(西湖)와의 교우가 많았고 또 완산 아관에 가 있었던(관기?) 사실들을 알아낼 뿐이다. 여기서는 그의 시 12편 18수만 번역한다.

(2) 성석전[2]에게 받들어 화답함　　　　奉和成石田

잠령 높은 메의 안개와 벗 삼고　　　　蠶嶺烟霞主
석전 돌밭 시의 주인이시네　　　　石田詩主人
만나면 취한줄도 깨닫지 못하는데　　　　相逢不覺醉
양화진[3]엔 어느덧 달이 지누나　　　　月墮揚花津

(3) 칠송당[4]에게 준다　　　　寄七松堂

이쁜 봉황새 둥지를 떠나가니　　　　綵鳳離巢去
슬피울며 흩어져서 제각각 나네　　　　哀鳴各散飛
스산한 산천과 남포에 달이 뜨면　　　　寒山南浦月
서로가 꿈속에서 예같이 만나리　　　　相憶夢依依

2) 성석전(成石田) ;성로(成輅 1550~1616)로 짐작하고 있으나 미심하다. 작자
　설죽(雪竹)이 상사시(相思詩)에 많이 나오는 인물로 칠송(七松) 경섬(慶暹
　1562~1620) 호는 석촌(石村) 칠송(七松) 남원(南原)부사, 사성(司成)도 있
　다.
3) 양화진(楊花津) ; 지금의 양화. 당시는 경기도 김포.
4) 칠송당(七松堂) ; 이름은 운선(雲仙)인데 설죽(雪竹)의 계제(季弟)라고 했
　다.(「백운자시고」(白雲子詩稿)

(4) 성진사 석전⑤의 죽음을 곡함 　　哭挽成進士石田

쓸쓸코나 서호에는 초당문 잠겨졌고	寂寞西湖鎖草堂
봄 정자엔 주인없이 벽도화 향기뿐	春臺無主碧桃香
청산의 어느곳에 호걸 뼈를 묻었는가	靑山何處埋豪骨
강물만 흐르면서 오래도록 말이 없네	唯有江流不語長

(5) 운선을 대신하여 호정주인⑥을 　　代雲仙憶湖亭主人
　　추억함

　　　　　　　　　　　　한수　　　　　　一絕

백마에 금안장 타고 가곤 오지않아	白馬金鞍歸未歸
화원 가득 꽃 폈지만 중문은 닫혀있네	滿園花柳掩重扉
동풍아 불어도 비 뿌리지 말아 다오	東風莫更吹輕雨
꽃따라 노는 나비 나래 젖어 못난단다	遊蝶縱來濕不飛

5) 성진사 석전(成進士石田) ; 성로(成輅 1550~1616) 전출.

6) 호정주인 ; 운선(雲仙)이며 계제(季弟)라 했고, 호정주인(湖亭主人)은 서호
　정(西湖亭)주인 성석전(成石田)을 말하는듯 하며 작품을 통해 보면 성석전
　은 운선의 정인으로 되어있다.

(6) 칠송⑦에게　　　　　　　　寄七松

강남으로 가는 길은 산막혀 몇겹인가　　江南歸路隔重城
하루밤 만나서 끝 없는 정이었네　　　　一夜巫山無限情
바라보는 열두난간 가을 달만 하얄뿐　　十二欄干秋月白
눈물같은 이슬내려 풀벌레는 울고있네　　露華如淚草虫鳴

(7) 낭군⑧이 떠나간 뒤　　　　　郎君去後

낭군이 떠나가고 소식이 끊겼으니　　　郎君去後音塵絕
독수공방 청루에 녹음방초 계절이네　　獨宿靑樓芳草節
촛불이 다 타도록 외로움에 우는밤　　　燭盡紗窓無限啼
두견새 우는 속에 달빛에 배꽃 희네　　　杜鵑叫落梨花月

(8) 완산아관⑨에서 고향을 생각하다　　在完山衙館憶鄉

꿈깨니 빈 재실에 이몸 외롭고　　　　夢覺空齋獨依屛
고향소식 전하려나 기러기 지나가네　　鄉山消息鴈催翎

7) 칠송(七松) ; 작자 설죽의 계제(季弟) 운선(雲仙)이라고 했다.
8) 낭군(郎君) ; 이 낭군은 누구인지 미상이다.
9) 완산아관(完山衙館) ; 완산은 전주이며 작자 설죽이 완산관청 청사 안에 가
　있는 이유를 작품을 통해서는 밝히지 못했다. 관기(官妓)로는 너무 뚜렷하
　고 시청비(侍廳婢)로도 시문이 너무 거창하다.

하늘아래 외로운 이내처지 누가알리　　　誰知今日天涯意
이슬비만 구슬프게 누런 뜰을 적시네　　　烟雨蕭蕭暗黃庭

(9) 막내동생 운선에게 주다　　　寄季弟雲仙

몇 년을 떠돌면서 눈물로 치마 적셨나　　　幾年流落幾沾裳
늙으신 부모님은 고향에 계시는데　　　　鶴髮雙親在故鄉
하룻밤 서리내려 기러기 놀라 날고　　　　一夜霜風驚鴈陣
하늘가에 줄 못짓고 울음소리 끊어지네　　天涯聲斷不成行

(10) 서호⑩에서 읊다　　　西湖題詠
7수　　　　　　七首

(1)

비 그친 남쪽 연못 풀잎 한창 짙은데　　　雨歇南塘草色多
봄날 풍광 화창하고 아지랭이 끼었으나　　風光和暖鎖烟霞
수심 띤 나그네는 찾을곳 어디인가　　　　愁人寂寞無尋處
봄은 온통 배꽃피고 제비가 날뿐　　　　　春在梨花燕子斜

(2)

깊은 방속 새벽 등불 잠못드는 밤　　　　深閨殘燭對孤眠
향로에선 한오리 연기만 오르고　　　　　寶鴨輕飄一篆烟

10) 서호(西湖) ; 수원 서호 인듯.

창밖에선 배꽃이 흰 달빛에 피는데　　　窓外梨花疎月裏
깊은 밤 소쩍새는 봄심정 다 부르네　　　春情說盡五更鵑

(3)

촛불 타서 재가되니 이경시로 가는데　　　蠟燭成灰欲二更
향로에선 가는 연기 모조리 솟는다　　　金鑪篆縷盡飄輕
바라보니 초협에는 구름마저 끊기고　　　回首楚峽行雲斷
천리 머나먼 님 조각달만 외롭다　　　千里相思片月明

(4)

억지로 화장 털고 봄 누각에 올라서서　　　殘粧强拂上春樓
적막한 주렴을 걷어놓고 바라보니　　　寂寞珠簾掛玉鉤
아래에선 정향꽃이 고운 자태 뽐내고　　　欄下丁香誇美麗
못가의 수양버들 흐느적 멋부리네　　　池頭楊柳弄輕柔

(5)

봄 수심 풀려고 높은 정자 올랐더니　　　春懷欲解上高樓
향기풀 푸른 버들 벌써 못에 꽉찼구나　　　芳草綠柳已滿州
쓸쓸한 주렴위에 제비는 지저귀고　　　寂寂珠簾歸燕語
기러기는 앞개나려 슬픔만 더하누나　　　鴈橫前浦更添愁

(6)

허물어진 동산에는 칠송정[11]도 낡아있고　　　毁園寥落七松亭

11) 칠송정(七松亭) ; 칠송의 호는 경섬(慶暹 1562~1620)이며 경섬은 석촌(石
　　村)이라고도 하고 교리, 사성을.거쳐 남원(南原) 부사였다.
　　설죽(雪竹)의 계제인 운선(雲仙)의 호도 칠송(七松)이다.

나혼자 다시오니 옛정을 못이기네　　　獨妾重來不勝情
머리돌려 금릉⑫땅을 눈물로 바라보니　　回首金陵垂淚望
푸른하늘 말이 없고 저녁 구름만 둥실떴네　碧天無語暮雲輕

(7)

허물어진 담장 밑에 한떨기 섬돌 꽃은　　毀牆欹砌一叢花
풀속에 파묻혀 원한도 많은 모양　　　　草裏幽埋怨恨多
슬프다 주인은 어디로 가셨는지　　　　惆悵主人何處去
저녁해는 말이없고 제비만 날고 있네　　夕陽無語燕雙斜

(11) 외로운 가을 밤　　　　　　　秋　思

하늘은 물과 같고 달빛은 푸른데　　　洞天如水月蒼蒼
나뭇잎은 우수수 밤들어 서리 내려　　樹葉蕭蕭夜有霜
열두겹 발 속 깊숙히 외로운 이내 신세　十二曲欄人獨宿
옥병풍에 수놓은 원앙새 도리어 부럽구나.　玉屏還羨繡鴛鴦
　　　　　　　　　　　　　　　　　（玉屏空羨畫鴛鴦）

12) 금릉(金陵) ; 여기서는 금산 즉 경북 김천(金泉)을 말하는 듯 하다.

(12) 서호에서 성석전을 생각하다　　　西湖憶成石田

십년전 성석전과 함께 놀던 그곳 오니　　十年閑伴石田遊
놀다 취해 강둑에서 자고 간적 몇 번인가　楊子江頭醉幾留
오늘은 임 가신 후 호올로 찾아오니　　今日獨尋人去後
흰 마름꽃 향기만 옛 물가에 가득하네.　白蘋香滿舊汀洲

2. 기생의 여종 연희(蓮喜)[13]의 시

칠　석　　　　　　　　　　七　夕

은하교 견우직녀 다시 만나니　　河橋牛女重逢夕
옥동의 신랑 신부 이별 설으리　　玉洞郎娘恨別時
이 세상에 이날이 없었더란들　　若使人間無此日
살아 백년 즐거이 지내갈 것을.　百年相對不相移

---

13) 연희(蓮喜) ; 기생 소난향(小蘭香)의 여종[婢]. 소난향, 내력 미상.

3. 여승 혜정(慧定)⑭의 시

<table>
<tr><td>

가을비를 맞으며

구월달 금강산에 쓸쓸히 오는 비는
나무 잎이 지고 나니 가을 소리 하나 없네
십년 두고 외로히 소리 없는 눈물인데
가사 옷을 적셔가며 헛 자탄 하는 구나.

</td><td>

秋　雨

九月金剛蕭瑟雨
雨中無葉不鳴秋
十年獨下無聲淚
淚濕袈衣空自愁

</td></tr>
</table>

4. 신녀(神女)⑮의 시

<table>
<tr><td>

꽃은 피고 지고

어젯밤 꽃속에서 즐기던 모든 사람
이 아침은 낙화를 밟고 건느네
봄이 왔다 가는 것과 인생이 같애
잠시동안 꽃 봤으니 또 지리라.

</td><td>

落花渡

昨宿開花上下家
今朝來渡落花波
人生正似春來去
纔見開花又落花

</td></tr>
</table>

14) 혜정(慧定) ; 생존연대 미상. 여승(女僧).
15) 신녀(神女) ; 내력 미상. 무당인 듯.

5. 박씨(朴氏)여인[16]의 시

덧없이 늙어 감을 노래함　　　偶　吟

달빛만 헛되이 두 곳 비치니　　　月光空照兩人邊
한자리서 즐기긴 어찌 못할까　　　安得團圓共一天
서러울손 그 임은 돌아오지 않고　　可惜風流人未會
세월만 오고가며 늙는 이 청춘.　　錯敎烏免送靑年

6. 정오(婷嫗)[17]의 시

옛 절에 꽃 찾아서　　　　　　古寺尋花

옛 절에 봄 깊으니 제비만 날고　　春深古寺燕飛飛
깊은 절간 인적 없고 문 닫히었네　深院重門客到稀
꽃 그리워 왔으나 꽃은 다 지고　　我正尋花花盡落
꽃 찾아 왔다가 꽃 아까워 그냥 가네　尋花還爲惜花歸

16) 박씨(朴氏) ; 내력 미상. 분류하기 어려우므로 유별난 여성에 넣었음.
17) 정오(婷嫗) ; 내력 미상. 이름은 예쁜 늙은 할미란 뜻.

7. 최랑(崔娘)[18]의 시

<table>
<tr><td align="center">은 하</td><td align="center">銀 河</td></tr>
</table>

바라보니 딱하구나 막힌 은하수	相望隔河漢
다리 없는 이 강을 어찌 건느랴	欲濟恨無梁
꾀꼬리 울어대고 꽃은 또 지는데	鶯啼花又落
수심겨운 이 창자를 끊어 놓누나.	知是割愁腸

8. 최랑(崔娘)[19]의 시

<table>
<tr><td align="center">임 가신 길에 서서</td><td align="center">路</td></tr>
</table>

갈래갈래 동서로 서로 갈린 길	戚戚東西路
이대로 만날 길은 전혀 없는 길	終知不可期
뉘라서 알 건가 돌아볼 때마다	誰知一回顧
오락가락 두 상사 얽히는 것을.	交作兩相思

18) 최랑(崔娘) ; 내력 미상. 시집 못간 노처녀인 듯.

19) 최랑(崔娘) ; 관서(關西)의 민가(民家) 여자다. 계당(桂堂) 정지승(鄭之升)과 만나 같이 지내다 이별한 후 4,5년을 병으로 고생하다가 죽었다. 정지승은 이 시들을 읽고 하도 서러워 관서사가로 임석(臨席)하여 듣는 이로 하여금 눈물을 흘리게 했다 한다.

9. 한양(漢陽)여자[20]의 시

봄 저녁을 노래함　　　　　　　　春 夕

봄바람은 불어서 마음 들 뜨고　　　春風忽駘蕩
두메엔 노오란 저녁해 저무네　　　山日又黃昏
기다려도 안 올 줄 뻔히 알면서　　亦知終不至
안타까워 행여나 문 못 닫네.　　　猶自惜關門

10. 촌녀(村女)[21]의 시

윤백하를 하직하고　　　　　　　辭尹白下

저녁 연기 이는 속을 개울길이 이어지고　　溪路暮烟起
백로 앞 물결 위에 지는 해 잠겼구나　　　斜陽白鷺前
그대집 가는 길이 아득히 멀어지니　　　　君家去漸遠
가는 말 느리다고 채찍 차마 못 치겠지.　　歸馬不忍鞭

---

20) 한양여자(漢陽女子) ; 내력 미상. 양가 부녀인 듯.
21) 촌녀(村女) ; 내력 미상. 윤백하(尹白下)의 정인(情人)인 듯. 백하(白下) 윤
　　순(尹淳 1680~1741)은 조선조 문신. 서예가.

11. 은하(銀河)[22]의 시

| 칠세 때 지음 | 七歲作 |

밤 촛불 밝으니 방안에 뜬 달이요 　　夜燭房中月
아침 연기 오르니 지붕에 뜬 구름이네 　　朝烟屋上雲
산은 우뚝 솟아 천년토록 한빛이요 　　山立千年色
강은 흘러 흘러 만리 먼 마음이네 　　江流萬里心

12. 능운(凌雲)[23]의 시

| 임을 기다리며 | 待郎君 |

달뜨면 오겠다 임께서 말 해 놓곤 　　郎云月出來
달이 떠도 임은 안오네 　　月出郎不來
아마도 임 계신 그 곳에는 　　想應君在處
산이 높아 달이 늦게 뜨나봐. 　　山高月上遲

---

22) 은하(銀河) ; 김천(金川) 사람의 딸이라 했다.
23) 능운(凌雲) ; 내력 미상. 소녀인 듯.

13. 경강(京江)촌녀㉔의 시(詩)

느낀 대로

간밤에 봄을 따라 가랑비 내렸으니
먼 들엔 방초 깊고 뒷 산엔 꽃이 피네
세상 천지 사람들은 제홀로 한가롭고
개울 넘어 외딴집서 노래 소리 들리네.

卽　事

昨夜春隨小雨過
遠郊芳草近山花
乾坤獨立閒人在
數曲溪南一字家

14. 교하낙화진(交河落花津)㉕의 여인의 시

배에서㉖

어저께 자던 집에 피는 꽃을 보았는데
오늘 아침 건너는 물 꽃잎 둥둥 떠 흐르네
봄철도 그리 바빠 사람따라 오가는가
피는 꽃 겨우 보자 지는 꽃을 다시 보네.

舟　中

昨宿開花山下家
今朝又涉落花波
春光却似人來去
纔見開花又落花

24) 경강촌녀(京江村女) ; 내력 미상. 강가에 사는 여자인듯.
25) 교하낙화진녀(交河落花津女) ; 내력 미상. 교하(交河)는 경기도 파주에 있
　　던 지명. 지금은 교하동.
26) 이 시는 위의 4. 신녀(神女)작 '낙화도'(落花渡)와 거의 같다.

15. 박생(朴生)의 여종[27]의 시

낙동강	洛東江

엄한 규범 서리 같고 임 사랑 산 같으니　威如霜雪恩如山
안가자니 어렵고 가자니 괴롭네　　　　不去爲難去亦難
바라보니 낙동강 푸른 물결 깊구나　　回首洛東江水碧
이몸은 죽지만은 이마음 편하네.　　　此身危處此心安

16. 양주전부(楊州田婦)[28]의 시

임을 생각하며	思 君

장흥동서 처음으로 뵈오신 임을　　　長興洞裏初相見
순학교(馴鶴橋)서 다시금 이별을 하네　馴鶴橋邊更斷魂
아름다운 꽃시절 봄간 뒤엔들　　　　芳草落花春去後
타향이라 어디서 임을 찾으리.　　　　異鄕何處不思君

27) 박생비(朴生婢) ; 영남(嶺南) 사람이다. 박생(朴生)이란 자가 자기 집의 아
　　름다운 여종에게 마음을 두고 은밀히 사랑타가 여비(女婢)가 속죄하려고
　　물러가는 것을 억지로 붙잡으며 따라가다가 낙동강 가에 이르렀을 때 그
　　여비가 강에 몸을 던지면서 남긴 시라고 전함.
28) 양주전부(楊州田婦) ; 내력 미상. 농부의 아내인듯.

17. 작자 미상

실 제   失 題

그대는 낙락장송 이몸은 넝쿨풀 같아   郞作長松妾如蘿
휘휘친친 감겨서 떠날 날 없네   廻廻襯襯不離他
뒷날에 산악이 모조리 무너져도   任他山岳都崩潰
솔과 넝쿨 얽혀져서 씨만은 남으리라.   猶有松蘿種子多

18. 안평대군[29]의 10궁녀의 시

(1) 안평대군의 궁녀들 10명이 각각
    안개를 주제로 읊은 시   安平宮姬十人 各賦烟詩

가는 비 짜여져서 솜털 같고   和雨纖如織
바람 따라 문틈으로 휘감아 드네   隨風繞入門
때로는 짙었다가 때로는 엷으면서   依微深復淺

29) 안평대군(安平大君) ; 이름은 용(瑢), 세종대왕(世宗大王)의 아들이다. 여기
    서 십궁희(十宮姬)는 안평대군의 궁희(宮姬)로서만이 아니라 교양을 주며 글
    짓는 훈련도 시켜 일종의 시동인(詩同人)과 같은 집단이 되었고, 이러한 자
    유분위기 속에서 운영(雲英)의 연정과 같은 전기도 나올 수 있었다.

황혼이 다가와도 아지 못하네 不覺近黃昏
          - 소옥 -   - 小玉 -

빈 하늘에 날아서 아득히 비를 휘감고 飛空遙帶雨
땅에 떨어져 다시 구름이 되는구나 落地復爲雲
저녁이 가까우니 산빛이 어둡고 近夕山光暗
가만히 초나라 임금을 생각하노라. 幽思向楚君
          - 부용 -   - 芙蓉 -

저녁 연기 꽃을 싸니 벌나비 길을 잃고 幕花蜂失路
대숲에 덮히니 새들이 집 못 찾네 籠竹鳥迷巢
황혼 되니 가는 비가 내리어서 黃昏成小雨
창 밖을 더더욱 쓸쓸케 하네 窓外更蕭蕭
          - 비취 -   - 翡翠 -

달을 덮으니 가는 비단결 같고 蔽月輕紈細
산에 비꼈으니 푸른 띠가 펼친 듯 橫山翠帶長
산들바람에도 불리어 흩어지며 微風吹漸散
작은 못가로 적셔 드는구나. 猶濕小池塘
          - 옥녀-   - 玉女 -

산 밑에는 찬 연기 쌓이어 山下寒烟積
궁궐 숲가로 비껴 날아라 橫飛宮樹邊
바람에 불리어 스스로 배회하고 風吹自不定
비낀 해는 창천에 꽉찼네 斜日滿蒼天
          - 금련 -   - 金蓮 -

산골에선 연신 그림자 피어나고 山谷繁陰起
못에서는 수놓은 비단이 흐른다 池塘繡影流
날아서 이리저리 막힌 곳 없고 飛蹤無處覓
연잎에는 구슬이슬 맺혀주누나. 荷葉露珠留
           - 은섬 -   - 銀蟾 -

어린 살구나무 새로 눈트고 小杏新成眼
외로운 대밭은 저 홀로 기운 돋구네 孤篁獨保音
가벼운 그림자가 잠깐 동안 무거워지고 輕陰暫見重
해 저무니 황혼으로 겹치네. 日暮又黃昏
           - 비경-   - 飛瓊 -

땅바닥을 기어가니 동문이 어둡고 低向洞門暗
옆으로 비끼어 높은 나무로 오르네 橫連高樹迷
잠시 바삐 날아가다가도 須臾急飛去
뒷산에서 나와서 앞시내로 흐르네. 後岳與前溪
           - 자란 -   - 紫鸞 -

멀리 바라보면 푸른 연기 가늘어 遠望靑烟細
미인이 비단을 짜놓은 것 같구나 佳人罷織紈
바람을 만나면 홀로 서글프니 臨風獨惆悵
날아서 무산으로 떨어져 가네. 飛去落巫山
           - 운영 -   - 雲英 -

짧은 골짜기 맑은 그림자에 숨었다가 短壑淸陰裡
긴 방축 흐르는 물속에 잠기네 長堤流水中

능히 세상사람으로 하여금	能令人世上
갑자기 푸른 구슬 궁전을 만드누나.	急作翠珠宮
- 보련 -	-寶蓮-

(2) 궁희 10인   宮姬十人

(안평대군이 양가 여자 중 재주있고 용모가 이쁜여자 10명을 선발하여 시, 문을 5, 6년 가르쳤는데 모두다 일가를 이루고 그 필법을 알아서 '안개'(烟)를 시제로 잘 읊었다.(「동양역대여사시선」)

(安平大君擇良家女有才貌者十人敎以詩文五六年俱能成家亦解筆法 賦烟)(東洋歷代女史詩選)

綠烟纖似織	隨意繞川原	依微深復淺	不覺近黃昏	小玉
飛空遙帶雨	落地復爲雲	近夕山光暗	幽思向楚君	芙蓉
幕花蜂失路	籠竹鳥迷巢	黃昏成小雨	窓外更蕭蕭	翡翠
蔽月輕紈細	橫山翠帶長	微風吹漸散	猶濕小池塘	玉女
山下寒烟積	橫飛宮樹邊	風吹自不定	斜月滿蒼天	金蓮
山谷輕陰起	池塘細影流	飛歸無處覓	荷葉露珠留	銀蟾
亂竹渾成畵	孤松獨保靑	輕陰纔欲散	西日又黃昏	飛瓊
低向洞門暗	橫連原樹迷	湏臾急飛去	西岳與前溪	紫鸞
遠望靑烟細	佳人罷織紈	臨風獨惆悵	飛去落巫山	雲英
短壑靑陰裡	長堤流水中	能令人世上	急作翠珠宮	寶蓮

※ 여기 십궁희시(十宮姬詩)가 「東洋歷代女史詩選」에는 이상과 같이 다르게 전해진다.

한국역대여류한시문선 색인〈원제〉

[ㄷ]

[ㅂ]

[ㅇ]

[ㅊ]

한국역대여류한시문선 색인〈인명〉

※ 한국 인명은 자(字) 호(號)의 경우와 성명(姓名)일 때도 색인에 거듭 채록하였음.

[ㅇ]

한국역대여류한시문선 색인〈지명 및 고적과 명소〉

※ ○표는 신선계의 지명과 명소

韓國古典文學思想名著大系 ③0

한국역대 여류한시문선(下)
韓國歷代 女流漢詩文選

初版 印刷 ● 2005年　　1月　　　5日
初版 發行 ● 2005年　　1月　　10日

譯著者 ● 金　智　勇
發行者 ● 金　東　求

發行處 ● 明　文　堂
　　　　서울특별시 종로구 안국동 17~8
　　　　대체　010041-31-001194
　　　　전화　(영) 733-3039, 734-4798
　　　　　　　(편) 733-4748
　　　　F A X 734-9209
　　　　Homepage www.myungmundang.net
　　　　E-mail mmdbook1@myungmundang.net
　　　　등록　1977. 11. 19. 제1~148호

● 낙장 및 파본은 교환해 드립니다.
● 불허복제

정가는 표지에 표기되어 있습니다.
ISBN 89-7270-764-3 94810
ISBN 89-7270-054-1 (세트)